文学

解码、思辨与审美

彭松乔 著

长江出版传媒
湖北人民出版社

图书在版编目(CIP)数据

文学：解码、思辨与审美 / 彭松乔著. — 武汉：湖北人民出版社，2022.4
ISBN 978-7-216-10330-5

Ⅰ.①文… Ⅱ.①彭… Ⅲ.①中国文学－文学研究 Ⅳ.①I206

中国版本图书馆CIP数据核字(2021)第234453号

选题策划:耿天维
责任编辑:李月寒
封面设计:闻江文化
责任校对:范承勇
责任印制:杨　锁

出版发行：湖北人民出版社	地址：武汉市雄楚大道268号
印刷：武汉市籍缘印刷厂	邮编：430070
开本：787毫米×1092毫米　1/16	印张：16.25
字数：274千字	插页：3
版次：2022年4月第1版	印次：2022年4月第1次印刷
书号：ISBN 978-7-216-10330-5	定价：68.00元

本社网址：http://www.hbpp.com.cn
本社旗舰店：http://hbrmcbs.tmall.com
读者服务部电话：027-87679657
投诉举报电话：027-87679757
（图书如出现印装质量问题，由本社负责调换）

前　言

自1992年发表第一篇学术论文起，30年来我已先后在全国各报纸杂志发表了100余篇学术论文，这些文章主要集中在文学本体研究、生态文艺学和民间叙事诗学几个方面，然其本却在文学本体研究，因为后两个领域是从前者生发出来的。现从文学本体研究的文章中选择20余篇结集出版，既是对数十年从事文学教学与研究工作的回顾检视，同时也借此对过往作一告别。

全书包括"诗歌研究""小说研究""理论探索""综合研究"四个部分，大致反映了我数十年来文学研究的兴趣和轨迹。"诗歌研究"中的几篇文章，既有对当代旧体诗词的论析，也有对中国现当代诗人和诗歌现象的探寻，还有一篇是对中西方古典诗歌意象的比较分析。"小说研究"中的几篇文章，既有从生态批评角度对古代经典作品和现代作家作品的重新审视，也有从地域特色角度对荆楚作家创作风格的剖析。"理论探索"中的几篇文章，则主要是从马克思主义文艺理论的角度，反思和探寻近百年来马克思主义文艺理论中国化的境遇、现状、命题和路径。"综合研究"中的几篇文章，则将研究视域扩展开来，对一些难于归类却又是文学研究中不得不予以重视的个案，展开综合分析。之所以将书名定为"文学：解码、思辨与审美"，乃是因为文学是语言艺术，是"显现在话语蕴藉中的审美意识形态"。因而对于文学的研究，理应秉持语言解码、学理思辨和审美把握三者的有机统一。

需要说明的是，对入选的文章，除了已发现的个别错字和欠规范的表述等外，我几乎未作任何改动。我当然知道，在过去的一些论述中，在知识性的阐释和理论分析上必定存在缺点甚至错误，它们是我当时在学术功底和理论素养上的局限性的写照，我现在当然可以将这些文章修改得好一些，但为了保留历史的原貌，我还是将它们原样收录。这倒不是说我在学术上有多么固执，而是出于尊重学术历史的需要，其意本在于省察和超越。学海浩瀚，能取一瓢饮，是福分；能浇注一瓢，是愿心！愿以此小书，就教于方家。

目　录

诗歌研究　/ 1

狂飙为我从天落
　　——毛泽东诗词审美特征论　/ 3
风雅不忘由善变，光丰之后益矜奇
　　——当代中华诗词的时代精神论析　/ 7
抒写新时代　传承雅基因
　　——新世纪旧体诗词群众性创作探析　/ 14
中西方古典诗歌中鸟类意象比较　/ 28
真纯本色，馀味曲包
　　——李强诗集《山高水长》的意蕴美　/ 34
从林徽因诗歌解读看中国传统解读方法的局限　/ 43

小说研究　/ 51

《西游记》叙事的生态意蕴解读　/ 53
生态变相：《老残游记》艺术观照方式解读　/ 64

生命哲学：废名小说艺术观照的底蕴 / 72
地域符号与民间话语的重构
　　——以池莉、陈应松、刘醒龙为例 / 81
论池莉小说的话语生态 / 93
奇诡叙事艺术与和谐生态吁求的自然融合
　　——陈应松"神农架系列"小说片论 / 101

理论探索 / 115

"汉话胡说"
　　——近百年马克思主义文艺理论中国化反思 / 117
"术归于学"
　　——近30年马克思《1844年经济学哲学手稿》的中国
　　文论境遇反思 / 127
文学欣赏·文学接受·文学消费
　　——60余年来中国文学阅读理论范式转型反思 / 139
"当代性"
　　——建构当代形态马克思主义文艺学的核心命题 / 150
审美政治化理论的中国范本
　　——"百年中国文学经验"视域中的《讲话》 / 161
冗余时代的中国文学现状及理论建构 / 168
"合法性危机"语境下的文艺理论创新路径探微
　　——以童庆炳"历史题材文学创作和改编"话题为中心 / 181

综合研究 / 191

伦理情感与生存价值的双向选择及其尴尬
　　——中国古代士大夫作家角色心态片论 / 193

中国汉族神话叙事话语解析 / 199

挪移·变异·寻觅
　　——近三十年中国文学的"世界性因素"探询 / 212

网络文学 IP 跨界融合中的诗性空间
　　——以原创网络文学网站 IP 运营为中心 / 222

《山海经》美学精神与中国新时代电视剧创新 / 232

量子力学与文学生态变迁 / 241

后　记 / 253

诗歌研究

狂飙为我从天落
——毛泽东诗词审美特征论

在现代中国诗词领域里,毛泽东诗词高超的艺术品位,几乎是无可匹敌的。它那独特的诗美,无论对当时的人们,还是现在、将来的读者都将魅力永存。关于这一点,中外学者都早有详论,无须赘述。在这里,我仅就毛泽东诗词的审美特征谈点浅见。

一、苍茫的宇宙意识

宇宙意识,不是任何一位诗人都具备的,但杰出诗人的作品中几乎都毫无例外地表现出较强的宇宙意识。不过,由于诗人所处的时代不同,创作个性的差异,因而其宇宙意识的内容和格调也不尽相同。曹操的"对酒当歌,人生几何?譬如朝露,去日苦多",表现出的是宇宙无穷、人生苦短的悲凉感慨;而张若虚的"人生代代无穷已,江月年年只相似","江畔何人初见月,江月何年初照人",则流露出江月永恒、人生渺茫的伤感情绪。相比较而言,毛泽东诗词则呈现出苍茫的宇宙意识。

首先,从时空意象的选取与组合特征上表现出"流观"的审美观照色彩。毛泽东诗词,在时空意象的选取与组合上,往往采取大写意的手法,选取那些笼统、概略的时空意象来抒发自己雄浑放达的情怀,而这些时空意象在具体组合上往往又打破现实时空限制而"周流于天"(即视点不固定,"游目而观"),具有辽阔深邃的时空美感,是一种宇宙化了的时空意识。这些很难精确界定的时空意象,对于表现诗人恢宏的气度、博大的胸怀是极为有利的,它能使诗人浪漫的胸中激情在一种特定情境中得到充分自由的抒发。"茫茫九派流中国,沉沉一线穿南北",这"茫茫九派""沉沉一线"的气象多么恢宏。然而,若我们认真仔细考察的话，这空间意象的所指恐怕又是很难有精确界限的。"坐地日行八万里，巡天遥看一千河"，这种雄视宇宙、高蹈尘表的气派，当然含蕴着现代宇宙学的成果，但这种高远的诗的境界无疑是前无古人的。这种时空意象的选取、组合特色，在毛泽东诗词中比比皆是。

其次，从历史的感叹中表现出苍茫的情调。毛泽东诗词在历史和现实相交的层面上多次发出深沉的历史感慨，而这种天问式的慨叹则常常给人以苍茫之感。"怅寥廓，问苍茫大地，谁主沉浮？""千秋功罪，谁人曾与评说？""一片汪洋都不见，知向谁边？"你很难说，这不是对历史和现实的一种回答，但这种回答你又很难领略其中的精确含义，它给予你许多启迪，又给你留下些许的迷茫和困惑，使你思绪万千，而无所附着。

毛泽东诗词之所以包蕴着这种苍茫的宇宙意识，究其原因，是与毛泽东独特的崇高人格、远大的政治抱负关联在一起的。在毛泽东的人格结构中无疑含蕴着中国传统文化的精华，但更结合了马克思主义的精髓。当毛泽东人格精神高蹈之际，也正是他的诗情喷发之时，故其诗词自然于五彩斑斓之中呈现出苍茫的气派。

二、强烈的使命驱策

毛泽东同志的一生是伟大的，也是坎坷曲折的，也遭受了政治上和生活上的波折，但他终其一生始终把这种个人磨难看得很轻，而把对整个世界的改造与重建，把解放全人类的事业看得很重，诚属"牢骚太盛防肠断，风物长宜放眼量"。然而，这并不等于说毛泽东缺乏对现实人生的感受和体验，相反，毛泽东对人生的体验是相当深刻的。"我失骄杨君失柳，杨柳轻飏直上重霄九。问讯吴刚何所有，吴刚捧出桂花酒。寂寞嫦娥舒广袖，万里长空且为忠魂舞。忽报人间曾伏虎，泪飞顿作倾盆雨。"我相信没有谁会不为词中这种刻骨铭心的思念所激荡。如若逝者地下有灵，也一定会涕泣以酬知己。但毛泽东诗词却明显地告诉我们，他更多的是将这种个人情感提升为一种强烈的使命意识的。这在毛泽东诗词里集中体现在两个方面。

第一，由改造世界的远大志向而激发起的强烈的历史使命感。作为一位博古通今而又非常重视历史经验的政治家，毛泽东无疑具有屈原式的强烈忧患意识，对国家、民族的命运和前途十分忧虑，然而，靠谁来拯救多灾多难的国家和民族呢？历史上具有雄才大略的秦皇汉武俱往矣，而时人则大多尸位平庸，不足以担当起拯救中华民族的历史重任。因此，抚今追昔，这种改造世界的历史责任很自然地落到无产阶级革命者肩上。这种强烈的历史使命感，在毛泽东诗词中反复出现，构成毛泽东诗词中重要的审美基调。无论是"指点江山，激扬文字，粪土当年万户侯"这种豪迈的书生意气，还是"惜秦皇汉武，略输文采；唐宗宋祖，稍逊风骚。一代天骄，成吉思汗，只识弯弓射大雕。俱往矣，数风流人物，还看今朝"这种成熟的政治激情，乃至"神女应无恙，当惊世界殊"这种壮丽的"高峡出平湖"构想，我们都能从中感受到强烈的历史使命感的驱策。

第二，由人生短暂、时光易逝而激发起的人世沧桑感。这是毛泽东诗词中最富于情味的一层。"人生易老天难老，岁岁重阳。今又重阳，战地黄花分外香"，"天若有情天亦老，人间正道是沧桑"，"子在川上曰：逝者如斯夫"，"多少事，从来急；天地转，光阴迫。一万年太久，只争朝夕"，"三十八年过去，弹指一挥间"。从这些诗词语句中，我们可以强烈地感受到毛泽东是一位多情善感的诗人，尤其是对时光的流逝、人生的短暂非常敏感。但这种敏感毕竟是积极的、高昂的，没有丝毫流于前代诗人那种无奈慨叹的迹象，如苏轼"人生如梦"的感慨，李白诗中"古来万事东流水"的无奈。毛泽东诗词中的这种人世沧桑感，相反地却促成了他改造世界的紧迫感，从而在实践中加快了改革社会的步伐。

三、超拔的境界追求

郭沫若曾称毛泽东是"最伟大的一位浪漫主义者"[①]。的确，无论从哪个方面讲，毛泽东都是当代中国一位伟大的浪漫主义诗人。"为有牺牲多壮志，敢教日月换新天。喜看稻菽千重浪，遍地英雄下夕烟"；"云横九派浮黄鹤，浪下三吴起白烟。陶令不知何处去，桃花源里可耕田"。你不能不为他那极富浪漫色彩的想象而赞叹不已，浮想联翩。然而，一个简单的事实告诉我们，同一种浪漫主义创作方法却呈现出各不相同的浪漫特色。李白的豪迈飘逸迥异于李贺的雄奇瑰丽。毛泽东诗词的浪漫主义当然也有自己独特的格调、独特的情感内核，这就是他那对超拔境界的执着追求。

---

① 郭沫若：《浪漫主义和现实主义》，《红旗》1958年第3期。

面对莽莽群山，面对苍茫大地，面对文明古国，面对多难之邦，毛泽东最终走上了武装斗争夺取全国政权这条明智而现实的道路。但是，在心灵的另一层面，在灵魂探险的道路上，他又常常陷入冷峻的沉思，不断地寻求着超越的境界，用诗词的形式表达着自己对理想的浪漫追求，故而，他的诗词常常由一位气吞山河的抒情主人公主唱，常常笼罩于宏阔的艺术意境之中。"九嶷山上白云飞，帝子乘风下翠微。斑竹一枝千滴泪，红霞万朵百重衣。洞庭波涌连天雪，长岛人歌动地诗。我欲因之梦寥廓，芙蓉国里尽朝晖。"多么宏阔而浪漫的艺术意境，我们从中仿佛看到一位儒雅大度的抒情主人公，正从美丽的芙蓉国度衣袂飘飘地大踏步走来。可以说，毛泽东诗词中对这种超拔境界的追求，几乎篇篇皆有。无论是那些登临即景之作，还是那些征战途中之作，抑或是与他人的唱和之作，这种对浪漫境界的追求俯拾即是。

"诗言志"，本文所归纳的毛泽东诗词三大审美特征，都植根于他那改造旧世界、创造新世界的远大理想，植根于他那崇高伟大的人格，也与他对宇宙人生的奇高悟性相关联。

（原载《东坡赤壁诗词》1992 年第 2 期）

风雅不忘由善变，光丰之后益矜奇

——当代中华诗词的时代精神论析

"全面建成小康社会，实现中华民族伟大复兴，必须推动社会主义文化大发展大繁荣，兴起社会主义文化建设新高潮，提高国家文化软实力，发挥文化引领风尚、教育人民、服务社会、推动发展的作用。"中国共产党第十八次全国代表大会报告提出的文化强国战略，为21世纪中国文学艺术注入了不竭的内生动力，提供了良好的发展机遇。在这一特定历史文化语境下，如何看待日益繁荣的中华旧体诗词创作现象，越来越引起学术界内外的高度关注。有人征引毛泽东《关于诗的一封信》里"诗当然应以新诗为主体，旧诗可以写一些，但是不宜在青年中提倡，因为这种体裁束缚思想，又不易学"[①]的观点，认为旧体诗词束缚思想，难以表现时代精神，因而对其存在的合法性提出质疑；有人则以黑格尔的"存在即合理"哲言为依据，认为当代中华旧体诗词创作无论在数量质量还是在创作群体规模上，都远远超过了新诗，漠视它的存在并让其继续缺席中国当代文学的历史现场是不合时宜的，他们进一步论析中华旧体诗词并未束缚人们的思想，也不影响时代精神的表现，否则，2010年由中国作协主办的第五届鲁迅文学奖不可能向旧体诗词开放，2011年由国务院参事室和中央文史研究馆联手创办的中华诗词研究院也不可能成立。因此，我们必须把当代中华旧体诗词的创作和研究纳入"弘扬民族精神和传统文化的整体文化战略之中"[②]。然则，中华旧体诗词是否能够表现时代精神呢？本文就以此为切入点，谈谈自己的一些粗浅看法，以就正于方家。

---

① 毛泽东：《关于诗的一封信》(1957年1月12日)，《毛泽东论文学和艺术》，人民文学出版社1958年版，第97页。

② 李遇春：《如何看待当代旧体诗词创作》，《文艺报》2012年1月20日。

一、质文代变谱旧章

自五四新文学运动以来,中国诗歌传统在胡适《文学改良刍议》提出的"改良文学八事"和陈独秀《文学革命论》倡导的"三大主义"的深刻影响下迅速改弦更张了,以郭沫若《女神》为标志的白话新诗浪潮裹挟着时代的风雷很快就占领了诗坛主阵地。从此以后,虽然偶尔也会有少数旧体诗词让人眼前一亮(如毛泽东重庆谈判时发表《沁园春·雪》时产生的轰动效应及鲁迅《自嘲》等旧体诗词的不俗影响),但整个旧体诗词逐渐淡出文学视野,似乎将要退出历史舞台了。然而,事实上有着数千年诗歌文化积淀的中华旧体诗词并未彻底走向衰亡,而是作为一种"潜在写作"始终像"离离原上草"一样静待着"春风吹又生"的历史契机。

实践证明,中华旧体诗词依然具有强大的审美生命力,它完全能够通过文化传承这一巨大"审美惯性"获得"旧瓶装新酒"的时代新质。"质文代变谱旧章",从形式上来讲虽然有点复古的味道,但那种认为旧体诗词束缚思想,难以表现时代精神的看法彻底不攻自破了。于是乎,中华旧体诗词创作以艺术传达方面独特的民族审美优势迅速蔓延开来,"勒马回缰写旧诗"的现象在文坛内外日渐繁荣。各地旧体诗词社团如雨后春笋般不断涌现,各种坚持创作的旧体诗词创作者借力登场,各种报纸杂志纷纷开辟旧体诗词栏目以壮声威,各种官方和半官方的举措令有关中国现当代旧体诗词创作与研究的话题越来越引起人们的关注。

据郑欣淼先生考证,在当代中国"每年参加诗词活动的不下 100 万人。而从诗词刊物来说,公开与内部发行的有近 600 种。中华诗词学会编辑的《中华诗词》杂志,发行量已达到 2.5 万册,跃居全国所有诗歌报刊的首位。……此外,还有众多的诗社、词社和诗词网站。特别是诗词网站,全国性、地区性的都有,为旧体诗的普及和繁荣作出了极大的贡献"①。由此可见,中华旧体诗词发展在现代社会的戛然而止,并不是诗学自身发展的必然规律,而是人为造成艺术上矫枉过正的后果,是中华诗词辩证发展过程中的一段小小插曲。中华旧体诗词有着深厚的民族文化底蕴,有着相当广泛的群众基础,只要我们的诗词创作与

---

① 郑欣淼、高昌:《旧体诗创作:从复苏走向复兴》,《中华诗词》2006 年第 9 期。

现实生活息息相通，并善于创新诗词意象和意境，它就一定能够突破自身的局限性，传达出时代的最强音。

二、意象翻新苦未工

如上所述，诗词能否表现时代精神，关键在于它能否创新诗词意象以开拓新颖的诗词境界。因为优秀的中华古典诗词"就像熏风细雨一般，浸润着世世代代中国人的心田，同时以润物无声的方式塑造了世代相因的中国人的哲学观念、审美心理乃至文化性格"，中国人"喜爱、阅读和吟诵古典诗词，已成为一种自觉的心理需求和文化需求"。① 但为什么包括毛泽东在内的许多诗人、作家认为"这种体裁束缚思想，又不易学"呢？"其本质局限并不在于格律的束缚，而在于意象符号和语言结构，都同20世纪的生活和语境相去甚远。夕阳残照、孤帆远影、寒江独钓、古刹钟声、春晖芳草、萧瑟秋风、清明细雨、向晚蝉鸣、窗前明月、寒夜青灯、落英缤纷、高天飞鸿，都那么和谐地渲染了古声古韵，出神入化地表现了一种特定的文化心境，寄托着我们的先人或出世或入世的哲学思想，却很难表现当代的生活情境。面对当代的物质文明、面对工业革命和立体战争，面对高速度和快节奏，面对东西方文化大碰撞大交汇背景下的文化观念的流变，人们的心理结构、感觉方式、审美情趣都发生了急剧的递嬗，倘若再袭用传统的意象序列，必然有隔世的陈旧和虚假的悲哀……所以说，以古典诗词为艺术形式、美学范式和表现程式的旧体诗词，很难描绘当代中国风起云涌的历史画卷，很难细微地描绘当代人的心灵世界和情感形态。"②

事实上果真如此吗？"的确，古典诗词中的部分意象，随着时代的变化，已经失去了生命，如我们坐着汽船，不能说是'扁舟'；乘着远洋巨轮，不能说是乘着'浮槎'；驾着汽车，不能说是'香车宝马'；照明的是电灯，不能使用'烛泪'；计时用的是钟表，不能说是'刻漏'；等等。"③ 但是，这并不意味着中华旧体诗词就不能够创新诗词意象以开拓新颖的诗词意境。"春风杨柳万千条，六亿神州尽舜尧。红雨随心翻作浪，青山着意化为桥。天连五岭银锄落，地动三河铁臂摇。借问瘟君欲何往，纸船明烛照天烧。"一代伟人毛泽东这首

---

①② 张同吾：《放牧灵魂：张同吾文学随笔集》，北方文艺出版社2002年版。

③ 雍文华：《当代诗词能够反映现代生活和现代意识》，《中华诗词》2006年第3期。

《七律·送瘟神》就用"春风杨柳""六亿神州""红雨""青山""银锄""铁臂"等一组新颖的诗词意象将"送瘟神"的豪迈情怀抒发得淋漓尽致。"白云高处生涯,人间万象一低首。翻身北去,日轮居左,月轮居右。一线横陈,对开天地,双襟无钮。便消磨万古,今朝任我,乱星里、悠然走。 放眼世间无物,小尘寰、地衣微皱。就中唯见,百川如网,乱山如豆。千古难移,一青未了,入吾双袖。正人间万丈,苍茫落照,下昭陵后。"作为飞行员的魏新河这首《水龙吟·黄昏飞越十八陵》以驾机飞行于天空时感知大地的独特意象向我们展现了开阔的境界、恢宏的气象和博大的胸襟,可以说是前无古人的。"神九追宫吻太空,蛟龙探海试身功。《西游》梦幻成真事,揽月捉鳖一掌中。"当代诗人马凯这首贺"神舟九号"与"天宫一号"成功交会对接返回地面暨"蛟龙号"潜海探测突破7000米级大关时作的《七绝》,在使古典意象与现代意象浑融一体方面的创新可谓是颇具功力的,其时代感之强烈自不待言。

不仅仅宏大主题的意象翻新能开拓新颖的诗词境界,即便是表现日常生活情境的诗歌也同样能开拓新的意境。"一登黄鹤白云楼,锦绣河山入画图。三楚风光来眼底,万家欢乐涌心头。城中灯火空中月,桥上车流水上舟。闹市繁华人似海,千秋名胜冠神州。"叶钟华先生的这首写于1983年的《黄鹤楼》,虽然没有崔颢、李白黄鹤楼诗那种古雅韵味,但诗人登楼观景时的喜悦情怀却也别具一种境界,有如一缕缕清风扑面而来。"良宵弦管奏和谐,上国京城紫气回。天际繁星争眨眼,夜间闹市热腾街。车灯闪映光环灿,人影翩跹笑语飞。盛世盛时逢盛事,喜邀知己酒千杯!"李进才先生这首写于1985年的《天安门之夜》,对当年天安门前长安街上那种车似流水、人如潮涌、华灯璀璨、烟花绽放美不胜收的繁华景象的描绘极富生活情趣,意象构成别具风味。"吧馆灯红酒客豪,画船舞乱曲声娇。凄清唯有河中月,曾是伤心照六朝。"青年诗人赖海雄的这首《过秦淮河》,前两句所遣的新词意象对今日秦淮河畔"土豪式"的夜生活奢靡景象的描绘可谓入木三分,而后两句生发的思古情怀则浸透了诗人忧时伤世的无尽思绪,全诗于古雅诗歌意境中寄托了对时代病的深深忧虑。

自然,当代中华诗词中也有部分看起来并不一定那么新奇的古典诗词意象,它们因具有强大的艺术生命力和文化穿透力,不仅能够抒发古代诗人的家国情怀,而且因其蕴含了中华民族独特的审美理想和人格精神,具备由古典意象向现代意象转化与升华的强大基因,因而有许多翻新意象的时代特色也是可圈可点的。比如黄河、长江、春风、秋雨、朝霞、夕阳、明月、浮云、碧草、清风、红梅、黄菊、大雁、雨燕，等等，虽然意象表层千古如斯，但意境开拓却别有天地。例如被古代诗人写滥了的"夕阳残照"意象，经由当代诗词名家的改造也会新意迭出。毛泽东用"苍山如海，残阳如血"（《忆秦娥·娄山关》）表现长征突破娄山关后的心情，既沉郁又凝重，何其悲壮！较之李白《忆秦娥》中"西风残照，汉家陵阙"更为雄浑。而叶剑英的"老夫喜作黄昏颂，满眼青山夕照明"（《八十抒怀》）和甄秀英的"夕阳一点如红豆，已把相思写满天"（《送别》）都是"夕阳残照"意象在当代诗词里的神来之笔，它们在意象翻新方面绝不输于古人，当然也表现了豪迈的时代情怀。此外，像诗人聂绀弩抒写劳动生活的许多诗词意象也可以说毫不逊色，"一担乾坤肩上下，双悬日月臂东西"（《挑水》），"一鞭在手矜天下，万众归心吻地皮"（《放牛》），"手散黄金成粪土，天将大任予曹刘"（《清厕同枚子》），"看我一匡天下土，与君九合塞边泥"（《脱坯同林义》），"冬至袄冠争蝶舞，夜深弓锯共龙吟"（《伐木赠董汉岑》）等盛传一时的聂氏打油体佳词名句，就创造性地营构了许多生动活泼的诗词意象，所以一经问世便不胫而走，因为这些意象不仅抒写了包括诗人在内的一代人被压抑的苦闷的精神生活，更可以看作是当代社会生活的"诗史"之一。

三、优雅生存寄诗心

党的十八大报告不仅提出了文化强国的战略，而且提出要把生态文明建设放在突出地位，融入经济建设、政治建设、文化建设、社会建设各方面和全过程，努力建设美丽中国，实现中华民族永续发展。这是伟大中国梦的核心，也是最为切近的当代精神！如何实现这一宏伟壮丽的目标？关键在于人！只有人在大地上实现诗意栖居和优雅生存了，才能够真正建设生态文明和美丽中国。就此而言，诗词创作与传播是塑造时代新人的最佳途径之一，因为"气之动物，物之感人，故摇荡性情，行诸舞咏。照烛三才，晖丽万有。灵祇待之以致飨，幽微藉之以昭告。动天地，感鬼神，莫近于诗。"（钟嵘《诗品》）只有人的心灵生态起来了，美丽起来了，我们的社会才可能真正美丽起来。君不见，今日网络上流行的"高富帅""白富美"不都是谈的人格塑造问题吗？难道高谈这些的人能够去建设美丽中国吗？显然是不可能的！建设生态文明和美丽中国需要的是具备优雅品位的一代人来完成的，而写诗、读诗和赏诗则是最为切近的新型人格塑造途径。

就此而言，当代中华诗词的时代精神还表现在创作队伍名家辈出、新秀云集方面。诗坛名家像胡风、何其芳、陈寅恪、俞平伯、钱锺书、张中行、胡小石、徐定戡、沈祖棻、刘永济、吴宓、冯沅君、李汝伦、霍松林、叶钟华、叶嘉莹、龚鹏程、侯孝琼、钟振振、刘梦芙等，他们不仅写出了许多无愧于当代中国文学的名篇佳作，他们的诗品人品也通过诗词创作这一诗意人生活动获得了普遍的肯定和尊重。一般说来，某种文学样式如果只能限定在很小的圈子内自娱自乐的话，它显然是缺乏艺术生命力的，当然也就不能够有效表现时代精神；反之，它就一定是具有顽强的艺术生命力，并能够充分表现时代精神的。据中华诗词学会名誉会长郑伯农介绍，当前"我国诗词的创作队伍和作品蓬勃发展，中华诗词学会已有15000名会员（全国各级会员超过200万人），许多省、市、县甚至乡镇都成立了诗词学会或诗社，诗词创作活动以及各类比赛、笔会，内容丰富，空前活跃，网络上的诗词，不但数量大，而且有相当优秀的作品。诗词作为传统文化精华走进了学校，全国还出现了一批诗教学校的典型"①。表面上看来，诗词创作队伍的不断壮大和作品蓬勃发展只是文坛内部的事情，实际上却是一个涉及当代中国人的生活方式是否能进入诗意栖居和优雅生存境界的时代理想问题。更切近点说，它是一个关涉生态文明和美丽中国建设的大课题，与时代精神息息相关。

值得庆幸的是，有志于此的青少年正越来越多，也越来越自觉地加入当代中华诗词的创作、传播与欣赏行列中来了。这些尖角初露的小荷，不仅昭示着诗词创作的美好未来，而且更为一代青年人格精神的提升树立了良好的样板。"莺啼草绿万花开，春燕呢喃展翅来"（中华诗词学会最小会员，12岁的裘帅9岁时作），有着如此美好情怀和诗词禀赋的一代新人，他们对生态文明和美丽中国的感应一定会超越那些高谈所谓的"高富帅""白富美"的人千百倍。因此，我们有理由相信，同建设生态文明和美丽中国的伟大梦想一起共筑民族复兴大业的中华诗词事业一定会更加繁荣昌盛。

综上所述，我认为当代中华诗词虽然谱写的是文学"旧章"，但却因其具有深厚的民族文化底蕴，并未退出中国当代文学的历史现场，反而在新的历史语境里重新焕发出耀眼的艺术光芒，深刻地表现了时代精神。当代中华诗词的时代精神既表现在创新诗词意象以开拓新颖的诗词境界方面，也表现在它的创作

---

① 李树喜：《中华传统诗词呈复兴趋势》，《光明日报》2007年1月19日。

队伍日趋壮大，具有顽强的艺术生命力上，更与建设生态文明和美丽中国的时代精神息息相关。中华诗词的创作与传播是塑造时代新人的最佳途径之一，是建设生态文明和美丽中国不可或缺的人类优雅生存方式的内在规定。

（原载《心潮诗词评论》2015年第5期）

抒写新时代　传承雅基因
——新世纪旧体诗词群众性创作探析

一

中国自古以来就是一个诗的国度，《诗经》《楚辞》的悠久文脉，唐诗宋词的漫长浸润，让"饥者歌其食，劳者歌其事"的诗词文化基因深深植根于民族审美的灵魂。无论是幼童那"鹅，鹅，鹅，曲项向天歌。白毛浮绿水，红掌拨清波"的稚嫩童音，还是沉湎爱恋者那"蒹葭苍苍，白露为霜。所谓伊人，在水一方"的青春诉求，抑或是盛夏耕作者那"赤日炎炎似火烧，野田禾稻半枯焦。农夫心里如汤煮，公子王孙把扇摇"的深沉叹息……诗词创作始终是人民群众抒情言志的重要方式。然而，20世纪初一场拯救民族危亡的五四白话文运动却将之当作"阿谀的、虚伪的、铺张的贵族古典文学"①，连同文言文一起差点被"革命掉"。胡适的《尝试集》开风气之先，郭沫若《女神》继起而奠基，此后"湖畔派""新月派""象征派""现代派""七月派""九叶派""朦胧诗派"等紧随其后，白话新诗不断开疆拓土，蔚为大观。"诗当然应以新诗为主体，旧诗可以写一些，但是不宜在青年中提倡，因为这种体裁束缚思想，又不易学。"②连酷爱传统诗词创作的一代伟人毛泽东也对之另眼相看！旧体诗词的命运，虽然并未完全扼杀，却也只能游离于主流文化的边缘，夹缝求生。但这并不意味着诗词创作从此就湮没无闻了，旧体诗词在20世纪80年代改革开放后又悄然回归和复兴。进入21世纪以来，随着中国特色社会主义建设日新月异，中国国际地位

---

① 陈独秀：《文学革命论》，《新青年》第2卷第6期，1917年2月1日。
② 《致臧克家的信》，《毛泽东文集》第七卷，人民出版社1999年版，第184页。

不断提升,包括旧体诗词在内的传统文化再一次迎来千载难逢的发展机遇。"党的十八大以来,理论创新不断深化,国家文化政策做出相应调整,诗词迎来最适合的发展契机。习近平总书记关于文艺的重要论述多次提及包括中华诗词在内的传统文化的重要意义。"[①] 这更是激发了传统诗词艺术无穷的活力,使之成为当下群众性自发创作最为活跃的文艺形式,参与到社会生活的各个领域。

自2012年9月开始,由中华书局发起,中央电视台、中国出版集团、中华诗词研究院等共同主办了传统诗词创作大赛"诗词中国",2016年中央电视台主办了"中国诗词大会"。这两项活动的成功举办,使传统诗词已经进入一个群众性审美活动的新时代——"标志着'诗词'已由传统精英艺术变成大众喜爱的'雅生活'"[②]。以"中国诗词大会"为例,虽然该节目并不以诗词创作为目的,但作为央视首档全民参与的诗词节目,其"赏中华诗词,寻文化基因,品生活之美"的基本宗旨,以及"力求通过对诗词知识的比拼及赏析,带动全民重温那些曾经学过的古诗词,分享诗词之美,感受诗词之趣,从古人的智慧和情怀中汲取营养,涵养心灵"的艺术追求,无疑对推动诗词创作的群众化起到了推波助澜的作用。而连续举办四届的"诗词中国"创作大赛,则明确表明是以"激发民间诗性,唤醒生命诗意"为宗旨而举办的群众性文艺赛事。从有数据统计的前三届情况来看,其"规模之大、规格之高和媒体之全",完全是其他文艺赛事所无法企及的。前三届赛事,共收到来自全国31个省、自治区、直辖市的原创诗作37万余篇,参与人数4100余万人。参与大赛的总用户数为6618.97万人次,短信覆盖的总用户数为2.24亿人次。2017年12月9日,第三届"诗词中国"挑战吉尼斯世界纪录"最大规模的诗词竞赛"(Largest poetry competition)称号获得成功。大赛还邀请了冯其庸、叶嘉莹、白化文、袁行霈、林岫等当代著名文化学者参与整体指导和具体的评审工作。媒体方面"以网站、手机客户端、短信等为主要参赛平台,综合运用报纸、期刊、电视、图书、微信

[①] 杨志新、王贺:《回答好中华诗词传承与发展的时代之问》,《中国文化报》2019年6月17日,第3版。另外,需要说明的是,当代旧体诗词创作有所谓"老干体""文化诗人群体""网络诗人群体"等不同提法,我这里的旧体诗词群众性自发创作,主要是指那些非体制内的普通群众创作,有时涵盖了上述群体的若干部分。

[②] 宋湘绮:《诗词的生存语境和文学价值观的古今演变》,《湖南社会科学》2015年第4期。

等全媒体传播方式，辅以讲座、晚会、青少年分赛等活动，实现了全媒体、多介质传播传统文化"①。

自然，新世纪旧体诗词群众性自发创作的情形远不是这两个个案所能涵盖的。据不完全统计，全国公开发行的诗词类刊物如《中华诗词》《当代诗词》《长白山诗词》《东坡赤壁诗词》《岷峨诗稿》《心潮诗词评论》《诗刊·子曰》等已形成相当规模的期刊方阵，另有《诗铎》《诗词界》《天籁》《诗国》《九州诗词》等连续诗词出版物及无数公开或自费出版的诗词文集，此外还有以内部准印方式发行的诗词类刊物总数达 3000 多种，可见群众性诗词创作队伍之庞大。根据中华诗词学会副会长兼秘书长刘庆霖 2018 年 7 月在由中国版权协会主办的远集坊讲坛第十三期上介绍，他说："当前我国诗词作者和爱好者有 300 万人，在全国创建了 300 多个诗词之乡，中华诗词学会有会员 3.2 万人，并且以每年 10% 的速度在增长；就作品发表平台而言，我国目前约有诗词社团 800 家、诗词刊物 800 家，网络诗词论坛远超 800 家。创作数量达每天 5 万首。"② 这些当然是比较正规渠道的数据，如果将那些散布于民间，浩如烟海的网站、电邮、博客、微博、微信朋友圈、QQ 空间、论坛等媒介中发表的旧体诗词和纸媒介的诗词文集所发表的全部囊括进来开展大数据统计的话，恐怕将是一个天文数字。以发表旧体诗词的网站而言，既有"中华诗词网"等官方网站，也有高校的旧体诗词论坛，还有不少活跃在民间的专业诗词网站，它们每天的发帖和跟帖数量是相当惊人的。据"中华诗词网"统计，截至 2014 年 10 月 1 日，该网站注册会员有 171196 名，发帖总数 22274372 次，其中绝大部分都是群众自发讨论旧体诗词创作的。③"中华诗词网"还链接了其他省市地方的旧体诗词网站，如"广东诗阵""楚天风韵""潇湘吟风""燕郑风骨""紫荆风致""椰风海韵"等，达 23 个之多。而各大高校网络论坛上也都辟有原创旧体诗词创作和交流的板块（如清华大学的"静安诗词社"、北京大学的"北大中文论坛"、浙江大学的"飘墨诗词社"、武汉大学的"春英诗社"），供广大青年大学生创作和讨论。至

---

① 此处数据和内容详见"诗词中国"，第四届"诗词中国"传统诗词创作大赛《参赛指南》之"赛事介绍"。

②《郑欣淼谈中华诗词的魅力及复兴发展》，光明网。

③ 戴勇：《〈中华诗词〉与新时期旧体诗词的传播及创作研究》，华中师范大学 2015 年博士学位毕业论文，第 37 页。

于活跃在网络上的"菊斋""古风""光明顶""诗三百""诗公社"等民间旧体诗词网站或论坛,也都大量发表旧体诗、词、曲类文帖,吸引民间同好者参与。像福建的"菊斋网",主页上就设有"菊斋诗社""菊斋论坛"等与诗词创作紧密关联的两大板块,其"论坛"中的"诗词工具"栏目,对于诗词创作者非常实用。另外,一些知名门户网站如网易、天涯、新浪、榕树下等也都开辟了旧体诗词创作和讨论板块,网民数量相当巨大,发帖十分活跃。当然,这些都难以跟近几年兴起的动辄"10万+"粉丝量或点击量的旧体诗词微信公众号和难以数计的诗词微信群相提并论了。① 限于数据统计困难,我这里就不作赘述了。

二

"时运交移,质文代变",一个时代有一个时代的文学风貌。然则,散布于各种媒介尤其是国际互联网上的海量群众诗词创作——这种"大众喜爱的雅生活",究竟表现了怎样的时代精神呢?从各类诗词存在形态的总体情况来看,"抒写新时代"可以说是其主要思想倾向。关于"新时代",有两种不同的理解:一是词语学意义上的含义,"指历史上政治、经济、文化等状况发生具有进步意义的重大变化的时期",有时也泛指承前启后、继往开来的历史新时期;一是习近平总书记代表党中央2017年10月18日在中国共产党第十九次全国代表大会所作的十九大报告中提出的,"经过长期努力,中国特色社会主义进入了新时代,这是我国发展新的历史方位"。在这一新的历史方位上,"中华民族迎来了从站起来、富起来到强起来的伟大飞跃"②。本文所指的"新时代"兼具二者内涵。文学是社会生活的反映,诗词创作反映时代风貌,抒写时代内容自是题中应有之义。只不过跟传统精英艺术时代的诗词相比,这种由群众自觉追求"雅生活"情趣生发出来的诗词,内容更为丰富,且带有更为鲜明的时代特色。

---

① 诗词微信公众号,如"中华诗词杂志""诗词天地""诗词歌赋""诗词中国""诗词散文部落""汉诗楚词""晒诗楼诗社"等均致力于打造旧体诗词精品平台,定期或不定期推出。诗词微信群,如有作家县之称的湖北英山微信群"诗意英山崇文群",由草根诗人胡易主持,目前有包括黄冈市文联主席等中国作协会员在内的固定群友100多人,年龄最大者有82岁,年轻的30多岁,每天发帖诗词30~50首。

② 齐彪:《新中国·新时期·新时代——中国特色社会主义发展的历史逻辑》,《学习时报》2017年12月27日。

首先，在事件化言说中抒发了浓烈的人民情怀。《诗大序》云："诗者，志之所之也。在心为志，发言为诗。情动于中而形于言。"诗词作为一种最集中反映社会生活的文学样式，它是诗人强烈思想感情的产物，故常常以抒情的方式来表现。"皇天之不纯命兮，何百姓之震愆？民离散而相失兮，方仲春而东迁。"屈原《哀郢》对楚国人民因为战争动乱，而妻离子散、家破人亡，不得不在仲春节令迁往东方的悲惨遭遇发出深沉叹息！"会稽愚妇轻买臣，余亦辞家西入秦。仰天大笑出门去，我辈岂是蓬蒿人。"李白《南陵别儿童入京》面对唐玄宗邀请入京的诏书，认为实现政治理想的时机已到，就毫不掩饰地表达出自己豪壮的满腔激情！由于信息传播不够发达，古人对很多事件不甚了解，因此古代诗人在抒发情感时往往着眼于比较宏观的政治事件或微观的个人喜怒哀乐。当代旧体诗词抒情模式则表现出较为明显的差别。受益于互联网、卫星电视等高度发达的信息传播技术，一些富有典型意义的公众事件经由媒体传播，往往能够迅速引发社会各界强烈关注，也更容易激发群众性诗歌创作者强烈的共鸣，成为抒发情感的对象，因而在事件化言说中抒发浓烈的人民情怀就成为其诗词创作一个显著的特征。

> 七彩纷呈不夜天，今宵四海几人眠？
> 旋飞仙女苍穹舞，腾驾祥云圣火燃。
> 千载文明舒画卷，卅年改革展鸿篇。
> 中华今日融寰宇，同一地球同梦圆。
> ——陈杏德《七律·观看2008北京奥运会开幕式演出有感》

> 默契晶霞入水姣，立方跳板逐心高，金牌斩获试牛刀。
> 女子双人无敌手，黄金搭档有新招，清波细浪赞英豪。
> ——危栏独倚《浣溪沙·女双三米板郭晶晶/吴敏霞》

2008年，北京奥运会在北京隆重开幕，这对所有国人来说是一件何其令人激动的事情！一时间抒写奥运事件的各类群众性诗词铺天盖地，充分表达了富强起来的中国人民的民族自豪感。

"昨梦摇钱树下摇，果然城建又招标。夫君素诩经纶手，香饵安排钓巨鳌。"

"妻闭嘴,我心焦!官员罢宴拒红包。如今故技施何敢,利剑高悬有八条!"

——唐政夫《半死桐·某包工头夫妻对话》

党的十八大以来,以习近平同志为核心的党中央以"壮士断腕"和"刮骨疗毒"的钢铁意志,重拳反腐,赢得了全党全国各族人民的一致拥护。于是,聚焦反腐事件,表达人民对"打虎拍蝇"行动拍手称快情怀的群众性旧体诗词创作成为最好的抒情形式之一,广泛散布于互联网论坛等各种媒介。

当然,借助日常生活中发生的民生事件抒写人民情怀可能更具有人文气息,因为在这些"事件"背后,蕴涵着群众性诗作者的切肤感受,也更能映现出他们"藏纳于心、湿润于眼"的本真性情,这在网络诗词中表现得更为突出。① 如:

再没飞机诓你。再没老师熊你。你住那房间,仍像咱们家里。孩子。孩子。过节也该欢喜。

——李子《如梦令·"六一"儿童节给大连空难罹难儿童》

在以互联网和卫星电视为依托的大众传播媒介时代,各种新闻事件每日都在刷新人们的眼球,也都牵动着亿万人民敏感的神经。大量群众性旧体诗词创作,借事件化言说,使诗词意象更加贴近生活,更加贴近人心。

其次,在意象融合中重建民族的文化记忆。"文化是民族生存和发展的重要力量"②,坚定文化自信是习近平总书记强调的"四个自信"中的重要一环。坚定文化自信,就必须对那些被西式现代化话语和后现代话语洗涤得几近"虚脱"的民族文化记忆进行重建,因为文化记忆是维系民族根脉、确定民族身份认同不可替代的精神资源,是民族共同体的心灵家园和情感归属。根据德国学者扬·阿斯曼的记忆理论:"文化记忆附着于具体的记忆形象,来源于文字、图像、音乐、舞蹈、诗歌、节日、仪式、建筑等。它凝结着一个民族历史文化的典

---

① 马大勇:《种子推翻泥土,溪流洗亮星辰——网络诗词平议》,《文学评论》2013年第4期。

② 习近平:《在文艺工作座谈会上的讲话》,人民出版社2015年版,第2页。

型意象和语境,通过人们反复凸显和循环使用,激活集体无意识中的记忆触点,并在代际传承的文化积淀过程中,不断加冕并确立其经典化地位。"① 时代不同了,诗词当然不可能像当年胡适指斥的那样,下笔就"蹉跎、身世、寥落、飘零、虫沙、寒窗、斜阳、芳草、春闺、愁魂、归梦、鹃啼、孤影、雁字、玉楼、锦字、残更之类,累累不绝"②。现代的诗人也不可能再像古人那样继续抒写"折柳送别""枫桥夜泊""床前明月光""鸡声茅店月"等古代典型生活场景了,让汽车、火车、出租车、地铁、飞机、高架桥、挖掘机、手机、微博、微信等进入诗词之中,构成为新的意象天地是生活真实和艺术真实的内在要求,但这也并不意味着当代诗词要将传统弃置一旁,我们必须在捕捉现代生活场景的意象抒写中以某种形式去"激活集体无意识中的记忆触点"。就此而言,新世纪群众性旧体诗词创作通过意象融合,从不同侧面、不同角度切入当代生活场景,融入民族文化基因,帮助我们重新建构起民族文化的记忆。

  明星十万迷双眼,日近长安远。十年生活在青冥,又是浮云相伴、一程程。
  忽然身作京华旅,衣上灞陵雨。来时无物奉君前,携得秦时明月、到燕山。

——魏新河《虞美人·九月五日夜自咸阳飞北京》

作为飞行员的魏新河,他的视野,他的境界,自是芸芸众生所难以企及的。但观他的《虞美人》一词却并不觉得晦涩古奥也不全是现代语符,因为词中不仅抒写了驾驶飞机夜航的现代感受,而且将当代生活同"长安远""灞陵雨""秦时明月"这些古典意象融为一体,显得十分亲切典雅,自自然然地赓续了民族审美的传统。

  离家独抱铿锵笔,求索江城第二春。
  鸷雁宿林非适愿,落花入水不随尘。
  补天炼石女娲梦,填海移山精卫身。

---

① 孟洋:《网络诗词:新媒体时代的文化记忆》,《当代传播》2015 年第 1 期。
② 胡适:《文学改良刍议》,《新青年》1917 年第 2 卷第 5 期。

跋涉艰难歌一曲，扬帆墨海仰星辰。

——游义云《江城创业有感》

游义云是一位依靠自学成才，从鄂东黄梅乡村艰难打拼并凭借其书法艺术在武汉这座特大中心城市扎根下来的艺术家。他的这首七言律诗，虽然抒写的是来自偏远乡村的异乡客在人才济济的大都市武汉打拼之艰难的当代情怀，但诗的第三联借"女娲炼石""精卫填海"两个典故就将古典意象融于现代情感之中，显得亲切而自然。

污油炼，泔水脱，漂白沉淀细筛过。炸了些金黄煎饼果，烩了些喷香辣田螺，弄了些酥脆甜米糕。质检把它纸捅破。唾！唾！唾！

——张四喜《自度曲·假食油（地沟油）》

张四喜这首"自度曲"，借"新古体词"的形式，以辛辣的笔调，对生活中屡禁不止的地沟油现象进行意象聚焦，从而将现代伦理诉求与古代词曲艺术有机结合，愤怒抨击了少数奸商罔顾社会道德的无耻行径！浅显直白的语言，真实的生活意象很容易让人回想起《诗经》、新乐府、元曲等我国古代诗词中那些针砭时弊、鞭笞丑恶、警世醒人的讽刺诗！

仍是在双桥，我问玉兰开未。最好擦身雨里，趁桨声灯市。
梦如剪纸贴窗前，明月去装饰。不去桥头听水，只楼头看你。

——杨弃疾《好事近》

杨弃疾 2010 年作于周庄的这首《好事近》，在短短的八句诗中，将王维《杂诗》"君自故乡来，应知故乡事。来日绮窗前，寒梅着花未？"的语意，同现代诗人戴望舒的《雨巷》、卞之琳的《断章》及朱自清、俞平伯、周作人等人的著名同题散文《桨声灯影里的秦淮河》的意象、意境融为一体，使人顿然升腾起"我在文化之河中游历，而文化在我血液中流淌"的情怀。

通过意象融合，寻找那些能"激活集体无意识中的记忆触点"，新世纪旧体诗词在厚实的群众性创作基础上，又有着时代赋予的文化担当意识，较为成功地重构了民族文化记忆，并将之内化为诗词创作不可或缺的精神底蕴，有利于人们在一定程度上重拾文化自信。

　　再次,在思辨意趣中蕴含深刻的时代主题。清人赵翼在《论诗》中说:"满眼生机转化钧,天工人巧日趋新。预支五百年新意,过了千年又觉陈。"主题深刻、立意创新是诗词艺术成功的关键。新世纪诗词虽然如满天星雨,广泛表达了群众的"雅生活"情怀,在主题方面也对宇宙、人生、历史等进行了多向度的探索,有许多值得肯定的地方。不过,在我看来,那些着眼于民生疾苦,而又充满反省历史、批判现实思辨意味的诗词更具有独特的时代价值。

　　　　行囊载梦又匆匆,报站前方入广东。
　　　　厂在繁灯春海畔,山移长夜快车中。
　　　　挂怀老幼有残雪,回首乡关是远风。
　　　　多少团圆手机照,一人看得笑涡红。

　　　　　　　　　　　　——李子《春节后返工者》

　　李子的这首七言诗,聚焦于春节后返工潮这一市场经济时代特有的社会现象,通过"行囊载梦""繁灯春海""长夜快车""残雪""乡关""手机照"等意象,将人们春节后返城现象用电影蒙太奇的手法一样展现出来。但这又绝不是简单的画面呈现,其中蕴含了诗人凝重的思绪:这些为了生计而劳碌奔波于城市和乡村的打工者,他们面对"团圆手机照",挂怀老幼的思乡之情,何日是个尽头?

　　"我手写我口,古岂能拘牵!"(黄遵宪语)新世纪诗词以群众之眼,看大千世界;以群众之手,写世间之事;以群众之心,抒时代之情!将新时代万千气象汇于笔底,奔涌着一股股为古典诗词所不曾包罗的生活意趣!

三

　　钱理群在论及20世纪诗词现象的时候曾经说:"尽管旧体诗词写作已经边缘化,但它也没有按进化论观点所预言的那样,完全遭淘汰,被新诗所替代。而且也不仅是一种'旧的残余',而是按照自身的特点在不停地发展着。"[①] 新

[①] 钱理群:《一个有待开拓的研究领域——〈二十世纪诗词选〉序》,《安顺师专学报(社会科学版)》1998年第1期。

世纪旧体诗词,借助广播、电视、互联网、融媒体和手机终端等便捷的信息媒介形式,一下子点燃了亿万群众热爱"雅生活"的诗词激情,表现出创作群体异常庞大、作品内容良莠不齐等前所未有的时代特色,但也并不意味着它可以任性地挥洒思想情感,它依然是"按照自身的特点在不停地发展着"。易言之,传承高雅的诗词艺术之魂是其不可逾越的必由之路。就新世纪群众性诗词创作而言,其传承的诗词基因主要表现在如下几个方面。

其一,根情苗言,意象翻新。白居易《与元九书》说:"诗者,根情,苗言,华声,实义。"感情是诗歌艺术的根本,语言是诗歌艺术的表现。同时,诗歌又是形象思维的产物。任何情感和语言,如果脱离了艺术意象的呈现,它就不可能产生生动感人的审美魅力。新世纪旧体诗词不仅赓续了这一悠久的历史传统,而且大胆突破,在传达时代真情、鲜活语言艺术和翻新诗词意象方面展现出十分难得的求索精神。

> 游戏浮云,沧波上、青天如拭。横眼底、半球风景,万州千邑。足下岂非泾与渭,膝前便是豳和虢。忽一方、城郭乱云间,陈仓驿。
> 直下看,黄土域。原北是,姬周国。但凭空送目,地天同色。万古茫茫云去住,众生渺渺心疑惑。裂长天、一道刺斜阳,孤烟直。
> ——魏新河《满江红·飞越岐山宝鸡》

魏新河的这首《满江红》,上阕首句"游戏浮云,沧波上、青天如拭",真实表现了驾机青天之上,俯瞰大地、仰视苍穹时的游戏感觉;接下来几句穿越时空,将俯视人间的各种感受熔铸其中,仿佛将我们带回了西周列国时空。下阕头几句继续抒写飞机上的时空感,但"万古茫茫云去住,众生渺渺心疑惑"句却又一下子提升到了哲理思辨高度;最后一句"裂长天、一道刺斜阳,孤烟直",以飞机尾气拖曳长烟这一意象突兀而出,将我们带回现实。全诗真实地抒写了诗人驾机飞越岐山时产生的宇宙感、人生感和历史感,语言鲜活而雅致,意象新奇又逼真。

> 酸肩痛臂。拎着油和米。难得此时人不挤。地铁换乘公汽。
> 一双倦履匆匆。一轮皓月溶溶。一夜西风有恨,一帘幽梦谁同。
> ——刘能英《清平乐·北京生活札记之四》

刘能英的这首《清平乐》上阕从生活细节入手，以北漂者语气抒写自己"拎着油和米"，"地铁换公汽"时的情感体验，语言无疑是很"现代的""鲜活的"；下阕"一双倦履匆匆，一轮皓月溶溶。一夜西风有恨，一帘幽梦谁同"却又接转传统，融入了浓浓的古典诗意。全诗古今意象的组接，自然天成，平朴而古雅。

其二，重视形式，涵泳诗味。当代旧体诗词是个较为笼统的概念，既包括严格仿古的格律诗，也包括"新古体诗"。这种"新古体诗"写法上比较自由灵活，深受追求"雅生活"、热爱文艺创作的广大群众所喜爱。诗人高昌说："所谓新古体诗，实际上就是借鉴古绝形式，采用七言、五言诗歌和词曲的基本形式，同时又不拘泥于严格的平仄格律的限制和约束的一种比较宽松自由的诗体。"① 诗词是抒情言志的，过分拘泥于平仄格律形式，必然会束缚思想感情的自由表达，这是现代以来人们提倡新诗创作，对旧体诗词加以诟病的重要根由。但是，这并不意味着当代旧体诗词就不需要一定的形式规范，合乎韵律和节奏要求、"戴着镣铐跳舞"是一切诗歌艺术必须遵循的规律，否则就跟散文无异了。所以，针对这种情况，中华诗词学会及时研究出台了《中华通韵》这部既具有一定的传承性，又有一定创新性和时代性的工具书，供广大诗词爱好者创作时参照、学习。其他像"菊斋"网的"诗词工具"栏目上也专门链接了"钦定词谱""平水韵部""词韵简编""汉字古今四声平仄查询"等内容，受到广大诗词创作者的喜爱。

> 落日如刀初破橙，黄河云状锦帆行。
> 蒲州新绿追风长，欲撇江南十万程。
> ——段维《登鹳雀楼远眺》

这是作者 2013 年参加山西永济笔会，登鹳雀楼现场写的一首七言绝句，前三句如三个并列的蒙太奇画面，色彩艳丽，现场感强烈，末一句"欲撇江南十万程"宕开境界，视野更为阔大。整首诗比喻新奇，气势恢宏，意象独特，颇得古人七言绝句的真谛，诗性浓郁，读后给人以提神振气之感！而从艺术上看，这首诗显然又是严格遵循了七言绝句形式规范的。当然，新世纪旧体诗词创作

---

① 高昌：《钱江怒涛抒我怀——贺敬之新古体诗论》，载周兴俊主编：《诗人评诗》，中国书籍出版社 2012 年版，第 112～113 页。

中，并不是所有人都严格按照古典诗词格律规范来写的，那些语言清新脱俗，意境耐人回味，便于群众创作和吟诵的流行诗词，在遵循旧的格律形式同时，突破前人局限。这些"新古体诗"，实际上又进行了一些有益的探索和改革。

（矿山有桃林一片，由晚期矽肺病者看护）
主平窿口黑风寒。地底倒三班。电机车载隆隆入，头灯下、面色苍然。大碗客家烧酒，黄昏倒在乡关。

中年未到鬓先斑。欢笑庆生运。汗飘血溅砂尘起，有疼痛、与肺纠缠。此后茅棚冷月，桃花开满深山。
——李子《风入松》

李子这首旧体诗《风入松》，笔调沉重，情怀悲悯，语言则浅白如话，在平仄格律上既有传承，又有所创新。"说它是旧体，只因为在格律和用韵上是旧的。至于意象和风格，则分明便是新诗。说到深层的思维方式和表现手法，更是如此。用新诗的方法来写旧体,将李子与传统的旧体诗人区别开来。"[1] 而"此后茅棚冷月，桃花开满深山"一句，则将沉重的生活内容升华为令人伤感的诗性境界，给人以无尽的思索和回味。

舞地招萤，歌厅驻雁，凤阙流连云步。玉璧松窗，兰塘竹苑，一任西风秋雨。碧桐无语。君不见、锦城深处。多少香车塞断，渔樵晚来归路。

偷闲梦回租户。十平方、尚安妻女。奔走早摊夜市，几曾言苦。唯愿今宵莫堵。趁佳节、团圆父和母。米酒频添，柴鸡慢煮。
——刘能英《天香·下班途中》

刘能英的《天香·下班途中》，从北京日益严重的堵车现象入手，以打工者的口吻，对入夜时分京城的繁华景象进行了细致而古雅的描摹；对北漂者虽然居住狭小斗室，生计艰辛，却也不乏温馨的生活进行了白描式的呈现。诗词的

---

[1] 檀作文：《颠覆与突围——"李子体"刍议》，《中国诗歌研究通讯》2004年秋季卷，首都师范大学中国诗歌研究中心内刊。

生活气息十分浓郁，时代感强烈，更为难得的是形式自由灵活，语言极富张力，浓浓的诗意让人读后口颊留香。

其三，酬唱应和，优雅生存。孔子在《论语·阳货》中说："小子何莫学夫《诗》？诗，可以兴，可以观，可以群，可以怨。""诗可以群"按今天来理解，就是诗词活动可以起到沟通感情，使人相处得优雅又合群的意思。晋人兰亭雅聚，酬唱应和，然后有了王羲之千古不朽的"兰亭诗""兰亭序"和"兰亭书法"。唐人诗酒酬答，优雅生存，然后有了李白送别孟浩然之"故人西辞黄鹤楼，烟花三月下扬州。孤帆远影碧空尽，惟见长江天际流"的千载佳话。在人生这个大舞台上，历来就不是只有眼前的苟且，一定还会有诗和远方。古人如此，在今天这个社会里更应以诗和艺术为契机，诗意栖居，这也是中华诗词需要传承的精魂。

（奉招飞赴京华夜宴，诸子相约同赋此调）
大月如灯导我前，万星仪仗列周天。雨非今雨来天外，云是停云到日边。
终宇宙，化灰烟。百年际遇算奇缘。名山看罢生花笔，八极风云入短笺。

——魏新河《鹧鸪天》

魏新河的这首《鹧鸪天》，豪迈洒脱，语新境奇，将长年累月、枯燥乏味的飞机驾驶感受，写得充满了诗情画意。不仅如此，它还是一首酬唱应和之作，"奉招飞赴京华夜宴，诸子相约同赋此调"。想一想这次难得的雅聚，读一读诸君的同题诗作，悟一悟飞机赴宴的快慰，这该是一件多么惬意而雅致的生活啊！

流年撷影影长留，一卷沧桑志未酬。
浪迹风尘存浩气，凝眸人海蔑污流。
山峦峻岭烟波绕，世态河川雾雨稠。
热血满腔何处洒？男儿恨不带吴钩。

——游义云《读萧家贞先生〈流年撷影〉》

游义云这首酬和萧家贞先生的七言诗，有情思，有兴寄，在酬唱应和之中表达了出淤泥而不染的淡泊情怀。再加上作者又是一位书法家,并且兼擅国画,常以自作诗词为载体进行书画创作,力求诗书画合璧,这就使普通的俗世生活笼上了一层曼妙而多彩的诗性光辉。

  新世纪旧体诗词中同题唱和、诗友酬答、即席赋诗等形式十分常见。每逢佳节时令、朋友聚会、重大事件等,诗词创作爱好者就喜欢题诗唱和,彼此致意。如微信公众号"汉诗楚词"2019年8月1日发表了一首由80多岁农民诗人饶惠熙感赋的七言诗《夏夜携诗友游遗爱湖》:"朦胧夜色共清游,望月长天琴岛幽。水韵荷香珠露润,沙洲竹影晚风柔。烟笼梅柳景中景,焕彩霓虹楼外楼。自是东坡遗爱处,携诗载酒乐勾留。"马上就引发了不少诗词爱好者的同题跟和,一天之内和诗者就计有一枝梅、邓耘、徐步清、吴道映、危阑独倚、郁美芳、习习秋风、友缘、袁建勋、邬思本、海啸、匆匆过客、段庆峰、舒心、清远一叟、梅宗福、方宝云等达17人之多。① 这种情形几乎在所有的微信公众号、诗歌爱好者QQ群和微信群中都普遍存在。

  习近平总书记曾经多次在不同场合强调中华诗词的独特艺术魅力及在中华文化复兴中的特殊作用,他说:"学诗可以情飞扬、志高昂、人灵秀","古诗文经典已融入中华民族的血脉,成了我们的基因……语文课应该学古诗文经典,把中华民族优秀传统文化不断传承下去"。② 真正的传统里,一定埋藏着真正的创造。传承了数千年的中华诗词,蕴含着无尽的民族传统文化力量,它在表现独属于中国人的情感和伦理方面,葆有其他新文体所无法代替的审美基因和文化密码,亟待重新激活。因此,我们既要认真学习古诗文经典,提高传统文化艺术素养,同时也要借新世纪以来旧体诗词群众性创作越来越普及的东风,推动诗词创作走向更加繁荣灿烂的明天。

(原载《长江文艺评论》2020年第1期)

---

  ① 见微信公众号"汉诗楚词"。
  ② 见《习近平在中央党校建校80周年庆祝大会暨2013年春季学期开学典礼上的讲话》,《人民日报》2013年3月3日;《习近平万里高空聊传统文化:要学古诗文经典》,新华网。

中西方古典诗歌中鸟类意象比较

　　中西方古典诗歌中，都存在着许多鸟类意象，它们作为一种艺术中介，对于抒发诗人的情怀，寄托诗人的情思起着十分重要的作用。然而，由于二者生成于不同的文化土壤之中，它们在审美意蕴、艺术功能和艺术哲学上又有着较明显的差异，特别是其中的某些鸟类意象，它们作为意象原型已深深地渗透到文化统传之中，对各自的文学发展产生了一定的影响。因此，我们认为，比较中西方古典诗歌中鸟类意象的异同，对于认识中西方古典诗人创作中各自的艺术变形规律是十分有价值的。下面，从三个方面做些比较。

　　首先，我们认为二者在审美价值的取向上有着明显的区别。

　　只要多留意一下中西方古典诗歌中那些高频度出现的鸟类意象，我们就会发现二者在审美价值的取向上存在着较明显的差异。在中国古典诗歌中较为常见的鸟类意象多是一些在情致和品格上都较为高雅的鸟类，像凤凰、仙鹤、鸿鹄、鲲鹏、杜鹃、精卫、黄莺……这些鸟类，就它们自身而言，无不具有一种独特情致，不同凡类。它们或以其神话图腾的色彩，罩以灵光，如凤凰："大荒之中……有神，九首人面鸟身，名曰九凤。"(《山海经·大荒北经》)"凤，神鸟也。天老曰：凤之像也，鸿前麟后，蛇颈鱼尾，鹳颡鸳思，龙文龟背，燕颔鸡喙，五色备举，出于东方君子之国。"(《说文解字·鸟部》)或以其独异的个性，藻雪诗思，如鹤："鹤者……体尚洁，故其色白；声闻天，故头赤；食于水，故其喙长；轩于前，故后指短；栖于陆，故足高而尾凋；翔于云，故毛丰而肉疏；大喉似吐，故修颈以纳新……是以行必依洲屿，止不集林木，盖羽族之宗长。"(《太平御览·羽族部三·鹤》)当诗人在艺术构思过程中，以主体之意去浑客体之象时，这些鸟类意象自然而然地就带上了先天的灵气，具备了某种与人格类似的品格美。"精卫衔微木，将以填沧海"中的精卫鸟如此，"九万里风鹏正举，风休住，篷舟吹取三山去"里的大鹏鸟也同样如此。但我们要进一步指出的是,中国古典诗歌中反映出诗人们构思的分野并没有就此定格,而是在审美追求上进一步将这些鸟类意象伦理化、人情化、人格化。仍是以鹤为例,中国古典诗歌中的鹤,在诗人的艺术变形之下,已具备卓然君子之风、隐逸之象,甚而有报恩之举了。"肈允发纵,履霜之始,乃自童蒙,芳苾桑梓。鸣鹤在阴,縻爵君子。羽仪上京,弱冠未仕。"(枣嵩《赠杜方叔诗十章》)这里的鹤,显然与君子比义了。"袈裟出尘外,山径几盘缘。人到白云树,鹤沈青草田。龛泉朝请盥,松籁夜和禅。自昔闻多学,逍遥注一篇。"(司空曙《送僧无言归山》)这里的鹤,与和尚比况,飘然已具隐逸之象。至于陈后主的诗《飞来双白鹤》:"朔吹已萧瑟,愁云屡合开。玄冬辛苦地,白鹤从风摧。音响已清切,毛羽复残摧。飞来进□□,但为失双回。傥逢□唅德,当共衔珠来。"这里虽然个别地方文字缺失,但所涉及的唅参医鹤故事,正是为了显示"衔明珠以报德"的真义。由此可见,中国古典诗歌创作中的鸟类意象,诗人在艺术变形过程中追求的是一种伦理的人格美。

跟中国古典诗歌相比,西方古典诗歌创作中的鸟类意象则体现出另一种审美追求。西方古典诗歌中,出现得较多并广为诗人咏颂的鸟类意象,多是一些带有浓郁情调色彩的鸟类,如夜莺、云雀、鹰……这些鸟类,就其自身而言,已颇具抒情媒质:或则歌唱于云霄,引人们远离世俗,作飞腾之畅想(如云雀);或则盘旋于高空,以其孤傲、凶残使人惊悸(如鹰);或则充满浪漫情调,披上奇异的神话之纱(如夜莺)……据希腊神话记载,雅典国王有两个女儿,一个叫柏绿克妮,一个叫斐绿美拉。柏绿克妮嫁给了色雷斯国王特洛士。特洛士垂涎斐绿美拉的姿容,诡称其姊已死,召她进宫,奸污了她并割去了她的舌头,以免泄露自己的所作所为。可是斐绿美拉将事情经过绣成织物,设法送给了柏绿克妮。柏绿克妮知情后非常愤恨,把儿子的肉烧成菜肴送给特洛士吃作为报复,然后和斐绿美拉一起逃走。特洛士前来追赶,天上诸神垂怜姐妹俩,将她们变成了夜莺。西方古代诗人的创造自然也会受到这些笼罩在鸟类身上的神话原型影响,但随着时间的推移,这些鸟类意象并没有就此完全定型,更没有像中国古典诗歌所反映出来的那样,背负沉重的图腾,进一步将其伦理化、人情化、人格化,而是在审美追求上进一步趋向超验的情调美,变成为诗人感情满溢的载体。例如,十九世纪中叶英国著名诗人阿诺德的抒情诗《夜莺》就是如此。"听呀!哦,夜莺!/颈前长黄毛的鸟儿!/听!从月色朦胧的雪松里,/响起了多婉转的歌声!/多么悠扬!听——又是多么哀伤!//你是从希腊的海岸飘泊来的，/可过了这么多年，在遥远的国土里，/你迷茫的小脑袋中依旧怀着/往日无法扑灭的，无比深沉的哀痛——/唉，难道你的创伤永远无法消融？"从这里我们看到的夜莺意象，虽然也蕴涵着某种人伦关系，但这种人伦关系依然还是神话原型式的，其所展示的主要是浓郁的抒情氛围。

其次，我们认为二者在艺术功能上有着明显的区别。

现代语言学认为，任何文学作品都是由一定的符号构成的体系组成，其艺术功能体现在意象符号和言语符号所组成的表意系统之中，每一个意象符号毫无疑问都具有其不可替代的艺术功能。

那么，中西方古典诗歌创作中鸟类意象的符号功能又有何区别呢？相比较而言，中国古典诗歌创作中的鸟类意象具有如下几个方面的功能特点。

第一，明显的象征性。

从现存的大量古典诗歌中，我们可以看出其中的鸟类意象带有明显的象征性，而创作者较少将这些意象当简单的比喻义使用，因而所包蕴的内涵也就相对复杂得多，隐晦得多。如阮籍《咏怀》之二十四："于心怀寸阴，羲阳将欲冥。挥袂抚长剑，仰观浮云征。云间有玄鹤，抗志扬哀声。一飞冲青天，旷世不再鸣。岂与鹑鷃游，连翩戏中庭。"这里的鹤，与其他小鸟对比，成为一个具有高远志向的士人象征。但是，也正因为这种极明显的象征性，使鸟类意象的含义复杂而隐晦。据有关文献记载，仅鹤这一意象，其象征义就达十余种（如君子、大志、出类拔萃、年老等），且正反并存。至于像"鸷鸟之不群兮，自前世而固然""庄周晓梦迷蝴蝶，望帝春心托杜鹃"等鸟类意象所包含的象征义，更是举不胜举。

第二，普遍的多义性。

应该说，中国古典诗歌创作中鸟类意象的多义性与象征性密切相关。因为象征本身就包含有能指范围广、意义不确定等特点。但值得注意的是，中国古典诗歌中鸟类意象的多义性，并非完全因为象征所致，而是包含了许多其他文化因素的影响。例如《易经》文化中演绎传统的影响；文化集体无意识中原形神话的影响（如凤凰、孔雀、杜鹃、精卫等），以及佛道文化中佛陀、神仙因素的影响（如佛教中的金翅大鹏、道教中的仙鹤等）。当然，这些原因要真正解释清楚是相当费时的，我们没有必要在这里作过多的赘述。只要举一两个典型例子就足以说明问题。比方中国古典诗歌中经常出现的凤凰意象，据我们目前对诗中这一意象的意义梳理情况看，其意义的指向性就包含有君子、吉祥、仁政、道德等意义，相当广泛。很显然，这些意义并不只是停留在象征手法本身，而显然跟远古龙凤图腾的崇拜密切相关。又如，我们在前面谈到的鹤，其含义中的有些部分显然与道教文化中的神仙因素，佛教中的变文故事、因果报应相关。

第三，言语的符号性。

中国古典诗歌创作中的鸟类意象，它们在作品的整体结构中，有时会显示出意象功能不强的一面，而主要表现为言语符号的功能特征。所谓"托物起兴"的说法即是一例。"关关雎鸠，在河之洲。窈窕淑女，君子好逑。"这里的"雎鸠"，在诗的整体结构中显然意象功能不强，而主要是为了引出下文"窈窕淑女，君子好逑"而起兴的，"凤凰于飞，翙翙其羽"，"孔雀东南飞，五里一徘徊"等诗句中的"凤凰""孔雀"所起的作用也同样如此。此外，其言语符号性还表现为某些鸟类意象仅只表示季候变化，起一种时序作用，如《诗经·王风·君子于役》中的"鸡栖于埘""鸡栖于桀"就主要表现为一种时序变化，雁、燕等鸟类意象在古典诗歌中也大量表现为一种时序作用。

同中国古典诗歌创作相比，西方古典诗歌中，诗人笔下鸟类意象的艺术功能则显出较为单纯的特点。

第一，具有象征性，但并不复杂、隐晦。

世界上几乎所有民族诗歌中的动物意象，大都具有象征性质，西方古典诗歌中的鸟类意象也同样如此。但是其象征性并不像中国古典诗歌中那样复杂、隐晦，而是显得单一确定。比如夜莺，其能指范围就仅限于表现爱情、婚姻方面。

第二，很少用作言语符号。

将动物意象用作言语符号而不发挥其意象本身的功能，可说是中国诗歌中所独有的，西方古典诗歌中是很少将鸟类意象用作单纯言语符号的。

最后，我们认为二者在艺术哲学上有着明显的区别。

马克思主义美学告诉我们，自然界成为审美对象，进入艺术创作领域是在自然人化之后，也即是在人类从单纯求生状态转变为哲学式地把握世界之后，但是，由于各个民族所处的具体环境不同，把握世界的哲学方式存在较大差异，因而在艺术哲学上也呈现出种种不同形态。这在中西方古典诗歌创作中对鸟类意象的艺术把握方面也呈现出明显的差异。

第一，在建立创作主体与自然界鸟类联系时，中国古典诗歌中的鸟类意象反映出主体与客体之间内在的亲和力，显得自然天成，而西方古典诗歌则显示出明显的黏合性，主客体之间有剥离的痕迹。

中国文明在其历史进程中基本上是沿着内陆文明的轨迹发展的，其安土重迁的农耕生活方式，使人们在长期历史发展中与自然界建立起一种亲和的联系，人和自然之间十分融洽，这在社会意识形态各个领域都有所体现，哲学中的"天人合一"论更是再明显不过地反映出这种性质。在艺术哲学中也同样如此，我们姑且不谈庄周梦蝶的故事，在这篇文章中所谈的鸟类意象，其亲和性是十分明显的。例如杜甫的《花鸭》："花鸭无泥滓，阶前每缓行。羽毛知独立，黑白太分明。不觉群心妒，休牵众眼惊。稻粱沾汝在，作意莫先鸣。"这首诗中的花鸭显然与诗人合而为一了，鸟解人意，人与鸟通，花鸭已具备了与诗人同构的人格，且二者在浑一过程中自然天成，不露斧凿痕迹。

同中国文明相比，西方文明是在变动不居的游牧生活和海上商旅生活基础上逐渐发展起来的，人与自然的结合不像中国古代那样休戚相关，带有较大的游离性、适应性和对抗性。他们或者是逐水草而居，处于一种无奈的被动适应状况，或者是海上冒险，滋生出征服自然的强烈愿望，处于一种主体高扬和低落矛盾交织的精神状态。因而，人们用哲学观念来把握世界的方式上自然而然地形成物我之间既相互依赖又相互排斥的心理格局，"物随人意"的黏合性，"物为人用"的适应性，是人与自然结合的两种主要表现形态。反映在艺术上，西方古典诗歌中的鸟类意象，其变形规律是主体与客体之间呈现出明显黏合性特征。人与鸟之间缺乏中国古典诗歌中那种交流、融汇的亲和力。例如英国诗人华兹华斯的《致云雀》："带我上，云雀！带我上云霄！／因为，你的歌声充满了力量！／带我上，云雀！带我上云霄！／唱呀唱，唱呀唱，／唱得你周围的云天一片回响；／你呀，把我激励，把我引导，／帮我找到那你我神往的地方。"在这里，诗人笔下的云雀有着浓郁的抒情价值是毋庸置疑的，与诗人心灵的同构也是客观存在的，但其主客体之间的剥离却淡化了这种人与鸟的亲和性（"你"与"我"有别，人与鸟分开），因而更难以产生庄周梦蝶式的错位感觉，仅是一种物伴神游的艺术变形。

第二，在艺术移情过程中，中国古典诗歌中的鸟类意象反映出中国古代诗人注重社会伦理之情的移入，追求美善统一；而西方则较重视个体情感的真实表现，倾向美与真的融合。

从大量的中国古典诗歌来看，其中的鸟类意象已不单纯是个人情感的载体，而是包含着社会伦理之情的有道德意味的形式，其移情过程遵循的是美善统一原则。例如，顾炎武的《精卫》："万事有不平，尔何空自苦。长将一寸身，衔木到终古？我愿平东海，身沉心不改。大海无平期，我心无绝时。呜呼！君不见,西山衔木众鸟多,鹊来燕去自成窠!"这里,诗人以精卫自喻,表达了他宁死也不同清朝征服者合作的决心和高尚的民族气节。此外,如凤凰、孔雀、子规、白头翁、杜鹃等鸟类意象在移情过程中的伦理化倾向也十分明显,诗人们追求的显然是美善统一的艺术境界。

  同中国古典诗歌相比,西方古典诗歌则比较注重个体情感的真实表现,诗中的鸟类意象仅只作为诗人抒发情怀的一种艺术符号,而这些符号本身并没有多少社会伦理的功利意味,"诗人们就美的效果来描写美",而较少作"文章合为时而作,歌诗合为事而著"之考虑。只要这些鸟类意象适于传达自己此时此刻的思想感情就足够了,诗人们追求的是个人情感的真实流露,是真与美相融合的艺术境界。

(原载《高师函授学刊》1993 年第 5 期)

真纯本色,馀味曲包

——李强诗集《山高水长》的意蕴美

诗人李强是中国当代诗坛上少数执着的逐梦者之一。他从1979年上大学时接触并爱上新诗起,到1998年、2014年、2018年短短几年间,接连出版了《感受秋天》《萤火虫》和《山高水长》三本诗集,创作上呈现出一个井喷期。读李强的诗歌,你很难将他跟当代诗坛上流行的一些概念,诸如"朦胧诗""个人写作""知识分子写作""民间写作""中年写作""口语写作"等关联起来,因为他不属于这些热闹的诗人群体,但这并不意味着他就是一个脱离时代的歌者,实际上他的诗歌在真纯本色的话语中跳动着强劲的时代音符,蕴含着深厚的思想情感!这里,我仅就他最新出版的诗集《山高水长》①中的意蕴美展开论析。

一、审美情韵:意象纷呈的诗情美

所谓审美情韵,"是指由作品的形象和情境中流溢出来的美的情感和韵致"②。诗歌是通过意象来抒发情感的,意象的呈现与组合是诗歌审美情韵的艺术载体。清代文伦家叶燮《原诗·内篇下》说:"可言之理,人人能言之,又安在诗人之言!可征之事,人人能述之,又安在诗人之述!必有不可言之理,不可述之事,遇之于默会意象之表,而理与事无不灿然于前者也。"③读李强的《山高水长》,你会被这100首诗歌中缤纷多彩的意象深深感染,一首接一首地

---

① 李强:《山高水长》,长江文艺出版社2018年版。
② 《文学理论》,高等教育出版社2009年版,第177页。
③ 叶燮、薛雪、沈德潜:《原诗·一瓢诗话·说诗晬语》,霍松林等校注,人民文学出版社1979年版,第30页。

阅读或吟诵下去，直至读完全集，掩卷沉思……概括起来，这些意象大致可以分为自然意象、社会意象和精神意象三类，它们分别以不同的方式，从不同角度呈现出独特的诗情美。

（一）自然意象美

在诗集《山高水长》中，出现频次最高的是自然意象，像闪电、春天、富水、潮水、月亮、浪花、燕子、鸽子、兔子、鸵鸟、红蜻蜓、象群、金合欢、稻穗、三叶草、芦苇、香樟、桂花、喇叭花、姐妹花、油菜花、九节兰……根据这些自然意象在每一首诗歌中的构成形式，又可以进一步细分为单一自然意象和复合自然意象两种不同的情况。

（1）单一自然意象。单一自然意象，是指一首诗歌重点围绕某个单一自然意象展开想象，抒发情感，组织抒情话语，从而创造出的情、景、意浑然天成的情韵之美。例如：《雨季来了》中的"雨点"，"雨点砸在水泥路面／疼出一身冷汗""雨点砸在大江大湖／汇进暴动队伍""雨点砸在荷叶上／绯红了少女／染绿了少妇""雨点砸在高大的烟囱上／匹诺曹／他睡着了"，诗歌共分四节，每一节都紧紧围绕"雨点"来展开，从而将"雨点"这一自然意象所蕴含的丰富内涵层层递进地呈现出来。其他像《燕子来了》中的"燕子"，《一枚杨树叶凋零了》中"一枚凋零的杨树叶"，《鸵鸟》中的"鸵鸟"等都是如此。

（2）复合自然意象。复合自然意象，是指一首诗歌在某个统一诗题之下，展开丰富的联想，组合起与之相关的各种意象来抒发情感，形成丰厚的意蕴。这在《闪电来了》《潮水来了》《回到从前》《五月来了》等诗歌中表现得相当明显。"冬小麦、春小麦孕情正常／鸡宝宝不挑食／蚕又蜕了一层皮""向栀子花学习／不急／等羽翼丰满再盛开／不求开得恣意／惟愿开得馨香""小西洗净红樱桃／惦记起闺蜜的旗袍生意""南风那个吹呀／没完没了"，在《五月来了》中为了抒写五月的情怀，诗人浮想联翩、思接千载，很自然地将冬小麦、春小麦、鸡宝宝、蚕、南风、河水、栀子花、红樱桃……这些意象串联组合在一起，使之跳跃着滚烫而又凝重的心灵火花。

（二）社会意象美

社会意象，是指诗歌中那些以社会上的人、事、物为抒情言志对象的艺术形象。诗集《山高水长》中这类意象出现的频次也是很高的，像妈妈、陈早香、老乡、野孩子、寒春、小苏、福利院、官庄、大师来了、"杀死一只知更鸟"、特大号鳝鱼、他们习惯在岸边指指点点……通过这些意象的营构，诗人将深厚丰富的社会情感浓蘸于笔端，抒发了自己难舍的亲情、理想的情愫、淡淡的乡愁，以及痛心疾首的诉求。"我背着您／蹚过村口的小水洼／我见到了姥姥／您见到了妈妈""我有了我的家庭／我的妻子和儿子都深知／我是多么怀念您"。在《妈妈来了》《妈妈》《老兵不死》等诗歌中，诗人抒写出了浓郁而又难舍的亲情，那种对母爱的歌颂，对亡母的思念，催人泪下；"四年级的陈早香／是一道闪电／她脸上红扑扑的／俏皮的辫子上／斜插着香喷喷的九节兰"，"打小就听说山里有兰花／还听说最美的兰花是九节兰／那一天上学路上碰到官庄的陈早香／她脸上红扑扑的／头上插着一枝芬芳扑鼻的九节兰"，"红花鳍真美丽／一看到红花鳍／就想起官庄的陈早香"，从《闪电来了》《官庄》《红花鳍，白鳍豚》等诗歌中反复多次出现的美丽少女"陈早香"身上，我们能体味出诗人对青春理想的无限回味和追寻；"幕阜山，朝阳河，七十年代／木板屋，青石路，千米老街／山间有杜鹃，五月天，漫山红遍／河里水清澈，杨柳岸，少年垂杆／老街上有洋货，有土产，有吃喝，有炊烟／在呼儿唤母声中升起，断断续续，经久不散／有沃野良田，日出而作，日落而息／一成不变，这一说又何止千年"，在《记忆中的小镇》《富水来了》《惊喜来了》等诗作中，这种淡淡的乡愁总是让人魂牵梦绕；"他们说：风向变了／他们说：礁石变了／他们说：我们也提醒过／而愚蠢的艄公浑然不觉""鸟毛要扫／鸟血要铲／鸟尸要埋／最麻烦的是／成千上万只知更鸟都惊醒了／惊醒的知更鸟群吵翻整个森林／"，在《他们习惯在岸边指指点点》和《杀死一只知更鸟》等诗作中，诗人将社会上那种"习惯于黄鹤楼上看翻船"和"扑腾出了大麻烦"的"知更鸟"一类社会现象呈现出来，蕴含着深厚的社会关怀。

（三）精神意象美

让精神幻化为生动的艺术意象在诗歌的星空中自由飞翔，是每一位诗人都热心向往的境界。诗集《山高水长》中创造了很多令人印象深刻的精神意象。"退之先生醒了／看呐／天街疏雨／草色依稀／／介甫先生醒了／看呐／春绿江南／钟山不远／／东坡先生醒了／看呐／竹外桃花／三枝两枝"，"在春天／一个顾城复活了／十个海子复活了／一万个诗人复活了"，《春天来了》中的"春天"，既是自然界的春天，更是一种精神世界的"春天"；"偶尔也分神／要么

开过来一辆解放牌 / 要么走过来一位陈早香","再一次滚回上街 / 小伙伴全部傻眼了 / 刘铜匠的女儿刘八斤 / 滚着闪闪发光的大铜环 / 轰隆隆地开过来了",《惊喜来了》中的"惊喜"无疑是一种美好的童年记忆与回味;"譬如说 / 天空中盘旋的鹰 / 安详诵经的喇嘛 / 变冷了变小了的杨培爷爷 / 譬如说 / 看到这里 / 沉默了一会",《保持敬畏》中的"敬畏",既是对电影《冈仁波齐》中藏民淳朴善良精神的敬畏,自然也包含了对一种理想和信念的敬畏;"流水潺潺 / 泛着微澜 / 一千年 / 一万年 / 洗净了祖辈的粮食与衣衫 / 叹息与呐喊 / 遗体与遗愿","洗过的流水 / 还是流水 / 洗过的江山 / 早已沧海桑田",《流水潺潺》中的"洗过"的自然不是顽石和沟渠,更应该看作是一种历史的浩叹。其他还有《琥珀》中那少年怀揣着的"信念",《回到从前》中的那久久萦怀的"乡愁",《最后一片叶子》中欧亨利心中那"最后一片叶子"……透过这些精神意象,诗人让一朵朵思想的火花激荡开来,弥漫在空中,升腾起焰火一样璀璨的光芒!

需要指出的是,将《山高水长》中的审美情韵划分为自然、社会和精神三种意象之美,只是出于论述的方便,实际上在有些诗歌中它们三者常常是有机统一在一起的。譬如《杀死一只知更鸟》中的"知更鸟"只是抒情言志的载体而已,通过隐喻和象征手法指向的是类似"知更鸟"式的社会性、精神性内涵,"因大诗人所造之境必合乎自然,所写之境必邻于理想故也"[1]。不仅如此,对于诗歌中的意象之美也不能作狭隘的理解,因为艺术中的丑也是一种美,否则那些包含扭曲的城市意象的作品诸如《城市化》《城里人真可怜》等就排除在外了。

二、历史情怀:风云隐现的真相美

"文学与历史有着千丝万缕的联系。优秀的文学作品总是不能缺少历史的维度,而历史的解读也常常需要文学提供的诗性关怀。"[2] 优秀的诗人,不会仅仅停留在诗歌的审美情韵这一层面,他必然会以其深厚的历史情怀穿透时光隧道,让人了解历史的真相,从中领悟出历史的真谛。自然,诗中的历史情怀并不等于对真实历史事件的简单还原,这是诗歌做不到也不应该去做的。诗歌的

---

[1] 王国维:《人间词话》,北京理工大学出版社2010年版,第4页。
[2] 王妍:《文学的历史书写应当追寻真实与本质》,《辽宁日报》2014年1月28日。

历史情怀主要体现在历史真实与艺术真实构成的张力上，也就是说诗歌中的历史既不应是稀薄的抒情背景，也不应是干瘪的历史事实，它应该是以诗性的笔触去审美地观照历史、评说历史，进而呈现出历史的真相和真谛。在这方面，诗集《山高水长》较好地把握住了历史与艺术的张力，诗中的审美情韵和历史情怀相互为用，相得益彰。主要表现为如下两个方面。

（一）诗性历史的呈现

从总体层面来看，历史是一个宏大叙事体系，她会忽略许许多多的细节和场面，而只关注那些重大事件与英雄业绩。但是，从地方志的角度看，历史则是一幅幅生动展开的精彩画面，无时不在塑造着一方水土上成长起来的民众心灵。而对于生长于斯的诗人来说，就更是时常会敏感地将这些陈年旧事呈现于笔端。

"崇祯末年 / 遍地刀兵 / 狼烟四起 / 陕西米脂九死一生的一小群 / 落难至鄂赣交界的崇山峻岭 // 每念至此 / 冷汗淋淋 / 一个人的生前史 / 曾经血淋淋"，"你呷冇 / 点头、摇头、低头 / 嘴一直饿着 / 没力气说谎"，"上了山就不愁了 / 这一点 / 乡亲、红军、土匪都晓得"，"刘会才没过早 / 没过中 / 下午喝了三大缸子水 / 没坚持到吃晚饭 / 就饿晕了"，在《炊烟四起》中，诗人充分调动诗歌跳跃式的结构特点，将自明末农民起义英雄李自成落难九宫山、明清时期的饥荒岁月、抗日战争和解放战争等时期的饥饿言说浓缩在短短的四小节诗歌中，让思绪的目光伴随着"炊烟四起"的烟幕幻化为历史的沧桑，进而产生一种因"饥饿"而无法抑制的凝重感。"这么偏僻的山旮旯 / 鬼子来了三回 // 覆巢之下 / 岂有完卵 / 这下子明白了吧 // 一回吃了亏 / 一回吃了猪 / 一回下了蛋 // 不是鸡蛋、鸭蛋、鹅蛋 / 是炸弹"。在《鬼子来了》这首诗歌中，诗人从民间视角入手，通过鬼子"一回吃了亏，一回吃了猪，一回下了蛋"的三次进村经历，将历史与人性结合起来予以考量，让人不得不重新审视我们民族的历史真相。

（二）世界视野的观照

诗人是对时代感应最为敏锐的一个群体。在全球化的今天，任何一位有成就的诗人，其艺术视野中无疑会渗透着全球意识，因而对历史的观照必定是世界性的。问题在于，我们应该以怎样的心态去观照世界，以怎样的胸怀去把握历史？因为历史是属于人文性的东西，它离不开价值关怀，它要发掘和关怀世界上过往的生活、观念和命运,通过对历史的这种审美观照,使我们的心态更加多元,更加开放,更加具有穿透历史黑幕的洞察力。

"比一万颗太阳更明亮／比一万把大刀更疯狂／复仇女神点燃／两枚冲天炮／炸毁了魔鬼岛／／惊天动地的响声／撞疼了琼·辛顿的青春／撞醒了曼哈顿计划的梦中人／亲爱的费米先生／感谢您的栽培与信任／我要告别,要远行／我再也不能从事／与大规模杀人有关的研究了／痛苦铺天盖地／淹没了可怜的自信与自尊","美国人琼·辛顿就此消失／中国人寒春就此诞生",在《寒春来了》中,诗人超越了对本民族的苦难历程,将目光引向二战期间投向日本广岛和长崎爆炸的两颗原子弹上的观照上,以寒春的改换国籍、改换工种为切入点,对人类的命运展开了更为宏大的叙事与思索:"了不起的艾捷尔·丽莲·伏尼契／您做梦也想不到吧／您创造的《牛虻》惊醒了东方／您的孙女寒春成了真实的"亚瑟"／照亮了东方。"

意大利思想家克罗齐在《历史学的理论和实际》中曾经说过:"一切历史都是当代史。"历史始终是以当前的现实生活作为参照系的,只有当过去的历史与我们当前的精神视域融合了,这种诗性历史的呈现和世界视野的观照才能获得审美的升华。就此而言,诗集《山高水长》既为我们审美地呈现了若干历史的真相,也为我们审美地揭示了若干历史的真谛,表现出一种难得的历史情怀。

三、哲学意味:社会人生的感悟美

亚里士多德说:"写诗这种活动比写历史更富于哲学意味,更被严肃地对待;因为诗所描写的事带有普遍性,历史则叙述个别的事。"[①] 王国维在《人间词话》中也说:"'君王枉把平陈业,换得雷塘数亩田',政治家之言也。'长陵亦是闲丘陇,异日谁知与仲多',诗人之言也。政治家之言,域于一人一事。诗人之言,则通古今而观之。"[②] 的确,在优秀的诗人那里,"写诗这种活动比写历史更富于哲学意味"。当然,这种"哲学意味"不可能是用"道可道,非常道"的句式来

[①] [古希腊]亚里士多德、贺拉斯:《诗学·诗艺》,罗志生、杨周翰译,人民文学出版社1962年版,第29页。

[②] 王国维:《人间词话》,北京理工大学出版社2010年版,第131页。

呈现的，它往往是通过真挚情感和生动形象的融合，以"此中有真意，欲辨已忘言"的艺术方式来传达出那只可意会不可言传的哲学意味的，故而优秀的诗人诗作常常会表现出社会人生的感悟之美。李强诗集《山高水长》中的哲理意味主要体现在四个方面。

（一）人生况味的咀嚼

一般说来，诗歌是诗人对人生真谛刻骨铭心体验的产物。因而，作品中不时表现出对人生况味的哲理思索是最基本的品格。"横看成岭侧成峰，远近高低各不同。不识庐山真面目，只缘身在此山中"是一种人生况味的写照，"黑夜给了我黑色的眼睛，我却用它寻找光明"也是从生活矿藏中提炼出的精华。正因为如此，诗歌中才会留下那些千古传颂的名言警句。

"只好到河边捉泥鳅／比较世道、人心／泥鳅更好捉摸一点"，在《闪电来了》中，诗人巧妙地将世道、人心同动物中滑溜无比的泥鳅关联在一起，耐人回味；"一棵树倒了，一棵大树倒了，站着遮天蔽日，倒下悄无声息，消息与叹息从震中一浪一浪传开，撼动了整个森林，整个森林都笼罩着势不可挡的寒意"，无须过多阐释，《一棵树倒了》中的这棵"大树"让人咀嚼出许许多多意蕴。其他像"少时不出点意外／如何成为诗人"（《富水来了》），"一些翅膀扶摇直上／成为一代人的偶像／一些天使折翼／从此无声无息"（《六月来了》）等都蕴含着生活的哲理，人生的况味。

（二）社会问题的聚焦

虽然一些人对"作家是社会的良心"这句话并不怎么认同，但是如果一个诗人不关心社会、不聚焦社会问题则毫无疑问是没有出息的。文艺家只有"深深融入人民生活，事业和生活、顺境和逆境、梦想和期望、爱和恨、存在和死亡，人类生活的一切方面"[①]时，想人民之所想，爱人民之所爱，恨人民之所恨，他创作出来的作品才不会脱离时代，并让人从中获得启迪。杜甫的"三吏三别"和白居易的《卖炭翁》之所以成为流传至今的文学经典，就是因为聚焦了当时重大的社会问题！

"在木兰山下／收过一茬的田地／又一轮叶绿花红／荒芜已久的田地／自然

[①] 习近平：《在文艺工作座谈会上的讲话》，人民出版社2015年版，第8页。

荆棘丛生//牵过手的人儿/多久没牵手了/而分过手的人儿/已形同陌路",在《六月来了》中,诗人敏锐地捕捉到当代社会中两种重要的社会现象:"土地荒芜"和"人心荒芜",将它们并置起来,使得我们的情绪一下子从缥缈的诗歌想象中被拉回到沉甸甸的现实中,促人猛醒;"这都是四十多年前的事了/我也是五十多岁的人了/偶尔也回龙港/再没有见到红花鳍/一直待在武汉/从没见过白鳍豚",在《红花鳍,白鳍豚》中,诗人由对红花鳍的美好记忆入手,写出了少年时对走出乡村的畅想和美好记忆,但落笔时却笔锋一转,直接指向日益严峻的生态危机问题,引人深思;"木槿花进了城/松开了辫子//马齿苋进了城/放松了警惕/燕子进了城/变成了鸽子/变白了/变胖了/日子变得好过了/变成了信鸽、肉鸽、广场鸽",在《城市化》中,诗人以植物作为隐喻,抒写了对农民工进城后精神蜕变后的忧虑,不无启迪……

(三)宇宙意识的觉醒

刘勰《文心雕龙·神思》说:"文之思也,其神远矣。故寂然凝虑,思接千载;悄然动容,视通万里。吟咏之间,吐纳珠玉之声;眉睫之前,卷舒风云之色;其思理之致乎。故思理之妙,神与物游。"[①]人生天地间,仰观宇宙之大,俯察山川之广,天然就具有一种思索宇宙人生的超越意识,何况诗人又是艺术想象力特别丰富的一类人!"仙人垂两足,桂树何团团。白兔捣药成,问言与谁餐?"李白面对一轮朗月,发出千古浩叹;"明月几时有?把酒问青天。不知天上宫阙,今夕是何年。我欲乘风归去,又恐琼楼玉宇,高处不胜寒",苏轼中秋醉酒时仍念念不忘飞天!

"中国的月亮/与美国的月亮/当然不一样/本来就不一样/1969年之后/就更不一样了//阿姆斯特朗好不容易登月了/不找也不想吴刚、玉兔、桂花树/只死心眼找环形山/什么环形山/不就是嫦娥姐姐的雀斑吗",在《月亮》中,诗人李强也写到月亮,他将中国古典文化中有关月亮意象的"吴刚""玉兔""桂花树"作为参照,以人类乘坐宇宙飞船首次登月来观照月亮(诗人这里主要表达的是一种古今对比,凸显科学的力量,并无外国月亮比中国圆的意思);"你想,还是不想/地球只是银河的一粒沙/银河只是宇宙的一粒沙/你害怕,还是不害怕/46亿年了/地球游走在黑洞、白洞、虫洞嘴边/就像磷虾游走在抹香鲸

---

① 范文澜:《文心雕龙注》,人民文学出版社1958年版,第493页。

嘴边"，在《引力波引发脑瘫》中，诗人由引力波出发，对我们身处的地球、银河，以及科学所发现的黑洞、白洞、虫洞为参照对象，对苍茫的宇宙作了哲学上的思索和渺小人生的慨叹。

  需要指出的是，我这里只是从肯定的角度对诗集中的意蕴之美进行探讨。其实，从另一个角度看，诗集不可能是十全十美的。例如，部分诗歌在语言的锤炼和意象的锻造方面存在明显的不足，也有少数诗歌还在"隔"与"不隔"的界限上有待进一步优化。但瑕不掩瑜，李强的《山高水长》仍然是一部值得肯定的作品。

（原载《长江丛刊》2018年9月上旬刊）

从林徽因诗歌解读看中国传统解读方法的局限

文学文本解读,是一个包含着多种心理机制的特殊认识活动和心理活动过程。它一方面需要解读者通过语言层面的阅读,从字、词、句、段到篇章结构去准确地把握文本所反映的全部内容,尽可能完整、清晰地将作品形象、艺术意境"复现"在自己的意识"屏幕"上;另一方面它又需要解读者融会自我的生活经验、情感体验、欣赏经验,从"言"到"象"再到"意"去对文本意蕴进行深度把握,并加以"补充"甚至"改造",从而丰富文本的内涵。这样,在文学文本的解读活动中就留下了一个如何把握文本内涵的解读空间问题。而这一点对于诗歌文本的解读来说,显得尤为重要,因为诗歌意象内涵往往飘忽不定,比小说、戏剧等文学文本中的人物形象内涵更加难以把握。那么,诗歌文本的解读空间究竟有多大呢?中国传统诗歌解读方法对此能否作出合理的诠释?这里,我想以对林徽因女士几首诗歌的解读情况为例来谈谈自己的一得之见。

一、"以意逆志"的阈限

自孟子提出诗歌解读要"不以文害辞,不以辞害志。以意逆志"(《孟子·万章上》)的观点以来,历来解读诗歌的人莫不奉为圭臬。的确,我们对于诗歌文本的理解不应拘泥于个别字眼而误解词句,也不应拘泥于词句而误解作者的本意,而应当根据完整的文本去加以分析,去体会作者所要表达的真实思想情感。但实际上,这种解读方式常常并不能真正解决诗歌阅读问题。例如,林徽因的诗歌《你是人间的四月天》:

我说你是人间的四月天；
笑响点亮了四面风；轻灵
在春的光艳中交舞着变。

你是四月早天里的云烟，
黄昏吹着风的软，星子在
无意中闪，细雨点洒在花前。

那轻，那娉婷，你是，鲜妍
百花的冠冕你戴着，你是
天真，庄严，你是夜夜的月圆。

雪化后那片鹅黄，你像；新鲜
初放芽的绿，你是；柔嫩喜悦
水光浮动着你梦期待中的白莲。

你是一树一树的花开，是燕
在梁间呢喃，——你是爱，是暖，
是希望，你是人间的四月天！

(原载一九三四年五月《学文》一卷一期)

　　这样一首缠绵悱恻的诗歌，如果我们按照"以意逆志"的要求去解读的话，则无论从文辞来看，还是从情感倾向来理解，它都应该是一首地道的爱情诗。然而，由于解读活动与解读客体之间存在的"时间差距"，导致人们在理解上存在着一定的障碍，人们在它究竟为谁而作和它究竟要表达怎样一种思想感情问题上存在很大的分歧。有人认为这是写给徐志摩的一首爱情诗，它表达了诗人对因飞机失事不幸遇难的情人的思念之情（因为该诗写于徐志摩遇难后的第三年）；有人则认为这首诗是写给她弟弟的，是为怀念诗人那在抗日战争中牺牲的飞行员弟弟而作；而林徽因的儿子梁从诫先生在答记者问时则反复强调说这首诗是写给年幼时他本人的（当时他才几岁），根本就不是写给徐志摩或其他人①，而这种说法也不能说毫无道理，因为迎春花可以象征一个人的童年，象征一个孩子，还有像"初放芽的绿""柔嫩的喜悦"这些词都可以理解为对童年或孩子的写照。这样一来，这首原本看来很容易解读的诗歌就给蒙上了一层莫测的面纱，让人难予判断。

那么，究竟该如何看待这种文本解读现象呢？我认为这实际上就是诗歌文本的解读空间问题。传统诗学中"以意逆志"的解读方法，虽然能够很好地解决诗歌文本解读的认识层次问题，但在价值判断层面却不一定能够成为最终的裁决者，因为上述三个分歧很大的结论，都可以从"以意逆志"的解读方法中找到合理的根据。这就需要我们重新寻找价值判断的参照系。

二、即存在以释本质

然则，问题的症结究竟在哪里呢？台湾大学教授黄俊杰先生有关"中国诠释学"特点的概括值得我们深思。他说："我们东亚文化中的诠释传统实际上是一种'实学'，它作为'实践的诠释学'的意味远大于'本体诠释学'的意味……但作为诠释方法，东亚有一个共同特征，就是'即存在以论本质'，'本质'只有在'存在'里面才能被掌握，否则就是空谈。"②这里他虽然谈的不是诗歌解读问题，但是问题的指向性与我们所论及的诗歌文本解读却是一致的。换句话说，在诗歌解读活动中，我们不应只局限于文学文本，我们还应该到社会文本中去寻找价值判断的参数。例如，林徽因的诗歌《别丢掉》：

别丢掉
这一把过往的热情，
现在流水似的，
轻轻
在幽冷的山泉底，
在黑夜，在松林，

---

① 蓝棣之：《文学创作的有意识和无意识》，《在文学馆听讲座——文学的使命》，华艺出版社2002年版，第48页。

② 余敦康、黄俊杰等：《中国诠释学是一座桥》，《光明日报》2002年9月26日。

叹息似的渺茫,
你仍要保存着那真!
一样是月明,
一样是隔山灯火,
满天的星,
只使人不见,
梦似的挂起,
你问黑夜要回
那一句话——你仍得相信
山谷中留着
有那回音!

这首曾经被朱自清先生特别提及并广为传诵的诗歌,似乎也成了一首解读不透的诗歌。从文学文本解读中"以意逆志"思路出发,有人直觉地认为这是一首爱情诗,毫无疑问应该是写给徐志摩的,"我们设想这个地方是香山,香山是徐志摩和林徽因常去的地方。徐志摩死了之后,林徽因到了香山,看见了同样的灯火,同样的明月,这一把感情就不要丢掉了……三年过去了,林徽因她不能总在悲痛之中,她愿意把徐志摩想得比较好,他的死是一种美,这样对大家都是一种好处"[①]。但也有人持怀疑态度,认为诗歌中并没有特别指出什么,我们只要把握住诗歌中抒发的对于那已成过往的真情的理解与珍重,在"别丢掉"三字之下,所升华的那种让人怦然心动、憧憬向往的美丽人性就够了,我们大可不必这样勉强解读,非要找出所指为何。为什么会出现不同的解读声音呢?我以为问题不在于诗歌文本自身,而在于他们所依据的社会文本不同。蓝棣之先生作为清华大学的一名教授、博导,他要通过对这首诗歌的阐释来为自己的诗学观点张目,扩大审美诗学在普通大众中的影响,而且由于他与被评论的对象之间毫无瓜葛,这样讲的时候,自然能够超脱一些。假如是梁从诫先生的话,因为被议论的对象是他母亲,涉及家族的声誉,涉及伦理道德问题,或许他会有另一番解读。至于其他读者,自然也会有不同的解读声音。

[①] 蓝棣之:《文学创作的有意识和无意识》,《在文学馆听讲座——文学的使命》,华艺出版社 2002 年版,第 50 页。

其实，这种"即存在以释本质"的解读情况并不是个别现象，它在中国诗歌文本解读活动中早就大量存在，而且情况更为严重，更为复杂，"六经注我"或"我注六经"就是这种现象的理论注脚。一种情形就是将诗歌文本的解读与现实政治相关联，如一些人中对杜甫名诗《茅屋为秋风所破歌》的批评就是如此。这本是一首抒写诗人漂泊西南、生活艰难困苦，并寄托对下层人民深切同情的诗歌，但竟然被一些人解读为这是一首反映了杜甫剥削阶级思想的诗歌。另一种情形就是将诗歌文本解读作为个人心路历程的表述。很多人读屈原的《离骚》，谈到自己少年时候是如何读，中年时候如何读，老年时候如何读，感受如何如何不同，就是如此。第三种情形是将诗歌解读作为护教行为来看待。"《诗三百》，一言以蔽之，曰：思无邪。"（《论语·为政》）；"《关雎》乐而不淫，哀而不伤"（《论语·八佾》），孔子对《诗经》的解读就是为他所倡导的儒家政治信仰服务的。

三、文本与问题审视

"即存在以释本质"，希冀从社会文本中去寻找诗歌文本解读的答案，这本是文本解读活动中一个带普遍性的现象。西方学者将文学文本的存在形式区分为"第一文本"（也称"现象文本"）和"第二文本"（也称"生成文本"）。认为作者提供的只是一个被赋予了表面形式的"现象文本"，只有通过读者的理解，"现象文本"才能获得自己的本质性存在，成为"生成文本"。叶圣陶先生也曾指出："文艺作品往往不是倾筐倒箧地说的，说出来的只是一部分罢了，还有一部分所谓言外之意，弦外之音，没有说出来，必须驱遣我们的想象，才能够领会它。"[①] 这里面自然也包含着从社会文本中去寻找解读答案的内容。但是需要指出的是，中国式诗歌解读的方法常常不是从关注文本出发，而是从隐藏在文本背后的问题出发的。因此，诗歌解读最重要的不在文本自身，而在于文本背后的问题审视意识。当你想理解某一诗歌文本时，你首先要具有问题意识，只有当你把对文本的理解看成是对问题的答复时，你才算真正理解和解释了文本。而不同时代有不同的问题，每个时代都有问题，问题层出不穷，这样人们

---

① 叶圣陶：《文艺作品的鉴赏》，载龙协涛编：《鉴赏文存》，人民文学出版社1984年版，第11页。

对同一个文本的解读就很可能找不到一个确切的答案。例如,林徽因的诗歌《八月的忧愁》:

> 黄水塘里游着白鹅,
> 高粱梗油青的刚高过头,
> 这跳动的心怎样安插,
> 田里一窄条路,八月里这忧愁?
>
> 天是昨夜雨洗过的,山岗
> 照着太阳又留一片影;
> 羊跟着放羊的转进村庄,
> 一大棵树荫下罩着井,又像是心。
>
> 从没有人说过八月什么话,
> 夏天过去了,也不到秋天,
> 但我望着田垄,土墙上的瓜,
> 仍不明白生活同梦怎样的连牵。

这样一首从意象呈现来看全然是写农村景象的诗歌,如果我们不带着问题审视意识来解读的话,是找不到什么新鲜内容的。但是,当我们带着"如何看待爱情与道德"的眼光来审视的话,我们就会发现,这里其实涉及林徽因的爱情道德观。在林徽因研究中,人们私下有一种议论,说林徽因"一个男人为她坠机身亡,一个男人为她终身不娶",言下之意就是说她不怎么讲爱情道德。那么,这首诗歌与林徽因的爱情道德观有什么内在联系呢?蓝棣之教授结合金岳霖先生对这首诗歌的反映,认为此诗看似写八月农村的景象,实际上是写诗人自己的心情,写她面临金岳霖的爱情时所产生的感情问题。"现在我们假设说,她有个梦想,这个瓜是比喻她的梦想,田垄是比喻她目前的生活,她就像田垄跟土墙上的瓜之间找不着联系……但实际上是写的一个32岁的女性,她在这时候面临这样一个男人,这样的爱她,宠她,在这个时候,她的一种情绪。"① 这样一来,《八月的忧愁》就有了现实的人生指向,就有了具体的情感内涵,诗歌也就有了鲜活的内容,有了更强的可读性。问题在于,这首诗歌如果让梁从诫先生来解读的话,可能又会是另外一番景象。至于若干年以后,当人们找到其他文献佐证的话,不知又会得出什么样的结论。不确切性,使中国传统解读方法在这里陷入了偏离文本的困境。

四、走出"超所指"陷阱

从对林徽因几首诗歌的解读情况,我们可以看出中国传统诗歌解读方法的局限性。这种局限性,从理论上看,一言以蔽之,就是为诗歌文本解读预设的"超所指"陷阱(这里的所谓"超所指"指的是在传统诗歌解读中存在的无限扩大意指对象倾向)。它特别看重诗歌文本的某种寓意或意味,强调读者通过自己的解读,从社会文本的角度去领悟和理解,把所指的范围无限扩大,以至于难以形成真正的价值判断。

应该说,这种习惯于从社会生活的层面,或从诗人创作经历、诗人心理层面去寻找文本意义和解读依据的做法,有一定的合理性。因为一个特定文学文本的意义的最终确定,总是或多或少地要借助于它所赖以产生的社会文化背景,而作为诗人心灵的产物,对诗人的经历和思想过程的了解,也能为解读文本提供必要的参照。但诗歌文本的意义终归是要通过文本本身得以呈现的。诗歌文本的解读空间并不是漫无边际的。

我认为在诗歌文本的解读中,有两个方面特别值得注意,因为它实际上规范了我们对诗歌文本的解读范围。一方面我们要看到诗歌文本解读活动是对语言文本的解释和理解活动,它必须通过对文本的阅读而达到对意义的理解,它是一种解释活动,带有某种程度的客观性;另一方面也要看到对诗歌文本的解读,始终是在审美欣赏中进行的,它是一种审美活动,带有某种程度的创造性。因而,我们既不能脱离诗歌文本实际,把读者在阅读中的创造性夸大到"超所指"的程度,从而掉入中国传统解读方法所造成的难以形成真正价值判断之类

---

① 蓝棣之:《文学创作的有意识和无意识》,《在文学馆听讲座——文学的使命》,华艺出版社 2002 年版,第 53 页。

的陷阱；同时，我们也不能过分拘泥于诗歌文本的客观性，像西方日内瓦学派的批评家普莱那样，以为"阅读就是这样一种方式：不仅屈从于大堆的外在语词、意象、观念，而且屈从于说出和容纳这些语词、意象、观念的那个异己的本源"，"作品在我之中过着它的生活"①，使读者变成作品暂且栖居的"场所"，让人一点也体会不到审美欣赏的快乐。总之，既不脱离诗歌文本所容涵的客观意蕴，同时又允许创造性地深化对文本的理解，或许就是我们从林徽因诗歌解读中所应获取的审美启迪。

［原载《江汉大学学报》（人文科学版）2003年第3期］

---

① ［比］乔治·普莱：《阅读的现象学》，载王逢振、盛宁、李自修编：《最新西方文论选》，漓江出版社1991年版，第6页。

小说研究

《西游记》叙事的生态意蕴解读

作为中国古代一部民间叙事和文人创作相结合的长篇小说,《西游记》无疑包含着深厚的民族文化意蕴。长期以来,人们对《西游记》的文本意蕴进行了多角度的研究与阐释。以古代学者的研究而言,"或云劝学,或云谈禅,或云讲道"①,大致承认它"虽极幻妄无当,然亦有至理存焉"(谢肇淛《五杂俎》卷十五)。到了现代,随着研究者文化视野的进一步开阔,人们又提出了一些新的见解。如对《西游记》研究具有现代转型开启之功的鲁迅和胡适均强调它的幻中有趣性(鲁迅《中国小说史略》和胡适《〈西游记〉考证》)。以此为起点,人们关于《西游记》的意蕴解读不断得到更新。有人认为,"《西游记》以'幻想的形式,现实的内容',曲折地反映了明代中叶的社会现实"②;有人认为,《西游记》是一部"寓有人生哲理的'游戏之作'"③;还有人认为,"《西游记》的原型是道教全真道经典《性命双修万神圭旨》。《西游记》通过文学艺术的手法来表现全真道三教合一、性命双修的教义,《西游记》不是神魔小说、童话小说,而是世界文学史上唯一的一部东方传统文化的自觉载体"④。此外,还有人民斗争说、歌颂市民说、安天医国说、诛奸尚贤说、批判佛教说……应该说,这些研

---

① 《中国小说史略·汉文学史纲》,《鲁迅全集》卷八,人民文学出版社1963年版,第135页。

② 赵民政:《西游记思想倾向琐谈》,载江苏社会科学院文学研究所编:《西游记研究》,江苏古籍出版社1984年版,第9页。

③ 袁行霈:《中国文学史》第4卷,高等教育出版社2002年版,第152页。

④ 李安纲:《〈西游记〉的真谛——在2002年全国明清小说研讨会上的发言》,《运城学院学报》2003年第2期。

究都是适应不同时期社会文化发展的需要得出的结论,因而也都具有一定的文化价值。但在我看来,还是以鲁迅的看法较为允当。鲁迅在《中国小说史略》中曾深刻地指出:"(《西游记》)乃亦释迦与老君同流,真性与元神杂出,使三教之徒,皆得随宜附会而已。"① 在他看来,人们阅读和欣赏《西游记》的真正意义,乃在于"皆得随宜附会而已"。也就是说,《西游记》的意蕴虽然与佛教、道教密切相关,其实是很难确指的,而且也没有必要寻找一个准确的答案,不同时代的人们对《西游记》的文本意蕴完全可以解读出不同的意义来。

一、洞天福地:生态理想之境

一般认为,《西游记》的完备形态大约成书于明代嘉靖、万历年间。现存最早的善本是刊行于明代万历二十年(1592)的金陵世德堂20卷100回本《新刻出像官板大字西游记》。这一成书时代,正是明王朝由盛到衰的转折阶段,是明代中后期政治极为腐败黑暗的时期。当此之际,明世宗经年不朝;明武宗荒淫无度,宦官刘瑾肆虐,朝野侧目;明世宗时奸臣严嵩父子专权,为非作歹,贿赂公行;而作为明王朝专制统治工具的东厂、西厂、锦衣卫,更是横行不法,将社会搞得乌烟瘴气。与此同时,由于土地高度集中,失地农民变成流民四处逃荒,生活濒临绝境,农民起义和佃农抗租活动此起彼伏。正如史书所记载的那样,各衙门"职业尽弛,上下解体"(《明史》卷二一八《方从哲传》),"狱囚积至千人,莫为问断"(《明通鉴》卷七四),而作为特殊利益阶层的皇族、权臣、宦官和地主则经常"侵凌军民,强夺田亩","占土地,敛财物,污妇女,稍与分辩,辄被诬奏。官校执缚,举家惊恐,民心伤痛入骨"(《明史》卷七七《食货志》一)。

恶劣的社会文化生态环境必然引发自然生态危机。据史料记载,有明一代,特别是明代中后期的中国,自然生态已经是危机四伏。在"东起辽海,西至嘉峪,南至琼崖,北抵云朔"的广袤大地上已显露出自然生态体系持续恶化和退化的疲态,人口爆炸性增长和对资源掠夺性的破坏,使得全国大部分地区陷入不堪重负的窘境,生态环境每况愈下。首先,森林面积大幅度下降。据《长安

---

① 《中国小说史略·汉文学史纲》,《鲁迅全集》卷八,人民文学出版社1963年版,第135页。

客话》记载，冀北燕山于成化年间还是"延袤数千里，山势高险，林木茂密，人马不通"，后戍守之兵于边墙附近烧荒，"每年大放军士，伐木两次"，"四山尽烧，防有伏者"，"近边诸地，经明嘉靖胡守中斩伐，辽元以来，古松略尽"。到隆庆时，这片原始森林的千年古松已被斫焚得荡然无存。除此之外，各地流民开荒垦山，对森林的破坏就更加突出。其次，江河流域水土流失加剧、沙漠化进度加快、湖泊湿地资源衰减。以长江中下游为例，明代嘉靖以前，江汉平原还流行"江清不易淤"的说法，而万历年间却出现了严重的浊化现象，据《湖广总志·水利志》记载："近年深山穷谷，石林沙阜，莫不芟辟耕耨。然地脉既疏，则沙砾易崩，故每雨则山谷泥沙入江流。而江身之浅涩，诸湖之湮平，职此故也。"沙漠化问题也相当严重。据《明经世文编》卷三百五十九记载，当时毛乌素沙漠已经越过长城，达到陕西的榆林，人们看到的是这样的景象："其镇城一望黄沙，弥漫无际，寸草不生。猝遇大风，即有一二可耕之地，曾不终朝，尽为沙碛，疆界茫然。"至于湖泊湿地，由于宗藩和权贵对田土的需索无度和填湖造田，数量大为减少，面积日渐萎缩。几乎失去了涵养生物、调节气候的作用。其三，野生动物明显减少。据史书记载，由于森林被毁，野生动物大量减少，经常发生老虎无法生存被迫闯进民间伤人的事件，"正德十六年春，猛虎群出，多伤畜类，民难往来"[①]。其四，灾荒发生频繁。据邓云特在《中国救荒史》中考证："明代共历二百七十六年，而灾害之烦，则竟达一千零一十一次之多。"[②] 因此，呼唤人与自然、人与社会、人与自我全面和谐的生态理想就成为那个时代具有普遍意义的精神诉求，这就像陶渊明在世风日下的晋末社会里渴望有一个世外桃源一样。也正因为如此，《西游记》作者以充满生态情怀的笔调，在第一回"灵根孕育源流出　心性修持大道生"中开篇就描绘了他心目中的"生态理想"之境——"花果山福地，水帘洞洞天"：

  海外有一国土名曰傲来国。国近大海，海中有一座名山唤为花果山。此山乃十洲之祖脉，三岛之来龙，自开清浊而立鸿蒙判后而成。真个好山！有诗为证。赋曰：

[①] 陈登林、马建章编著：《中国自然保护史纲》，东北林业大学出版社1991年版，第152～153页。

[②] 邓云特：《中国救荒史》，上海书店1984年版。

> 势镇汪洋,威宁瑶海。势镇汪洋,潮涌银山鱼入穴;威宁瑶海,波翻雪浪蜃离渊。水火方隅高积土,东海之处耸崇巅。丹崖怪石,削壁奇峰。丹崖上,彩凤双鸣;削壁前,麒麟独卧。峰头时听锦鸡鸣,石窟每观龙出入。林中有寿鹿仙狐,树上有灵禽玄鹤。瑶草奇花不谢,青松翠柏长春。仙桃常结果,修竹每留云。一条涧壑藤萝密,四面原堤草色新。正是百川会处擎天柱,万劫无移大地根。

从小说这段对花果山的描绘中,我们可以深切感受到"福地"那一尘不染的美好自然生态环境。这是一处远离尘世喧嚣的自在世界,大自然中的朝云暮雨、花开花落、鸟语花香,丝毫没有受到人为的干扰!而花果山中的水帘洞,则是秉受上天造化之功的世外存身之所,所谓"石座石床真可爱,石盆石碗更堪夸","刮风有处躲,下雨好存身。霜雪全无惧,雷声永不闻。烟霞常照耀,祥瑞每蒸熏。松竹年年秀,奇花日日新"。在这样一处洞天福地里,生活于其中的猴子社会也是其乐融融,它们"日日欢会,在仙山福地,古洞神洲,不伏麒麟辖,不伏凤凰管,又不伏人间王位拘束,自由自在"。这是一处多么美好的人与自然、人与社会、人与自我全面和谐的生态画卷啊!它与明代中后期恶劣的社会文化生态和自然生态形成鲜明对照。故此在第一回写到孙悟空访求仙佛神圣之道时,作者有意插入这样一段话:"见世人都是为名为利之徒,更无一个为身命者。正是那:争名夺利几时休?早起迟眠不自由!骑着驴骡思骏马,官居宰相望王侯。"对不健康的社会文化生态予以了辛辣的嘲讽。自然,作者也并没有一味讴歌原生态"洞天福地"的美好生活,因为即便是这里也还逃脱不了生老病死的苦恼,按照今天的科学发展观来看,它还是一种较低层次的原生态社会,离作者心目中真正理想的生态社会境界还有一定距离。然而,这并不影响小说对生态理想之境的诗意表达,小说描绘的"洞天福地"境界仍然是令人神往的。对生态理想之境的吁求,使《西游记》自问世以来就充满浪漫主义的奇情幻想,引领人们为寻找那"洞天福地"式的"天地神人"四方和谐共在的诗意栖居环境而倾尽心力。

二、龌龊三界：生态灾难之象

我们知道，自从人类主宰地球以后，生态环境的变化就不再是一个简单的自然过程，它已与人类社会的各种生命活动息息相关。换句话说，人类已经成为影响地球生态的一个重要变量。因而，影响和破坏生态环境的表现形式及其原因也是异常复杂的，它涉及人类社会物质生活和文化生活的各个层面，甚至从某种意义上来说，人类的文化是比自然更重要的影响地球生态的决定性因素。所以，美国当代环境伦理学家霍尔姆斯·罗尔斯顿在其《环境伦理学·中文版前言》中曾深刻指出："地球的丰富性已在人这里实现了对它自己的意识。人类能够以其他物种所不能的方式欣赏这种丰富性。这种欣赏进一步增加了这种丰富性。人类能够创造性地构建多姿多彩的、复杂的文化；这些文化也增加了地球的丰富性。但是，如果这种文化进一步破坏了历经数千年才取得的生物多样性，给后人留下一个贫瘠的地球，那么，它就将是人类文化，特别是我们引以为自豪的所谓现代人类文化的一个悲剧性失败。我们不仅将使自己变得一无所有，而且还将使地球变成不毛之地。"[1]

虽然由于生产力发展的限制，明代社会的生态破坏程度有限，但这并不意味着明代生态环境的破坏与当时的社会文化生态无关。事实上，它们之间的关联是非常明显的。由于明代是一个商品经济十分发达的社会，商品经济的持续发展，使各行各业的生产规模不断扩大，出现了像冶铸、煮盐、烧炭、造纸、造船、采矿、陶瓷、制糖、丝织、染料、粮油加工等行业的巨大繁荣。但与此同时，与商品经济相伴而生的商业文化也带来了环境污染、资源浪费和森林破坏等同今天情况十分类似的生态问题。

> 凡烧硫磺、石与煤矿石同形。掘起其石，用煤炭饼包裹丛架，外筑土作炉。碳与石皆载千斤于内，炉上用烧硫旧渣掩盖，中顶隆起，透一圆孔其中，火力到时，孔内透出黄炎金光。凡烧砒……下风所近，草木皆死。
>
> （宋应星《天工开物》卷十一）

---

[1] [美]霍尔姆斯·罗尔斯顿：《环境伦理学》，杨通进译，中国社会科学出版社2000年版，第7页。

> 下铁矿时,与坚炭相杂,率以机车从山上飞掷以入炉,其焰火烛天,黑浊之气,数十里不散。
>
> （清初屈大均《广东新语》）

类似的生态破坏情形在明代文献中还有许多记载。这些显然是由明代社会商业文化的趋利精神所诱发的。不仅如此,在明代社会中后期,这种商业文化的趋利精神还直接渗透到了上至皇亲国戚、下至黎民百姓的各个社会阶层,甚至还影响人们对彼岸世界的想象。《西游记》中对神界、魔界和人间灾难之象的描绘,就真实地表现了明代社会在商业文化趋利精神影响下龌龊的文化生态景观。在小说第四十回中红孩儿盘剥山神土地的故事就生动地再现了这一幕:

> 那山上飞禽走兽全无……行者打了一会,打出一伙穷神来。都披一片、挂一片、裙无裆、裤无口的,跪在山前叫:"大圣,山神、土地来见。"行者道:"怎么就有许多山神、土地?"众神叩头道:"上告大圣。此山唤做'六百里钻头号山'。我等是十里一山神,十里一土地,共该三十名山神,三十名土地。昨日已闻大圣来了,只因一时会不齐,故此接迟,致令大圣发怒。万望恕罪。"行者道:"我且饶你罪名。我问你:'这山上有多少妖精?'"众神道:"爷爷呀,只有得一个妖精,把我们头也摩光了,弄得我们少香没纸,血食全无,一个个衣不充身,食不充口,还吃得有多少妖精哩!"行者道:"这妖精是山前住,是山后住?"众神道:"他也不在山前山后。这山中有一条涧叫做枯松涧,涧边有一座洞,叫做火云洞。那洞里有一个魔王,神通广大,常常地把我们山神、土地拿了去烧火顶门,黑夜与他提铃喝号。小妖儿又讨什么常例钱。"行者道:"汝等乃是阴鬼之仙,有何钱钞?"众神道:"正是没钱与他,只得捉几个山獐、野鹿,早晚间打点群精。若是没物相送,就要来拆庙宇,剥衣裳,搅得我等不得安生!万望大圣与我等剿除此怪,拯救山上生灵。"

这里并没有直接描写商业文化带来的环境污染、资源浪费和森林破坏等具体内容,但在这段有关牛魔王之子红孩儿剥夺土地和山神的文字中,我们依然可以感受到商业文化语境下趋利精神对人们心灵的毒害,以及由此而导致的对生态环境的巨大破坏。由于红孩儿及其部下的贪得无厌和无情盘剥，山神、土地这些神界基层官员竟至于到了"衣不充身，食不充口"的地步，他们只得"捉几个山獐、野鹿，早晚间打点群精"，以至于弄得"山上飞禽走兽全无"，食物链几近断裂的生态灾难境地。山神、土地尚且如此，那些尚未在小说中出现的孤魂野鬼被盘剥的程度就可想而知了，最终必将导致生灵涂炭和生态环境的严重破坏。诸如此类描写在《西游记》的神、魔、人三界中曾多次出现。应该指出的是，这类描写在明代以前的小说中几乎没有出现过。对龌龊三界生态灾难之象的真实再现，使《西游记》在叙写唐僧师徒西天取经、降妖伏怪的奇幻与诙谐故事时平添一股悲天悯人的生态情怀，从而增强了作品深厚的人文底蕴和思想穿透力。

三、欲海兴波：生态自失之源

现代生态思想告诉我们，生态环境的破坏问题，不仅与它所产生的那个时代的社会文化密切相关，而且同那个时代人们普遍的精神追求血脉相连。假如在某一个历史时段人们的精神生态普遍失衡，任由欲望之火熊熊燃烧，那么生态环境破坏也就在所难免了。正如著名历史学家汤因比所指出的那样，"在所谓发达国家的生活方式中，贪欲是作为美德受到赞许的。但是我认为，在允许贪欲肆虐的社会里，前途是没有希望的。没有自制的贪欲将导致自灭"，"人类如果要治理污染，继续生存，那就不但不应刺激贪欲，还要抑制贪欲"。[1] 生态思想家缪尔在《我们的国家公园》里也写道："利令智昏的人们像尘封的钟表，汲汲于功名富贵，奔波劳顿，也许他们的所得不多，但他们却不再拥有自我。"[2]

在资本主义萌芽状态商业文化的濡染之下，明代中后期社会普遍的精神追求是对各种欲望的顶礼膜拜。人们毫不掩饰对金钱和美色的艳羡，恣情纵乐，在俗世的追欢逐笑中，寻求人生的乐趣，甚至连一向淡泊名利的诗人也肆无忌惮地赞美"翠袖三千楼上下，黄金百万水西东"的世俗浮华生活（唐寅《六如居士全集》卷二《阊门即事》）。明代著名文人袁宏道在《龚惟长先生》中也露

---

[1] ［美］汤因比、［日］池田大作：《展望21世纪》，荀春生等译，国际文化出版公司1984年版，第57、429页。

[2] ［美］缪尔：《我们的国家公园》，郭名倞译，吉林人民出版社1999年版，第1～2页。

骨地表白，人间的真乐乃是"目极世间之色，耳极世间之声，身极世间之鲜，口极世间之谭"，人应该寻欢作乐到"朝不保夕""恬不知耻"的地步。这种欲望横流导致自然生态和社会生态严重畸变的现实，对于当时那些具有朴素生态意识的正统知识分子来说，是难以容忍的。它自然引起了明代社会知识精英的忧虑和批判。明代著名思想家王守仁就在其《大学问》中以弘扬儒家文化的口吻间接回应了这种病态文化，他认为，所谓大学，即大人之学；所谓大人，即以天地万物为一体之人。大人之所以为大人，"亦惟去其私欲之蔽，以自明其明德，复其天地万物一体之本然而已耳"。大人无自私的贪欲，他尊重万物的自然特性。大人明德，"君臣也，夫妇也，朋友也，以至于山川鬼神鸟兽草木也，莫不实有以亲之，以达吾一体之仁"。这种"大人"，与今天人们提倡的"生态人"非常接近。《西游记》作者应该就是这样一位具有朦胧生态意识的先知先觉者，他虽然没有达到王守仁所谓"大人"境界，但他在小说中多次写到欲海兴波引致生态自失的内容，并以自己独特的叙事艺术表达了明确的批判倾向。在小说第六十四回"荆棘岭悟能努力　木仙庵三藏谈诗"中，作者就通过对木仙庵树精的欲望叙写了它是如何导致生态自失的：

>　　那女子渐有见爱之意，挨挨轧轧，渐近坐边，低声悄语，呼道："佳客莫者，趁此良宵，不耍子待要怎的？人生光景，能有几何？"……他三人同师父看处，只见一座石崖，崖上有"木仙庵"三字。三藏道："此间正是。"行者仔细观察，却原来是一株大桧树，一株老柏，一株老松，一株老竹。竹后有一株丹枫。再看崖那边，还有一株老杏，二株蜡梅，二株丹桂。行者笑道："你可曾看见妖怪？"八戒道："不曾。"行者道："你不知。就是这几株树木在此成精也"……八戒闻言，不论好歹，一顿钉耙，三五长嘴，连拱带筑，把两棵蜡梅、丹桂、老杏、枫杨俱挥倒在地，果然那根下俱鲜血淋漓。三藏近前扯住道："悟能不可伤他！他虽成了气候，却不曾伤我。我等找路去吧。"行者道："师父不可惜他。恐日后成了大怪，害人不浅也。"那呆子索性一顿耙，将松、柏、桧、竹一齐皆筑倒。

在这段描写里，《西游记》作者对树精们夜晚才萌生欲望，早上旋即遭到毁灭的过程作了生动形象的展现。写的虽然是树木，暗讽的无疑是当时的人间社会。试想一想,在那荒山僻岭之上,几个老弱妇孺的树精,尚且产生迷失本性的欲望,如果在那都市繁华社会里,青年男女们的欲望又会怎样地膨胀呢?!人一旦控制不了自己的欲望,总会使其远远超出生理需要,表现出贪得无厌,永不满足。著名经济学家戴利曾经断言:"贪得无厌的人类已经堕落了,只因受到其永不满足的物质贪欲的诱惑……贪得无厌的人类在心理和精神方面的饥渴是不会饱足的……备受无穷贪欲的折磨,现代人的搜括已进入误区,他们凶猛地抓挠,正在使生命赖以支持的地球方舟的循环系统——生物圈渗出血来。"①这种论述与几百年前《西游记》中八戒筑树的情形何其相似!类似的欲望场面描写,在《西游记》中尚有多处,只不过欲望的表现形式有所不同罢了。例如小说第十六回"观音院僧谋宝贝 黑风山怪窃袈裟"和第八十九回"黄狮精虚设钉耙宴 金木土计闹豹头山"主要是揭示人的占有欲,而小说第十回"老龙王拙计犯天条 魏丞相遗书托冥吏"则是表现人的好胜欲。人的欲望曾经被看作是推动社会发展的巨大动力,但是无节制的欲望又会将人类引向破坏地球生态环境,毁灭人类自身的不归之路。对生态自失之源的揭示,不仅增强了《西游记》故事的生动形象性,而且让人对自然、社会和人生产生一种深度追问的哲思。

四、斗战胜佛:生态救赎之路

从生态整体观看来,人类不仅是社会存在物,更是地地道道的自然存在物,人始终是自然的组成部分,拯救地球生态就是拯救人类自身。正如绿色和平运动的《相互依赖宣言》所指出的那样:"地球是我们'身体'的一部分,我们必须学会像尊重我们自己一样尊重它,正像爱我们自己一样,我们必须爱这个星球上的一切生命。"② 因此,人类不但要以一种谦逊的态度去亲近自然、理解自然,认领我们业已衰竭的古老直觉——那种与原初的自然神秘力量共生的精神禀赋,而且还要以这个星球上最有智慧、最有力量、受益最大、权力最大,同时破坏性也最大的物种身份,对所有生物的生存和整个地球的存在承担起生态救

---

① [美]戴利、[美]汤森编:《珍惜地球:经济学、生态学、伦理学》,马杰等译,商务印书馆2001年版,第149页。

② 余谋昌:《生态哲学》,陕西人民教育出版社2000年版,第12页。

赎的道义责任。

明代中后期社会的人们虽然受到时代的局限，不可能产生今天这样深刻的生态思想，但是明代恶劣的自然生态环境（长达270余年的朱明王朝，被当今环境学家认定处于"环境严重恶化时期"）[1]也迫使他们不得不思考生态救赎的道路。明末思想家王夫之就汲取《周易大传》的"裁成辅相天地"思想，阐发了生态救赎的观念，他认为人类只要遵守自然规律就可以对生态环境加以调整。在他所撰的《读春秋左传·博议·吴征百牢》中，有一段精彩的"相天"之论：

> 语相天之大业，则必举而归之于圣人。乃其弗能相天与则任天而已矣。鱼之泳游，禽之翔集，皆其任天者也。人弗敢以圣自居，抑岂曰同禽鱼化哉？……天之所有因而有之，天之所无因而无之，则是厚生利用之德也；天之所治因而治之，天之所乱因而乱之，则是秉礼守义之经也。……夫天与之目力，必竭而后明焉；天与之耳力，必竭而后聪焉；天与之心思，必竭而后睿焉；天与之正气，必竭而后强以贞焉。可竭者，天也；竭之者，人也，人可竭之诚能。

王夫之的"相天"之论，已经认识到人类在顺应大自然的基础上，应该主动去调整人类本身和自然环境的关系，在维护生态平衡上发挥创造性作用，所谓"人可竭之"，就是这一思想的核心。除他之外，明代还有不少人对生态问题进行过理论探索，由此也推动着社会采取某些有益的措施来缓解日益恶化的生态环境。《西游记》在拯救生态方面，也有明确而形象的艺术表达。我在这里借用孙悟空功行圆满、成佛作祖时的封号，把它概括为"斗战胜佛"式的生态救赎道路。换句话说，在《西游记》作者看来，要维持生态平衡，人类除了要尊重自然、顺应自然外，还应该通过人的积极斗争来主动获得。一切具有生态正义感的人，不仅要与那些为了一己私利而破坏自然生态环境的反生态行为作斗争，而且还应该与恶劣的自然本身作斗争，诚能如此，我们的生态环境一定会得到真正的改善。我们仅以小说中关于施雨问题的两个章节来看，就能充分体会到这一生态救赎的思维路向。在小说第十回"老龙王拙计犯天条 魏丞相遗书托冥吏"中，作者通过泾河老龙王因与卖卦先生袁守诚赌气而克扣雨水后，

---

[1] 曲格平、金昌：《中国人口与环境》，中国环境科学出版社1992年版，第12页。

竟然被推上"剐龙台"斩首的故事，向我们明确传达出这样的信息：逆天行事，是违背自然生态规律的，必然会遭到自然界无情的报复。

"你违了玉帝敕旨，改了时辰，克了点数，犯了天条。你在那'剐龙台'上，恐难免一刀，你还在此骂我？"龙王见说，心惊胆战，毛骨悚然。急丢了门板，整衣伏礼，向先生跪下道："先生休怪，前言戏之耳。岂知弄假成真，果然违反天条，奈何？望先生救我一救！不然，我死也不放你。"

这段描写突出地体现了作者"崇拜天命"、顺应自然的观念，形象地描绘了龙王违反天意、胡作非为导致的严重后果。但另一方面，在小说第八十七回"凤仙郡冒天致旱　孙大圣劝善施霖"中作者又通过孙悟空在凤仙郡求雨行为，表达了积极的生态救赎思维路向。请看凤仙郡因旱灾求人祈雨的一段榜文：

连年亢旱，累岁干荒，民田菑而军地薄，河道浅而沟浍空，井中无水，泉底无津，富室聊以全生，穷民难以活命，斗粟百金之价，束薪五两之资，十岁女易米三升，五岁男随人带去，城中惧法，典衣当物以存身，乡下欺公，打劫吃人而顾命。

当这幅因干旱而导致的生态灾难图景呈现在面前的时候，我们是顺应自然生态规律，无所作为，还是积极开展生态救赎行动呢？《西游记》给出的答案是后者。它提倡在不违背自然规律的前提下，通过人的积极斗争来主动获得新的生态平衡，即小说所写到的"劝善施霖"。由于孙悟空的劝善行为达到了预期效果，积极向善的凤仙郡人终于迎来了"田畴久旱逢甘雨，河道经商处处通"的良好生态恢复景观。这与我们今天很多地方由于人们生态观念的树立，生态环境得到大幅改善，迎来候鸟栖居、野兽出没的美好生态恢复的情景何其相似！对生态救赎之路的思索，使《西游记》的生态意蕴不仅具有了思想追问的深度，更具有了强烈的生态实践价值。

（原载《江汉大学学报》2008年第1期）

生态变相:《老残游记》艺术观照方式解读

  作为中国近代四大"谴责小说"之一,《老残游记》历来受到文学评论界的高度关注。然而,由于作者刘鹗艺术观照方式的独特性,人们在对它进行解读时存在着很大差异。许啸天分析道:"这《老残游记》……在举世皆浮的时候,能注意到国计民生。"① 章衣萍指出该书是"一部实际的社会小说",是儿童们认识过去的社会情形的理想材料。② 美国汉学家夏志清则认为它是"中国的第一部政治小说"。③ 当代文学评论家谢冕则特别推崇它的强烈忧患意识,并认为"这种近代忧患感一直遗传到新文学中,并从中生发出许多新的品质来。例如感到压迫而思反抗,因为黑暗的笼罩而产生怀疑,为超越苦难而面对现世,入世精神和功利心促进文学楔入社会的纵深"④……应当承认,以上种种说法都存在某些合理内核,但是由于传统的文学解读方式和批评范式的局限性,它们都很难把握住小说在艺术观照方式上的独特之处,因而也就无法揭示出小说的深层意蕴。我认为,如果从生态文学批评的角度来看的话,它无疑是一部极富生态意味的近代小说,因为它典型地反映了中国近代社会的各种生态变相,深刻表现了中国近代由传统社会向现代社会过渡时期新旧交替、传统与现代胶着在一起

---

  ① 许啸天:《〈老残游记〉新序》,载刘德隆、朱禧、刘德平编:《刘鹗及〈老残游记〉资料》,四川人民出版社 1985 年版,第 437 页。

  ② 章衣萍:《〈老残游记〉新序》,载刘德隆、朱禧、刘德平编:《刘鹗及〈老残游记〉资料》,四川人民出版社 1985 年版,第 439 页。

  ③ [美] 夏志清:《〈老残游记〉新论》,载刘德隆、朱禧、刘德平编:《刘鹗及〈老残游记〉资料》,四川人民出版社 1985 年版,第 476 页。

  ④ 谢冕:《忧患:百年中国文学的母题》,《南方文坛》1998 年第 2 期。

的真实情形。

一、"山水之游"的自然生态变相

从生态文艺批评观来看,自然生态是人类社会赖以生存的物质根基,是人类一切文化活动的前提条件。只有当人与大自然和谐相处的时候,人才会获得身心的极大愉快,因而人类必须善待大自然,与大自然亲密交往,否则,"人类对地球的维持生命能力施加任何伤害,都会像澳洲飞镖那样返回到人类自己身上"①。就这一点而言,中国传统文明处理得非常之好,在古代哲人的思想观念中早就认识到人与自然之间是和谐圆融的,"天人合一"就是这一古代朴素生态观的经典表达,而且这在中国古代文学艺术中也得到了充分体现。中国古代许多诗人、作家的作品中都表现了人与自然和谐圆融的美妙境界,例如陶渊明的山水田园诗歌,其"采菊东篱下,悠然见南山""羁鸟恋旧林,池鱼思故渊"等诗句就抒发了人与自然和谐交往的美好生态情怀。但是,到了中国近代社会,人们对大自然的体认在弱势文化生境中随着"西学东渐"的浸染发生了微妙的变化,这集中体现在小说的"山水之游"部分。

首先,小说在展现自然生态给人类以美好情操陶冶的同时,又以之来衬托社会生态的病象。从全书来看,对自然生态着笔较多的主要有描写桃花山月夜,黄河冰岸上雪月交辉的景致以及大明湖、千佛山的美丽风光的段落,在这些描写中作者常常以生动细腻的笔触描绘出一幅幅美妙的风景画和风俗画。请看小说第八回写"桃花山月夜"的片段:

> 才出村庄,见面前一条沙河,有一里多宽,却都是沙,唯有中间一线河身,土人架了一个板桥,不过丈数长的光景。桥下河里虽结满了冰,还有水声,从那冰下潺潺的流,听着像似环佩摇曳的意思,知道是水流带着小冰,与那大冰相撞击的声音了。过了沙河,即是东峪。原来这山从南面逶迤北来,中间龙脉起伏,一时虽看不到,只是这左右两条大峪,就是两批长岭,峰峦重叠,到此相交。除中峰不计外,左边

---

① [日]池田大作、[意]奥锐里欧·贝恰:《二十一世纪的警钟》,卞立强译,中国国际广播出版社1988年版,第18页。

一条大溪河，叫东峪。右边一条大溪河叫西峪。两峪里的水，在前面相会，并成一溪，左环右转，湾了三湾，才出溪口。出口后，就是刚才所过的那条河了。

子平进了山口，抬头看时，只见不远前面就是一片高山，像架屏风似的，迎面竖起，土石相间，树木丛杂。却当大雪之后，石是青的，雪是白的，树上枝条是黄的，又有许多松柏是绿的，一丛一丛，如画上点的苔（错杂墨点）一样。骑着驴，玩着山景，实在快乐得极，思想做两句诗，描摹这个景色。

这是一幅多么美妙的雪月交辉夜景啊！大自然呈现出的是一派天地浑融、和谐恬静的生态景观。在这里没有尘世的喧嚣，没有类似于今天自然生态遭到破坏后的光秃秃山岭，更没有风沙裹着雪花飘飞而令人败兴的黄雪之景。它是怡情悦性的，令行走其中的客人"实在快乐得极，思想做两句诗，描摹这个景色"。

然而，作者的"山水之游"，在写到自然之美景时，并不全是这种对大自然的一味赞美，在很多时候他是以之来衬托社会生态的病象的。例如小说第六回，老残题《血染顶珠红》一诗于墙壁之后，作者写道：

> 饭后，那雪越下得大了，站在房门口朝外一看，只见大小树枝，仿佛都用簇新的棉花裹着似的。树上有几只老鸦，缩着颈项避寒，不住地抖撒翎毛，怕雪堆在身上。又见许多麻雀儿，躲在屋檐底下，也把头缩着怕冷，其饥寒之状殊觉可悯。因想："这些鸟雀，无非靠着草木上结的实，并些小虫蚁儿充饥度命。现在各样虫蚁自然是都蛰见不着的了。就是那草木之实，经这雪一盖，那里还有呢？倘若明天晴了，雪略为化一化，西北风一吹，雪又变成了冰，仍然是找不着，岂不要饿到明春吗？"想到这里，觉得替这些鸟雀愁苦的受不得，转念又想："这些鸟雀虽然冻饿，却没有人放枪伤害他，又没有什么网罗来捉他，不过暂时饥寒，撑到明年开春，便快活不尽了。若像这曹州府的百姓呢，近几年的年岁也就很不好。又有这们一个酷虐的父母官，动不动就捉了去当强盗待，用站笼站杀，吓的连一句话也说不出来，于饥寒之外，又多一层惧怕，岂不比这鸟雀还要苦吗？"想到这里，不觉落下泪来。又见那老鸦有一阵刮刮地叫了几声，仿佛他不是号寒啼饥，却是为有

言论自由的乐趣,来骄这曹州百姓似的。

这是一段"慈悲情怀"的抒写。老残先是观雪赏景,继之为老鸦麻雀动了怜悯,然后又由鸟及人,人鸟相较,人尚不及雪中寒鸦有点"言论自由"的乐趣!在这里,作者将自然景观与规定情景中人物的内心曲折隐微结合起来了。因而在这一层面上,大自然生态被赋予了深刻蕴藉的内涵。就这一点而言,《老残游记》的艺术观照方式与古典文学写到自然生态时拥抱与礼赞的情怀是有明显区别的(例如中国历史上的"山水田园"诗歌)。

其次,小说表现了自然生态灾难给人类带来的严重恶果,尤其谴责了封建统治下的昏官们人为造成生态灾难的愚蠢行为。这集中体现在小说对黄河水患的描写上。小说第十四回"大县若蛙半浮水面,小船如蚁分送馒头"中借妓女翠花之口写到黄河发大水时的悲惨情形:

当时只听城上一片嘈嚷,说:"小埝漫咧!小埝漫咧!"城上的人呼呼价往下跑。俺妈哭着就地一坐,说:"俺就死在这儿不回去了!"俺没法,只好陪着在旁边哭。只听人说:"城门缝里过水!"那无数人就乱跑,也不管是人家、是店、是铺子,抓着被褥就是被褥,抓着衣服就是衣服,全拿去塞城门缝子。一会儿把咱街上估衣铺的衣服,布店里的布,都拿去塞了城门缝子。渐渐听说:"不过水了!"又听嚷说:"土包单弱,恐怕挡不住!"这就看着多少人到俺店里去搬粮食口袋,望城门洞里去填。一会看着搬空了,又有那纸店里的纸,棉花店里的棉花,又是搬个干尽。

那时天也明了,俺妈也哭昏了,俺也没法,只好坐地守着。耳朵里不住的听人说:"这水可真了不得!城外屋子已经过了屋檐,这水头怕不快有一丈多深吗?从来没听说过这们大的水!"后来还是店里几个伙计,上来把俺妈同俺架了回去。回到店里,那可不像样子了。听见伙计说:"店里整布袋的粮食都填满了城门洞,囤子里的散粮被乱人抢了一个精光。只有泼撒在地下的,扫了扫,还有两三担粮食。"店里原有两个老妈子,他们家也在乡下,听说这们大的水,想必老老小小也都是没有命的,直哭的想死不想活。

这种由自然生态灾难演变为社会生态灾难带来悲惨情景的描写在中国古代小说中是不多见的,即使有的作品写到这样一些内容,那也只是作为某种故事情节或人物塑造的背景来写的,像《岳飞传》中写岳飞童年遭遇的片段,《西游记》中写唐僧幼年情况的片段就是如此。但是,到了近代"谴责小说"家刘鹗笔下,这种描写似乎真正具有了某种生态的意味,因为在小说中作者谴责了封建统治下的昏官们人为造成生态灾难的行为,而这在以前的文学作品中是很少能找得到这种描写方式的。当然,这并不是说它真正具有了现代人所具备的生态意识,它同我们今天对于生态的理解还是有区别的。比如我们今天谈河流的生态问题,主要是着眼于水体污染、水质恶化这样一些更为严重的因素。

二、"社会之游"的文化生态变相

如果说在"山水之游"中,作者对自然生态的表现无论在篇幅还是在内容上都显得不够丰厚的话,那么,在"社会之游"中作者对文化生态病象的表现则可谓入木三分。跟着他的游踪,我们看到了清末山东黄河两岸人民的深重痛苦和灾难,读出了对施行暴政于民的酷吏和置人民于水火中的昏官给予严厉的谴责。不仅如此,作者的高明之处更在于,他不是人云亦云地泛泛描写那些贪赃枉法的贪官嘴脸,而是通过塑造几个貌似贤明的"清官"和"能吏"的典型形象,将批判的笔触突入社会文化生态的病灶深处。他说:"赃官可恨,人人知之,清官尤可恨,人多不知。盖赃官自知有病,不敢公然为非,清官则自以为不要钱,何所不可?刚愎自用,小则杀人,大则误国。"这也许就是刘鹗的《老残游记》虽然篇幅不长,结构不够谨严,艺术技巧也有待锤炼,但却高出其他"谴责小说"的艺术成就之所在。

玉贤是个"能吏",他署理曹州府,"不到一年竟有路不拾遗的景象",深得上司赏识,因而被破格补为曹州知府。原来他的衙门前面有十二个站笼,"天天不得空","未到一年,站笼站死两千多人"。于家父子因与强盗结仇,强盗栽赃陷害,玉贤不审真情,就把父子三人活活站死。杂货铺老板的独生子酒后说了几句玉大人糊涂,被暗探听见,抓进衙门,"大人坐堂,只骂了一句,说:'你这东西谣言惑众,还了得吗!'站起站笼,不到两天就站死了"。相反,于家父子死后抓到了栽赃的真强盗,却都放了。当玉贤手下人为于家父子求情时,玉贤宣布了他的断案逻辑:"你会慈悲于学礼,你就不会慈悲于你主人吗?这人无论冤枉不冤枉,若放了他,一定不能甘心,将来连我前程都保不住。俗话说得好,'斩草要除根',就是这个道理。"在这样草菅人命的残忍吏治下,路不拾遗的景象背后,是千千万万家庭的血泪,站笼里有"九分半"是无辜的冤魂,真强盗仍逍遥法外。对这样的酷吏,老残恨得怒发冲冠,愤然题诗道:

> 得失沦肌髓,因之急事功。
> 冤埋城阙暗,血染顶珠红。
> 处处鸺鹠雨,山山虎豹风。
> 杀民如杀贼,太守是元戎。

刚弼是个"清官",而他的可恨比玉贤有过之而无比及,他能够拒收巨额贿赂,但这种"清廉"竟成了他可以任意滥杀无辜的理由,很多良民就这样成了他的刀下之鬼。一次他受命去清河县审理一桩十三条人命的大案,被告家人因胆怯而送六千两巨额银票求情,他竟据以臆断毒死人命者必是被告,方肯出此大钱买命,于是一再严刑拷逼,终于屈打成招,造成一个巨大冤案,叫作"六千金买得凌迟罪",真是千古奇冤!若非老残从中插手,又要多杀几多无辜之人!

做官做到这一步,已经不仅仅是个人问题了,它说明整个社会文化之河陷入了不能够自净的生态灾难状态了。作者对这样一种病态的文化生态是非常痛心的,所以他在写作时满怀着强烈的生态忧患意识,想要通过自己的笔头来唤醒国人,在第一回自评中说:"举世皆病,又举世皆睡。真正无下手处,摇串铃先醒其睡。无论何等病症,非先醒无治法。具菩萨心,得异人口诀,铃而曰串,而盼同志相助,心苦情切。"可见,作者在这里是以一个先知先觉者的姿态来写出社会文化生态病象的。

在这里,我们看到《老残游记》既秉承了《金瓶梅》等古典小说中病态社会文化生态批判的衣钵,同时我们又看到他与现代文学史上鲁迅等作家社会文化病态批判的内在关联。

三、"心灵之游"的精神生态变相

社会文化生态的恶劣,使作者深深感受到了人的精神生态的危机。作者无力改变这种现状,于是转而将笔锋突入到理想的生态环境的描绘之中,以之来反衬现实，引导人们作健康的"心灵之游"，这集中体现在小说第八回至第十一回对桃花山世界的描写上。作者在这里通过申子平的行踪和视角向我们展现了一幅人类精神世界的世外桃源画面。在桃花山里，人与自然是极其和谐的：

  却听窗外远远唔了一声，那窗纸微觉飒飒价动，屋尘簌簌价落。想起方才路上光景，不觉毛骨森竦，勃然色变。黄龙子道："这是虎啸，不要紧的。山家看着此种物事，如你们城市中人看骡马一样，虽知它会踢人，却不怕他。因为相习已久，知他伤人也不是常有的事。山上人与虎相习，寻常人固避虎，虎也避人，故伤害人也不是常有的事，不必怕他。"

  …………

  黄龙子移了两张小长几，摘下一张琴、一张瑟来。玙姑也移了三张凳子，让子平坐了一张。彼此调了一调弦，同黄龙子各坐一张凳子。弦已调好，玙姑与黄龙子商酌两句，就弹起来了。

在雪月交辉、层峦叠翠的寂静山村，屋外虎啸狼嗥，屋内弹琴鼓瑟、品茗论道，人兽相安，相得无碍。在人与人的关系上，桃花山世界可以说是一个充分尊重人的个性，但又极其和谐的清静世界，也可以说是一个真正充满自由民主精神的完美所在，在那里，对千百年来压抑人性的宋明理学进行了最为彻底的唾弃。要求人"去伪存诚"，肯定人的情欲，肯定现世人的生活，要求人真诚地面对人的本性而不回避。同时，这种人际关系又是"和而不同"的。请看小说第九回中有关申子平和玙姑一段描写：

  子平听了，连连赞叹，说："今日幸见姑娘，如对明师。但是宋儒错会圣人意旨的地方，也是有的，然其发明正教的功德，亦不可及。即如'理''欲'二字，'主敬''存诚'等字，虽皆是古圣之言，一经宋儒提出，后世实受惠不少，人心由此而正，风俗由此而醇。"那女子嫣然一笑，秋波流媚，向子平睇了一眼，子平觉得翠眉含娇，丹唇启秀，又似有一阵幽香，沁入肌骨，不禁神魂飘荡。那女子伸出一只白如玉、软如绵的手来，隔着炕桌子，握着子平的手。握住了之后，说道："请问先生：这个时候，比你少年在书房里，贵业师握住你的手'扑作教刑'

（体罚）的时候何如？"子平默无以对。

女子又道："凭良心说，你此刻爱我的心比爱贵业师何如？圣人说的，'所谓诚其意者，勿自欺也。如恶恶臭，如好好色'。孔子说：'好德如好色。'孟子说：'食色，性也。'子夏说：'贤贤易色。'这好色乃人之本性。宋儒要说好德不好色，非自欺而何？自欺欺人，不诚极矣！他偏要说'存诚'，岂不可恨？"

在那个男女授受不亲、道学昌炽的时代，作者让一个少女与男子在村舍会晤，大谈人生哲学，而且让青春少女主动与陌生男子执手相握，这种描写实在有点离谱。但这却表现了作者对理想社会人际图景的设想，体现了一种深刻的反理学、反道学的人道主义情怀。所以夏志清先生说："读章回小说，一直要读到二十世纪初年的《老残游记》我们才碰到一位在专制政治下为老百姓请命的人道主义作家……刘大力抨击清官酷吏，坚决否定一千年来的理学思想，'吃人理教'的传统，关心人民疾苦，更同情不幸女子的遭遇——单凭其人道主义精神，实已和胡适、鲁迅、周作人这一代人站在同一阵线。"[1] 这的确说到点子上了，既道出了《老残游记》在精神生态内涵上与传统诗学观照方式上的相异性，同时也将该书与现代文学对精神生态的探求联系起来了，非常吻合近代文学对精神生态内核的把握。

当然，作者刘鹗对人的精神生态的探求并不止这些内容，小说第二十七回到第二十九回所描写的那一段有关森罗宝殿的"地府之游"，也是对人的精神生态的一种很好观照，从某种意义说，它简直与但丁《神曲》中"炼狱"境界的描写有异曲同工之妙。

[原载《成都大学学报（社会科学版）》2003 年第 3 期]

---

[1]［美］夏志清：《人的文学》，辽宁教育出版社 1998 年版，第 177 页。

生命哲学：废名小说艺术观照的底蕴

废名（1901—1967），原名冯文炳，湖北黄梅人，中国现代文学早期小说家。他的小说作品主要有长篇小说《桥》《莫须有先生传》，小说集《竹林的故事》《桃园》《枣》等，他的小说上承周作人，下启沈从文，成为中国现代文学史上一个小说流派的关键人物。然而，这种表层的承上启下，并不意味着他们的作品在深层意蕴上的契合，废名小说在艺术的明朗性上又与周作人、沈从文有着比较明显的差异，显现出另一种意味。正因为如此，所以对废名其人其文，历来也就评价各异，鲁迅认为他的小说"只见其有意低徊，顾影自怜"[1]，唐弢认为他的小说"多写乡村儿女翁媪之事，于冲淡朴讷中追求生活情趣，并不努力发掘题材的社会意义，虽为小说，实近散文。其初作如《讲究的信封》《浣衣母》等，内容虽嫌单薄，但有某些进步倾向。此后的作品如《桃园》《枣》《桥》等，专写家常琐事，风土生活，富有艺术风格和个人特点，唯以一味表现朦胧的意趣为满足，语言的雕琢也日趋生涩古怪"[2]。至于在小说流派的归属上，或谓之乡土派，或谓之田园派，或谓之语丝派，或谓之现代派……应当承认，以上种种说法都存在某些合理内核，但是，由于传统的文学解读方式和批评范式的局限性，它们都很难揭示出废名小说的深层意蕴。我认为，要正确地解读废名的小说，一个重要的前提是，必须将其置于中国现代早期文学的整体背景下来认识。由此，我们很容易发现，正如中国现代许多杰出作家一样，废名既是一位风格别致的作家，同时又是一位见解不凡的思想家。所不同的是，大多数现代作家受近现代西方哲学影响，对社会现实抱冷峻的批判态度，以期用自己的作品去

---

[1] 赵家璧主编：《中国新文学大系·小说二集》，上海文艺出版社1981年版，"序"。

[2] 唐弢主编：《中国现代文学史简编》，人民文学出版社1984年版，第195页。

启蒙愚昧黯弱的国民,而废名则是一位深受东方古典哲学影响的作家,对社会现实持佛陀式的超然态度,作品渗透着悲剧人生的意味,又表现着达观的情调。如用生命哲学(这里指对生命的体悟,而非柏格森的生命哲学)的眼光去洞悉废名的小说,那么笼罩在废名作品中如谜面一样文笔叙述所生成的迷雾将随风飘散,豁然露出谜底的奇峰——废名小说是生命的沉思录,是生命哲学的悲剧演示。

一、孤独情结

李健吾先生在评价废名及其创作的时候,曾这样评价他,"仿佛一个修士,一切是向内的","永久是孤独的,简直是孤洁的"[①]。这个评价,对废名的为人和为文来说,应该是较为中肯的。读废名的小说,我们总是强烈地感受到在他的艺术世界中游荡着孤独的幽灵,它踽踽独步在夕阳晚照之下,彳亍于一无依傍的桥头,有时也会以无声的恐惧逼上心头,它既留恋乡下的古朴田园,也游荡于都市的热闹喧哗之中。

在废名小说世界里,对孤独的表现集中体现在三组小说意象之中,那就是:"桥""黄昏"和"声音"。在废名的小说世界里处处有"桥",王马桥、龙锡桥、赛公桥、仁寿桥……他小说中的人物都喜欢过"桥"。莫须有先生小时候"最喜欢过桥",他最忠实的女儿也"最喜欢过桥"(《莫须有先生坐飞机之后》);江南游子出城踏青,无兴查考古迹,"一径去过桥"(《墓》);童年小林每每忽然出现在城外的桥上,都市归客程小林仍时时"站在桥上望一望";紫云阁的老道姑化缘完毕,"拄着棍,背着袋,一步一探",消失在史家庄的桥头(《桥》)……桥的自然禀性,一无依傍,特立独行,而一个人伫立桥头,目光迷茫,若有所思,这一情景,则浸透了孤独、寂寞的意绪。

对"黄昏"景象情有独钟,也映照了废名身上浓浓的孤独意识。黄昏,在一天之中它是白昼的尾声,黑夜的序幕。对于人来讲,它是最便于散步思索的时辰,也多少暗示着生命的结束。黄昏时,夕阳西坠,鸟雀归巢,万象逐渐隐入黑夜。因此,对黄昏的描写是最容易引起人的孤独感、家归感与漂泊感的。古希腊女诗人萨福的《黄昏之歌》最先抒发了这种情怀,"黄昏呵,你招回了一切,

---

① 转引自王泽龙《废名的诗与禅》,《江汉论坛》1993 年第 6 期。

光明的早晨所驱散的一切,你招回了绵羊,招回了山羊,招回了小孩到母亲身边。"在废名小说中,北游的旅客,"多半在黄昏时孑然一身",面朝落日动了"乡愁"(《枣》);莫须有先生也常在黄昏里"自顾盼,自徘徊",品尝"绝世的孤单","怆然而涕下"(《莫须有先生传》)。他还常把黄昏作为不幸而垂暮的人生的一幕远景,浣衣母李妈的黄昏,在燥热的蝉音,喧闹的人声中,流尽了无依无靠的凄苦身世,叠印着哀哀无告的苍老灵魂(《浣衣母》);"老猴"、"乌龟"、陈大爷与驼背长工"陈聋子"(《小五放牛》《菱荡》)的黄昏,都在一片牧歌声,捣衣声,融融的笑声里,展示了屈辱或辛酸的遭际。在黄昏之美的映衬下,孤独的人生更显得漂泊无驻。

"声音"意象,在废名笔下也被谱入了孤独的旋律,他笔下的人物常常喜欢有声的世界,恐惧无声的宇宙。江南游子渴想雷雨天的蛙鼓虫箫(《半年》《北平通信》),陶醉于深夜的落叶声(《枣》);患病的阿毛姑娘爱听深夜的更锣声(《桃园》);莫须有先生替"沉默的牛""难过",为伙伴聚会出现"鸦雀无声"的空档感到"恐怖"(《莫须有先生坐飞机之后》);程小林爱听老虎狂吼、牛的兀叫、万寿宫的风铃响(《桥》),他为蜻蜓、鹞鹰"总不叫唤"而"寂寞",以想象里、梦境中的"雨相思"徒有颜色而"无声"为"缺憾"(《桥》)。

孤独,一般说来,并不是一种正面的、积极健康的情感,但孤独若是从人的生命中汩汩流出,又寓含着深刻的人生况味,则这种情感又另当别论了。废名作品中孤独的情感正是在后一层意义上获得提升的,并成为废名生命哲学的一个有机组成部分,影响着他的艺术观照方式。可以说,废名作品中的孤独是他童年孤独、寂寞生活在成年时代的无意识呈现,它是一段驱之不散的情感之结,是他生命中情感生活的合理延伸,同时,它又是生活在现代都市、避乱于乡村的废名对人生况味的一种难以言说的体悟。

二、生命感伤

向来哲人、文人对生命的流逝都是十分敏感的,孔子对着不息的川流喟然长叹:"逝者如斯夫,不舍昼夜";屈子踟蹰江畔,徒然哀求:"欲少留此灵琐兮,日忽忽其将暮。吾令羲和弭节兮,望崦嵫而勿迫";李商隐怅望野原,颓然感喟"从来系日乏长绳,水去云回恨不胜"。废名的小说,在艺术观照上也表现出对生命流逝的强烈关注。

《桃园》里营造的桃园世界，从春日黄昏到秋日黄昏，从骄阳似火到残阳如血，从落红满地到枯叶飘零，阿毛的生命经历焦灼、冥想、疲惫、倦怠，最后至于憔悴、凋谢，展示了生命流逝的悲剧全过程。《桥》写到三哑叔与程小林在早春时节，站在史家庄的河岸边两个人的交互观感：三哑叔从眼前"顶天立地的小林哥儿"回想到"还离开他不远"的童年小林，又联系着河边的两株小杨柳已经"长大参天"，真是10年弹指一挥间，不由得他不百感交集。程小林则从时间飞逝，"并不向你打一个招呼"，然而史家奶奶都70岁了，三哑叔也老了，自己离家、还乡，一去一来也已10年了，感觉到生命流逝的"可哀"。而更为可怕的还在于：时间飞逝不止，生命却呈相对停滞状态。三哑叔还是三哑叔，史家庄人也"还是那样"，没有什么大的变化。

与生命的流逝感相伴随，废名小说在环境的设色上，通过对绿色与白色的反差描写，也浸透了他对生命流逝的感悟。绿是草色，废名时有"草相思"，他笔下的程小林"最爱春草"；绿，又是生命的元色，象征着青春与朝气，故阿毛姑娘为病火烧灼的心刻意移植几丛绿橘，好使满目疮痍的秋日桃园一派生机（《桃园》）；在程小林的意念里，女子的"发林"也是绿色的（《桥》）。白，在废名笔下往往代表老人的发色，是衰颓疲惫之色。它是生命疲软的象征，惯常有桑榆暮景、日薄西山的意味，给人顾影自怜、孤独寂寞的满腹愁情，史家奶奶的白发白得使昏暗的油灯发亮，琴子看着"很惘然"。从白发与绿草的互相映衬中，我们不难悟出：这就是"白发与少女的标记"（《桥》）。代表青春、生命的绿色，与代表衰老、孤独的白色，产生情感的落差，情感于两极产生巨大的张力，从而造成对生命流逝的强烈感悟。

三、死亡体悟

有对生的眷恋，就必然会有对死的思索、探究。孔子面对生死问题时，说"不知生，焉知死"。他的积极入世的人生观使他企图以生的执着来回避死的困惑；司马迁在《报任安书》里，言及自己受辱而苟活的原因时，以"人固有一死，或重于泰山，或轻如鸿毛"的价值论，初步建立起中国古代士大夫阶层的死亡价值观；而陶渊明则仿佛一位看透了死亡本相的末世老衲，以多少带一点幽默的黑色笔调感叹道："亲戚或余悲，他人亦已歌。死去何所道，托体同山阿。"废名的小说，在艺术观照上也十分突出地表现出对死亡这一人生永恒题目的思索、探究。

废名是死亡意识最强烈的中国现代作家之一，他曾在《中国文章》一文中写道，"中国人生在世，确乎是重实际少理想，更不喜欢思索那'死'"。在这里，他对执着人生现世、不信归宿的传统人生哲学进行了批判，对重人生感怀、少死亡冥想的文学传统表明了叛离的心迹。因此，在他多少带有自传色彩的《莫须有先生传》里，莫须有先生常在忙里偷闲，漫游于"生死之岸"，想象那"不可言说的境地"。北游的旅客面对友人之墓，产生"共运命"的"实实在在的意识"。（《墓》）总起来看，废名作品中的死亡意识大致表现在以下几个方面。

第一，在废名笔下，"死亡"是一个"自然"的过程，是生命的"忽然"，是"不可知"而又"必然"的终结。

废名小说中的"死"跟"生"一样，一终一始，一去一来，皆行色匆匆，无牵挂，不恐惧，缺少惊心动魄的故事。《浣衣母》写没出息的酒鬼李爷"确乎到什么地方做鬼去了"，不争气的酒鬼哥儿又在李妈不经意的诅咒下"真的死了"，天真的驼背姑娘也在某天某时遽然"死了"，一家人都死得无声无息，了无痕迹。《竹林的故事》用"绿团团地坡上从此不见了老程的踪迹"一句，告示老程的死。《阿妹》写幼小的阿妹"并不等候"尚在煎熬的"菩萨的药"，被"哄哄地扛走了"。废名以过分客观、冷静的笔致，写出极端轻捷、迅疾，安宁坦然以至于枯寂状态的死，反给人以强烈的心灵震撼。这种死，仿佛抽掉了全部内涵，出现情感真空。这随随便便到不可思议地步的"死"，既体现了儒家以"死"为息，乐生安死的价值观，也蕴含了道家"齐生死，等物我"的无为哲学。

第二，在废名笔下，"死亡"又是琐碎人生的彻底解脱。

废名笔下的"死亡"，有时又表现出某种厌世的倾向。7岁的小阿妹饱尝疾病与寂寞之苦，对"死"有着朦胧的感悟，"很欣然去接近"，并不怕。（《阿妹》）沉湎床笫的病人把"死"想象为无边无际的"慈母的怀抱"，认定"死"是一条干净利索的"脱路"。（《病人》）莫须有先生也说："无论世上的穷人富人，苦的乐的，甚至于我所赞美的好看的女人，如果阎王要我抽签，要我把生活重过一遍，没有一支签中我的意。"（《莫须有先生传》）废名认为，在人生之幕上，爬满了五光十色的卑微与烦冗，冷漠与陈腐，匮乏与乖戾……它们标志着生命力的萎缩，故"世界未必不可厌"。（《谈新诗·〈妆台〉及其他》）既然如此，"死"作为"生"的解脱，作为无生命状态的否定与断离，也就拥有了积极意义。

第三,在废名笔下,"死亡"还是一缕永恒的寂寞思绪。

"千秋万岁名,寂寞身后事。"(杜甫《梦李白》)大诗人李白尚且如此,何况平凡人生!废名考察"死后",发现死亡本质上是一种孤独感,是对生命的孤独体验。死,"那从来不曾有旅人回来过的乌有之乡"(哈姆雷特语)远远超出了人类的认知视野,毫不可知,所谓死后寂寞,无非也是生者的想象推理。

年幼的阿妹不怕死,但当母亲把"死"具象描绘为"一个人睡在山上,下雨下雪都这样睡"时,她却不能不愕然无以对了。(《阿妹》)"送路灯"风俗缘于这样的幻想:死者去彼岸世界,需途径村庙向土地神挂号登记,活着的人便送路灯,替他们在漫漫征途上"留一道光明"。(《桥》)人死了,独自长眠,独自投村庙,这是多么寂寞孤苦,多么可怜的事!人生本寂寞,人死又复归于永恒的孤独。

废名笔下对"死亡"的寂寞思绪,还表现在对生者健忘的叙写之中,通过对生者的寡情薄幸的描写,从而在更深的层次上写出这份寂寞,因为"死者倘不埋在活人心中,那就真正死掉了"(鲁迅《空谈》)。废名写生者的淡漠,更多着笔于冥事风俗上。城里人出殡,孝男孝女穿孝衣以示阔绰,沿街观众会心微笑(《毛儿的爸爸》),扛杠子、抬棺木的人群中竟有"夹在当中打瞌睡"的(《浪子笔记》《北平通信》);清明节上坟、焚香、烧纸、鸣炮,次序井然,却有"好事者",把祭奠死人的腌肉、鲤鱼就香火烤了吃;送路灯,亲朋挚友头裹白布,手持灯笼,排队进村庙,谈笑风生,烧香喝酒而散(《桥》)……废名的眼光,略带黑色幽默,每一种丧葬仪式都是一出荒诞的闹剧,一幅滑稽的漫画。

第四,在废名笔下,"死亡"还是一种美。作为生命的终结,它具有亘古不变、绝对神圣意义,在永恒的观念上,"死亡"与美达到了内在的一致。

在废名笔下,诗人之死"自成世界",其灵魂跟黄土"疏远"(《墓》);少女之死是一瓣"不可思议的空白",一个"无边色相之夜",一幅"画得一朵空花的艺术杰作"(《莫须有先生传》);少男之死是"长春","对于青草永远是一个青年"(《桥》);孩子之死是一个"游戏",美丽而悲哀(《打锣的故事》)。废名以"唯美"的眼睛审视死亡,渲染出一个梦幻般的艺术世界。

最后,废名笔下的"死亡"还是一种精神境界,是对现实人生的超越和升华。

废名的生命哲学中,对死亡还有着独特的解释。一方面,"死亡"并非生命的终结,而是生命的另一种存在方式。莫须有先生悟出世界的本质是"理"不是"物",是"心"不是"形",而对于"理"与"心"来说,则"无所谓死与生"

(《莫须有先生坐飞机以后》)。这样看来,死只是物灭与形无,并非"心灭"与"理无"。生死的界限一经模糊,死亡便成为生命的另一存在方式,另一形态的延续。生命在死后飞扬,在脱胎换骨中更生,意味着生命经过超越过程走向精神的永恒。另一方面,对生者而言,思索死亡也是一种自我超越。死亡本是无法确定的神秘领地,充满了偶然与未知,绝难把握,但生命的不朽原表现为精神的执着求索,从对永恒的苦思彻悟中实现理想的升华。废名的生命哲学,恰以"死"为基点,思索存在,思索人,从自我之死,看到自我之生,从虚无窥见存在。死亡是生存最高的限界,思索死亡,实是人生的逆向透视。

废名小说中的人物,像莫须有、程小林一类都是哲学家,他们通过思辨死亡,探索虚无以检省自我,向往永恒,从而实现了生命对死亡的超越。

四、禅与解脱

废名生长在禅宗五祖的故乡——湖北黄梅,童年的寂寞遭遇和忧郁内向的性情,使他与禅宗很早就结下了难解之缘。他喜说五祖、六祖故事,曾钻研佛学,著有《阿赖耶识论》,并实践过禅定之事(俗称打坐)。①

禅宗教义,亲自然,求解脱,空物我,重顿悟。其修行之法,不求"有为",而在于"无心作事,就是自然地作事,自然地生活"②。据佛典记载,四祖道信起初请三祖僧璨授以解脱之法门,僧璨说:"没人绑你,求什解脱法门?"道信顿悟。而舂米和尚慧能只因口吐一偈:"菩提本无树,明镜亦非台。本来无一物,何处惹尘埃?"(这是针对五祖大弟子神秀所云"身是菩提树,心如明镜台。时时勤拂拭,勿使惹尘埃"而言的),便得到了五祖传下的袈裟而成为六祖。这就是所谓"无心作事""自然地生活",而"求解脱""勤拂拭",则都不过是自寻烦恼,离开了"无心"和"自然"的禅机。

废名的小说创作当然也受到禅宗哲学的影响。他的作品中总是有意无意地追求一种现世自我解脱的人生境界,表现出识破尘缘、任运随缘、超然世外、清静本心的人生旨趣,渗透了禅宗的宇宙观念和人生态度。而正是在这一点上,废名的作品在艺术观照方式上达到了生命哲学的彻底解脱和超然妙悟的极致。

---

① 冯健男:《废名与家乡的文学因缘》,《黄冈师范学院学报》1993年第3期。

② 冯友兰:《禅宗:静默的哲学》,载《中国哲学简史》,北京大学出版社1985年版。

废名的小说无论是长篇还是短制，大多寓含禅意，渗透了禅的达观、飘逸、自然本心。周作人曾说，废名小说中的人物都是在一种"悲哀的空气"中行动，"一切生物无生物都消失在里面，都觉得互相亲近，互相和解。在这一点上，废名君的隐逸性似乎是很占了势力"①。这种"空气"，这种"隐逸性"，当然并不就是佛性和禅意，但其中不无禅的影响和因缘。为什么是"悲哀的空气"呢？因为人世本是悲苦的，劳动人民更是悲苦中度日。废名写其互相亲近和解，不是不见或是忘了他们的悲苦，而是以慈悲之心写人间悲苦在美好的人性人情中得到消解。这种不刻意创造典型人物的笔法，在艺术上使废名的小说缺乏强烈的社会批判意识，颇具田园风味，同时也极易模糊小说和散文的界线；但从作者对生命哲学的感悟来看，它却将生命的存在形式推向解脱的极致，即以禅的达观、自然，写出了人生的悲苦况味。这里，我们仅以他的长篇小说《桥》为例，来看看他的禅意世界：

许许多多的火聚成一个光，照出了树林，照出了绿坡，坡上小小一个白庙，——不照它，它也在这块，琴子想告诉小林的正是如此。

（《送路灯》）

头上的杨柳，一丝丝下挂的杨柳——虽然是在头上，到底是在树上呵，但黄昏是那么静，静仿佛做了船，乘上这船什么也探手得到，所以小林简直是攀杨柳而喝。

（《黄昏》）

琴子纳罕茶铺门口一棵大柳树，树下池塘生春草……
走进柳荫，仿佛再也不能往前一步了。而且，四海八荒同一云！世上唯有凉意了。——当然，大树不过一把伞，画影为地，日头争不入。

（《茶铺》）

这样的笔墨，在《桥》里触目即是。这就形成了一种"空气"，弥漫于其中的是诗的意境与禅的意趣的结合，清凉的人生与静默的哲学的交融。在这里，形相归于空无，空无化为形相，光明里见暗夜，暗夜里现光明。既然在禅意世界里，宇宙万物一片化机，那么寂寞人生还有什么不能解脱呢？

---

① 周作人：《苦雨斋序跋文·桃园·跋》，天马书店1934年版。

然而,废名又并不是一名飘逸出世的释家弟子或一位离群索居的现代隐士。他的小说于孤独寂寞中企求心灵超脱,又蕴含着现实人生体验的忧伤,渗透了作家对生活、生命的挚爱。诚如他谈到他的《掐花》一诗时所说:"'我'饮花怕成仙,是不愿弃舍爱,希望死后还是个凡人,实是表现自己'忠于人生'。"[1]

（原载《武汉教育学院学报》1998年第1期）

---

[1] 废名:《谈新诗·〈妆台〉及其他》,人民出版社1957年版。

地域符号与民间话语的重构
——以池莉、陈应松、刘醒龙为例

在中国新时期以来的文学版图上,地域符号与民间话语是一个混色涂抹的重要板块,二者相辅相成,共同彰显着中华民族文化的多元性、丰富性,并积极参与全球化时代的文学对话,成为世界文学大家族中的有机组成部分。莫言的高密东北乡系列小说,贾平凹的商州系列小说,李杭育的葛川江系列小说,韩少功的湘西系列小说,迟子建的黑土地系列小说,阿来的藏区系列小说,铁凝的冀中系列小说,叶兆言的宁味系列小说,邓友梅的京味系列小说,王安忆的海味系列小说,冯骥才的津味系列小说等,就是这一文学创作思潮中的佼佼者。其中,湖北文坛在这一方面取得的成就也相当突出。迟莉、胡发云的汉味系列小说,刘醒龙、何存中的大别山系列小说,叶梅、李传锋的鄂西土苗系列小说,陈应松的"神农架系列"小说,刘继明的"新三峡"系列小说等,不仅开拓出地域文学的新天地,而且以重建民间话语的方式将"文学鄂军"的标识性符号提升到前所未有的新高度。本文仅以池莉、陈应松、刘醒龙三人为代表,分析一下地域符号与民间话语的重建是如何以当代书写的方式丰富着中国文学的本土经验的。

一、地域鲜明的艺术世界

俗话说,一方水土养一方人。地域作为一个以自然地理空间为基础的人文活动场所,总是以其特有的地方文化吸引着人们关注的目光,所谓"自然地理环境不同,则天异色,地异气,民异情"。不同的地域环境,铸就了人们不同的生活方式和精神气质,丰富着民族的审美情趣和审美风貌。因此,当一个作家寻找到与自己的精神理想和创作旨趣相吻合的地域后,只要他铆足了功夫往深处钻，不断从民间汲取营养，他就会获得无穷无尽的原动力，去创造属于自己的独特艺术世界，进而形成以地域符号为标记的风格特色。就池莉、陈应松和刘醒龙而言，虽然各人的文学际遇不同，生命成长空间各异，但却都创造了地域符号鲜明的艺术世界。

　　作为一位早已成名的作家，池莉在中国当代文学中具有多重符号意义。提起新写实主义，人们会想到她；提起原生态写作，人们会想到她；提起新历史主义，人们也会想到她；但是池莉真正具有代表意义的价值却在汉味文化的艺术发掘方面。她是一位地域符号意味非常浓厚的作家，因为她笔下的艺术形象大部分和武汉这座特大城市的生活文化相关，武汉市区的许多文化景点、特色街道、风味小吃、风土人情也因为她的小说，以及由小说改编的电影和电视剧而驰名天下。从某种意义上来讲，池莉几乎成了武汉文化的代言人。"九省通衢"的地理位置，五方杂处的人口构成，码头林立的商埠气息，荆楚重镇的悠久历史，成就了武汉地域文化的独特气质。在这里，你找寻不到皇城根下那种雍容静穆的贵族气息，也难觅海派文化那种特殊的洋泾浜味道。生活在这种文化氛围里的土生土长的作家池莉，她从骨子里早就浸透了汉味文化的精髓，因而读她的小说你一定会自觉不自觉地走进富有武汉风味的生活世界。"吉庆街实际上已经不仅仅是一个吃饭的大排档。在吉庆街，二十三十元钱，也能把一个人吃得撑死；菜式，也不登大雅之堂，就是家常小炒，小家碧玉邻家女孩而已。在吉庆街花钱，主要是其他方面，其他随便什么方面。有意味的就在于'随便'两个字，任你去想象。吉庆街是一个鬼魅，是一个感觉，是一个无拘无束的漂泊码头；是一个大自由，是一个大解放，是一个大杂烩，一个大混乱，一个可以睁着眼睛做梦的长夜，一个大家心照不宣表演的生活秀。"这是池莉在小说《生活秀》里一段关于武汉吉庆街生活的描写，那种浓酽得化不开的地道武汉味，直逼你的审美想象，让你对武汉这一方热土陡增兴趣，你一定会想：我什么时候也能到武汉的吉庆街上去潇洒地体验一把呢？类似的汉味生活场面在《烦恼人生》《不谈爱情》《来来往往》《小姐你早》《有了快感你就喊》《你以为你是谁》等作品中都有精彩展现。可以说，原生态呈现武汉特有的现代都市风俗生活构成了池莉小说独特的艺术世界。

　　与池莉作为土生土长作家的地域符号书写不同，陈应松则是以一位外来者的介入姿态去创建属于自己的神农架符号的。他出生于湖北公安，后来工作在武汉，而寻找到文学富矿的地点却是与此前两地都不相关的神农架林区。这种扎根原始森林、深入生活、负重远行的勇气，相当不易，也格外值得钦佩。此中艰辛非一般人所能想象，就像他自己在《背铁砧上山》的文学演讲中所描述的那样，为了寻找一个叫沈昌海的搬家农民，他不得不"翻山越岭，走了几个小时，走得人仰马翻，精疲力竭"[1]。但是，当他寻找到这块与自己精神理想和创作旨趣相吻合的地域后，他没有丝毫的退缩，而是义无反顾地去开掘其中的宝贵文学矿藏，创建属于自己的文学符号。关于这一点，他曾经有过这样一段简短阐述："如何创建符号？我认为要紧守一个地方，往深处钻，不搞浮光掠影的写作，不搞全景式，不搞说天全知道、说地知一半的百科全书式的写作。"[2]作为湖北省作协的一位专业作家，他曾经在那里挂职一待就是好几年，并且还在那里建立了属于自己的创作基地，至今依然每年到那里去深入生活。以神秘现象颇多的北纬30度地带且至今依然保留不少原始文化遗存的神农架林区为创作基地，注定了他的创作会呈现出不一样的地域色彩：奇山异水和变幻莫测的自然气候，野人出没与巨兽肆虐的恐怖传说，老实憨厚又野蛮蒙昧的山民形象，苦难深重却争斗不息的乡村社会，荒诞诡异又真实可信的风俗文化……"山岗上奔跑着成群的斑羚（麻羊子）和鬣羚（羚髯羊），狐奔兔走，虎窜狼行；黑熊像阴森的鬼魅游弋在山林里，金丝猴像金色的晚霞漂浮在树巅，天空中红隼、鹞鹰和巨大的蝙蝠在无声翱翔，还有野人、大癞嘟（长毛的蟾蜍）、九头鸟、棺材兽和驴头狼的恐怖传说。"（《猎人峰》）这种独特的风物，世界上除了神农架恐怕再也找寻不到第二个地方了。当然，陈应松在写到这些风物的时候，并不是一味地追求地域文化符号，而是以此作为人物与故事的时空背景去表现自己对当代社会，尤其是底层社会在转型过程中所经历的精神剧痛。只不过，由于他特别擅长从地域文化的角度把握社会人生，因而创作出了一个专属于陈应松的既弥漫着浓厚神农架气息，又"粗粝、凶狠、直率、诡异、强烈、干硬、充满力量、具有对现实的追问力量和艺术的隐喻力量"的独特艺术世界罢了。

同池莉、陈应松都不同，刘醒龙则是一位祖籍湖北团风县，出生于黄州，青少年时期举家迁往大别山腹地英山县，然后又辗转停留在黄州，最后定居武汉的著名作家。他的创作丰富多变，但从地域符号来看，他的小说主要还是以大别山南麓英山那"邮票一般大小的地方"为创作背景的。"大别山是一个独特

---

[1] 陈应松：《背铁砧上山》，《文学报》2015年6月24日。
[2] 陈应松：《写作是一种搏斗：陈应松文学演讲集》，长江文艺出版社2015年版，第81页。

的文化圈。从历史上看，它是中原文化、吴越文化和楚文化的交汇处……从地貌上看，它由丘陵和高山环境形成的山地文化亦与四周的平原文化、都市文化相冲突；站在今天的角度看，它更充满了传统文化与现代文化的矛盾。所以这是一个无法进行量性分析的独特文化圈。"[1] 正因为如此，他的小说始终饱蘸着浓厚的诗情去描述大别山这块丰富了他的生活、文化、思想的热土地。在早期创作的《返祖》《灵提》《老寨》《人之魂》《故乡故事》《异香》《鸭掌树》《恩重如山》《黑蝴蝶，黑蝴蝶》这些"大别山之谜"系列小说中，作家通过奇山、异兽、怪水、林莽、谶语、传说等充满神话色彩的意象来展开故事叙述，营造扑朔迷离的氛围，表现出浓厚的地域情结。虽然在后来的小说中，随着创作视野的进一步开阔，他逐渐超越了大别山这一固定地理环境（如《蟠虺》），地域文化的追求有所淡化，但作为精神家园的大别山气息依然弥漫在他大部分小说之中（如《弥天》《天行者》《圣天门口》）。需要指出的是，与池莉的汉味都市风俗呈现及陈应松的神农架底层社会寓言化写作不同的是，刘醒龙擅长从乡村政治叙事中不事张扬地去描摹鄂东地域风情。"山下升起了雾，顺着一道道峡谷，冉冉地舒卷着一个个云团，背阳的山坡铺着一块块阴森的绿，早熟的稻田透着一层浅黄，一群黑山羊在云团中出没着，有红色的书包跳跃其中，极似潇潇春雨中的灿烂桃花。太阳正在无可奈何地下落，黄昏的第一阵山风就吹褪了它的光泽，变得如同一只绣球，远远的大山就是一只狮子，这是竖着看，横着看，则是一条龙的模样。"（《凤凰琴》）这种细致入微的笔墨将大别山黄昏时的万千气象如梦如幻地挥洒出来了，让你自然而然地沉浸在一个大别山文化构成的特殊氛围里，然后再去思索其中的人和事，进入他创造的艺术世界。

二、诗意重构的民间话语

很长一段时期以来，我们的文学一直采取宏大叙事的方式言说历史风云与普罗大众的生活，那种高高在上的政治霸权与精英意识使得民间话语始终处于被压抑状态，以至于遮蔽了大千世界丰富复杂的本来面目。但是这种文学话语生态在20世纪90年代后有了很大改观，"一种非权力形态也非知识分子精英文化形态的文化视界和空间渗透在作家的写作立场、价值取向、审美风格等方

---

[1] 金宏宇：《刘醒龙"大别山之谜"系列小说述略》，《黄冈师范学院学报》1991年第1期。

面"①。这些带有本土色彩和古旧意味的民间话语,既摒弃了宏大叙事的沉重包袱,又超越了"现代性""后现代"等洋派话语的文化裹挟,他们从"民间"汲取营养,获得了自由创造的无穷生命活力。尤为可贵的是,由于他们对"民间"也采取超越的姿态,在讲述中国故事时没有简单地模仿和套用原有的民间文学形式,而是从艺术思维、价值立场、意象符号、言语习得等各个方面进行诗意重构,因而,当这种民间立场与地域文化融合为创作激情时,作家们在讲述故事时所爆发出来的话语能量和精神价值就空前巨大起来,言说的话语空间也显得无限广阔。诗意重构的民间话语,对于我们这个人心浮躁、什么荒唐离奇的故事随时都可能发生的转型期社会来讲,不仅为作家提供了丰厚的写作土壤,而且也给予了他们超越故事进入历史深层的智慧与方法。

  池莉是一位非常擅长汲取民间智慧、创新出奇的小说家。她的作品可读性强,往往能在演绎平淡庸常的现代都市故事时,通过民间叙事方式飞架起一座由精英情怀通向民间视野的彩虹桥。如《预谋杀人》,由于加入了战争背景和家族情仇,写得既扣人心弦又充满武侠情怀;《让梦穿越你的心》在讲述三个男人和两个女人游历西藏的平淡故事中,以少女康珠发病为契机,创造性虚构了病中康珠和康巴汉子加木措之间浪漫神奇的异族情感故事,使之变成了一首地域风情浓厚的新时代梁祝协奏曲!除了植入传奇性因素外,池莉还擅长化用"多情女子负心汉"的故事模式组织小说情节,《来来往往》中的康伟业与段莉娜、《你以为你是谁》中的刘板眼与陆掌珠、《小姐你早》中的王自力与戚润物等人物身上发生的故事无不带有这一故事模式的痕迹,但又被赋予了新的时代内涵。不仅如此,她还擅长将一些地域性符号融进民间叙事框架之中,因而地名符号、物产符号、方言符号以及地域风俗的民间呈现在池莉小说中比比皆是。"武汉人谁都知道汉口有条花楼街。从前它曾粉香脂浓,莺歌燕舞,是汉口繁华的标志。如今朱栏已旧,红颜已老,那瓦房之间深深的小巷里到处生长着青苔。无论春夏秋冬、晴天雨天花楼街始终弥漫着一种破落气氛,流露出一种不知羞耻的风骚劲儿。"(《不谈爱情》)"李浩森比陆建设小四五岁,他称陆建设为'拐子'。用普通话解释,'拐子'与'哥们'相近,但武汉市所谓的'拐子',含有老大的意思,匪气十足。""陆掌珠告诉过他许多关于丁曼的情况,她说丁曼实际上是卖粉的。武汉市现在称妓女为'粉',干这一行叫'卖粉'。为什么这么

---

① 陈思和、何清:《理想主义与民间立场》,《中山大学学报(社会科学版)》1999 年第 5 期。

叫？不清楚。名称不同，大概这就是新旧社会的区别吧。"(《你以为你是谁》)这种地域符号与民间叙事的巧妙结合使得池莉小说在书写琐碎与卑微的现实人生时，显得机趣横生又韵味十足，既接续了传统民族审美习惯，更开拓出全新的现代审美境界！

陈应松是一位乡土情怀深厚又善于化腐朽为神奇的小说家。出身于底层社会以及多年来在底层摸爬滚打的经历使他的小说大多取材于民间，其民间立场、民间人物、民间风俗和民间语言的呈现是构成他小说的基本要素。"说是叫成家村，但渔民忌讳太多，'成'与'沉'同音，只能叫浮家村，成骑麻过去大家都叫他浮村长，现在叫老浮。叫老浮的老倌子太多，就叫他麻老倌。史壳子也不能叫史壳子，'史'就是'死'，只能叫活壳子，活总。"这是陈应松在小说《滚钩》中的一段文字，简短几笔就活脱脱地将各种民间风俗、民间语言和民间人物这些因素和盘托出，又富有浓厚时代气息。这类民间话语在《猎人峰》《云彩擦过山崖》《到天边收割》《巨兽》《松鸦为什么鸣叫》《送火神》《八里荒轶事》《木材采购员的女儿》等作品中都得到充分体现。不仅如此，陈应松还善于将民间歌谣、民间故事、民间传说融入现代意识浓厚的寓言小说叙事之中，使小说既散发着鲜活的泥土清香又弥漫着一种荒诞的现代气息。在"神农架系列"小说里，他不时地将薅草歌、丧歌、怀胎歌、播种歌等民谣小调以及当地流传的《黑暗传》等民间故事融进叙事节奏里，以增强小说的民间趣味。"人生好比一园瓜，先牵藤来后开花，阎王好比偷瓜汉，偷偷摸摸一把抓。……"(《狂犬事件》)"娃儿乖，你快睡，隔山隔水自己回。虫蛇蚂蚁你莫怕，你的护身有妈妈……早晨来时雾沉沉，只见锣鼓不见人，双手拨开云和雾，遍山都是种田人……"(《到天边收割》)"人一天中有两个时辰是牲口，其余时辰是人。在山里被野物吃掉的，都刚好那时是个牲口，让野物瞧见了。你躲过两个时辰就没事。所以野兽一般是怕人的，它非要吃你，你就是牲口……"(《望粮山》)这些民间歌谣和传说的巧妙运用，无疑为小说的地域色彩与民间意味涂上了一抹亮色。然而，陈应松并不满足于这些民间话语创造的艺术层次，而是进一步将之与现代荒诞意识结合起来重新予以诗意建构，即他常常将这些民间因素汇入由寓言、象征和隐喻建构起的现代小说框架之内，着力去开掘底层社会在转型过程中激烈的文化冲突与非理性荒诞情愫，这就使其在具有强烈接地性的同时，开拓出了一种更为深邃的人性内涵与广阔的世界视野。《狂犬事件》是这样，《太平狗》同样如此，《巨兽》《送火神》《猎人峰》《一个人的遭遇》等也毫不例外。

同池莉、陈应松一样，刘醒龙也是一位善于从民间话语中采撷智慧、开拓创新的小说家。青少年时期大别山民间文化的熏陶，对当下百姓生存现状的强烈责任感以及熟练的民间创作模态运用，使他的小说话语别具一种令人着迷的民间情怀。"老丁说，早上起床后，我用《易经》推算了一下，知道今天有场口角。庄大鹏一愣，说，我不信你学到了这种程度。老丁说，《易经》能不能学通，关键是各人的造化，邵伟华不也是四十岁左右才开始研究《易经》，他现在成了《易经》大师。庄大鹏说，有空你帮我预测一下。老丁笑了一下，没作表示。"《菩提醉了》里的这段看似不经意道出的平实语句，实则于乡村知识分子故弄玄虚的话语中展现了作家那驾轻就熟、火候老到的民间叙事风采。它是活泼泼的人生，又是被传统文化浸透了的生存本相，且蕴含着民间的睿智、狡黠、温婉和芬芳混杂一起所特有的乡土气息。自然，他笔下民间话语的呈现远不止这些，像民俗风情的神秘再现、民间口语的大量运用、民间故事结构的巧妙整合等都十分出色。"先头到家的女佬们端来一盆艾叶煎成的水，劈头盖脑地泼在他身上，驮树佬们信这个，说是不能让妖鬼附在招了灾的染身上进老寨。"小说《老寨》中这段泼水除妖描写将大别山区特有的巫风习俗穿插进来，从而营造出一种与小说格调非常贴合的神秘氛围。类似的描写在《天行者》《圣天门口》《弥天》《秋风醉了》《牛背脊骨》《人之魂》《灵提》《返祖》等作品中都有生动体现。民间口语的大量运用，也为刘醒龙小说增添了不少情趣。"雪大奶重新退回院里。后门里传来杨桃的小声说笑：'总共不到一百根头发，吐泡痰就能洗个够，顶多再吐一泡痰汰一汰，用不着这样费劲。'雪大奶说了一句阻止杨桃再往下说的俗话：'癞痢头，哑巴嘴，瞎子的眼睛，跛子腿，这些都是碰不得的东西。'"像《圣天门口》里的这种民间方言、俚语的运用，在刘醒龙小说里俯拾即是。它不仅丰富了小说的地域文化内涵，增强了作品的可读性，而且在人物形象塑造、故事情节推进方面也起到了很好的辅助作用。至于说民间故事结构的化用与整合，在刘醒龙小说中就更常见了。在"大别山之谜"系列小说中，他大量采用民间故事的母题叙事模式，将小说情节与神话、史诗和传说融为一体；在《圣天门口》中，他又将民间说唱艺术中经常出现的英雄救美和家族情仇模式化用；在《至爱无情》中，他将评书艺术中通俗的公案故事与历史情怀巧妙予以整合……不过，尤为值得称道的还不是这些，而是他对"那种藏得太深，很容易被疏忽和忘记的民间"的发现与重构。在文学访谈《傲然与风骨——与刘颋对话》中，他曾不无自负地谈到这一点，说："我的民间是指个性与人性得以充分张扬的那个空间,是指不附带任何功利性指向的人文情怀。"①正因为如此,他在创作小说《弥天》时才能在展现大别山民俗风情的地域文化语境下,超越以往伤痕文学的反思叙事维度,通过农村知识青年温三和的亲身经历,将人性被践踏的那段"学大寨"历史以民间叙事的方式呈现出来,但又让闪耀着大爱情怀的人性主题及时出场,"从各个方面直指那历史的悲剧,将时代的荒凉与残酷,疯狂与堕落表现得淋漓尽致"②。在"大别山之谜"系列小说中是如此,到了《威风凛凛》《分享艰难》也不例外,而《天行者》《圣天门口》更是将这一创作倾向演绎得淋漓尽致。对民间话语的诗意重构,使刘醒龙的小说创作一次又一次跃上新的高度。

三、风格各异的审美叙事

不同的地域符号与民间话语,在作家的诗意重构下必然形成不一样的审美风格。因为当作家把自己的生命情怀、审美趣味和文学理想浸润其中时,地域符号和民间话语就会从小说的环境、情节、人物、语言这些具体艺术形象上升为审美实体,托起他们的文学之梦扬帆远航!在这里,作家的生命体验与其笔下的那方热土是如此的不可分割,作家的创作个性、艺术风采与民间话语是那样密切相连,作家的审美创造是这般具有符码的标识性,以至于我们常常会情不自禁地想要对他们某一形而上的理论形态进行概括和总结,而实际上他们也用自己坚实厚重的作品成就了这一文学梦想,他们业已成为了代表不同审美大风格的领军人物!所以,人们一谈起池莉就会马上想到"新写实主义",一说起陈应松就会马上想到"底层文学",一提到刘醒龙就立刻想到"现实主义冲击波"。

在当代文坛上,池莉无疑是一位叙事风格颇为独特的小说家,她的城市书写由于以零度情感去反映普通人原汁原味的日常生活,客观冷静地叙写琐碎的烦恼人生,常常被看作是"新写实主义"的代表性作家,这作为一种审美大风格来讲本无可厚非,但是作为一位地域符号鲜明、民间话语丰富的小说家而言,这样的概括就显得过于笼统。实际上,从池莉的创作个性、题材选择、人物形

---

① 刘醒龙:《刘醒龙自选集》,海南出版社 2008 年版,第 537 页。
② 刘醒龙:《刘醒龙自选集》,海南出版社 2008 年版,第 511 页。

象塑造及作品主题的稳定性来看,池莉小说的风俗叙事是最具有审美价值的。全方位的市井风情描写,生动鲜活的市民群像刻画,富于传奇色彩的民间叙事,汉味浓烈的口语表达,逼真可信的细节呈现,使池莉在中国小说的城市风俗画书写方面独领风骚!她既不同于上一辈作家老舍在京城叙事中因突出启蒙主题而不得不淡化民俗描写的拖累,又不同于王安忆的上海书写时因理性建构而冲淡了城市的地缘特质,与张爱玲、冯骥才、王朔等人的城市风俗描写也有着天壤之别。它是原汁原味的,是鸡零狗碎的零度写作,故而汉味浓郁,风俗裸真。"汉正街是最早复苏的小商品市场,绝望而敏感的劳改释放犯等社会闲杂人等在这里嗅到改革开放气息甩开膀子大干,因此这里最是五花八门鱼龙混杂,针尖大小的生意也只有买错的没有卖错的,这就又把蜜姐塑造了一番。这回塑造的方向是革命样板戏里头的阿庆嫂,一个茶馆老板娘。现在的蜜姐,是眼观六路、耳听八方、胆大心细、遇事不慌,见人说人话、见鬼说鬼话,活活成了人精;脸面上自然就是一副见惯尘世的神情,大有与这个世界两不找的撇脱与不屑。这样的女人做小生意好像也很大,不求人的。路人来来往往,有心的,不免要猜度和担忧这巴掌大一擦鞋店,在汉口繁华闹市,怎的过日子?"《她的城》里这段文字绵密的市井生活场面描写,仿佛一帧中国当代生活的浮世绘,将武汉这座城市的文化性格及市井风俗浓缩托出,让人倍感亲切!这种原生态风俗叙事,之所以具有震撼灵魂的审美魅力,从文化渊源来讲,应该说体现了一种投入而又超脱的儒家大爱情怀。正因为投入,所以"来来往往"的"生活秀"才获得作家肯定性的描写,"烦恼人生"才显得其乐融融!又因为它是超脱的,所以我们从池莉叙事的热情中总能够感受到某种阅尽人世沧桑后的淡泊、从容与反思。

就审美风格而言,陈应松是一位"长袖善舞"的小说家。他既能够远赴异乡神农架山区,"用极富个性的语言,营造了一个瑰丽多姿、充满梦魇和幻觉的艺术世界"(莫言语)[①],形成斑斓而奇崛的文学特色;又能够扎根故土去直面荆州平原底层现实,犀利又深刻地叙写社会转型期的苦难与沉沦;还能够跨越城市与乡村的壁垒,用一双洞悉人性的慧眼去展现人生悖谬,写出幽默而诙谐的佳作。因而,当我们讨论这位在地域文化开掘和民间话语重构方面都十分了得

[①] 陈应松:《"神农架系列"小说有关评论》,载陈应松:《松鸦为什么鸣叫:陈应松获奖小说精选》,长江文艺出版社2005年版,第407页。

的作家时,如果简单地套用"底层文学"之类普泛性词语概括他的审美风格,显然是不恰当的。从陈应松的创作个性、题材选择、人物形象塑造及作品主题开掘一贯性来看,"苦难"叙事应该是我们把握其创作风格的"牛鼻绳"。虽然陈应松曾说:"我挖掘的是真实的生活,我认为我不是写苦难的作家,更没有把苦难极端化。我只是写了一些真实的生活,这些人这些环境远离我们大家的生活经验。基于文坛的现状,我还或多或少地进行了某些'美化',因为要考虑到发表和出版。更真实的现状我是手下留情的。"[①] 但是,"苦难"却始终是他小说中题材、人物和主题的核心,这一点是无须避讳的。苦难就是他笔下民间生活的真实样态,离开了苦难描写,他笔下的地域风情也就失去了存在意义。"风雪弥漫。这当然是冬天。森林像巨大的围网在黄昏里窥伺,在这荒凉的、乱石滚滚的八里荒,农妇端加荣拄着牛舌镢,看着自己开垦的田地。""这是块有鬼气的地方,有人这么说。端加荣往回走。狗在窝棚那儿朝着风雪和黄昏吠叫,告诉她回家的方位。家就是个窝棚。她让二女儿二丫先回去了,刮洋芋煮饭。她往窝棚走着,却看不到窝棚。风雪太大,在挨黑时更加迅猛癫狂,好像拿着个雪框子往你头上倒一样。雪还在砸人,砸得人头上脸上生疼。"读罢《八里荒轶事》里这两段对神农架农妇端加荣母女的苦难生活描写,你绝不会相信它就是发生在中国当下,但它就是作家亲眼见证的生活本相!其他类似的苦难描写在《母亲》《猎人峰》《望粮山》《松鸦为什么鸣叫》《无鼠之家》《送火神》《一个人的遭遇》等作品中都出现过,它仿佛一把把削尖的松树桩直戳在被林海遮蔽的乱山岗上,让人背脊发凉,产生阵阵寒意!在这里,苦难叙事以涤荡灵魂的悲剧呈现方式产生巨大的审美冲击力!何以陈应松会把苦难作为作品的主要题材呢?这当然不是为了追求审美上的惊悚奇崛效应,与之相反,他的痛苦书写彻底脱离了"贵族式"的玩味和猎奇心理。从文化渊源来讲,这种痛苦书写应该说体现了一种郁愤而又悲悯的儒家大爱情怀。作家是以仁者之心,从对人生疾苦的深厚同情和人世沧桑的深刻体验出发,才写得如此富有人生的悲凉感和历史的苍茫感!而在审美境界的开拓上,由于他并没有自外于痛苦,而是"将自己的整个身心同样浸泡于痛苦之中,使痛苦升华他的灵魂和情感,并使之成为一种洞穿无边痛苦的火焰,这火焰使痛苦熔化,生出一种悲壮的美,一种动

---

① 陈应松、张艳梅:《在大地和时代深处呼喊——陈应松访谈录》,《百家评论》2014年第2期。

人心魄的冲击力"①。于是，他的苦难叙事在此上升为一种痛苦的诗意，成了郁愤而又悲悯审美风格的叙事载体。

同池莉、陈应松相比，刘醒龙在审美风格上与他们有不少类似之处。他们都在地域符号与民间话语的重构方面进行了大胆探求，都具有强烈的现实关怀倾向，都对平民社会生活阶层富有深厚同情心，并且骨子里都蕴含着儒家文化的仁爱精神，但是作为"新现实主义小说"的代表性人物，刘醒龙又有着属于自己的独特审美追求。那就是擅长从政治角度发现题材、开掘主题、塑造人物、构思情节、营造氛围，特别是当他将地域风情、民间话语同这些因素融合在一起时，其小说中蕴涵的那种热切而又睿智的大爱情怀更是横绝太空，带给人无尽的审美遐思！他虽然也写风俗画面，但并不像池莉那样将其作为叙事重点去浓墨重彩地涂抹；他虽然也写平民社会的苦难，并且写得入骨入髓，但并不像陈应松那样"将自己的整个身心同样浸泡于痛苦之中"。对于他来讲，从体制和人性的复杂关系中，深刻地揭橥政治文化关系更为至关重要！"邓有梅忽然一转话题：'万站长一定和你交了底，什么时候有转正的指标下来？'张英才说：'他的确什么也没说……正派得很。'邓有梅的老婆插嘴说：'疼外甥，疼脚跟，舅甥伙的中间总隔着一层东西。'邓有梅瞪了一眼：'你懂个屁，快把饭菜做好端上来。'复又说：'我打听过，我的年龄、教龄和表现都符合转正要求，现在一切都等你舅舅开恩了。'香喷喷的一碗腊肉挂面端到张英才面前。邓有梅说：'不是让你搞酒么？'老婆说：'太晚了，来不及，反正又不是来了就走，长着呢，只要张老师不嫌，改日我再弄一桌酒。'邓有梅说：'也罢，看在小张的面上，不整你了。'张英才听出这是一台戏，在家时，来了客，父亲和母亲也常这样演出。"在《凤凰琴》里，几位扎根深山、含辛茹苦办教育的民办教师为了获得一纸转正指标，天天生活在钩心斗角、明争暗斗的小政治生态中，可是到头来却什么也没有得到。作者通过方言土语和民间风俗，以几近辛酸的笔调对当时的不合理现象进行了愤怒无声的抗议。类似的权力关系描写，可以说在刘醒龙每一个时期的小说创作中都占据着主导地位。哪怕是叙写家长里短的庸常生活（如《燕子红》），简笔勾勒的工作场景（如《分享艰难》)，都无不营造着浓厚的政治气息。这种隐含在地域风情和民间话语中的

---

① 刘川鄂：《鄂地乡村的苦难叙事——以刘醒龙、陈应松为例》，《文艺争鸣》2007年第8期。

权力叙事，使刘醒龙小说中自始至终弥漫着一股热切的现实关怀气息。它是积极进取的，那种"天行健，君子当自强不息"的济世情怀，有如浩荡长风，直欲涤荡宇宙不洁的尘埃（如《天行者》）；它又是极具反思性的，那种"穷年忧黎元，叹息肠内热"后的思索，有如明月朗照，不时引人返身观照（如《弥天》）。与此同时，刘醒龙在运用熟悉的民间话语写到这些富有地域风情的权力关系时，又是睿智包容的。对此，他在一篇文学访谈中曾经予以确认："在《凤凰琴》等作品中，面对在人性与灵魂中苦寻生存价值的困难群体，我所用的方式是抚慰。到了《分享艰难》里，情况变得复杂起来，人的弱势无可奈何地让位于环境的弱势，在灵魂的天平上，我不得不选择包容。"① 这种"抚慰"和"包容"，既不是看破尘世的超脱，也不是俯视人寰的悲悯，它是一种生活睿智在艺术上的投影，就像《分享艰难》中的孔太平对劣迹斑斑的乡镇企业家洪塔山那样，是为了赢得更大的政治生态平衡。热切而又睿智的叙事格调，让人能在历史的残酷中感受到诗性的光芒，在疯狂人性的裸露中重拾生活的信心，这或许就是刘醒龙审美风格上的独特性所在。

综上所述，地域符号与民间话语的重构，使池莉、陈应松、刘醒龙的小说创作在获得接地性的同时，寻找到了丰厚的文学富矿，得到了艺术上的巨大提升。它不仅开拓出地域文学的新天地，而且以重建民间话语的方式将"文学鄂军"的标识性符号提升到前所未有的新高度，彰显了民族文化的多元性和丰富性，也为中国当代文学参与全球化时代的文学对话提供了鲜活的本土经验。但与此同时，我们也应清醒地看到，地域符号创造若不与宏大视野及深邃思想熔铸在一起，就会显得格局狭小，反而可能束缚作家的手脚；民间话语重构也需要正能量的输入，否则就可能将愤世嫉俗的艺术良心降格为传播封建迷信和不良民俗的媚世之作。

（原载《江汉学术》2016 年第 1 期）

---

① 《文学能给乡土什么？——葛红兵、刘醒龙对话》，载葛红兵：《直来直去》，当代世界出版社 2004 年版。

论池莉小说的话语生态

作为汉派"新写实"文学的重要作家，池莉或许是当代文坛上文学际遇最为独特者之一。尽管人们对作家本人及其小说创作曾经冠以"新写实主义""市民小说""新历史主义""作家明星化"等名称，但恐怕就连命名者也不得不承认，这其中并没有一个说法是完全名副其实的，它们都不足以有效涵盖其全部创作。就此而言，池莉及其小说创作确实给我们的文学评论界出了一道艺术难题，让那些习惯于给各种文学现象定性者怅然若失。然则，有关池莉的评论何以会出现这样一种难以准确判断的特殊情形呢？我以为这显然跟池莉小说叙事中女性话语、现代派话语、民间话语、时尚话语、启蒙话语、后现代话语、后殖民话语和新历史主义话语等多元共生的状态密不可分，正是这一独特的话语生态使池莉小说显得既特色鲜明而又无一定套路可循，既具有较强的思想穿透力而又不脱离大众口味，从而在一定程度上造成了文本解读的多重视角和批评把握的难度。这里，我们仅以其中的女性话语、现代派话语、民间话语和时尚话语分析为切入点，看看各种叙事话语在池莉创作中是如何互济共生，进而形成其创作特色的。

一

第一，女性话语。我这里所谓女性话语指的是以西方女性主义理论为参照，从女性的视角，审视人类社会、历史和文化，重塑女性社会形象的叙事话语。因为它能让女性在写作过程中颠覆"他者"的不利地位，所以法国女权主义理论家西苏曾经充满激情地召唤："写吧！写作属于你，你自己也是你自己的，你的躯体是你的。"① 女性话语对中国当代文学创作,尤其是女性作家的创作产生了深刻的影响,这已是一个不争的事实。就池莉而言,尽管她在很多场合反复强调自己不是一个女性主义者,但其小说文本,则不时流露出明显的女性话语色彩。例如,1998年发表的《小姐你早》就通过女主人公戚润物与丈夫王自力之间的一场婚姻危机,将作品中另外两个女性李开玲和艾月的故事珠串起来,合演了一曲现代女性向负心男人复仇的故事。应该说,在这部作品中池莉表现了比较强烈的女性意识,"女人原本是不认识女人的,逐渐逐渐地,她们认识了自己。认识自己其实是最不容易的。李开玲花了五十年的时间,戚润物花了四十五年,艾月的代价是青春和爱情"。不过,值得注意的是,池莉小说中的女性话语与西方女性主义者那种过分强调女性权力的倾向又有一定差异,她主要是从性别角度来思索女性在现代社会,特别是家庭中的地位、价值、意义及其无法排解的矛盾状态,反思色彩多于挑战意味。类似的情形在《你是一条河》中的辣辣,《少妇的沙滩》中的立雪,《不谈爱情》中的吉玲,《口红》中的江晓歌,《一夜初开如玫瑰》中的苏怀素,《来来往往》中的段莉娜和林珠等人物身上都有较为充分的展现,从而使池莉小说中女性话语成为一道独特的风景,具有令广大女性读者感同身受的艺术亲和力和较强的思想穿透力。

　　第二,现代派话语。众所周知,池莉小说主要是以对生活的原生态呈现而为文坛和读者瞩目的,她很少有先锋小说家那样张扬的现代主义气息,但这并不意味着池莉作品没有吸纳现代派文学的合理内核。实际上,在池莉的小说中是不乏现代派话语的。例如中篇小说《看麦娘》就明显地表现了这种倾向。小说是以"我"为叙事焦点来展开一则"虽显犹隐"的故事的。表层故事情节是,"我"易明莉在养女容容失踪后,不顾丈夫于世杰的嘲讽和阻止,只身前往北京寻找养女。在寻找过程中,"我"亲眼见识了种种谜团般的人和事,最终因无力在盘根错节的社会迷宫中寻找到谜底,不得不无功而返。但小说并没有停留在这一故事性层面,而是将笔触深入到对生存意义的寻找这一更深的隐性层面。正是在这里,《看麦娘》深刻揭示了现代生存境遇荒诞虚无的可怕景观,融入了现代派话语成分。其中,最为典型的是有关"我"与养女容容之间因关系错位而产生的荒诞意味的描述。"我"因为与容容母亲上官瑞芳的友谊,收养了

---

① [英]玛丽·伊格尔顿编:《女权主义文学理论》,胡敏、陈彩霞等译,湖南文艺出版社1989年版,第398页。

容容，并将其视同己出，可她却毫不感恩、毫无预兆地神秘失踪了。"我"认为必须去"救"她，然而，在"救"的过程中，"我"却发现，容容在外闯荡世界一直使用的是亲生母亲上官的姓氏，她对人述说自己的身世和经历时，也只有亲生母亲，而没有"我"这个养母，因为与亲生母亲有关的经历使她的出身和来历显得神秘。这就使小说的叙事显得十分荒诞："我"以母亲的身份四处寻找养女，而在养女的述说中，"我"这个母亲是缺席的，是不存在的，这无疑是对"我"真诚而单纯的情感的莫大嘲讽。另外，"我"认为在残酷的现实社会里，容容是一个不谙世事、需要被"救"的弱者，但在寻找的过程中"我"逐渐明白，养女与现实社会其实是水乳交融的，而"我"反倒成了一个无助的弱者。对养女"失踪"真相的了解，使"我"的寻找变得滑稽可笑，毫无意义。正是在这一点上，池莉小说的叙事话语同现代派文学交融起来了，也使她的小说在思想境界上跃上一个新的台阶。

第三，民间话语。民间话语是古往今来一切文学艺术中最富于创造活力的草根智慧，对于小说作家而言，能否吸纳民间话语往往成为制约作家创作成就的艺术瓶颈，同时也与作品的普及和畅销息息相关，这早已为中外文学史所证实。就此而言，池莉小说中的民间话语可以说运用得相当到位。首先，她巧妙地借鉴了民间叙事方式来演绎自己的故事。特别是对民间故事传奇性的吸纳，在增强小说趣味性和可读性的同时，穿越理想和现实架起了一道由精英情怀通向民间阅读期待的彩虹桥。《让梦穿越你的心》在讲述两个女子和三个男人游历西藏的平淡故事中，以女青年康珠离奇发病为契机，创设了藏族汉子加木措和汉族女子康珠之间充满浪漫色彩的情感故事，使之具有梁山伯与祝英台化蝶一般的神奇艺术效果。除了吸纳传奇性之外，她还擅长化用"多情女子负心汉"的民间故事模式组织小说情节，《小姐你早》中的戚润物与王自力，《来来往往》中的段莉娜与康伟业，《你以为你是谁》中陆掌珠与刘板眼等故事无不带有这一民间故事模式的痕迹。其次，她善于在讲述小说故事时展示民间风俗，使作品具有鲜明的风俗画特色。"餐馆方便极了，就是马路边搭的一个棚子。棚子两边立着两只半人高的油桶改装的炉子，蓝色的火苗蹿起老高。一口油锅里炸着油条，油条放木排一般滚滚而来，香烟弥漫着，油焦味直冲喉咙；另一只大锅里装了大半锅沸沸的黄水，水面浮动一层更黄的泡沫，一柄长把竹篾爪篱塞了一锅油面，伸进沸水里摆了摆，提起来稍稍沥了水，然后扣进一只碗里，淋上酱油、麻油、芝麻酱、味精、胡椒粉，撒一撮葱花——热干面。武汉特产：热干面。这是印家厚从小吃到大的早点。"(《烦恼人生》)在这里,作家寥寥几笔就把武汉人吃油条和热干面过早的市井风俗形象地描绘出来了。其他像《青奴》中对沔水镇丧葬习俗和吃观音土风俗的描述,《让梦穿越你的心》中对磕长头风俗的描绘都莫不如此。最后,她大量地运用了地域性很强的民间语言,使作品别具一番地方风味。"李浩森比陆建设小四五岁,他称陆建设为'拐子'。用普通话解释,'拐子'与'哥们'相近,但武汉市所谓的'拐子',含有老大的意思,匪气十足。""陆掌珠告诉过他许多关于丁曼的情况,她说丁曼实际上是卖粉的。武汉市现在称妓女为'粉',干这一行叫'卖粉'。为什么这么叫?不清楚。名称不同,大概这就是新旧社会的区别吧。"(《你以为你是谁》)类似的民间语言,特别是武汉地方语言的运用,在池莉小说中大量存在。将民间话语融入叙事之中,使池莉小说在赢得畅销书市场的同时,也获得了更为广阔的艺术空间。

第四,时尚话语。阅读池莉小说,我们常常觉得写的就像身边刚发生的事情一样,新鲜、时尚。这当然离不开作家对时代的特殊敏感,但从小说文本来看,却也与其中时尚话语的频频出现密切相关。"'美人捞'是海鲜城的一个包间。……'美人捞'房间的墙壁里面的墙壁不是一般的墙壁,是玻璃,是仿造的海。里面游动着大海龟、小鲨鱼、海参、海螺、龙虾、基围虾等一些奇奇怪怪的可供食用的海鱼。食客想要吃什么,就点什么,看图说话。点了什么,就可以当场目睹一个小姐下水去捞。"(《小姐你早》)这一关于"吃"时尚的描绘,相信一般读者是很难经历的,这自然会勾起他们无限的想象。当然,池莉小说的时尚话语是不胜枚举的。概括说来大致包括如下三个方面。(1)选材时尚化。池莉小说不仅善于对正在进行的日常生活予以原生态呈现,而且善于将时下一些话题,如下海经商、下岗失业、贪污腐败、情感失落等内容及时引入创作之中,使其成为艺术题材,构成颇有吸引力的阅读期待。(2)语言时尚化。读池莉小说,你常会发现一些时尚语汇不经意之间蹦跳出来。"陆武桥说:什么叫两不靠?陆掌珠说:你呀,现在工人都知道什么是两不靠。就是工人保留厂籍和工龄,但不上班,厂里也不给工人钱,互相不依靠,这就叫两不靠。"(《你以为你是谁》)"记者有许多官场秘闻,讲一段,有一段民谣作为总结,比如说跑官的诀窍就是这么说:不跑不送,原地不动;又跑又送,提拔重用。现在中国盛产民谣,诸如此类的民谣多得数不胜数,在戚润物听来,却也还是很新鲜有趣。"(《小姐你早》)(3)媒介时尚化。小说作为语言艺术,它的媒介是文字符号,但在电子技术称雄的后工业时代,这种媒介的影响力毕竟有限;池莉小说由于预设了"触电"的潜质,很为影视界看好,已有多部小说被改编为电影和电视剧了,这无疑构成了一种新的时尚(需要指出的是,池莉多次表示她不追求改编效应,但实际上还是被一家公司买断了作品改编的首看权)。插上时尚话语的翅膀,池莉小说始终飞翔在读者关注的艺术星空中而不至于黯然失色。

以上,我们就池莉小说的四种主要叙事话语进行了初步解析。虽然并没有涵盖小说的全部话语形式,但已足以使我们感觉到她的小说话语异彩纷呈、众声喧哗的多元共生特色。可以说,正是这一话语形态使作家笔下那些曾经被精英文学遮蔽的世俗生活获得了多种原生态呈现的可能。在多元话语共同演绎的故事里,既有生儿育女的烦恼(如《太阳出世》),也有分房买房的困扰(如《烦恼人生》),既有结婚离婚的尴尬(如《你以为你是谁》),也有食色本能的诱惑(如《小姐你早》),当然更不缺乏金钱和权力之间激烈的角逐(如《来来往往》)。而在表现这些世俗生活时,作家用笔之潇洒,话语转换之迅捷,真有令人目不暇接之感。她时而以女性话语反思当代妇女的社会角色,时而又以现代派话语叙写生活的荒诞虚无;时而以民间话语呼唤人们内心深处的草根情怀、浪漫遐想,时而又以时尚话语那肉身的、感性的方式叙述都市人生形而下的诸般烦恼;时而以后现代话语消解激情的方式写出生活中的平庸琐碎,时而又以启蒙话语那理性的、超然的笔触唤起读者对社会人生作形而上的深沉思考。

二

然则,池莉小说多元共生的话语生态究竟具有怎样奇妙的艺术效应呢?生态学知识告诉我们,在自然界中最重要的一条生态规律就是生物多样性。生物多样性是地球生命经过几十亿年进化发展的结果,它是生命支持系统的核心组成部分,也是人类社会赖以生存和发展的基础。有了生物多样性,才能形成生物链,才能保持生命系统的动态平衡、互惠共生和协同进化。一旦生物多样性遭到破坏,生命系统将面临整体坍塌的危险。这一规律不仅适合自然界,也适合人类社会的各种文化活动与精神活动领域。① 从生态文艺学角度看,池莉小说多元共生的话语方式恰好符合这一生态规律。正因为小说叙事话语的多元

---

① 盛连喜主编:《环境生态学导论》,高等教育出版社2002年版,第145页。

共生性,才保障了作家的创作经常处于艺术生命的"营养生态位"①,赋予她以蓬勃旺盛的审美创造力,不断地更新艺术观念,在追求更高的艺术目标过程中,形成文学创造的良性"艺术链"②,从而规避了那种在文学创作道路上"一条道走到底"并最终钻入死胡同的艺术风险,也为作家展现形形色色的世俗生存本相开辟了无限广阔的艺术道路。更为重要的是,它能有效地提升小说的艺术表现功能(池莉以《来来往往》的23万册、《小姐你早》的10万册的首版印数充分显示了这一话语形态的实绩)。

就此而言,我以为池莉小说多元共生的话语生态主要有以下几大艺术功能。(1)能有效增强作品的思想穿透力。跟当下许多炒作出来的流行作者不同,池莉是一位很有思想内涵的作家。"有一天我在磁带商店看群众踊跃购买《红太阳》,听见青年们议论纷纷说:'还是历史歌曲过瘾。'一听这话,首先我顿感自己的苍老,再不写历史,自己也一晃成为历史了。"③ 这一心态,足以说明了她不是一个甘于平庸的肤浅写手。正是由于多元共生的话语生态含蕴着女性话语、现代派话语、新历史主义话语和启蒙话语等宏大叙事成分,因而在切入艺术素材和确立作品主题时,增强了作家重新把握历史和人生的思想穿透力。《你是一条河》《预谋杀人》《凝眸》《水与火的缠绵》等小说就充分体现了这种穿越历史和人生的思想纵深感。诚然,池莉是以别一种视角来叙写历史和人生的,她所表现的不是对重大历史事件的反思,而是为了凸现被遮蔽在正史背后那"历史场景中的普通人",但这却丝毫无损于她小说中蕴涵的巨大思想穿透力。(2)能有效增强作品的审美意识形态性。虽然有些评论家站在精英知识分子的立场上,将池莉归入"会编故事、擅长媚俗的通俗作家"④,但实际上池莉小说往往是"俗中有雅","俗"中寄寓着审美意识形态的。无疑,她的小说是以艺术上的审美魅力吸引读者的,但与此同时她又总是企图在多元话语的交融中向你倾诉某种情怀,表达某种思想意念,而正是这种隐秘在作品深处的意识形态,使她的小说获得了"不俗"的艺术品格,也使她与那些真正意义上的通俗作家

---

① 鲁枢元:《生态文艺学》,陕西人民教育出版社2000年版,第210页。
② 夏中义:《艺术链》,上海文艺出版社1988年版,第267页。
③ 池莉:《"杀人"写作前后》,见《预谋杀人:池莉小说作品集》,中国社会科学出版社1993年版,第376～377页。
④ 刘川鄂:《小市民 名作家 池莉论》,湖北人民出版社2000年版,第77页。

有了质的区别。像小说《口红》中所表现的对时代文化冲撞之中女性的生存困境以及对于命运力量的思索,《让梦穿越你的心》中对生活与爱情的畅想等都莫不如此。而如果没有多元共生话语生态的涵养,她恐怕很难获得这一不俗的艺术品格。(3)能有效地增强作品回应当下社会热点话题的时效性。池莉作为一个受到大众欢迎的作家,她小说中的多元话语生态来源于作家对生活的敏锐反映。这里既有生活本身的复杂因素的激发(如市场经济对人们生活的冲击),也有"女权主义""新历史主义""大众文化"等流行文化观的外在影响。正因为如此,拥抱多元话语的池莉在创作中增强了回应当下问题的创作意识,能使五光十色的当代生活内容迅速获得艺术表现,从而强化了作品介入社会生活的艺术生命力。(4)能有效地增强作品积极乐观的人文品格。池莉小说虽然叙写了沉重的生活内容(如失业、失恋、烦恼、离婚等),但却并不给读者以沉重之感,相反,她的小说常常予人以积极乐观的生活态度,让你坦然面对人生。何以会出现这种特殊的人文品格呢?我以为这主要得益于多元话语生态中民间话语的涵养,是积极乐观的草根智慧使池莉能够在"烦恼人生"中寻找到生活里别样的情怀。(5)能有效地增强作品雅俗共赏的市场效应。就池莉而言,我以为多元话语共生的叙事方式,为她在竞争激烈的文化市场中搭起了一个左右逢源的生态平台。在这里,作为知识分子的"雅"和以大众身份言说故事的"俗"的融合使她获得了一个特殊的审美创造空间:大众生活本身是引人入胜的,知识分子的情怀是高尚的,而作家精彩到位的各种叙事话语是将二者黏合起来的有效手段。所以有人说,《云破处》"可以作为一本相当成功的畅销小说而流行"[1],《惊世之作》"像一部好莱坞电影煞是好看:情节曲折,扣人心弦,达到了让人惊心动魄的地步"[2]。

自然,由于池莉小说多元共生的话语方式尚处在艺术探索过程之中,因而也不可避免地存在某些不足之处。诸如因迅速介入生活,来不及进行艺术沉淀而使部分作品显得不耐咀嚼,个别篇章囿于特定叙事视角而造成新的叙事遮蔽性,某些小说由于民间话语无节制地"狂欢"而呈现出"流俗"的弊端等,都是值得作家认真思考并进行艺术完善的。但毕竟瑕不掩瑜,总体来看,池莉小

---

[1] 刘路、朱玲:《结构对故事的完成与超越——读池莉近作〈云破处〉》,《小说评论》1998年第4期。

[2] 贾梦玮:《"刑警"池莉》,《文艺报》2000年4月11日。

说中多元共生的话语生态对于表现复杂多变的当代社会，尤其是都市社会生活，具有非同寻常的艺术表现功能，它能自如地抒写大众情怀，再现形形色色的生存本相，并使作家在多元话语互济共生中形成自己作为"新写实"一员主将独特的艺术特色。据此，我们有理由相信，一旦作家小说中的多元话语生态达到了圆融艺术境界，她将会创造出更加具有艺术震撼力的优秀作品来，对此我们完全可以拭目以待！

（原载《湖北社会科学》2005 年第 10 期）

奇诡叙事艺术与和谐生态吁求的自然融合
——陈应松"神农架系列"小说片论

陈应松"神农架系列"小说《豹子最后的舞蹈》、《云彩擦过悬崖》、《松鸦为什么鸣叫》、《狂犬事件》、《木材采购员的女儿》、《独摇草》、《望粮山》(即《到天边收割》)、《马嘶岭血案》、《火烧云》等发表后,好评如潮,不但赢得了众多普通读者的喜爱,而且也获得了许多作家同行和职业评论家的一致首肯。从2001年至2004年,短短4年间,陈应松的"神农架系列"作品就连续登上"中国小说排行榜",并先后获得湖北文学奖、上海中篇小说优秀作品大奖、人民文学奖、首届全国环境文学奖等奖项,其中《松鸦为什么鸣叫》还获得了第三届鲁迅文学奖。

为什么一位长期默默无闻、自在耕耘的作家会在一夜之间因为几篇地域色彩小说就突然成为被文坛广泛瞩目和言说的焦点人物?①"神农架系列"小说的魅力究竟何在呢?对此,人们有许多不同的看法。作家张炜认为这应归功于他的"诗意和悲悯":"他的诗意和悲悯其实是充盈在所有的文字中的,不过它们在这些写神农架的作品中更为浓烈。……应松笔下的故事和人物完全不同于这个时代那些似曾相识的套路和面目,而是带着另一种山野气息,一个独特世界的逼真,直扑眼前,让人在战栗中迎接一次次心灵的激荡。"评论家李运抟则认为:"陈应松神农架小说植根大山又穿越大山,将蛮荒环境中的特殊生活极致苦难与诸种终极意义的人类话题联结,由此深刻思考了生存的意义与价值,并将它们融于色彩斑斓而苍凉悲壮的艺术画卷中。"评论家牛玉秋将陈应松前期小说与"神农架系列"小说进行比较后指出,二者在艺术表现力上并无多大差

---

① 此前他早就发表过《黑艄楼》《黑藻》《镇河兽》《大寒立碑》《苍颜》《旧歌的骸骨》《归去来兮》《大街上的水手》等具有浓郁荆楚地方特色的作品,但并未引起文坛重视。

距,"神农架系列"作品之所以获得成功,是因为"'神农架系列小说'表现的其实是当代生活的一种情绪,而不是'原始'呀什么的,当代比较流行的情绪,比如说焦躁、焦虑、郁闷、浮躁等这样一些情绪,在陈应松小说中都有表现,表现生存的焦虑"。张颐武教授则进一步指出,陈应松"虽然写的是神农架,其实是表现城市人的焦虑、不安。神农架在地理上有还是没有,这已无关紧要。……从陈应松小说中可能触摸到时代的灵魂,这是他小说最有力量的部分"[①]。应该说,这些评价都是颇有见地的。但是在我看来,奇诡叙事的艺术与和谐生态吁求的自然融合,才是陈应松"神农架系列"小说取得成功的真正秘诀。

一、奇人·奇事

相传神农氏遍尝百草,采药治病,由于山高路险,只好搭架而上,因而得名的神农架,地理上位于湖北西部,是华中地区少有的原始森林。这片由秦岭延伸而来、树木遮天蔽日的原始森林,自古以来,一直就以神山圣水、奇花异草、珍禽异兽而享誉海内外。同时,由于山高路远,交通不便,这里的不少地方至今仍处在"刀耕火种"的原始生存状态,保留了远古先民文化和现代社会难得的神秘气息,因而这里也是一个盛产传奇的地方,比如近代以来就广泛流传的关于"红毛野人""九头鸟""蛤蟆龙""驴头狼""棺材兽""鸡冠龙"等传说就令人十分神往。陈应松以这样一片他曾挂职锻炼达两年之久的神奇土地作为小说叙事的背景,真可谓得天独厚,因为这里的每一个故事都足以使他的小说因其特有的地域传奇魅力,获得强有力的民族审美惯性支持,从而增强作品的可读性。事实上,陈应松的"神农架系列"小说就充分调动了这一叙事艺术功能。他写奇人,叙奇事,传奇情,使小说在浓郁的传奇色彩中产生了一种中国现代正统小说中比较少见的常中出奇的审美效应。

就"写奇人"而言,"神农架系列"几乎每一篇都创造了个性独特的现代"奇人"。《松鸦为什么鸣叫》中的伯纬是一位身体残疾,孤独得同伙伴王皋的尸体对话,过年时节与出车祸的死者对饮,随时准备着救助出车祸夜行人的弱势悲悯型"奇人";《独摇草》中的王老民是一位祖辈有着惊人医术,自己却窝

[①] 见陈应松获奖小说精选《松鸦为什么鸣叫》附录之《"神农架系列"小说有关评论》,长江文艺出版社2005年版,第394~407页。

囊到连山村小组长都当不好,不得不幻想引进外来旅游项目以图发展,但最后又背着良心的歉疚亲自将项目书烧毁,死后无人过问的改革失败型"奇人";《望粮山》中的金贵是一位盼望着到天边收割麦子,自小在深山中被迷信者所伤害,长大后到城里又受尽白眼和欺凌,最后不得不奋起复仇杀死同自己一样可怜的同伴的边缘复仇型"奇人";《云彩擦过悬崖》中的苏宝良是一位在神农架瞭望塔孤独守候达三十多年,赔进了女儿性命,赔进了自己的家庭,赔进了自己的健康,直到退休之年仍不愿离开岗位的看似固执实则忠于职守的敬业型"奇人"……完全可以说,"奇人"是"神农架系列"小说中最具有精神震撼力的艺术因素。

就"叙奇事"来看,"神农架系列"故事可谓处处藏"奇","节节生奇"。以《独摇草》为例,小说一开始就从"村长因喝醉酒,射杀了五个村民"竟没有引起村民任何反映的"奇事"讲起,接着就写乡村七组组长王老民在村长家抢回两把镐头,要用二十几斤炸药炸通被堵塞多年的落水孔的现代愚公式"奇事",然后顺着这条线索,作者设置了一系列引人入胜的"奇"关节。有王老民的兄弟王老根死而复生的"奇事",有老虎来落水孔安家落户的"奇事",有王胜利被老虎咬掉的脑袋突然张口说话的"奇事",有王老民被毒蛇咬死后嘴里含着一把虎毛、一只鼻子被老鼠啃了而无人过问的"奇事"……类似的"奇事",在"神农架系列"小说中比比皆是。像《松鸦为什么鸣叫》中王皋碰上"岩包精"后花布变桦树皮的怪事,《狂犬事件》中疯狗进村引发的一系列不可思议的事件,《望粮山》中因看到"天边的麦子"而发生的种种稀奇古怪事情,《火烧云》中龙义海看到的各种倒行逆施的事情,《马嘶岭血案》中雨夜响起冬雷并无故枪声大作的事情等,这些"奇事"就像一根根思绪之线,将我们与神农架紧密联系在一起。

"写奇人""叙奇事"可说是小说创作中古已有之的传统,中国古典小说更是在"奇"字上做足了文章。这是因为惊奇感是一种伟大的力量,在审美过程中扮演着重要的角色,甚至在某种意义上说,没有惊奇感的产生,也就没有审美心理的存在与进展。在进入审美的过程中,惊奇感是第一个"关口"。正因为如此,美国汉学家浦安迪先生在研究了中国古典小说后,对这种能带来审美惊奇感的"奇书文体"的叙事形式极为赞赏。①但是,如果只注重小说的"惊奇"效应,而不能保持作品的真实可信度,则又面临着降为下乘的艺术危险。陈应松的"神农架系列"在这一点上火候把握得非常之好,它既保持了审美惊奇的艺术趣味,同时又能令人信服其真实,达到了"动人以至奇者,乃训人以至常者也"(《今古奇观序》)的常中出奇艺术境界。他的做法是让常人尽有奇遇,但奇遇又在情理之中,而正是这不合情理的情理平添一种摄魂夺魄的惊悚之感。例如,《望粮山》中金贵的父亲余大滚子率领一群山民发疯似地与野鸟争抢突降冰雹中的肉虫子吃,并将之看作是"天边的麦子"场面,就是如此。乍一听,觉得真是不可思议,但是结合小说整个背景,我们又会觉得这在情理之中。

二、梦魇·幻觉

正像作家莫言所指出的那样,"陈应松用极富个性的语言,营造了一个瑰丽多姿、充满梦魇和幻觉的艺术世界"②。虽然我们不能完全赞同莫言的评价,但是对于梦魇、幻觉的反复描写的确构成了陈应松小说一个独特的叙事视角,也使小说平添了几分神秘的色彩。他将蛮荒环境中特殊生活的极致苦难与虚幻意境结合在一起,将困苦的梦魇和奇特的幻觉融为一体,使我们既为神农架人生活的苦难所震惊,更被他们在苦难中葆有的美好愿望和搏斗精神所震撼。非现实的因素的描写让我们深切体会到那种诡异乖张、充满奇诡色彩的文本背后蕴涵的时代悲剧。人性的高贵与卑劣、苦难与畏惧、生与死、爱与仇、贫困与诅咒、孤独与悲伤,获得了重新予以叙述和诠释的契机,达到了"一种令人震惊和陌生化、近乎神话般的艺术效果"③。

先说梦魇。梦本是人类一种非常普遍的心理现象,而梦魇则是一种变态心理活动,它常常以离奇的梦境和潜在的暗示意义压迫做梦的人,作家描写梦魇往往蕴涵着特殊的心理表达功能。在《松鸦为什么鸣叫》中,陈应松是这样描

---

① 浦安迪从分析《金瓶梅》《西游记》《水浒传》《三国演义》等章回小说出发,对奇书文体进行了全面分析。参见[美]浦安迪《中国叙事学》,北京大学出版社 1996 年版。

② 见陈应松获奖小说精选《松鸦为什么鸣叫》附录之《"神农架系列"小说有关评论》,长江文艺出版社 2005 年版,第 394～407 页。

③ 作家刘继明语。见陈应松获奖小说精选《松鸦为什么鸣叫》附录之《"神农架系列"小说有关评论》,长江文艺出版社 2005 年版,第 406 页。

写王皋的梦魇的。"有一天晚上，睡在另一头的王皋蹬醒伯纬说：'我梦见了死人，全是死人。'伯纬说：'你是醒着的呐。''我梦见河里伸出好多手来，拉我们崖上放炮的人。要死人了。''我看你要发疯了。''我估计也差不离……'第二天，在竖井里放炮的二队，炸飞了六个人。对面的崖壁上到处贴着炸飞的膀子和腿。"作家不仅在这里写到了梦魇，而且还将现实与梦魇相互印证，显得既神秘又怪诞，使人毛骨悚然。在《望粮山》里，金贵的梦魇内容则相对复杂一些，"他梦见娘跟一旦一样，娘讲一旦的话，也小小巧巧的不大爱理人，低着头一个人笑，露出小牙齿，纳着鞋底。金贵说：'娘，你到哪儿去了呀？'金贵跟着娘走，好像上了街，街上有许多人，走着走着娘就不见了，挤散了。他到处找娘，后来看到娘，后来看到娘从一个门里钻出头来朝他笑，完全是一旦。金贵问她：'你看见我娘了吗？'一旦拿眼睛鼓他，一旦说：'我不认识你，你是哪个？你是一只獐子。'金贵看见一旦抽出一把手枪来，就跑。一旦叭叭叭叭地朝他开枪，就是打不着，金贵跑得比獐子还快，后来爬上一棵树，树上结的全是麦子，一穗穗像狼尾，他去抓麦子，老是抓不着，一头栽下来。金贵醒来了，胸口突突突突地跳，还生疼"。这些内容仿佛是金贵此前不幸生活的压缩版，同时又预示了他对于自己跟一旦婚姻的担忧，寄托了对美好生活的憧憬与不可捉摸（抓天边的麦子）的心态。类似的梦魇内容在作品里还有多处，它们就像心灵的"麦田怪圈"一样，神秘、诡异，使人难辨真假，同时又让大山子民们卑弱的精神面貌得到一次又一次异样的呈现，从而构成作品独特的审美魅力。

接着，我们再来看看幻觉。幻觉跟梦魇一样，也是人类的一种特殊心理活动，作家描写幻觉同样蕴涵着特殊的心理表达功能。例如，在《独摇草》里，当主人公王老民的儿子王胜利悲惨地被老虎咬吃，继女小小因结婚、妻子马贵因要带刚出生的外甥而相继离开，自己又受到本村秦二和邓道理等人话语刺激，之后，他产生了这样的幻觉："晚上，他看见儿子回家了。儿子头发蓬乱，步履轻盈地进屋，一眨眼就坐上了八仙桌的上端。儿子的双手夹在裆里，头偏着，若有所思。儿子突然哼喘起来，低声喘着，害怕人听见似的。儿子的表情十分难受，脸扭曲了，小小的喉结上下滑动着，他好像应当喝一口水。'胜利！'儿子一惊便跑了，霎时无影无踪。只有那绵绵不断的浓雾正成絮团地朝屋里涌着，仿佛要把整个世界吞噬下去。"在这里，作家将王老民孤独、寂寞，同时在某些事情上被人误解的心灵之痛，通过怀念儿子的幻觉描写展现得淋漓尽致。其他重要的幻觉描写还有《独摇草》中王老民看见兄弟王老根"游魂"和"超生

105

魂"飘走的场面，《望粮山》中金贵看见天边麦子的场面，《云彩擦过悬崖》中终年守候神农架瞭望塔的苏宝良痛失女儿燕子后产生的严重幻觉，《马嘶岭血案》中"我"因和九财叔贪污40元购物款被怀疑时产生巨石滚动声音的幻觉，等等。这些幻觉描写，由于掺杂了若干神秘色彩，作者又不时地强调其真实性，因而使其审美惊奇感愈发凸现出来。

  对于梦魇和幻觉的描写，并不仅仅像有些评论家指出的那样，是陈应松刻意追求"惊彩绝艳"的楚风小说风格造成的，也不像有的评论家所解读的那样，是陈应松借鉴魔幻现实主义手法的结果，这里面其实深深浸透了作家对社会弱势群体的悲悯意识，正是这一点才真正触动中国每一个普通读者的心灵。在这里，作家以一种交往对话的主体间性姿态，自觉地站在弱势群体的角度，体验并承受着生活中弱势者的心灵震撼，表达了对弱势群体无尽的同情。试想一想，一个天天在悬崖上打眼放炮，与死亡零距离接近，而又心灵脆弱的人（《松鸦为什么鸣叫》中的王皋），他对死亡的恐惧如果不以梦魇和幻觉的方式呈现，难道还有其他更好的解脱办法吗？一个从小失去母爱，婚姻摇摆不定，而身体在一次打猎活动中被人打成残疾的小伙子（《望粮山》里的金贵），他对未来的憧憬如果不是梦魇和幻觉又能是什么呢？诚如弗洛伊德所指出的那样，梦境和幻觉并不是荒诞不经的，"梦是一种完全合理的精神现象，实际上是一种愿望的满足"[①]，是一种潜在的欲望变相得以满足的过程。作家着力描写这些内容，目的就在于展现这些大山的子民们的精神困顿，因而笔端虽然诡异，但却充满了悲剧的情味，令人读后顿生悲悯情怀。

三、诡象·异境

  叙述奇人奇事，描写梦魇幻觉，与之伴生的必然是艺术诡象和审美异境。所以，读陈应松的"神农架系列"小说，总会感觉到有一种来自非现实的诡象和异境在吸引着我们，震撼着我们。它是荒诞的、魔幻的，同时又是人文的、审美的，叫人难以释怀。对此，不少评论也都留意到这一点。著名评论家贺绍俊在论及陈应松的小说创作时，就曾指出："我读他的神农架系列小说，最有神韵的、最出彩的都是来自非现实的因素……在他的小说中明显地感觉了这样一些

---

① ［奥］弗洛伊德：《梦的释义》，张燕云译，辽宁人民出版社1987年版，第114页。

意象：死亡、绝境中的重生、理想愿望的极限表达、凶杀、残酷，等等。"《小说选刊》在选载《狂犬事件》的按语中也特别提到，"狂犬们的肆虐造成了一个荒诞的异境，人们却在这荒诞的异境中进行真实的表演。随着动物们的喧闹不断夸大与扩张，人们的表演也在延伸。由历史的伤痛到现实的忧虑，从表面的行为到内心的活动，都写得张扬而又节制，虚幻而又实在。当我们读完作品，从那荒诞中走出，或许会得到一些启示，或许会变换一个角度审视人生，审视我们的生存空间"①。

以诡象而论，"神农架系列"中那些令人读后难以释怀的诡谲意象是相当具有艺术震撼力的。例如《马嘶岭血案》中反复出现，让人不得安宁的"光怪"意象。"这天晚上，西南方的山坡上突然射出了一道强光，有如电焊的弧光，一直刺入云天，把周围的山坡、沟坎都照得如同白昼。那边帐篷就有人惊醒了，问是谁在照。大家都起来了。忽然那强光变成了两个光点，一上一下。大家以为是野兽，五六只电筒一起射去，那光点一动不动，祝队长就叫大家操了家伙跑出去扑打，不见了影形，也没有什么野兽，遂回到帐篷。而这时那光点又只剩下一个了，在帐篷顶不远的崖上直射我们。"这是"光怪"第一次出现时的情景，乍一读到这里，就仿佛置身于神秘恐怖的异度空间一样，感到浑身汗毛倒竖。而更为令人惊悚的还有九财叔和老麻就此进一步展开的"鬼话"："九财叔坚持说是野鬼，还说是什么独眼鬼，见了我们这些人稀奇。……事情越说越玄乎了，说得大家脸色发白，倒抽冷气。"这种艺术诡象描写，一下子让我们这些在后现代社会中形成的审美疲劳心灵兴奋起来，激荡起来，也让人不自觉地去寻思这些自然界的神秘现象。然而，作家的高明之处在于，他并没有停留于艺术诡象本身。他的笔触始终是围绕人物性格和命运展开的，因而，描写这些神秘现象时，他的落笔点依然紧扣着小说中人物的性格和命运。所以在后面写到"光怪"的时候，他并没有过多渲染自然界的这种神秘现象，而是以此作为透视人物心灵的聚光点，着力描写人物心灵的回应。写到了九财叔对自己不幸命运的哀叹："九财叔说反正这命要丢在马嘶岭了，回不去了。那怪光缠着我们不走，野猪又来撵我们，未必来这儿就是命？"写到了"我"被探矿队误解后对"光怪"的呼唤："'光，光，你怎么还不来啊！'那像利剑一样的骇人的光，

---

① 见陈应松获奖小说精选《松鸦为什么鸣叫》附录之《"神农架系列"小说有关评论》，长江文艺出版社 2005 年版，第 394～407 页。

刹那间照彻了这深广黑暗的光,刺中了什么,还真是一种惊异呢。我真希望这儿多出点怪事,冲冲这里的压抑,冲冲人心里黏稠的东西,让人振奋得发一下抖!"写到了"我"在九财叔鼓动下同他一起犯下马嘶岭血案后,不经意间看到九财叔那只杀人不眨眼的右眼时产生的联想:"他目空一切,那只杀人不眨眼的右眼环顾四周,真像一只独眼鬼。我陡然觉得那奇怪的白光就是从他的右眼里发出的。"而正是这些描写为马嘶岭血案的发生提供了充分有力的证据。类似的艺术诡象描写,在"神农架系列"中还有很多,像《望粮山》中那如梦如幻出现的"天边的麦子",像《松鸦为什么鸣叫》中松鸦那追逐死亡的不祥鸣叫,等等,都是如此。

以异境而论,"神农架系列"中那些异乎常情的审美境界营构也着实让人难忘,让人深思。这在《狂犬事件》中得到了比较集中的体现。"疯狗进村了!是两条。它们沿着清凉垭子的豁口一路急急而来,清晨进入忘乡村。它们是从郧县的石槽溪进入神农架的。一条是独眼狗,一条是金黄色的长毛狗。无论美与丑,它们都是疯狗;毫无自制,身带毒液。……村子里开始大乱了。狗把张克贞的妮子小凤咬了。狗把一头羊的脖子凿穿了个大洞,死在路上,脖子还在咕噜噜地冒血。狗把蹲茅坑的汪家老头的鸡娃子咬掉了。狗咬死了两只鸡,鸡头咬下来了,鸡身却在满村跑。狗还在咬——"小说一开始就将人们带进了非常态的生活情景中,然后围绕这场祸起疯狗的事件,让神农架偏僻乡村的故事一个接一个的次第展开。有汤六福与他的看家狗黑子的故事,有张克贞和他那被疯狗咬伤的女儿小凤的故事,有孤老头子郭大旺上访引发伍乡长愤怒的故事……这些故事都是来自现实的,但它们却又被嵌入非现实的"狂犬事件"过程中。在此,现实与非现实之间失却了清晰的界限,荒诞的故事指向了严酷的生存拷问。作家通过"狂犬事件"这根非现实的绳索,牢牢套在了那座名不见经传的荒凉山村的颈项上,从而上演出一幕幕荒诞不经却又极富现实意味的日常事件,它们构成了异乎常情的审美境界。类似的荒诞异境在"神农架系列"里还有很多,像《火烧云》中寒巴猴子在"一碗水"旁与鬣羚抢水时那荒诞而又略带悲怆意味的生活情景,《马嘶岭血案》中九财叔杀人时那种狂热兴奋的荒诞描写,都莫不如此。这些异境表面看来似乎不可理喻,但深究起来就觉得意味深长。

对艺术诡象和审美异境的创造,并非始自陈应松,实际上古今中外很多作家都进行过这方面的艺术探索。例如美国著名作家爱伦·坡的短篇小说《厄歇尔府的倒塌》就以黑色挂毯，黑色地板，血红的满月，血迹斑斑的长袍，嘶哑的尖叫声，嘎嘎推开的铁门声，窗外轰鸣的风雨声和怪诞的曲子等营造出了令人惊悚的艺术诡象和审美异境。中国当代寻根文学中也有很多类似的艺术画面。陈应松的可贵之处在于，他不仅通过脱离生活常轨的艺术诡象和审美异境的创造增强了作品的艺术魅力，而且更以富于时代特色的生态情怀表达了作家独特而深刻的人文关怀，表现了作家对社会弱势群体深深的同情及对和谐社会生态的吁求，并以十分老到的艺术方法使二者自然融合为一。因为这些诡象和异境描写中结合进了人物的心理描写，展现了人物灵魂深处的震撼与战栗。

四、生态·和谐

如果说陈应松"神农架系列"小说的艺术魅力仅仅限于奇诡叙事以及在此基础上表现出的若干人文关怀的话，那就并没有完全解读出小说的深厚意蕴。实际上，陈应松"神农架系列"小说在奇诡叙事中所蕴含的生态情怀，所寄寓的对和谐生态的吁求，才是它富有审美价值的精髓。对此，著名文艺评论家於可训曾作过如下评说："读'神农架系列'，心灵感受到很大震动。陈应松写的是一种大生态文学，既讲自然生态，也讲社会生态；既讲自然的生态关系，也讲社会的生态关系，同时还讲自然生态和社会生态之间的关系。"[①] 的确，我们读陈应松的"神农架系列"小说时，感受到的并不仅仅是一般意义上的人文关怀，它是一种"大生态文学"视域下的生态关怀，作家通过对中国现代化进程中的社会变迁在神农架腹地引起的剧烈震动，呼吁人们关注自然生态、社会生态、文化生态和精神生态的和谐。

首先，我们看看作家对自然生态的关注。人与自然的关系是当代社会中人们普遍关注的一个焦点问题，西方 20 世纪以来持续不断的生态运动及生态文艺思潮，就是对这一问题上的集中反映。随着中国现代化进程的加快，这个问题已经提前来到了中国，并且延伸到了偏僻的神农架腹地，对此，"神农架系列"小说给予了真实的再现。"阎王塌子得上百根好杉料和几千斤石头，除非是恨它不过了，才使用这玩意儿，把它扎成肉饼。说只是说，就算老虎吃了咱

[①] 见陈应松获奖小说精选《松鸦为什么鸣叫》附录之《"神农架系列"小说有关评论》，长江文艺出版社 2005 年版，第 394～407 页。

山谷的人，你要砸它，也没有木料做那塌子了，连烧木炭的铁匠木、刺叶栎都砍光了，人们在冬天，只好守着半干不湿的树疙瘩烤火，来对付毫无道理的、无赖般的寒冷。"（《独摇草》）这是对森林植被遭到严重破坏的谴责。"车进了山谷。这是又一天的事情。一辆蓝色的小'轻卡'拖来了大捆大捆的铁丝网。放网的时候，野兔们闻到了被囚禁的气息，纷纷往外逃，可是它们撞在铁丝网上，当场昏死过去，也有的往山谷深处乱窜。但四面都围上了网，这些野兔们只好乖乖地待在网里。三天后，铁网合拢了，进惯了山谷吃草的牛群与猪群，就被隔在了围网外，它们不解地叫着，望着里面随风起伏的牧草。"（《独摇草》）这是对现代网罟带来生态灾难的批判。"我们的孤独是幸福的孤独，是知道在某一处山谷里还有着我们的族群，有着我们的所爱，有着我们的血亲……而如今，我的孤独才是真正的痛苦的孤独，没有啦，没有与我相同的身影，在茫茫大山中，我成为豹子生命的唯一，再也没有了熟悉的同类。我有一天意识到这个问题时，好像掉下了一个无底的深渊，永远地坠下去，没有抓挠，没有救助，没有参照物——那一定是时间的空洞，是绝望，是巨大的神秘和恐慌。"（《豹子最后的舞蹈》）这是对物种减退和灭绝状态的深深忧虑。"在一个漆黑的夜晚，我走进一个无名峡谷，我意外地看见了石头的尸体。我分辨了许久，终于看清了他身边还有一些没有吃完的死鱼，我又看见了河边上漂着无数的死鱼，一种比藤黄更毒烈的气味从水里散发出来。石头是吃了剧毒的鱼中毒死去的。他是一只经验丰富的豹，可是最后却死在毒鱼人的手里，还是不明不白地作为间接的受害者丢了他的性命。"（《豹子最后的舞蹈》）这是对自然界生物链遭到人为破坏的悲情言说。通过人与自然关系的这些悲剧性叙事，作家呼唤人们关注自然生态，保护自然生态。

其次，我们看看作家对社会生态的关注。深层生态学思想告诉我们，自然生态危机根源于社会生态危机，是人类社会生态的不和谐导致了自然生态的不和谐。就此而讲，中国当前生态危机的发生是与社会转型期的各种异化现实紧密相连的，是社会主义市场经济制度走向完善过程中必然要付出的代价。陈应松的"神农架系列"小说对此有着深刻的、多层次的艺术展现。"'这是给你的，里面有你的一套西服，你姐的一套西服。'她又从那包里拿出一大叠钱来，全是一百一张的，用一根纸带扎着。又拿出一张写满字的纸来，是打印的，说：'这是五千块钱，这里，你签个字。'这女人从兜里掏出一枝准备好了的水笔，拧开笔帽。按自己的想法说完她要说的话：'这就断了。以后，我百年归山，我的遗产与你和你姐，你们余家的人没有任何关系。'"（《望粮山》）作为金贵的亲生母亲，自称为"孙老板"的胖女人，面对从遥远的神农架来寻找自己的亲生儿子，他们之间的亲情关系被金钱的利刃彻底割断，社会生态的病象已经深深地渗透到家庭这个社会的基本细胞里去了。毫无疑问，作家在呼吁人们关注社会生态，构建社会主义和谐社会。

再次，我们看看作家对文化生态的关注。如果说陈应松"神农架系列"对自然生态破坏和社会生态不健康的描写已经足以令人震撼的话，那么作家对文化生态病灶的透视则更加入木三分。"回来以后，他又背局长和小马去拍片。医生看了片，看了人，对里面的一张手术床说：'哪个先上？'小马说：'局长先上。'局长也没谦让，哼哼叽叽地进去了，门也关上了。……小马好像睡着了。好半天，他忽然说：'我们局长的包……他拿着？''当然他拿着。''他死了也会拿着。'伯纬看着小马：'你说这话？''也会拿着，他的钱嘛。'"《松鸦为什么鸣叫》中这段看似平常的对话，通过伯纬救护神农架翻车事件中幸存者这一具体文学语境的营造，实际上包含了作家对残存的封建等级文化观念和拜金主义文化的强烈批判。"老米说这次一定要龙义海亲手点。那次求雨后之所以没下雨，就是因为龙义海没伸他们一手，龙王爷不高兴。一笔写不出两个龙字嘛。……求雨的仪式开始了，铳响了，惊起了一群苦荞鸟，它们'苦啊苦啊'地向更远的村子飞去。一阵阵男女老少撕心裂肺的、绝望的'天干地渴，老龙下河的'呼祷，像山潮一样压来……他想哭。他想在没人的地方大哭一场。他想吸烟，又把烟掐灭了。天气太干燥，到处都是沙沙作响的枯崩崩的植物。"（《火烧云》）面对久旱不雨的自然生态危机，小说中的神农架人想到的不是科学自救，而是在天气预报有五级火险的预警下，依然用舞动着火龙的古老求雨祈祷仪式来解决问题，最终将扶贫干部龙义海的性命送进了火海。这是对落后的民间生态文化无声的谴责。作家通过对神农架地区文化生态场景的再现，从一个独特的视角表现了他对社会文化中存在的若干价值观迷失、生活目标迷茫和人际关系冷漠的担忧，对健康和谐的社会生态的呼吁。因为文化就像一条河，当这条河流的生态自净功能消失的时候，它的生命也就接近于干涸了。

最后，我们看看作家对精神生态的关注。自然生态的破坏、社会生态的危机和文化生态的衰颓，说到底是由于作为社会实践主体的人的精神生态失衡引起的。正因为如此，所以在陈应松的"神农架系列"里我们可以深深地感受到这种探入人物灵魂的笔触。"他迈开山里人的大步就上前去抱他，想把他抱进屋去。这时，在里屋的三妹丢下一个舀潲水的瓢就飞快地一把从伯纬手里将孙子夺过去了。'你不要碰他，腊时腊月的，你刚背了死人回来！'说啥啦？伯纬愣在那儿，像一截糟木头。他站在自家的门口，看到了屋里的几个人：两男两女；三妹，那个头发垂落下来已经花白的，另一个，妮子，胡子拉碴，像根犁拐的女婿，孙子，四个人。他们是谁？搞什么的？是他的家人吗？这不是他的家！是谁的？他不愿意想，不愿在意识里把它明晰起来，就像他不愿细看那些变幻不定的云朵一样。伯纬好伤心，伯纬的双手还没有放下，还是抱孙子的那个姿势，僵痴在那里。又一次，他战抖不已。他本来不想说的，他终于说话了，他说：'我这辈子就是个背死人的命。'他说完，进屋，舀水喝，脱了衣服，上床睡觉。"（《松鸦为什么鸣叫》）这段类似于鲁迅先生《祝福》里祥林嫂去拿祭祀祖先贡品时"像是受了炮烙似的缩手"的定格描写，虽然文学语境和历史语境不同，表达的意图也有很大差异，但却同样达到了令人难忘的艺术效应。作家在这里借伯纬的形象真实地再现了一个具有博爱之心的当代人在社会语境下不被人理解的精神孤独。"他们瞧不起我们。那天晚上，当我把书去还给小杜时，经过他们的床铺，他们问我干什么，有什么事，我说给小杜还书……我就进去了，我感到他们的目光像针扎在我的背上，让我变成了一个刺猬。那些目光是审视的，冷漠的，也是不屑一顾的……祝队长他们正在分烟说着话儿，看了我，也像看一个怪物。我本来想好了，出他们帐篷时有一句客套话'你们歇吧'说的，可出来根本轮不到我说，因为我不存在，我是个很让人小瞧的乡里人。"（《马嘶岭血案》）作家以两个挑夫唤魂的事儿作为叙事支点，将探矿队那些知识财富的拥有者同靠干苦力活儿谋生的乡里人之间难以穿透的精神隔膜竖立在那荒凉的马嘶岭上。设想一下，假如这些城里来的人稍微"施舍"一点点关爱与同情，用他们"高贵的手"去抚摸一下九财叔们磨烂的肩膀，减轻压在他们肩上过多的"石头"，同他们拉拉家常，少一点刻薄的扣发工资之类举动，马嘶岭上的血案还会发生吗？！除了人的精神孤独和精神隔膜之外，作家还对人的各种欲望进行了颇见功力的描写。那《松鸦为什么鸣叫》中故意出车祸骗保的把戏，那《独摇草》中假借开发之名干着男盗女娼之事的猫腻，那《火烧云》中哄抢水泥等救济物资的场面……一幕幕，一场场，都将人的欲望推到台前。人总是要有点精神的，当天远地僻的神农架社会都陷入严重精神生态失衡之中的时候，我们难道还不值得警醒吗？

当然，在"神农架系列"里作家并不总是表现生态病象的，作家也写到了自然生态、社会生态、文化生态和精神生态中好的一面。例如《木材采购员的女儿》中对现代文明进大山后带来人的精神觉醒赞美,《云彩擦过山崖》中对苏宝良执着于事业的纯净心灵的弘扬,《松鸦为什么鸣叫》中对伯纬身上博爱精神的怀想……但是,在"神农架系列"中最出彩、最令人难忘的还是那些生态病象的场面,它们让人释怀不下,让人感到深深的焦虑和不安。也正因为如此,陈应松对和谐社会生态的呼求才获得了广泛的认同,"神农架系列"小说才获得了全新的时代意义,跃上了一个崭新的审美台阶。

　　严格说来,我在这里将陈应松"神农架系列"小说的奇诡叙事艺术与和谐生态呼求分开来论述是不太恰当的,事实上,在他的小说中二者是自然融合在一起的。换句话说,小说的奇诡叙事艺术是建立在对和谐社会生态呼求基础上的,同样,小说对和谐生态的呼求如果离开了奇诡叙事艺术就不可能获得得到充分的表达。关于这一点,我在具体论述中实际已经涉及并照顾到了。这正如著名文学评论家王先霈先生所指出的那样,陈应松的"神农架系列"小说"用冷艳的文笔、奇峭的故事情节,向世人描述神农架绚丽、幻妙的自然风光,描述在贫困中艰难奋斗的山民的生存状况,呼吁世人关注人与自然和谐相处,尤其是呼吁人们关注在现实现代化的社会变迁过程中,不同人群之间的相互理解、相互尊重,呼吁社会的和谐。他的最新的这一批作品,具有独特的社会视角和艺术风格,标志着陈应松创作的新阶段、新高度,标志着这位作家大步地走向成熟"[1]。

(原载《江汉大学学报》2007年第3期)

---

[1] 见陈应松获奖小说精选《松鸦为什么鸣叫》附录之《"神农架系列"小说有关评论》,长江文艺出版社2005年版,第394～407页。

理论探索

"汉话胡说"[1]
——近百年马克思主义文艺理论中国化反思

如果把李大钊1918年撰写的《俄罗斯文学与革命》看作是马克思主义文艺理论影响中国现代文论的开篇之作的话[2]，则马克思主义文艺理论在中国近百年的历史中，以其强烈的实践性品格和鲜明的价值论特色，逐渐成为中国革命文化的一个重要组成部分，确立了在中国文艺理论中的主导地位。但是，近年来有部分学者或公开或隐蔽地对此提出质疑，认为它既"不符合中国文学发展的实际"，又缺乏"中国原创性"特色，是"中国文学理论发展中的异质成分"，直接"导致了中国文论产生失语症"，因而，马克思主义文艺理论在当下中国出现了"危机"。

一、"失语症"的由来

近百年来中国文化的所有领域几乎都存在着话语系统和知识谱系方面"以西释中""以西套中"，甚至"以西代中"这种"汉话胡说"的尴尬状况，而在文艺理论领域或许表现得更为突出，因为在马克思主义文艺理论的主导地位确

---

[1] "汉话胡说"，本文发表时国内学术界流行这一说法，意思是指用西方理论话语来阐释中国问题，此处的"胡说"一词不带任何贬义。

[2] 此为1965年才发现的一篇佚文，由于某种原因，该文当时未能及时发表，后发表于1979年《人民文学》第5期。也有人认为陈独秀1917年发表于《新青年》上的《文学革命论》可以看作是开山之作，因为"虽然看不出哪里受到马克思主义文艺理论的影响"，"然而确是取同一步调的"。参见王振复《中国美学史教程》，复旦大学出版社2004年版，第304～305页。我不同意这一看法。

立以后，中国传统的文论话语几乎失去了在学术体制内进行系统言说的可能。①中国现代文艺发展史告诉我们，马克思主义文艺理论是在"走俄国人的路"这一启蒙救亡思想导向下，于五四新文化运动前后开始传播到中国的。在旧民主主义革命时期，为中国文学的发展，特别是左翼文学运动的开展起到了非常重要的作用。毛泽东曾恳切地指出，"'五四'以来，这支文化军队就在中国形成，帮助了中国革命，使中国的封建文化和适应帝国主义侵略的买办文化的地盘逐渐缩小，其力量逐渐削弱"②。毛泽东这里所说的"文化军队"无疑是包含马克思主义文艺理论在内的。中华人民共和国成立后，随着中国共产党执政地位的确立，马克思主义文艺理论更是作为唯一的"合法"理论进入了主流意识形态设定的体制化框架之内，成为指导中国文艺创作和批评的主导性话语，对中国文学艺术的建设和发展产生了深刻影响。

从近百年来马克思主义文艺理论中国化的实际情形来看，这一话语形态的建构主要是通过三条路径来完成的。

其一，翻译介绍。中国的马克思主义文艺理论，首先是通过翻译介绍的途径传播和被接受的。就翻译而言，郑振铎翻译的高尔基《文学与现实的俄罗斯》、瞿秋白翻译的凯因赤夫《共产主义与文化》、鲁迅翻译的《俄苏文艺政策》、冯雪峰翻译的《新俄的无产阶级文学》等都是较早在中国传播马克思主义文艺理论的译作。就介绍而言，恽代英的《文艺与革命》、萧楚女的《艺术与生活》、蒋光慈的《无产阶级革命与文化》、沈雁冰的《论无产阶级艺术》、周扬的《关于文学大众化》《关于"社会主义的现实主义和革命的浪漫主义"》《现实主义试论》《典型与个性》等都是在早期马克思主义文艺理论传播和接受过程中产生了一定影响的阐释性著述。③苏俄几乎成了当时中国获取马克思主义文艺理论的唯一途径（也有极少数从日文和英文渠道获得的）。由于苏俄理论界是根

---

① 从以群主编的《文学的基本原理》和蔡仪主编的《文学概论》这两本影响很大，可以看作中国文艺理论定型之作，以此为标志的高校文艺理论教材中可以看出，他们基本上是照搬苏联的文艺理论框架、概念、范畴和原理，只偶尔引用一下中国文学作例证或更改一下章节设置。前者于1963年和1964年由上海文艺出版社分上下两册出版，1978年根据教育部的要求修订后再版；后者初稿完成于20世纪60年代，1979年由人民文学出版社出版。

② 《毛泽东选集》第3卷，人民出版社1991年版，第847页。

③ 李衍柱主编：《马克思主义文艺理论在中国》，山东文艺出版社1990年版，第313～324页。

据自己的社会革命和文化建设需要来解读马克思主义文艺理论的,因而这种通过"二传手"获得的东西自然会与"真经"有别,而到了我们接受它的时候,"误读"的概率就更大,这是我们检讨马克思主义文艺理论中国化的时候必须高度关注的。

其二,总结创新。马克思主义文艺理论之所以能够在中国现代文论中取得主导地位,除了意识形态方面的原因外,另一重要原因就是中国理论权威的总结创新。在这方面,毛泽东的《在延安文艺座谈会上的讲话》和邓小平的《在中国文学艺术工作者第四次代表大会上的祝词》可以说是两部里程碑式的著作。毛泽东的《讲话》系统而深刻地总结了五四新文化运动以来我国革命文艺领域的历史经验,是"马克思主义的普遍真理与中国革命文艺运动的具体实践相结合的产物"。它运用马克思主义文艺观和方法论,系统地阐明了文艺与生活、文艺与革命、文艺与群众、批判与继承、内容与形式、世界观与创作方法等一系列重要文艺理论问题,"它是迄今为止,马克思主义文艺理论最系统、最具有完整体系的重要论著,是马克思主义文艺理论民族化和通俗化的典型"①。邓小平的《祝词》则是一部我国社会主义新时期马克思主义文艺理论的纲领性文献。它"总结了建国30年来文艺工作的基本经验,对30年来文艺工作作了正确的基本估价",提出要正确地评价、完整地理解毛泽东文艺思想,强调指出塑造社会主义新人形象的重要意义,要求"根据文学艺术的特征和发展规律",加强和改善党对文艺事业的领导,特别是"把文艺为政治服务改为文艺为社会主义服务,这是对毛泽东文艺思想的坚持和重大发展"。② 由于中国马克思主义文艺理论的总结创新是由政治领袖直接完成的,是从中国政治革命和文化建设角度来论述的,是"要使文艺很好地成为整个革命机器的一个组成部分,作为团结人民、教育人民、打击敌人、消灭敌人的有力的武器"③。故其现实针对性很强,这就使它先天地具备了权力话语色彩,意识形态化倾向在所难免,这是值

---

① 陆贵山、周忠厚编著:《马克思主义文艺论著选讲》(修订本),中国人民大学出版社1999年版,第630~631页。

② 陆贵山、周忠厚编著:《马克思主义文艺论著选讲》(修订本),中国人民大学出版社1999年版,第766~799页。

③ 陆贵山、周忠厚编著:《马克思主义文艺论著选讲》(修订本),中国人民大学出版社1999年版,第579页。

得我们留意的。

其三，教材建设。作为大学文学系、艺术系的基础与主干课程（《文学概论》和《马列文论》），马克思主义文艺理论通过教科书的编撰与发行，以权威性的特殊言说方式产生了巨大而深入的影响。因为教科书本身具有体系化、学理化的完整理论形式，又是法定的文学理论教材，为各高校普遍采用，于是，它作为一种先在的文艺理论范式在大学课堂上无可争辩地获取了话语建构和播撒的"法定"渠道，这就使之形成了另一条重要的马克思主义文艺理论中国化路径。在这方面，季莫菲耶夫的《文学原理》（查良铮译，1953年12月上海平明出版社出版）、毕达可夫的《文艺学引论》（根据口译整理，1958年9月高等教育出版社出版）、科尔尊的《文艺学概论》（根据讲稿整理，1959年12月高等教育出版社出版）、谢皮洛娃的《文艺学概论》（罗念生、叶水夫等译，1959年人民文学出版社出版）等苏联文学理论教材的引入和传播，由于1949年以来，"我国的大学和中学的文学课堂上，以及广大的爱好文学的读者群中，都感到一个迫切的需要：要掌握新的文学理论，要获得马克思主义的文学科学的知识"①。这一特殊的历史语境，再加上毕达可夫和柯尔尊等人在北京大学、北京师范大学等地为文学系研究生及各地进修教师亲自讲授课程的缘故，所以它们在中国马克思主义文艺理论话语建构和播撒中几乎产生了权威型的影响。此后，尽管中国曾先后出版了霍松林、冉欲达、刘衍文、巴人、蒋孔阳、吴调公等人撰写的马克思主义文艺理论教科书，但"除了在材料方面增加一些中国文论与中国文学方面的例证，它们和苏联的几种文艺理论教科书在理论架构、概念范畴、价值标准到语言文体诸方面，都有极为明显的理论渊源关系。并且在当时'全面学习苏联'的时代氛围中作为中国人自己编写的文学理论教科书，其享有的权威性和传播的广泛性均远不及上述几种苏联文艺学教材"②。即便是后来以群主编的《文学的基本原理》和蔡仪主编的《文学概论》这两本在我国影响很大、体现了我国学者某种独立探索精神的教科书也同样存在这些问题。③ 由于苏联

---

① ［苏］季莫菲也夫：《文学原理》，查良铮译，上海平明出版社1953年版，中译本"序"。

② 代迅：《前苏联文论与中国当代文论建设》，《西南师范大学学报（人文社会科学版）》2001年第5期。

③ 以群将文学鉴赏和文学评论独立出来单独成为一编，为全书三大组成部分之一，蔡仪将文学的创作过程单独列为一章，都具有某种探索的诉求。

是世界无产阶级革命文学和马克思主义文艺理论的现实发祥地,对各国文学理论建设有一种召唤和示范意义,当时无人敢对这一被"误读"了的体系提出质疑,而它又是通过大学课堂以基础课和专业课的方式进入我们的知识结构的,因而,作为知识的"前理解结构"它将会长时期地影响中国文艺理论建设。

二、"汉话""胡说"的张力结构

马克思主义文艺理论作为一种外来的文学理论,它是以欧洲人(对我们而言,先是俄国形态的,后来又某种程度回到原始文本)特有的艺术哲学和审美经验为基础的,它的问题意识和思想旨趣基本上生成于欧洲人特有的审美实践之中,我们不可能期望让它代替中国人去理解、反思我们的文学境遇,仰仗它具体解决中国现实的文学和艺术哲学问题。因此,中国化的马克思主义文艺理论建设在保持原典精神的基础上,必须从致思趋向、话语系统及理论风貌诸方面追求中国作风、中国气派,彰显鲜明的民族特色。然而,这并不意味着我们要另起炉灶,要回到中国传统文论话语里去削足适履地挖掘所谓"民族的东西"。就此而言,保持"汉话"和"胡说"之间必要的张力显得非常重要。从这一理路出发,我认为必须处理好以下几组张力结构。

第一,中心话语与边缘话语。

作为欧洲"原版"的理论形态,马克思主义文艺理论首先是以主流意识形态之外的边缘姿态建构话语体系的,它的核心品质是"革命",是以对传统文论的颠覆为己任的,天然就具有一种内在的张力结构。正如马克思论及《1844年经济学哲学手稿》时所指出的那样,他的文艺观点"是通过完全经验的以对国民经济学进行认真的批判研究为基础的分析得出的"[①]。其他如马克思恩格斯的《神圣家族》《德意志意识形态》《政治经济学批判》中的"序言""导言"及众多有关文艺与美学问题的通信无不表现出浓厚的边缘话语色彩。但是,马克思主义文艺理论中国化却明显存在一个由边缘话语向中心话语转变的过程,如果我们以1949年10月中华人民共和国的成立为分界线,则成立前,它无疑是作为边缘话语而存在的,当时它的主要任务是颠覆中国落后的半封建半殖民地的官方文论,批判形形色色的其他现代西方文论在中国的喧哗。中华人民共和国

[①]《1844年经济学哲学手稿》,人民出版社1985年版,第3页。

成立后则由于它所支持的政治实体——中华人民共和国的建立，作为主流意识形态的一个重要组成部分，迅速由边缘话语转化成为中心话语。在这一话语角色转换过程中，它的批判色彩越来越稀薄，建设性的成分却越来越浓厚。由批判到建设这一理论立场的转变，使它原有的张力结构被削弱了。

第二，"格物"与"格义"。

所谓"格物"指的是那种强调"回到马克思"，回到马克思主义文艺理论原著的理论主张；"格义"则指的是那种不追求原汁原味，但以马克思主义文艺理论精髓来革新中国现代文论的理论主张。如前所述，任何一种外来文艺理论的输入，都取决于本民族审美领域的需要程度，即使输入的是先进的、优越的文艺理论，由于语言和接受心理的差异，往往难以形成真实的"对话"关系，只有那些通过"格义"方式适当改造后变为适合本民族口味和观念的文艺理论，才能被广泛接受和有效传播。综观近百年的理论历程，马克思主义文艺理论中国化实际上主要是通过"格义"的方式来实现的，而且还是以"二传手"的媒介获得的，而对"原版"马克思主义文艺理论本体的把握则相对滞后。这一特殊的文艺理论建构与发展范式，注定了中国马克思主义文艺理论因缺乏"格物"与"格义"之间必要的张力结构而在文学本质、形象思维、文学真实、现实主义、悲剧等诸多艺术哲学层面难以有所突破，这也是导致1949年以后我们的文艺理论话语有所匮乏的一个学理上的致命弱点。所以，当20世纪80年代李泽厚等人将《1844年经济学哲学手稿》中的"异化""人的本质力量对象化"概念引入以后，中国文艺理论界仿佛一下子就被激活了。因而，今天我们在建设有中国特色的马克思主义文艺理论时，必须保持"格物"与"格义"之间适当的张力：一方面要"回到马克思"，深入研究"原版"马克思主义文艺理论，不断发掘其中蕴涵的理论资源，掌握第一手的资料；另一方面也不必拘泥于刻板的教条，可以以"格义"的方式把握其精神实质，开拓出马克思主义文艺理论中国化的新境界。就此而言，对当代形形色色西方马克思主义文艺理论的研究也应采取此种态度。

第三，正题、反题与合题。

假如把中国文论沿着传统道路发展看作是一个正题的话，那么在中国文论发展过程中，西化范式的马克思主义文艺理论主导地位的确立无疑是一个反题，因为它通过对异质文论换血式的系统吸收，颠覆了此前中国传统文论的自在、自洽体系，使之成为一堆破碎、零乱，被看作不合时宜的封建文化产物而被暂时搁置了。这一正题与反题的切换,实际上是一场"大河改道"式的文论革新过程。因而,当我们从正题的角度进行反思时,"失语"的痛苦在所难免。但是历史逻辑和辩证逻辑告诉我们,中国马克思主义文艺理论主导地位的确立对于中国传统文论而言,不仅仅是一个反题,而应该是更高层面的一个合题,因为它通过对传统文论脱胎换骨式的"革命"转化,将中国文论"提高到"一个质的更高的水平。实际上,当我们从"合"的角度来看待这一现象时,中国化的马克思主义文艺理论的确与我国传统的文论有许多"合"的因素,例如,其中与"文以载道"相结合的"工具理性"精神,与易经"阴阳和合"相结合的艺术辩证法,与"兴观群怨"相结合的"人民性"思想,与"六经注我"相结合的文本批判意识等。作为合题,正如莎士比亚在《暴风雨》中所写的那样:"过去的一切只不过是序曲。"当"现在"与"过去"交互作用,形成"将来"时,那些分别属于正题或反题的东西,甚至那些曾遭批判、被认为是无足轻重而遭抛弃的合理内核又会被召唤出来发挥作用。

从这个意义上来讲,我们对"汉话胡说"的反思,对"文论失语"的焦虑正是这一合题中应有之义。故而,我们今天在建设有中国特色的马克思主义文艺理论时,也必须保持正题与反题之间合适的张力结构,一方面从"反题"入手寻找"异质"理论营养,永葆理论创新活力;另一方面又从"正题"切入获取"同质"资源,闯出一条真正具有本土特色的马克思主义文艺理论中国化之路,从而达到更高的"合"的境界。

三、理论困境和话语出路

就当前存在的理论困境而言,我以为主要涉及三个方面。

(1)全球化趋势。"在当今,一种新的文学批评思潮一经出现便不胫而走,很快在全世界传播","一些批评热点往往成为跨国学者共同关心的问题。一种新的批评理论一出现,很容易在各国找到适宜的土壤,得到不同国度的人们的认可"。[1] 这一点我们可以从近年来西方"后殖民主义""女权主义""新历史主义"等理论思潮对我国产生的巨大影响中深切地感受到。重新回到马克思主义经典文论中去寻找话语资源是不够的,更不用说找到能走出"汉话胡说"体

---

[1] 王先霈主编:《文学批评原理》,华中师范大学出版社1999年版,第27～28页。

系的资源了。因而,如何在西方强势文化到处弥散、形形色色的文论话语四处飘移的全球化语境下,成功地找到中国特色的马克思主义文艺理论发展的道路,正成为解决"汉话胡说"问题面临的第一个理论困境。

（2）媒介变革。随着信息传播媒介和电子文化的高速发展,当代中国文学艺术的创作和传播正在步入一个后工业媒介革命的新时代——视觉张扬、信息便捷的"图文并茂"时代。图像符号的直接性、当下性和电子媒介的快捷性越来越强烈地渗入传统文学艺术领域,既有的文艺媒介和文艺格局面临着重新洗牌的命运。以高科技为背景的网络文学、摄影文学、灾难电影、手机小说等文艺新形式和电子游戏、电子卡通等"次生文艺"形式的纷纷出场,正在对传统的纸质媒介诗歌、散文、小说和戏剧文学形成强劲的消解力量,弱化人们固有的阅读兴趣。然而,初级电子文艺产品的思想幼稚、精神低迷以及艺术上的粗糙使它们缺乏起码的人文精神,更不用说高层次的社会内涵了;简单化、类型化、说教化的人物塑造与情节构成又使它们失去了耐人寻味的艺术底蕴,再加上后殖民主义文化预设的种种技术霸权行径（如一些国家的电子卡通片和游戏都以中国为假想敌）,使得恩格斯当年提出的具有较大的思想深度和意识到的历史内容,同莎士比亚剧作的情节的生动性和丰富性的完美的融合的未来文学理想变得遥不可及。① 现代高科技带来的媒介变革同失去思想深度的电子文艺产品之间的审美错位,使处于高科技文化弱势处境中的中国文学艺术和文艺理论话语常常成为被动的接受场域,没能成为能够相互倾听的"交往对话"的主体。这无疑是中国马克思主义文艺理论解决"汉话胡说"面临的第二个困境。

（3）消费主义倾向。在今日中国的文化流行趋势中,消费主义倾向势不可挡,正在对传统文艺理论所言说的认识社会和审美教育的价值取向进行无声消解。中国传统那种"文章经国之大业,不朽之盛事"的艺术自信和"两句三年得,一吟双泪流"的精致从容的艺术心态,以及在此基础上形成的"兴观群怨""言志""载道"的文论理想受到文艺消费者的漠视自有其必然性。虽然早在一百多年前,马克思就在《〈政治经济学批判〉导言》中论及文艺消费问题,指出"消费也媒介着生产,因为正是消费替产品创造了主体,产品对这个主体才是产品。产品在消费中才得到最后完成","艺术对象创造出懂得艺术和能够欣赏美的大

---

① 陆贵山、周忠厚编著:《马克思主义文艺论著选讲》（修订本）,中国人民大学出版社1999年版,第222页。

众"①，但是，这一本质主义盛行时代提出的理论预设毕竟太过于理想化，与时下"不求天长地久，只图一时拥有"的消费主义审美现实存在太大距离。故而，消费主义倾向已经现实地成为中国马克思主义文艺理论解决"汉话胡说"面临的第三个困境。

从当前的理论困境出发，一些学术前辈和新锐学者已经就解决"汉话胡说"问题开列出了形态各异的方案，而在我看来，要刷新中国马克思主义文艺理论的话语思路，切实解决"汉话胡说"问题，方案固然重要，但超越观念形态论争，从现实的文艺问题出发，打开"中国人"的理论视野或许更为对症。据此，我认为以下几点值得认真思考。

（1）是否具有兼容并包的胸怀。开放意识不应该总是对着"理论文本"，它还应该"挺进"到更加广阔的"现实文本"之中。例如，我们是否允许并鼓励个性化的理论话语存在，哪怕这些话语并不成熟，甚至还有某些地方与经典马克思主义文艺理论略有出入也不求全责备？我们是否允许一些学者迅速介入中国当下文艺现实，发出某些"越界"的声音？我以为这些都应该成为兼容并包应有的内容。

（2）是否重视本土关切。如中国的网络文学现状如何？中国当前文学中的"身体写作"现象还会有前景吗？摄影文学是否就体现着中国先进文化前进的方向？中国的生态文学艺术是如何发展的？中国的影视艺术现状如何，它能走向世界吗？中国的卡通与电子游戏等"次生艺术"的文化市场该如何开发和占领？现在的中国存在且需要民间文学吗？中国老百姓现在正在消费的主要艺术是什么，他们最想看到的又是什么样的文学艺术？

（3）是否具有发掘话语资源的理论敏感。我们是否可以从国外"生态马克思主义"研究中发掘话语资源为我所用？是否应该对马克思主义关于艺术生产和艺术消费的理论进行重新解读？人文与科学的交融能催生"喷气现实主义"的文艺理论吗？美国的灾难电影能给我们哪些理论启迪？是否有手机小说存在

---

① 《马克思恩格斯选集》第2卷，人民出版社1972年版，第93～95页。

的必要？① 对诸如此类问题的敏感，必将为我们拓宽理论视阈，提供解决"汉话胡说"问题的新路径。

（4）是否具有淡化理论体系的意识。我们知道，中国马克思主义文艺理论形态由于深受苏联教科书体系的影响，常常会不自觉地追求体系的完整，这对理论本身的完善其实是非常不利的。有鉴于此，在编写文学理论教科书时是否具有淡化体系的意识显得尤为重要。

综上所述，我认为"汉话胡说"作为一种历史形成的话语形态，它在马克思主义文艺理论中国化进程中是不会轻易消失的，但也并不意味着理论进程将一成不变。现在我们面对的真正问题，既不是揪住"中国原创性"的辫子不放，也不是要回到19世纪马克思主义文艺理论的原点，更不能以"合法性"为题搞全盘否定，而是应考虑如何去选取其中的合理内核，针对时代提出的新问题加以创造性的综合、发展与重建。如此，则富有时代特色的中国马克思主义文艺理论话语将会更具世界眼光，更富现代意识，更有理论活力。

（原载《社会科学战线》2005年第1期）

---

① 郑永旺、张坤在《俄罗斯文艺》2004年第1期撰文指出，"喷气现实主义"这一在人文和科技基础上形成的新文学，目前正成为俄罗斯文坛引人注目的文学现象。另据有关报道，手机小说《深爱》正在日本流行，成为青年人的最爱。中国的网络作家千夫长也以"短信小说"《城外》获得一定关注。美国以气候灾变为题材的电影大片《后天》，也正因现实气候的异常变化票房价位一路飙升。

"术归于学"
——近30年马克思《1844年经济学哲学手稿》的中国文论境遇反思

从新时期到新世纪,近30年来随着文艺界思想解放运动的兴起和文学观念的不断变迁,马克思《1844年经济学哲学手稿》(以下简称《手稿》)作为重要的思想资源一再被引入中国文艺理论的争鸣与建构之中,使得这部马克思早期著作负载了话语交锋、价值重构和理论转型等多重价值,显示了马克思主义经典著作强大的理论生命力。但与此同时,我们也注意到隐匿于其中的一些值得警惕的倾向。那就是很多中国学者在阐发这一思想资源时常常表现出问题域错位和对问题域复杂性把握不够的现象,以至于遮蔽了文艺理论自身发展的诸多症结。因此,要在21世纪建设中国特色马克思主义文艺理论,我们就必须对这种理论生发模式进行深刻的检讨。

一

众所周知,《手稿》是马克思1844年寓居巴黎时撰写的研究笔记的一部分,马克思在世时并未发表,后来人们整理马克思遗著时也没有引起足够的重视,甚至很长一段时间内还引起人们许多误解。[①] 直到1932年,在B.阿多拉茨基主编的德文版《马克思恩格斯全集》出版时,《手稿》才得以以完整的面目问世。尽管如此,由于《手稿》中蕴涵着马克思的许多天才思想,它公开出版以后,就立即引起了各国学者广泛关注。在我国,周扬1937年6月15日在延安《认识月刊》发表的《我们需要新的美学》一文就引用过它。在20世纪50年代美

[①] 例如苏联1927年出版的《马克思恩格斯文库》第3卷附录这部手稿中的《第三手稿》时,编者误认为它是《神圣家族》的准备材料,因此标题为《〈神圣家族〉准备材料》。

学大讨论中，李泽厚更是以《手稿》关于"人的本质力量对象化"为基本观点形成的实践美学推进了人们对《手稿》的认识。① 但要说到《手稿》与中国文艺理论更密切的联系，那还是新时期以后发生的事情。新时期以来若干重大文艺理论论争几乎都与马克思的《手稿》或多或少联系在一起，其中比较重要的有三次。

第一次是"关于文学与人性、人道主义"的论争。在这场论争中，始作俑者朱光潜发表了多篇内容涉及《手稿》的文章，并以之作为有力的思想武器肯定文学中的人性和人道主义，呼吁人们解放思想，冲破禁区，"恢复文艺应有的创作自由"。他1979年发表的《关于人性、人道主义、人情味和共同美问题》开篇就征引马克思《手稿》，认为"马克思《经济学—哲学手稿》整部书的论述，都是从人性论出发，他证明人的本质力量应该尽量发挥，他强调的'人的肉体和精神两方面的本质力量'便是人性"②。参与争鸣的其他学者同样也都征引《手稿》作为自己立论或驳论的依据。汝信在《人道主义是修正主义吗？》一文中反复引证《手稿》中"这种共产主义，作为完成了的自然主义，等于人道主义"的观点，认为"共产主义者是最彻底的人道主义者，因为共产主义者为之抛头颅、洒热血的奋斗目标，就是要为人类创造一个更适宜于人生活的新世界，使人能够真正得到充分的自由的全面发展，从而结束人的'史前期'而成长为真正的人"③。邢贲思的《关于人道主义的若干问题》批评"有人利用《手稿》中保留了某些人本主义的痕迹，断言马克思主义就是人道主义"的倾向，认为"应当把这种学术上的自由讨论，同盲目追随在西方的潮流后而重复把马克思主义人道主义化的论调严格地区别开来"④。此外，像钱谷融、王若水、胡乔木、陆梅林等著名学者都参与了这场论争，并且也都在文章中或多或少征引《手稿》，从而推进了中国文艺理论界对《手稿》认识的深化。但由于这场文艺论争承担了思想解放的历史重任，超出了文艺学自身的论域，同时也由于许多学

---

① 李泽厚曾于1979年在《论美感、美和艺术》一文的补记中写道："在国内美学文章中，本文大概是最早提到马克思的《经济学—哲学手稿》并企图依据它作美的本质探讨的。"（参见李泽厚《美学论集》，上海文艺出版社1980年版，第51页）此说欠准确。

② 朱光潜：《关于人性、人道主义、人情味和共同美问题》，《文艺研究》1979年第3期。

③ 汝信：《人道主义就是修正主义吗？对人道主义的再认识》，《人民日报》1980年8月15日。

④ 邢贲思：《关于人道主义的若干问题》，《世界历史》1987年第5期。

者把青年马克思同成熟时期的马克思截然对立起来,认为《手稿》是马克思不成熟的著作而予以悬搁,特别是后期由于政治因素的介入,限制了人们对《手稿》与文艺理论关系问题的深入探讨。

第二次是"关于文学主体性"的论争。在这场论争中,首倡者李泽厚等人都以马克思《手稿》作为理论武器,论证文学的主体性。1981年李泽厚发表了《康德哲学与建立主体性论纲》,1985年又发表了《关于主体性的补充说明》。在这个《论纲》及《补充说明》中,李泽厚发挥了马克思《手稿》中关于实践和主体性的论述,形成了他的主体性的实践哲学的理论构想。他说:"马克思说得好,动物与自然是没有什么主体与客体的区别的。它们为同一个自然法则支配着。人类则不同,他通过漫长的历史实践终于全面地建立了一套区别于自然界而又可以作用于它们的超生物族类的主体性,这才是我所理解的人性。"[①] 作为美学家,李泽厚并没有直接介入"文学主体性"论争,但由于美学与文学之间天然的密切联系,可以说正是他的主体性实践哲学催生了"文学主体性"命题。而反对该说的文章也大多引用马克思《手稿》予以批驳,敏泽在《论〈论文学的主体性〉》中引用《手稿》中马克思关于根据男女之间的关系的论述指出,马克思"把人的自然属性中的男女关系这一最自然的关系及其与禽兽的区别,说得何等清楚。而《主体性》的作者却把人看作半个是人,半个是野兽,这不好说是对于人的价值、尊严以至'主体性'的尊重"。樊篱在《文学鉴赏与人性复归》一文中分析道:"人性复归论,是以马克思的《巴黎手稿》作为理论依据的",但"这个要复归的'人性'的内容,比起马克思在《巴黎手稿》中所说的'完全的复归''保存以往发展的全部财富'的复归,要贫乏得多了"。此外,参与这次论争的程代熙、陆贵山、黄力之、杨春时、林兴宅等学人也都征引马克思《手稿》作为立论或驳论的依据。可以说,这场论争延续了"关于文学与人性、人道主义"论争中人们对马克思《手稿》的浓厚兴趣,进一步深化了中国文艺理论界对《手稿》认识,但同样也由于学理探讨不够深入和政治因素介入,限制了人们对《手稿》与文艺理论关系问题的探讨。

如果说在前两次重大文艺理论论争中,学者们笔下的马克思《手稿》因过

[①] 李泽厚的《康德哲学与建立主体性论纲》和《关于主体性的补充说明》,分别见《论康德黑格尔哲学》(上海人民出版社1981年版,第1～15页)、《中国社会科学院研究生院学报》1985年第1期。引文出自《关于主体性的补充说明》。

多地负载了话语交锋和价值重构等非文艺本体任务而可能被误读的话,那么到了20世纪90年代以后,人们对马克思《手稿》展开讨论时则明显采取了摒弃权力话语交锋而专事学术研究的思维路向,使得在这一问题上长期存在的"学随术变"终于转入"术归于学"的正确轨道。①1997年,围绕陆梅林《〈巴黎手稿〉美学思想探微》一文而展开的有关"内在尺度"与"美的规律"问题的讨论就典型地体现了这一学术发展趋势。关于"内在尺度",在陆梅林等人看来,马克思所说的"内在尺度"不是指人的尺度,而是对象自身固有的尺度,它是按照客观规律概括出来的衡量客观事物的标准,泛指生产对象之性能、质地、属性,等等,因此"内在尺度"之"内在"不可理解为主体,而是对象固有的。②朱立元对此提出质疑,认为"不管是物种尺度还是对象固有的尺度,实际上都是人按照客观规律概括出来的衡量事物(包括了人自身)的标准",是主客观因素统一的产物。③应必诚则认为所谓"种的尺度"是动物"主体"的尺度,所谓"内在尺度"是指人类"本身固有的标准",是目的性与理想性的统一,是人的精神能力、人的本质感受及对象化的标尺。④关于"美的规律",陆梅林认为"美的规律"是对象内容和形式二者的有机统一,美是事物的客观属性,在人类社会产生以前,"美""美的规律"便已存在,因而美的规律具有纯然的客观性。⑤朱立元则认为"美的规律"是内在尺度与外在尺度的辩证统一,美的规律属于社会历史规律,这个社会规律同样是客观的,不以人的意志为转移,但

---

① "学随术变"一词借用了朱维铮在《历史编纂学:过程与形态》等文章中的提法(详见《复旦学报(社会科学版)》2006年第6期),"术归于学"则是我在此基础上生发出来的,意思是说人们对马克思《手稿》的研究从权力话语之争终于转向学术研究的正确轨道。

② 参见陆梅林《〈巴黎手稿〉美学思想探微——美的规律篇》(发表于《文艺研究》1997年第1期)和曾簇林《马克思关于"美的规律"客观性再说》(发表于《文艺理论与批评》2001年第3期)。

③ 朱立元:《对马克思关于"美的规律"论述的几点思考——向陆梅林先生请教》,《学术月刊》1997年第12期。

④ 应必诚:《〈巴黎手稿〉与美学问题》,《中国社会科学》1998年第3期。

⑤ 陆梅林:《〈巴黎手稿〉美学思想探微——美的规律篇》,《文艺研究》1997年第1期。

包含着每一个个人有意识的活动。①应必诚认为,美的规律是属人的规律,其属人性质并不改变其客观性,"根本不存在一个叫作客体固有的社会规律、美的规律,把'美的规律'和'人也按照美的规律来建造'主观地区分开来的看法不符合马克思的美学精神"②。潘必新则认为"美的规律是人的自我实现和自我欣赏的规律"③。这一次关于马克思《手稿》的论争,持续时间长,涉及范围广,不仅论及"内在尺度"和"美的规律"等《手稿》中重要问题,而且还旁及了审美价值及其关系属性、美学研究方法等相关问题,是一场真正深入的学理探讨。但必须指出的是,这场讨论并没有直接面对文艺理论问题发言,它始终游走在美学领域,但这并不影响我们的论题范围,因为从根本上来讲美学是文艺理论问题的核心,两者之间具有一体同构的内在联系。

二

以上,我们就马克思《手稿》在中国的文论境遇作了一个简要陈述。总起来看,马克思《手稿》的中国文论境遇呈现出"术归于学"的趋势,话语权力交锋姿态逐渐被深入的学理探讨所取代,这是值得庆幸的。但与此同时,我们也应看到这一"术归于学"过程中所隐含的问题域错位和对问题域复杂性把握不够的现象,以至于其遮蔽了中国新时期文艺理论发展的诸多症结。对此,我们必须保持清醒的头脑,认真予以清理。

所谓问题域,本是结构主义马克思主义奠基人阿尔都塞提出来的,指的是"特定的论题间所构成的客观内在的关联系统,即决定所给定答案的问题体系"④。"问题域"概念的提出很有价值。我们的一切思考、讨论和研究活动都必须置于一定的问题域,否则将会导致文不对题。同时,由于每一问题域自身

---

① 参见朱立元《对马克思关于"美的规律"论述的再思考——兼答曾簇林教授》(发表于《学术月刊》2000年第3期)、《对马克思关于"美的规律"论述的几点思考——向陆梅林先生请教》(发表于《学术月刊》1997年第12期)和《三论"美的规律"及其客观性问题——与曾簇林教授再商榷》(发表于《东南学术》2002年第4期)。

② 应必诚:《再论〈巴黎手稿〉的美学问题》,《文艺研究》2004年第1期。

③ 潘必新:《求解"美的规律"》,《黄河科技大学学报》2000年第2期。

④ [英]戴维·麦克莱伦:《马克思以后的马克思主义》,李智译,中国人民大学出版社2004年版,第332页。

的复杂性，人们还需要深入研究才能够洞悉其本来面目，正如吉拉斯所揭示的，"问题域在确定其领域内所应包括的内容时，也就必然决定了它相应排斥的内容。因此，被排斥的概念（缺失部分、空白点）和没有充分提出的问题（半无言处、脱漏）或根本没有提出的问题（无言处），便与那些被提出的概念和问题一样，构成了问题域的一部分。由于这个原因，人们对原文中明确的论述简单地从字面来理解或直接地阅读，就很难掌握它……就像一切认识那样，正确地被理解和实践着的读法不是静观，而是理论性的劳作和生产"①。问题域本身的复杂性自不待言，而问题域的错位尤其值得警惕，因为它往往以一种更加隐蔽的方式将问题的答案引入歧途。

我们知道，文艺理论研究的对象应该是文学本体，是"文学之所以为文学的那种特性，是对文学本身的存在方式、存在意义、存在价值的思考"②，内容广泛涉及作家、作品、读者和世界等四个要素关联起来的各个方面③。它把文学本体当作研究的对象和中心，研究文学之所以为文学的性质、特征和价值，研究文学的构成元素及构成元素之间的排列组合结构和规律，研究文学创作、文学接受、文学活动、文学发展等诸多问题，最终回答文学是什么的问题。它是对文学的一种理论把握。④ 也就是说，它的问题域是预设在一门叫作"文学"的学科之内的，而马克思《手稿》则被置于哲学学科之内，展示的是"一个关于主体的意识形态的问题域"⑤。因此，当我们在这两个学科的问题域之间寻找某一问题的答案时，如果没有找到恰当的结合点，就会产生文不对题的悖谬，实际情形也正是如此。例如在"关于文学与人性、人道主义"的论争中王若水的那篇被人们传诵一时的著名论文《为人道主义辩护》中就存在这种尴尬情形，他说："在一八四四年《手稿》里，马克思曾经称自己的共产主义思想是'实践

---

① [英]戴维·麦克莱伦：《马克思以后的马克思主义》，李智译，中国人民大学出版社2004年版，第333页。

② 陈剑晖：《文学本体：反思、追寻与建构》，《阜阳师范学院学报（社会科学版）》1988年第4期。

③ [美]M.H.艾布拉姆斯：《镜与灯——浪漫主义文论及批评传统》，郦稚牛等译，北京大学出版社1989年版，第5～6页。

④ 刘安海、孙文宪主编：《文学理论》，华中师范大学出版社1999年版，第7～8页。

⑤ [英]戴维·麦克莱伦：《马克思以后的马克思主义》，李智译，中国人民大学出版社2004年版，第332页。

的人道主义''积极的人道主义''完成了的人道主义';直到《神圣家族》里,马克思仍然自称'真正的人道主义'。到一八四五年,马克思放弃了这个名词。当时,他正在同打着'人道主义'旗帜而追随费尔巴哈的青年黑格尔派论战。他看到,共产主义应当是现实的阶级斗争的理论表现,而那些'真正的社会主义者'却把它当作抽象的人性要求或者爱的原则的实现了。他深深感到,新的唯物历史观必须和这种思想划清界限。"①这本来是引导人们认识马克思《手稿》的一段精彩论述,但是由于问题域错位(讨论的不是文学理论)使它无助于对文学问题的把握。类似的情况在胡乔木的《关于人道主义和异化问题》、陆梅林的《必然与空想——再谈马克思主义与人道主义的关系问题》等文章中也都不同程度地存在着。诚然,文艺作为人类社会中的一种精神现象,存在于物质关系和思想关系相互作用的错综复杂网络之中,我们需要从包括文学与意识形态在内的各种联系中阐释文艺的性质和功能,"马克思主义文艺学对文艺的本质的理解不是单一的、直观的、静止的、孤立的,而是多维的、宏观的、立体的、开放的"②。但在问题域错位的语境下,如果找不到将马克思《手稿》与中国文艺理论发展联系起来的恰当结合点,那就必然会是离题的,也必然会遮蔽文艺理论发展的诸多症结。同样的情形也出现在有关马克思《手稿》之"内在尺度"与"美的规律"的讨论中,不过这一次它是将文学和哲学美学这两个不同学科的问题错置罢了。相比之下,在"关于文学主体性"的论争中,由于对"主体性"的切入穿越了两个不同的问题域,因而在学理上更具有说服力。

不仅如此,对问题域的复杂性把握不够,也导致马克思《手稿》因为被误读而在近30年来中国文论发展中未能发挥应有的作用。就"关于文学与人性、人道主义"的论争来看,它所讨论的实际上是认识论文学观范畴内的问题,是从理性高度对文学进行的意义建构。但从文学理论问题的复杂性来看,文学不仅具有意义,而且还包含有"意义剩余",正如杨春时所指出的那样:"文学的内涵不能仅仅归结为意义,因为在意义之外,还存在着'意义剩余'。所谓意义,作为阐释的结果,是被理智把握的、能够言说的、有明确的内涵和外延的东西,一般指理性、意识形态、现实性等,而意义剩余作为阐释的遗漏,则是不被理智

---

① 王若水:《为人道主义辩护》,《文汇报》1983年1月17日。

② 陆贵山、周忠厚编著:《马克思主义文艺论著选讲》,中国人民大学出版社2003年版,"第三版序"。

把握的,不能言说而又确实被体验、理解到的东西,一般指非理性、审美和超现实性等。文学无疑具有意义,但也确实存在着意义剩余。当我们被文学作品所陶醉时,不仅掌握了某种明确的意义,还领悟了难以言说的、意义之外的东西。这种意义之外的东西可以称之为意义剩余,它正是最深刻、最感人,并且是文学所特有的东西。"① 对此,人们自是很难从马克思《手稿》中找到现成的答案,但如果我们进行理论性的劳作和生产,就会发现在马克思《手稿》中又确实存在着类似的论述:"人以一种全面的方式,也就是说,作为一个完整的人,占有自己的全面的本质",又说"人不仅通过思维,而且以全部感觉在对象世界中肯定自己"。② 这些思想中难道不包含文学理性意义之外的"意义剩余"内涵吗?就"关于文学主体性"的论争来看,这场论争突破了由苏联传入的反映论文学体系,肯定了文学的主体性。应当说,这是对文学认识的重要深化,是中国文学理论的重大进展。但从文学理论问题的复杂性来看,文学不仅具有主体性,它还应该包含有主体间性和主客体间性等内在的关联系统。只看到文学的主体性依然是不够的,特别是20世纪文学中出现诸如生态文艺思潮等现象以后,文学主体性的阐释效度日趋失灵。"在启蒙时代,它具有历史的合理性。但是,在现代性已经来临,需要对现代性进行反思、批判的时代,主体性理论的历史局限性就突显出来。"③ 而有关"主体性"的局限及其批判的思想,在马克思《手稿》中多次都有所论述,他在论及对私有制的扬弃是对人的全面复归时说:"我们已经看到,在被积极扬弃的私有财产的前提下,人如何生产人——他自己和别人;直接体现他的个性的对象如何是他自己为别人的存在,同时是这个别人的存在,而且也是这个别人为他的存在。"④ 在论及人与自然的关系时,他指出,"人直接地是自然存在物","人靠自然界生活。这就是说,自然界是人为了不致死亡而必然与之不断交往的、人的身体。所谓人的肉体生活和精神生活同自然界相联系,也就等于说自然界同自身相联系,因为人是自然界的一部分"。⑤ 类似的情

---

① 杨春时:《文学的意义和"意义剩余"》,《文史哲》2003年第3期。

② 《马克思恩格斯全集》第42卷,人民出版社1979年版,第123~125页。

③ 杨春时:《文学理论:从主体性到主体间性》,《厦门大学学报(哲学社会科学版)》2002年第1期。

④ 《马克思恩格斯全集》第42卷,人民出版社1979年版,第122页。

⑤ 《马克思恩格斯全集》第42卷,人民出版社1979年版,第167、95页。

况在有关马克思《手稿》中"内在尺度"与"美的规律"讨论中也不同程度地存在。

三

通过上述分析,我们看到,中国文艺理论界在阐发马克思《手稿》这一重要思想资源时,尽管呈现出"术归于学"的正向学术趋势,但由于它内在地隐含着问题域错位和对问题域的复杂性把握不够的缺陷,使得真正的本土文艺理论问题因为误读(这里既存在无意误读也存在有意误读)而被"空心化"了,这在它所产生的那个特定历史时期是不难理解的,我们当然不能以今天的思想水平来苛求他们。然而,这并不意味着它就无可厚非,我们应从中获得有益的启示。就此而言,笔者觉得以下几点是我们建设中国化马克思主义文艺理论时应该好好把握的。

第一,始终以中国文艺实际问题为中心,吸纳马克思主义经典的营养。由于时代原因,马克思和恩格斯在创立马克思主义体系时,除了在若干书信中集中论及现实主义和悲剧问题外,几乎没有就文艺问题展开过专门讨论,更不可能预见到一百多年以后中国文艺会碰到什么问题、在理论上应该如何把握。因此,我们要直接从他们的经典著作中寻找解决中国文艺问题的现成答案是不可能的,但这并不意味着马克思、恩格斯的经典著作对我们就没有指导意义,在他们的著作中一些涉及人的自由解放和人的全面发展等哲学根本问题的有关论述中,实际上就已经蕴涵着解决文艺问题的世界观和方法论,因为文学是人学,既然在"人"的问题上它们是相通的,我们完全能够从中吸纳理论营养。问题在于,我们使用这一"批判的武器"时,必须改变过去那种从理论到理论的思维路向,将研究的着眼点、落脚点和核心内容牢牢把握在解决中国文学实际问题上。就此而言,近30年来马克思《手稿》在中国文艺理论论争中的境遇说明我们并没有很好地把握住。虽然每一次文艺论争在开始的时候,人们征引马克思《手稿》是为了解决中国文艺上的实际问题(如文学是否有永恒主题,有没有共同美等),但是随着文艺论争的深入,一些非文艺的成分就逐渐强势起来,并改变了问题的方向。自然,我们强调始终以中国文艺实际问题为中心,并不意味着不重视对理论的研究,不重视对马克思主义经典理论的吸收;相反,由于中国化的马克思主义文艺理论建设是一项长期的事业,而且随着全球化、信息化和社会主义市场经济的进一步发展，文艺的实际情况会更加复杂，新的文艺问题将不断涌现，这些问题的解决都需要科学的理论做指导。因此，建设中国化的马克思主义文艺理论，始终将以中国文艺实际问题为中心与合理吸纳马克思主义经典的营养结合起来，是十分必要的。

第二，淡化经典诠释中的权力话语意识，用真正的学理探讨开拓理论研究新境界。中国向来就有"六经注我""我注六经"的"学随术变"遗风，那些掌控话语权力的士大夫们为了维护皇权或自身利益，经常会肆意解读经典，而一些代表新兴势力的儒生为了争夺话语权，也拼命地从经典著作中寻章摘句，标榜新说。于是，中国文化中就形成了一种以揣摩君心或迎合时尚为特色的经典阐释学传统。章太炎在《论诸子学》中说得好，"中国学说，其病多在汗漫"，"汉武以后，定一尊于孔子，虽欲放言高论，犹必以无碍孔氏为宗，强相援引，妄为皮傅，愈调和者愈失其本真，愈附会者愈违其解故"。这毛病在清亡以后仍然周期性发作，甚至令人不断感叹"于今为烈"。① 因此，在一个长期对经典进行没有标准、不着边际阐释的国度里，如何淡化经典诠释中的权力话语意识，开拓马克思文艺理论研究新境界显得尤为紧迫。这既要求理论工作者具有高度责任感和崇高使命感，少一些话语权力掌控的欲望，多一些追求真理、发现真理的激情，同时更需要具备科学的理性精神。而要做到这一点其实是相当不容易的。以周扬1983年3月16日在《人民日报》上发表《关于马克思主义的几个理论问题》的探讨为例，该文以坚实的学理性超越了他以往文章的权力话语色彩，但从该文发表后在学术界引起的激烈论争来看，一个理论权威要规避权力话语干扰尚且如此艰难，要在整个学术界淡化经典诠释中的权力话语意识谈何容易！

第三，加强马克思主义经典中消费文化理论研究，发掘其当代文艺理论意蕴。在马克思、恩格斯生活的那个时代，资本主义社会危机主要是通过生产性的危机体现出来的，因而无论是"剩余价值"理论还是"异化劳动"批判理论都是以解决生产性矛盾为旨归的。文艺所要面对的问题，也只能是与生产性的危机相联系的批判现实主义和悲剧等问题。但是到了晚期资本主义社会，这种生产性的矛盾已经转化为生产性危机和消费性危机共生的双重性危机了，而尤

---

① 章太炎文章发表于1906年10月7日《国粹学报》丙午年第9号。"汗漫"是没有标准、不着边际的意思。如《新唐书·选举志上》"舍是则汗漫而无所守"。

以消费性危机最为突出。换言之,当代资本主义社会的主要矛盾已经从异化劳动方面转变为异化消费方面了,它的危机根源不再仅限于剩余价值的生产了,而更突出地表现在剩余价值的实现方面,在于异化消费。①正如马尔库塞所指出的那样,"在这里,社会的控制强迫人们被高度浪费性的生产和消费所支配,必须麻木不仁地去干已非真正之所必需的工作,必须去缓和和延长这种麻木不仁状态和娱乐方式"②。这种兴起于西方20世纪后福特主义时期的消费社会景观正变得越来越具有普遍意义了。在消费主义文化的导向下,人们把幸福和自由的体验完全寄托在商品消费中,失去了批判的向度,最终导致异化消费。如果我们不讳言本国实情的话,应该说处在社会主义市场经济体制下的中国也明显地具有消费社会的若干文化症候,并且已经渗透到文学艺术之中。因此,加强马克思主义经典中消费理论研究,对于我们今天建构消费社会语境下的文艺理论无疑具有重要的启发意义,"消费也中介着生产,因为正是消费替产品创造了主体,产品对这个主体才是产品。产品在消费中才得到最后完成"③。在新的历史语境下,文学理论何为? 是听任文学成为消费社会的麻醉剂,还是对文学进行健康的精神引导? 这是十分迫切的理论问题。

第四,适应变化了的理论生态,以开放的胸怀拓展马克思主义文艺理论研究领域。由于受国际环境、文化传统和具体社会实践的影响,中华人民共和国成立后相当长的历史时期内,整个中国社会都具有明显的封闭性,这种格局也影响到中国马克思主义文艺理论的建构。这一方面体现为我国长期在苏联文艺理论教科书框架下开展研究,另一方面表现为经典文本范围内的"以马论马"。一个新的文艺观点、一种新的文艺理论的提出,主要是从苏联教科书或马克思恩格斯的经典著作中去寻找理论支撑。这种封闭状况近30年来虽然有明显改观,但依然没有从根本上扭转局面。应该看到,长期沿袭这样一种理论研究思路是相当有局限性的:它使人们的理论探索往往停留在对经典的简单叙述层面,甚至只作一般的通俗性宣传和解释,这与文学实际和时代要求是不相适应的。

---

① [英] 戴维·麦克莱伦:《马克思以后的马克思主义》,李智译,中国人民大学出版社2004年版,第362页。

② 转引自[英] 戴维·麦克莱伦《马克思以后的马克思主义》,李智译,中国人民大学出版社2004年版,第359页。

③《马克思恩格斯选集》第2卷,人民出版社1995年版,第93～94页。

因此，中国马克思主义文艺理论的发展，必须适应变化了的理论生态，拓展马克思主义研究领域。就此而言，笔者认为有两点至为重要。其一，中国化马克思主义文艺理论研究必须面向所有的马克思主义文本开放。社会科学研究的历史表明，文本是一切研究活动的基础，而文本的完整、准确，对研究水平的提高具有不可估量的意义。因而，我们一方面要将以往没有发现或不受重视的文本重新纳入研究视野，另一方面要求对旧文本加以新的审视，挖掘其既符合时代精神，又忠实于理论原意的有价值的思想。① 其二，中国化马克思主义文艺理论的研究必须向非经典马克思主义文本开放。孤立的理论之树注定是要枯萎的，只有当它生长在适宜的理论生态环境中才能够根深叶茂。建设中国特色的马克思主义文艺理论必须具有更加开阔的视野，吸纳各种不同理论的合理化内核，因此向包括西方马克思主义在内的非经典马克思主义文本开放是题中应有之义。

（原载《学术论坛》2008 年第 3 期）

---

① 事实上，迄今为止还没有一部囊括马克思恩格斯全部著述的文集。我们所熟悉的《马克思恩格斯全集》通行本俄文版 50 卷、德文版 41 卷、中文版 50 卷都不"全"，并不是包括马克思恩格斯全部著作的完整版本。

文学欣赏·文学接受·文学消费
——60余年来中国文学阅读理论范式转型反思

文学阅读理论作为文学理论的重要组成部分,其范式的变化往往会对整个文艺理论的发展产生重要影响。[①]新中国成立60多年来,中国的文学阅读理论经历了从文学欣赏到文学接受再到文学消费等几次重要的范式转型。应该说,这对于拓展人们的理论视野,提高审美鉴赏能力,乃至转换文艺思维方式,都具有积极的理论建构价值。但与此同时,我们注意到,这一理论范型的流变也凸显了中国文学阅读理论自身发展的若干缺失与不足,这就需要广大文艺理论工作者进行深刻的检讨,使之成为创建具有中国特色的文学阅读理论形态时的宝贵经验。

一

1949年到20世纪80年代中期的中国文学阅读理论可以称之为文学欣赏理论。无论是以群、蔡仪主编的文艺理论教科书中关于文学欣赏的见解,还是王朝闻、毛星、柳鸣九、钱锺书等人的有关文学阅读理论的论述,抑或是朱光潜、宗白华等人的文学理论专著中涉及阅读的部分,莫不如此。他们大都强调

[①] 范式和范式转型理论是美国著名科学哲学家托马斯·库恩(Thomas Kunn)在《科学革命的结构》(*The Structure of Scientific Revolutions*)中针对科学史的发展而系统阐述的。库恩认为科学革命就是范式转型,它是极少发生却又极有意义的变化。如同其他科学一样,文学理论的发展也不存在亘古不变的统一范式,不同的范式依照文学自身的发展而变化或更替着,总是在创造性的断裂和革命性的突变中产生质的变更。另需说明的是,我这里探讨的文学阅读问题是不包括文学批评这种专业阅读在内的,而仅指一般性阅读。

文学阅读中的感受、体会、移情、共鸣等因素,把文学阅读活动看作是一个有限"再创造"的过程。"读者阅读文学作品……首先要通过语言的媒介与作品外部的形式,沿波(辞)探源(情),逐步获得对形象的具体感受和体验,引起思想感情上的强烈反应,得到审美的享受,从而领会到文学作品所包含的思想内容。"① "文学鉴赏说得简单一点,就是读者对文学作品的感受、体验、欣赏和鉴别,它明显地带有某些艺术再创造的性质。"② 从这些论述来看,此期的文学阅读理论普遍存在一个"前在的"理论预设——进入读者视野的文学作品都是具有很高艺术价值的,值得人们去"体验""玩味"和"欣赏"。这种文学阅读见解实际上是一种经典阅读的理论范式,是在政治意识形态规范下的精英文学阅读理论,它把能够纳入视野的作品全都视作值得欣赏的文学,其他与主流意识形态不符的作品则被弃置在阅读范围之外,同时它把读者置于被动的接受角色。值得一提的是,这一时期的文学阅读理论在资源上超越了当时占据主导地位的苏联文艺理论体系,大胆地另辟新章,除了继承中国古代文论遗产之外,理论上主要是借鉴西方文论中康德、克罗齐、布洛、谷鲁斯、立普斯等人的观点。③

20世纪80年代中期到21世纪初的文学阅读理论尤其注重接受美学问题,我们不妨称之为文学接受理论。从包括童庆炳主编的《文学理论教程》在内的各种不同类型的文学理论教科书,到朱立元的《接受美学》、金元浦的《接受反映文论》、王岳川的《现象学与解释学文论》这样一些文艺理论专著,再到本时期那些难以数计的文艺理论文章,都把接受美学作为文学阅读理论的新型范式予以推广。他们或从伽达默尔那里,或从尧斯和伊塞尔那里吸收这方面的理论营养,然后予以"中国化"。朱立元指出伊塞尔等人"把阅读过程作为本文与读者的一种活生生的关系来掌握和描述,认为文学作品作为审美对象,只是在这个阅读过程中动态地被构成的"④,这一观点对重新认识文学具有特殊的意义。金元浦进一步提出,"接受美学一方面在马克思主义批评理论中更多地吸

---

① 以群主编:《文学的基本原理》,上海文艺出版社1980年版,第458页。
② 刘叔成:《文学概论四十讲》,中央人民广播电视大学出版社1983年版,第380页。
③ 把"文学欣赏"作为基本内容引入中国文学理论,应该看作是中国学者对苏联文学理论模式的一次突破,因为20世纪50年代占据中国文学理论主导地位的,如季摩菲耶夫《文学原理》(1953年)和毕达可夫《文艺学引论》(1958年)等苏联教材中都没有"文学欣赏"的内容,苏联学界认为"文艺学"只包括文学理论、文学批评和文学史三个部分。
④ 朱立元:《接受美学》,上海人民出版社1989年版,第2页。

收文学接受的历史性,另一方面又把目光转向文学社会学,寻找被哲学解释学忽略了的本文的社会环境方面的研究成果"①,力图在建构中国式的文学接受理论方面打开新的视野。童庆炳主编的《文学理论教程》第十五章"文学接受过程"更是直接将接受美学理论予以学科化,"文学接受的发展是指文学作品的具体阅读阶段。在这个过程中,读者以自己的期待视野为基础,对作品中的本文符号进行着富有个性色彩的解读和填空、交流与对话。这是文学作品由'第一本文'转化为'第二本文'并由现实的读者实现文学接受的过程"②。由于理论权威和国家级重点教材的特殊影响,这一文学阅读理论范式由此得到了迅速传播和广泛认同。文学接受理论替代了此前以文学欣赏命名的经典阅读理论范式,它强调读者在文学活动中的重要参与价值,认为正是读者超越具体作品的"二度创作"才真正完成了文学的使命。它是对当时日益僵化的文学政治意识形态规范的一次审美突围,使得当时文学史上一些被忽视的作家作品(如沈从文、张爱玲)借助读者趣味的名义逐渐走向前台,也使得一批言情小说、武侠小说深受当时读者喜爱的阅读现象进入了可以阐释的范围。

21世纪以后,中国文学阅读理论悄然转入了文学消费阶段。③ 随着互联网的普及和各种影视作品以及电子游戏产品的流行,人们的文化选择越来越多元化了,文学逐渐有被边缘化的趋势。加之文学生产过程中生活与艺术积淀不足,以及"非创造性"批量生产因素增多,文学阅读中"一次性消费"现象变得普遍。于是,强调阅读作为消费现象的文学消费理论自然流行起来了,而且学术界也大多接纳了这一新型理论范式,喧嚣一时的"休闲文学"讨论就是例证。它从马克思关于艺术生产和艺术消费的理论谈起,吸收法兰克福学派的本雅明、阿多诺等人的"机械复制""文化工业"理论,结合费瑟斯通、鲍德里亚、麦克卢汉、布尔迪厄等人的理论观点,整合成中国式的"文学消费"理论。"正是读者大众的文学消费需求决定和刺激着文学生产。如果脱离了读者的消费需求,文

---

① 金元浦:《接受反应文论》,山东教育出版社1998年版,第107页。
② 童庆炳主编:《文学理论教程》,高等教育出版社1998年版,第295页。
③ 这里关于"文学消费"的时段划分主要是依据理论流行时间来确定的,实际上在童庆炳主编的《文学理论教程》(1998年版)第十四章"文学消费与接受的性质"中就用较大的篇幅讨论过这一问题,其他有关这方面的讨论也早就散见于各类论著及报刊中。

学生产就失去了目的和意义。"①尽管童庆炳主编的《文学理论教程》在论及"文学消费"时，还显得遮遮掩掩、小心翼翼，但它毕竟以权威教材的形式对此作了充分肯定。"阅读分为功能性消费、艺术性消费和消遣性消费三种情况。……如果说功能性消费和艺术性消费皆是有目的的阅读、实用性阅读，为的是文学作品的某种使用价值的话，消遣性消费则是无目的的阅读，它把阅读当作手段，为的是快一时之耳目，豁一时之情怀。"②这样的探讨就走得更远，它已经深入到"文学消费"理论的纵深层次了。这一文学阅读理论范式实际上是消费社会与技术复制时代在文学阅读理论上的反映。它在强调文学自身时尚性的同时，容忍文学阅读活动的及时性和快餐化，并且将阅读活动看作是文化产业的最后一个环节，扩展了一些非阅读的因素。虽然目前国内公开出版的文学理论教材或文艺理论专著、论文在探讨文学消费理论时依然有所顾忌，但我们还是能够从它们的思维路向中把握得到这种理论范式的深刻变化。

二

以上，我们就60多年中国文学阅读理论范式转型作了一简要陈述。总起来看，这一转型过程是中国文学阅读理论适应时代要求而作出的必要调适，具有理论革新的意义。然而，由于"范式从本质上讲是一种理论体系"，它的流变毕竟不同于具体的学术观点变化，这就需要我们深入到中国文学阅读理论范式转型的历史现场，去把握其中的各种复杂因素。因为"从一个处于危机的范式，转变到一个常规科学的新传统能从其中产生出来的新范式，远不是一个累积的过程，即远不是一个可以经由对旧范式的修改或扩展所能达到的过程。宁可说，它是在一个新的基础上重建该研究领域的过程"③。就此而言，我们既要从文学自律与他律辩证关系去透视它的转化玄机，又要从文学自身状况的变化来把握这一范式更替的内在因由。

从文学与社会的关系来看，社会生活，尤其是人们文化生活的改变无疑是

---

① 童庆炳主编:《文学理论教程》，高等教育出版社1998年版，第275页。
② 蔡毅:《论文学的消费性和消费性文学》，《社会科学评论》2008年第1期。
③ ［美］托马斯·库恩:《科学革命的结构》，金吾伦、胡新和译，北京大学出版社2003年版，第78页。

引起文学阅读理论范式转换的根本原因。没有新中国的成立，文学欣赏范式自然就无从谈起，因为半封建半殖民地社会的人们连最起码的生存权利都没有保障，他们是不可能真正拥有一份艺术欣赏心情的，更不可能去建构文学欣赏理论（虽然也会有少数人零星地谈一些文学欣赏方面的见解）。启蒙和革命的文化氛围培育的只能是"改造国民性""重铸民族的灵魂"之类超越审美的文化情怀，正如鲁迅谈到他留学日本时读了拜伦的诗而"心神俱旺"的原因时所指出的那样，"时当清的末年，在一部分中国青年的心中，革命思潮正盛，凡有叫喊复仇和反抗的，便容易惹起感应"（鲁迅《杂忆》）。毋庸置疑，文学欣赏理论范式的确立是与中华人民共和国成立后意识形态领域建设新中国文化密切相关的。当一种崭新的民族国家情怀通过文学表达出来的时候，读者大众的阅读趣味对于意识形态的建构是不可或缺的，因而将符合主流意识形态的优秀作品当作文学经典来欣赏自是题中应有之义，将鲁迅等作家当作精英人物来崇拜也是顺理成章的。然而，到了20世纪80年代中期以后，同政治经济上实现现代化的话语相伴随，中国现代史上少有的主流文化、精英文化和大众文化共生共荣的文化景观出现了。欧风美雨进来了，因为它是实现现代化必不可少的"进步文化"资源；港台文化被更高程度地接纳了，因为它对市场经济建设具有极其重要的"作用"；人的主体性得到高扬了，因为它是人的精神现代化的"原动力"……正是在这样的历史文化语境下，文学接受范式借助于西方阐释学、接受美学的翻译介绍在文学阅读理论中顺利实现了转换。"现在人们已经明确地认识到读者的重要性并不下于作家和作品，离开了读者的参与，就不会有什么真正意义上的文学或文学活动。文学观念的这种更新，不断促进了接受理论的深入发展，而且拓宽了人们的思维空间，引发了人们对一系列文学问题的重新思考。"[①] 进入21世纪以后，随着社会主义市场经济向纵深发展，在商业文化、信息高速公路和全球化浪潮的共同影响下，中国社会，尤其是都市社会里消费主义文化气息愈来愈浓厚。"拉动消费""日常生活审美化""过把瘾就死"，从政治经济领域到日常生活领域，从理论到实践，不管我们承认不承认，消费主义文化正在中国大地上蓬勃兴起。消费社会对文学的冲击是前所未有的，"在某种程度上，当代文学大批量的复制生产，畅销、流行而后被遗忘，这成为文学

---

① 刘安海、孙文宪主编：《文学理论》，华中师范大学出版社1999年版，第276页。

存在的基本方式"①。与这种时代精神相呼应,文学消费作为文学阅读理论的新型范式正式登场了。"文学消费固然主要指文学阅读,但也不尽然。有的文学消费者买来文学书籍,并不打算或并未进入阅读,而只是为了收藏、摆设或炫耀。"②不管人们作何解释,文学消费范式是一种既想回避政治意识形态观念,又拒斥审美现代性追求,屈从于经济利益,迎合大众阅读趣味的一种阅读理论,是消费社会语境下大众文化心理在文艺理论领域的反映。

文学自身的状况发生了改变是引起文学阅读理论范式转换的直接原因。我们知道,从共和国成立到20世纪80年代中期的中国文学,尽管可圈可点的经典作家作品并不多见,但却丝毫不影响它成为共和国文学史上极为灿烂的黄金时代。无论是满怀热情的建国文学,还是"悲惨与光荣共存"的十七年文学③,抑或是以伤痕、反思和改革相标榜的新时期文学,它们都以史诗般的宏大气魄叙写了中华民族近半个世纪的生活史与精神史。在特定时期的意识形态的影响下,那一时期人们的心目中,作家是人类灵魂的工程师,被主流社会认同的作品则是不可或缺的精神食粮。因而,作为芸芸众生的读者,当他们展开文学作品开始阅读的时候,一种"仪式的、膜拜的、静观的"欣赏心态油然而生,很少有人怀疑作品的价值,这正是文学欣赏范式得以长期存在的依据。到了20世纪80年代中期以后,在中心价值离散和商品大潮的冲击下,港台文学可以堂而皇之地进入人们的阅读视野,封存多年的一些畅销书作品也得以走出阅读禁区,再加上文学创作领域"个人化写作""私人化写作""欲望写作""身体写作"等声音一浪高过一浪的喧嚣,中国人的文学生活格局发生了很大的变化。"在文学创作者一方,'宏大叙事'、国家民族寓言式写作不再被奉为方向;在文学接受者一面,到作品中重温国族关怀、体验宏伟崇高也不再是主要的阅读动机和心理期待。个人趣味成了决定文学接受状貌的决定性因素,而从个人趣味、个人需要出发的文学接受又往往形成一些耐人寻味的趋势或潮流。"④在这样一

---

① 陈晓明:《挪用、反抗与重构——当代文学与消费社会的审美关联》,《文艺研究》2002年第3期。

② 童庆炳主编:《文学理论教程》,高等教育出版社1998年版,第281页。

③ 此处笔者采用了郑万鹏《中国当代文学史:在世界文学视野中》之第二章"悲惨与光荣:十七年文学"的说法。

④ 姜桂华:《从国族关怀到个人趣味——20世纪90年代以来中国人文学接受心理变化的表现》,《渤海大学学报(哲学社会科学版)》2008年第3期。

种文学状况下,文学接受范式取代文学欣赏范式应运而生是再自然不过的事情了。进入21世纪以后,随着文化资本在精神领域进一步扩张,文学生产机制、作家角色和读者心态更是远离了"精神净土世界"。受制于市场经济这只"看不见的手"的影响,文学不由自主地形成了自己的消费品格。策划、推销、包装、炒作等行为成为文学生产过程必不可少的手段,迫于市场经济下生存与生活的压力,广大读者在紧张的工作之余,再也无暇去品味与咀嚼那些思想性与艺术性很强的文艺作品了。当然,这并不意味着他们就不需要精神食粮了,但他们的阅读趣味发生了很大的变化却是不争的事实。于是,那些通俗易懂、能让感官愉悦并能在最短时间内获得享受的平面化文学作品,很自然地成为他们调剂生活、休闲放松的精神快餐。可以说,正是市场语境下文学的消费品格孕育了文学阅读理论的消费范式。

此外,理论生态的变迁对文学阅读理论范式的转换也产生了深刻的影响。从某种意义上来讲,如果没有文学反映论的存在,文学欣赏这种"仪式的、膜拜的、静观的"阅读理论范式就很难产生;如果没有文学主体性理论和接受美学的张扬,文学接受这种强调读者参与的阅读理论范式也失去了理论创生的机制;同样,如果没有文学解构理论和文化产业学说的浸淫,文学消费这种商业气息浓厚的阅读理论范式是很难被广大文艺理论工作者所接纳的。

三

在论及范式转型的时候,库恩曾经反复强调它的理论重建价值,并且明确指出:"这种重建改变了研究领域中某些最基本的理论概括,也改变了该研究领域中许多范式的方法和应用。"[①] 毋庸置疑,60余年来中国文学阅读理论范式的转型确实改变了该领域既定的"许多范式的方法和应用",具有积极的理论建构意义。比如20世纪80年代重写文学史观念的形成就与文学接受理论的提出密不可分。正是因为有了接受美学的学理支撑,钱理群、黄子平和陈平原们才能够突破固有的文学理论禁区,大胆地提出"重写文学史"的口号,进而编写出开风气之先的《中国现代文学三十年》。又如,近年来人们提出的文学要素

[①] [美]托马斯·库恩:《科学革命的结构》,金吾伦、胡新和译,北京大学出版社2003年版,第78页。

新说也跟文学消费理论这种范式的转换不无关联。该说认为,随着消费社会的来临,现代传媒语境下的文学活动的范式正在由艾布拉姆斯提出的"世界—作家—作品—读者"四要素向"作品—世界—作家—传媒—读者"五要素转换,并断定它是文学活动的实际存在和当代文学理论发展的内在要求。①试想一下,假如没有文学消费理论"先在的"影响,这样"大胆的"学说怎么能够出场呢?因此,我们可以毫不夸张地说,文学阅读理论范式的转型,既开拓了中国广大读者的文学阅读视野,同时又充实和深化了文学阅读理论的内容,并且还为推动整个文艺理论的发展提供了丰富的审美实践资源与理论资源。然而,这并不意味着中国文学阅读理论范式的转型就达到了一种非常符合国情的理想境界,更不意味着具有中国特色的文学阅读理论形态已经形成。实际上,中国文学阅读理论范型的转化依然面临着许多无法回避的难题,存在着理论上的缺陷与不足。

首先,是理论原创性先天不足的问题。人类学术的历史告诉我们,任何有价值的理论都应该具有一定的原创性。这种原创性不是某位学者苦思冥想的结果,它来源于社会实践活动,但又是上升到哲学层面上的独到见解。原创性的理论具有"元话语"性质,人们可以对其进行再解释与再创造。《周易》《老子》是如此,"接受美学""现象学"也不例外。就我国文学阅读理论的几次转型情况而言,几乎没有一次具有理论的原创性。面对中国当代纷繁复杂的文学现象,文学阅读理论学者始终未能摸索出有效的阐释范式。大多数情况下他们紧跟西方学术思潮,以流行的西方理论阐释中国文学阅读现象;少数时候又与之相对,试图以本土化阅读见解抵抗西方"影响的焦虑",却又仍未走出西方的文学阅读理论陷阱。这样一来,就导致了中国文学阅读理论在存在根基方面长期潜伏着一种隐性的"他者"观念及自我认同性危机。它一方面加剧了文学阅读理论与本土生活世界的疏离,使其与现实的文学阅读活动脱节,并导致阐释有限性的下降;另一方面,也不同程度导致文学阅读理论在价值取向与思想资源方面与中国传统文论的疏离甚至断裂,造成在理论建构资源方面的缺失。

其次,是文学阅读理论的中国化问题。缺乏理论的原创性,就必然导致从异域文化中去借鉴相关理论为我所用,这是学术发展过程中最常见的方式,而

---

① 单小曦:《文学活动的范式:由四要素说向五要素说转换》,《新华文摘》2009年第10期。

且中国自古以来就不乏这方面的成功范例，比如佛教禅宗在中国的发展，马克思主义在中国的胜利就是如此。如上所述，60多年中国不同阶段形成的三种文学阅读理论范式基本都是在西方阅读理论和中国古典阅读理论等多种学术资源的碰撞与对话的合力中发展起来的。其中"影响最大的是西方阅读理论，其基本理论、基本方法论、范畴体系、理论形态和学理规范构成了中国当代文学阅读理论的主导范式"①。本来，这种理论上的借鉴作为创建中国文学阅读理论时重要的资源，是无可厚非的。问题在于，我们在移植西方的阅读理论资源时，并未能将这些舶来的新理论、新方法与中国本土的阅读经验和固有的文论传统融合在一起，予以中国化。一些新的名词、新的术语、新的概念一经译介推广后就往往被滥用，而那些对构建中国阅读理论体系真正有价值的新视角、新观念并没有得到合理的吸纳。更为严重的是，少数学者还将西方阅读理论当作学术新潮大肆炫耀，并依此来观照中国文学艺术，表达理论思想，反思中国传统文学阅读理论的种种不足。这种削足适履的做法，势必造成移植过来的文学阅读理论严重偏离了中国文学活动的实际，难以真正变为中国文学阅读理论中血肉相连的部分，更遑论进入大众日常阅读活动之中。

有鉴于此，要在21世纪建构既符合中国国情又真正具有民族特色的原创文学阅读理论范式，我们就必须直面这些难以避免的理论难题，克服范式转型过程中存在的理论缺陷与不足。就此而言，我觉得以下几点是我们必须好好把握的。

（1）增强阅读理论的问题意识。任何原创性的理论范式都来自对现实问题的回应，因此，关注现实文学阅读活动中存在的各种问题，并将之提升为哲学层面的理论体系是建构具有原创性中国文学阅读理论新范式必经的路径。那么，当下中国的文学阅读活动中究竟存在怎样一些问题呢？摘其要者而言，主要涉及以下几个方面。一是媒介变革对文学阅读活动带来的冲击。由于互联网对阅读活动的巨大影响，今天的阅读状况与前互联网时代已经有了很大的不同："如今，网络阅读成为人们生活重要组成部分。人类的阅读行为也随之发生了革命性的变化：眼睛在网上快速、便捷的'暴走'，逐渐替代以往细嚼慢咽似的传统阅读。新媒介使昔日'纸面'凝聚的诸多艺术的神性，不断被'界面'的

---

① 金永兵：《中国艺术欣赏理论的转型与现代生成》，《云南艺术学院学报》2005年第2期。

感觉颠覆和碾压。"① 对此,我们的文学阅读理论决不能漠视不理。二是经典复兴导致的阅读回归。事物的发展总是相反相成的,虽说互联网让"当今一个小学生一天的阅读量,包括文字、影像、广告等,超过十五世纪一个成人一年的阅读量"②,但与此同时,伴随着国学的兴起,人们对古典文学的阅读兴趣又与日俱增,因此,如何看待这一现象也是文学阅读理论必须予以关注的。三是消费社会中的舆情引导。本来阅读活动是一种非常个人化的行为,但是市场经济下的文学阅读却被注入了许多商业性因素。出版商为了拉动图书消费,会经常进行商业炒作和舆情引导,使得真正的阅读状况在消费社会语境下变得相当复杂,这同样是不容忽视的。四是影视媒体参与下的延伸性阅读。"触电"是现代许多作家向往的一种文学延伸行为,某一部文学作品也许并不引人瞩目,但是通过电影和电视剧改编后,它的社会效应就大不一样了,进而会反过来引起人们的阅读兴趣。因而,我们有理由将观看电影和电视剧看作是一种延伸性阅读现象予以考察。

(2)秉持多元共生的建构姿态。孤立的理论之树是不可能结出丰硕果实的,单一的范式也难以成长为学术的参天大树,只有当它们生长在生态完好的精神丛林时才会达到枝繁叶茂的境界,这是人类社会实践反复证明了的一条颠扑不破真理。60多年中国文学阅读理论范式的转型过程,从另一个侧面说明了理论生态对于构建原创性理论无比重要。因此,我们在建设新型的文学阅读理论时,必须秉持多元共生的建构姿态,一方面合理吸纳古典文论的精华、异域理论的观点和现代名家的见解,另一方面又要提倡各种不同的阅读学术观点和审美范式,使它们成为理论创生的重要学术资源。诚能如此,则深植于当下文学活动土壤与生命体验本相中的中国新型文学阅读理论范式将会离我们不太遥远了。

(3)自觉融汇理论的民族色彩。本来中国近代学者在创建学术思想体系时是主张"中学为体,西学为用"的,但是到了后来这种"体"与"用"之间的关系大多数时候却被倒置过来,变成了毫无民族特色的"西体中用"。具体到60余年中国文学阅读理论范式的几次转型来说,"西体中用"的基本模式始终占据着主导地位。这就剥离了它与民族传统文论之间的历史链接,使得本民族传统的文学阅读理论很难从根本上进入以西方文学阅读理论为范型的学术体系

---

① 铁凝:《阅读是有"重量"的》,《人民日报》2009年5月16日。
② 闫肖锋:《微阅读颠覆传统阅读?》,《文学报》2009年8月20日。

之中，更不用说结合由中国现代性的独特道路所显示出来的融和古今、面向世界的文学思想了。无论是"文学欣赏"，还是"文学接受"，抑或是"文学消费"，我们几乎都是走的同一条"西化"套路——从最初的"拿来"和借鉴吸收到全盘照搬。丧失掉自己的民族主体性，遗忘了自己的文化本根，对于文学理论的建设来说无疑是致命的缺陷。故而，当我们建设新的文学阅读理论范式时，自觉融汇理论的民族色彩，应该成为我们的一种内在精神追求。它既是中华民族数千年文学阅读理论传统实现现代转型的必然选择，也应合了世界在全球化时代对中国文学理论参与世界思想重建的呼唤。

（原载《黑龙江社会科学》2010年第1期）

"当代性"
——建构当代形态马克思主义文艺学的核心命题

在视野全球化、传播媒介化和运作市场化的现实文艺语境下，如何建构当代形态的马克思主义文艺学才能引导与规范中国文学艺术的发展方向，合理阐释新兴的各种文艺现象？在回答这一问题上，可谓仁者见仁，智者见智。有人提出"以马克思主义文艺理论为指导，走理论与实践相结合的中国创新之路，才能找到走出文艺理论危机的科学办法"（董学文），有人认为"强调问题意识，倾听实践呼声，树立当代文化视野，是科学发展马克思主义文艺学的根本道路"（陆贵山），有人强调"应重视对人民文学理论的思考与建构"（冯宪光），有人坚持"要使马克思主义文艺学研究在当代得以发展，应该从深化认识论研究中来求得突破，使马克思主义文艺学有一个坚实的思想基础"（王元骧），有人断言"充分借鉴传统文学理论的精华，敢于面向当代文学发展的复杂现实，敢于面向20世纪西方文论的挑战，敢于采用一些新的方法，具有中国特色的当代形态的文学理论就一定能够健康地建立并发展起来"（童庆炳），有人主张"中国马克思主义文艺理论的发展和创新的根本途径就是在发展和繁荣中国特色社会主义文艺的实践过程中大力推进马克思主义文艺理论中国化、时代化、大众化"（熊元义）……[1] 应该说，这些见解对于马克思主义文艺学在如何应对日益复杂

---

[1] 参见《发展 挑战 机遇：专家研讨30年马克思主义文艺理论发展》（《中国艺术报》2008年12月19日）、童庆炳主编《文学理论教程》（第四版"导论"，高等教育出版社2008年版）、王元骧《论马克思主义文艺学在当代的发展和意义》（《文艺研究》2008年第1期）、陆贵山《马克思主义文艺学的理论创新》（《文学评论》2009年第4期）、董学文《新中国马克思主义文艺理论六十年》（《文艺理论与批评》2009年第5期）和熊元义《推进马克思主义文艺理论中国化、时代化、大众化》（《学习与探索》2010年第1期）等文献。

的文艺现象时面临的新挑战,怎样创造真正具有历史与现实意义的文艺理论新形态,以及因应文艺学在新世纪必须承担的历史使命方面,都作出了有益的探寻,具有积极的理论建构价值。然而,在我看来,牢牢把握"当代性"①这一核心命题才是我们建构当代形态的马克思主义文艺学的关键所在。

一

我们知道,明确的价值取向、开放的话语体系和彻底的实践精神是马克思主义与生俱来的理论品性,因而建构中国当代形态的马克思主义文艺学,必须超越具体时代的历史局限性,具有深广宏阔的理论视野。与此同时,我们也应该清醒地认识到,马克思主义文艺学又是鲜活的理论之树,它必须与不同时代的文艺实践相结合,体现出鲜明的时代精神,才能焕发出勃勃生机。就此而言,立足于当代文艺实际,对各种现实的文学经验和文学实践进行理论提升,对各种新生的文艺理论思想进行梳理、整合与创新,也就是说"当代性"是我们构建当代形态的马克思主义文艺学的题中应有之义。

首先,中国当前丰富复杂的文学艺术实践要求马克思主义文艺学必须具有"当代性"。进入20世纪90年代以来,随着中国经济体制的全面转轨和世界全球化进程的加速发展,反映中国当代生活状况的文学艺术发生了错综复杂的深刻变化。各种文学思潮此起彼伏,各种创作现象此消彼长。从"现实主义冲击波"到底层文学和打工文学的兴起;从"70后"作家的欲望叙事到"80后"作者的青春、自我情感表达;从《狼图腾》等生态文学的勃兴到《碧奴》《后羿》等"重述神话"小说的崛起;从休闲文学的提倡到网络玄幻文学、穿越小说的滥觞……中国当代文学以压缩时空的方式,包孕了太多太多的新时代信息。不仅如此,"'书本'或'作品'的定义似已悄悄地发生变化。这也已严重地改变了文学的生产机制。原先的'书'是神圣的,是人类知识的结晶,放在书架上,要代代相传;对一些新的创作来说,也需要十年磨一剑之功,作者力求打造出货真价实的东西,跻身于'书'的行列。然而,现在的书……特别是现在的

---

① "当代性"不是固定的时间观念,而是个历史概念,应当从马克思主义文艺学发展的不同阶段不同形态的差异来加以理解。我这里所谓"当代性",指的是马克思主义文艺学应该随着文艺实践的发展与时俱进地开辟理论新境界。

作品，往往变成了一次性的、快餐性的物品——由于成了商品，消费性和实用性就占了上风。大凡商品，都有一个突出特性，那就是喜新厌旧，追逐时髦，吸引眼球，就是用完即扔，于是文学也就不能不在媚俗，悬疑、惊悚、刺激、逗乐，好看上大做功夫，这样，也就不可能不以牺牲其深度为代价"①。面对如此巨大的文学现实变化，诞生于19世纪现实主义和浪漫主义文学基础上的马克思主义文艺学，尽管在后来的岁月中不断得到丰富与发展，理论阐释的边界也逐渐扩大，但它毕竟还不足以涵盖这些新的文学艺术问题，所以当代形态的马克思主义文艺学必须调整好自己的理论姿态，全面地介入"当代性"之中，才能合理解释新的文学现象，并引领当代文学朝着正确方向发展。

其次，中国当代多元共生的文艺理论生态决定了作为主流文论的马克思主义文艺学必须具有"当代性"。随着中外文化与文艺交流的日益频繁，与文艺创作领域里多元化、多样性发展现实相呼应，近年来中国文艺理论生态也呈现出多元共生的深刻变化。不仅传统的古代文论、西方文论和马列文论表现出极其活跃的互动、互渗、互补理论态势，而且一些新的文艺理论形态也得以迅速弥漫与扩散。后现代主义的勃然而兴，后殖民理论的跨语境传播，文化研究的异军突起，网络文学的理论探索，生态批评的强势介入，消费主义的话语喧哗，日常生活审美化与文艺学边界扩容的研讨争鸣……多元共生的理论样态是文艺理论日趋走向成熟的标志，它表明中国当前的文艺理论研究视野开放、心态自由、观念多样，正朝着百家争鸣的良性理论生态发展。与此同时，马克思主义文艺理论自身的发展也显得异常活跃，具有更大的包容性。"'西方马克思主义'文艺和美学研究，冲破拘囿与隔阂，仿佛如雨后春笋般地冒了出来，大大丰富了马克思主义文艺理论研究的方法手段和思想资源。"② 中国本土的马克思主义文艺理论研究，在国家主导的"马克思主义工程"支持下也正在源源不断地激发出新的理论活力与学术增长点。然而，在这种理论生态表面繁荣的背后，却也暴露出不少深层次问题。"譬如，把马克思的早期思想同某位西方资产阶级思想家的文艺学说拼接起来，就声称是'马克思主义文艺学的中国化'，是'马克思主义文艺理论的最新发展'。"③ 面对如此复杂的文艺理论现实，作为主流文论的马克思主义文艺学，必须深入研究并建构自身的"当代性"，才能在"一

---

① 雷达：《当前文学创作症候分析》，《光明日报》2006年7月5日。
②③ 董学文：《新中国马克思主义文艺理论六十年》，《文艺理论与批评》2009年第5期。

体主导多样"的中国文艺学格局中,获得引领理论思潮的话语权。

其三,马克思主义文艺学的革命性品格赋予了它在创新和发展自己的理论体系时必须具有"当代性"。马克思主义文艺理论发展史告诉我们,无论是创始时期的经典马恩文论,还是后来发展起来的苏俄文论与新中国文论,抑或是当代形形色色的"西方马克思主义文论",它们无一不是面对"当代性"而展开革命性理论言说的。19世纪中后期,马克思恩格斯在同拉萨尔等人的文艺对话中,面对欧洲自古希腊亚里士多德和柏拉图以降,历史地形成的两大文脉——现实主义和浪漫主义,以及在此基础上形成的美学与诗学传统,他们没有止步不前,而是针对当时急剧变化的文学现实,特别是革命无产阶级对文学艺术的时代要求,对传统的美学与诗学进行了革命性改造。他们不仅及时提出了文学典型理论与悲剧理论等时代急需的文艺思想,而且在文学的审美意识形态和文学的人学思想方面预留下了"期待视野"与"召唤结构","具有被不断发现和重新创构的空间"①。同样,列宁倡导的马克思主义反映论,也是针对当时俄国文学现实和无产阶级对新时代文学的要求,对俄国已有的文艺理论与文艺批评作出的革命性变革的结果。毛泽东发表《在延安文艺座谈会上的讲话》,也是为了满足当时中国红色根据地人民群众日益增长的审美要求,而对半封建半殖民地中国社会形形色色文艺理论进行的革命性言说。至于"西方马克思主义文论",他们面对时代问题时的革命性品格也是不容置疑的。从卢卡奇的"整体性"文艺观到葛兰西的"文化霸权"理论,从萨特的"存在主义马克思主义"文论到阿尔都塞的"结构主义马克思主义"文论,从马尔库塞的"新感性主义"文论到法兰克福学派的"文化研究"文论,从莱易斯和阿格尔的"异化消费"文论到奥康纳和墨菲的"生态马克思主义"文论……可以说,"西方马克思主义"文论的每一次大的变革,都与"当代性"密不可分,都是为解决当代急迫的文艺问题而作出的积极理论回应。

二

历史经验告诉我们,任何理论,并不因为它贴上"当代"标签就具有天然的当代性。那种丢掉自身文化身份,唯"国外马克思主义文论家"马首是瞻的

---

① 陆贵山:《马克思主义文艺学的理论创新》,《文学评论》2009年第4期。

理论是不可能具有"当代性"的；那种巧妙地把非唯物史观学说装扮和伪造成马克思主义文艺学的理论是不可能具有"当代性"的；那种有意忽视马克思主义文艺理论中国化进程的虚无主义理论是不可能具有"当代性"的；那种书斋化、经院化、空泛化，脱离中国当前文学艺术实际的所谓"理论"也是不可能具有"当代性"的。它们不仅与"当代性"无缘，而且也与马克思主义文艺理论本身没有关联。"当代性"应该聚焦那些既立足于当代社会而又源于文艺本体的一些重要问题。从这一角度看，紧紧把握当代人类社会发展的脉搏，关心当代人的生存状况和精神诉求，掌握文学艺术自身的发展趋向和人们审美趣味的发展变化，具有特别重要的意义。

第一，当代形态的马克思主义文艺学必须直面大众文化的崛起。

大众文化是在报纸、杂志、电视、电影、互联网等大众媒介基础上形成的，与市场经济发展相适应并被大众广泛信奉和接纳的一种具有现代气息的市民文化。平面化和批量复制是其显著标志，商业性、通俗性、时尚性和娱乐性是其主要的文化特征。当今世界，随着经济全球化和信息技术的飞速发展，大众文化正迅速弥漫开来。在中国，自20世纪90年代开始，大众文化就一直是各种文化博弈活动的中心话题。从王朔"痞子文学"开始滥觞，到《渴望》《编辑部的故事》等电视剧的流行；从崔健摇滚音乐《一无所有》的苍凉呐喊，到湖南卫视选秀节目"超级女声"掀起的文化狂澜；从《大话西游》和《Q版语文》等"大话文化"走俏，到《北京人在纽约》和张艺谋专供出口的"东方情调"电影的大放异彩；从央视"春节联欢晚会"和"星光大道"系列文化节目受到持续追捧，到《喜羊羊与灰太狼》《子不语》等国产原创动漫作品的人气飙升……大众文化，犹如一位电眼美人，正风光无限地走秀在中华文化的T型台上！在大众文化冲击下，传统的文学艺术生存空间发生了巨大变化。一方面，它们遭受到无情的挤压，受众范围变得越来越狭小；另一方面，为了生存的需要，它们又不得不与大众文化联姻。无论是"百家讲坛"上易中天们对文学经典的精彩演绎，还是影像世界中王安忆们"触电"之作的红红火火，抑或是虚拟空间里网络写手们的新奇创作，他们都无不宣示着大众文化的强大审美功效。对于大众文化，西方"法兰克福学派"早就作出了全方位的理论回应，中国本土的"文化研究"也进行了深入的理论剖析。对此，建构当代形态的马克思主义文艺学当然不能坐视不理！因而，如何发掘经典马克思主义关于文化论述的当代价值，整合西方马克思主义的文化理论的有益成分，吸纳"文化研究"的重要成果,创造性地开辟马克思主义文艺学的新境界,是一件十分紧迫而又艰巨的文艺学新课题。这里既涉及文艺学边界扩张的问题,也碰触到文学艺术的本体重构问题,它理应成为马克思主义文艺学"当代性"的重要内涵。

第二,当代形态的马克思主义文艺学必须重视对消费社会征候与文学艺术关系的研究。

所谓消费社会,本是西方学者鲍德里亚、费塞斯通和居伊·德波等人对第二次世界大战后西方工业社会发展状况进行的理论概括,指的是生产相对过剩,需要鼓励消费以便拉动和刺激生产,才能维持社会正常运转的一种社会形态。与生产性社会中人们更多关注产品的物性特征、使用价值与实用价值不同,在消费社会里人们更多关注的是商品的符号价值、文化精神特性与形象价值。从20世纪60年代开始,世界上一些发达和较发达的国家与地区先后由生产性社会步入消费社会。中国由于特殊的历史发展境遇,进入消费社会的步履较之于西方发达国家要晚很多,但是经过改革开放30多年的物质财富积累后,近年来也明显表现出消费社会的若干征候。"事实上,由于现代传媒的迅速发展和普及,以及全球化影响带来的西方消费文化的广泛传播,不仅使中国发达地区的大中城市在消费观念、行为和生活方式等方面,具有了消费社会的基本特征,而且使那些欠发达地区也具有消费社会的某些征候。"① 较之于物资相对匮乏的生产性社会,建立在物质产品较为丰富基础上的消费社会征候使中国人从物质到精神都发生了深刻的变化。关于这一点,我想现实社会是最好的注脚,无须再在这里赘述了。在消费社会语境下,文学艺术也正在经历着巨大而深刻的变化。对于消费社会征候与文学艺术之间激发出的这些迥异于传统文化的审美景观,建构当代形态的马克思主义文艺学无疑应展开深入研究。我们不仅要探究经典马克思主义文论中关于艺术生产与艺术消费辩证关系的当代意义,而且还应当根据当前文学艺术的现实,创造性地开展文艺的商品属性与意识形态属性、文艺的人文精神失落与艺术拯救等各个层面关系的理论探索。

第三,当代形态的马克思主义文艺学必须吸纳生态批评的思想成果。

作为一种新型文艺批评范式,生态批评是在全球性生态危机愈演愈烈、严重制约着人类生存和社会发展的时代背景下,人们从文学与美学角度反思现代性弊端,重新建构人与自然和谐共在的生态社会愿景中催生出来的。1978年,

---

① 管宁:《当前中国文学的时尚化倾向》,《中国社会科学》2006年第5期。

威廉·鲁克特在《艾奥华评论》上发表《文学与生态学：一次生态批评的试验》，倡导"将文学与生态学结合起来"，强调批评家"必须具有生态学视野"，文艺理论家应当"构建出一个生态诗学体系"①。自此以后，文艺学的"生态批评"范式迅速从欧美蔓延到世界各地，并在20世纪后期成为国际文学研究领域里的一门显学，其热度一直持续高涨至今。在中国，20世纪90年代以后，随着市场经济改革步伐的加快和国家经济建设的腾飞，一个先前不为中国人所关注的生态危机问题迅速摆在了国人面前，人们深切感受到生态问题的严峻性，生态意识不断加强。正是在这一现实语境下，来自西方的生态批评种子很快就落地生根了，并伴随着生态文学创作活动迅速成长为文学理论领域里异常活跃的生力军。生态批评以生态哲学作为思想基础，以现实的生态文学创作为主要研究对象，围绕人类中心主义价值观的局限，对现代文明的弊端展开了深刻彻底的批判，具有极其丰富的思想内涵。②曾繁仁先生在论及生态批评观念的这一突破时，曾将其先进思想内涵总结为六个方面："1.突破'人类中心主义'，从可持续发展的崭新角度对人类的前途命运进行终极关怀；2.从非本质主义的'现世性'和人与自然的联系性的新角度界定'人是生态的人'的本性，是人的现实生态本性的一种回归；3.是对人人有权在良好的环境中过一种愉快而有尊严生活的'环境权'这一基本人权的尊重；4.倡导一种人类对其他物种关爱与保护的仁爱精神；5.力主人与万物在'生物环链'之中的一种相对平等，包含着科学的精神；6.作为当代生态存在论美学，追寻一种人的'诗意的栖居'，是人学、美学和哲学的高度统一。"③生态批评的这些思想成果，是深深植根于当代社会现实和文艺实践之中的，具有强大的理论张力。因而，建构当代形态的马克思主义文艺学必须合理吸纳生态批评的思想成果，并与马克思主义经典著作中原有的生态精神融合起来，使之成长为一个特色鲜明的理论维度。

---

① 王诺：《欧美生态文学》，北京大学出版社2003年版，第17页。

② 王诺在《欧美生态文学》第三章中，曾将生态文学的思想内涵概括为统治、征服自然批判，工业与科技批判，欲望批判，生态责任，生态整体观，重返与自然的和谐等六大方面。其实，这也可以看作是生态批评的思想内涵。

③ 曾繁仁：《生态美学研究的难点和当下的探索》，《深圳大学学报（人文社科版）》2005年第1期。

三

自然，仅仅明了"当代性"的上述几个层面问题是远远不够的，建构马克思主义文艺学的"当代性"，还必须赋予"当代性"以源于文艺学本体的深刻内涵。从这一视域来看，"当代性"又应该是一种深具理论开拓创新意义的文艺学建构。易言之，"当代性"与创造性密不可分。因为"社会主义文艺运动是一个崭新的事业，指导它的马克思主义文艺理论，则是一种独特的立场、观点和方法系统，严格说来，它的每一步推进，每一次与实践的结合，都是探索，都要创造"①。故而，建构具有当代中国精神气象的马克思主义文艺学，必须超越先在的各种"马克思主义文论"固有模式，摈弃粗浅的理论模仿与理论拼凑，以更加开放的民族情怀和世界眼光整合理论资源，以深刻的理论思维揭示当代文艺活动的规律，去创造性地开展马克思主义文艺理论研究。

创造性从来就是马克思主义文艺理论宝贵的精神品质。无论是马克思、恩格斯首创的无产阶级经典文艺理论，还是列宁、毛泽东接续的马克思主义文论，抑或是本亚明、马尔库塞等人另辟的"西方马克思主义文艺理论"，它们莫不充满了创造情怀，闪耀着创造性的光辉！对照中华人民共和国成立后60多年来中国马克思主义文艺理论的发展，这种创造性精神因为特殊的历史原因和中国传统的"注经"式理论思维模式的影响而显得相当匮乏。② 这不仅与中国作为社会主义大国文化建设的地位不相称，而且也与政治层面丰富的思想理论建设成果不能匹配（如"社会主义初级阶段理论"与"和谐社会"思想就创造性地发展了马克思主义）。因此，创造性理应成为我们建构马克思主义文艺理论"当代性"的第一要义。从这个意义上来讲，我以为建构马克思主义文艺学的"当代性"必须实现理论思维的三个转换。

一是从"教科书文本"向"理论家文本"的转换。新中国成立以来，主导我国马克思主义文艺理论研究的基本范式是源自苏联的教科书文本。这种理论

---

① 董学文：《新中国马克思主义文艺理论六十年》，《文艺理论与批评》2009年第5期。
② 我在这里主要是强调创造性在中国当前文艺理论建设中的重要意义，并不是说60多年来中国马克思主义文艺理论真的没有任何创造性。其实，像钱中文、童庆炳、王元骧等人倡导的"审美意识形态"论，王先霈等提出的文学典型中"圆形人物"论，就具有一定的原创意义。

样态，由于进入高等学校课程体系的缘故，一直受到体制内权力话语的偏爱与推崇，哪怕是极具个性的文艺理论学者最后也都钟爱这一理论样态。应该说，这种理论文本对于马克思主义文艺理论的普及起过重要作用，但不可否认，它同时也在很大程度上束缚了中国马克思主义文艺理论研究的独立性和创造性，造成对现实文艺实践与理论家个人主体性的忽视，以至于在某种程度上败坏了文艺理论应有的思想活力，使之成为一本本枯燥乏味的教条化文字。如不改变这一理论研究的基本范式，建构马克思主义文艺学的"当代性"只能成为一句空话。因为无论主编们怎样在理论体系上翻新，抑或是在理论体例上突破，甚或是在理论话语中"创新"，它都无法具有真正的创造性。这与编著者的理论素养和个人才华无关，而是教科书文本固有的性质规定了的。因此，要创造性地开展马克思主义文艺理论研究，我们就必须在理论思维上实现由"教科书文本"向"理论家文本"的真正转换，鼓励更多的文艺理论家独立进行研究，并给予"理论家文本"以应有的学术地位。道理很简单，中外文学史上从来没有任何一个理论家是靠主编教材而青史垂名的。从刘勰的《文心雕龙》到王国维的《人间词话》，从亚里士多德的《诗学》到福柯的《知识考古学》，从马克思的《1844年经济学哲学手稿》到毛泽东的《在延安文艺座谈会上的讲话》，概莫能外。这就要求我国真正的有出息的文艺理论家，充分发挥个人的主体性创造才能，在马克思主义文艺理论的研究格局、研究路径、研究视野和研究内容上不断探索，推出一本本有价值的厚重力作，以丰富马克思主义文艺理论的思想文库。

二是从一元主导下的"照着讲"向一元主导下的"接着讲"转变。中国著名哲学史家冯友兰先生曾经指出，学术研究有"照着讲"和"接着讲"两种基本方式。前者是介绍别人怎么说的，有知识传播之功；后者是从前人说到之处讲下去，重在有所创造发明。作为一种价值取向鲜明的理论形态，马克思主义文艺理论在其发展之初，"照着讲"是十分必要的，它对于传播马克思主义文艺学的基本立场、观点和方法，帮助人民树立正确的审美理想和审美趣味具有重要意义。但是，当它的发展面临着新的历史境遇，需要人们调整理论姿态才能有效阐释现实的文学艺术状况时，我们就不能再止步于"照着讲"的基本方式了，而是应该勇气百倍地"接着讲"下去。否则，我们的文艺理论就会走向僵化与衰亡，并最终失去理论的话语权，这就要求我们认真研究新时代的文学艺术之"实"，探求文艺理论之"是"，而不是拾人牙慧地在西方的什么"新观点""新理论"基础上进行所谓"翻新"。在这一思维转变过程中,作为中国当代形态的马克思主义,"科学发展观"与"和谐社会"理论具有特别重要的指导意义,"它可以说是中国传统'和'文化的现代形态——'和谐'理念的全面体现,它是坚持以人为本,全面、协调、可持续的发展观"①。这一"吸纳性和包容性"极强的当代形态中国马克思主义必定能为文艺理论实现由"照着讲"向"接着讲"的顺利对接提供强大的思想保证。

  三是从"本质论"向"本质论与生成论的统一"转化。从研究理路上来看,作为艺术哲学的文艺理论,既要研究文艺的本体性存在,又要研究文艺的生成性存在,应该是文艺存在论与文艺生成论的统一。存在论视野要求文艺理论要追问文学的本质和侧重艺术结构分析,生成论视野要求文艺理论要开掘文学的意义与侧重审美功能的分析。科学形态的文艺学需要实现"本质追问""定性思维""意义解读""功能分析"的有机统一。然而,长期以来我国的马克思主义文艺理论建设,并没有很好地解决这一深层次艺术哲学问题。多数时候,我们钟情于文艺存在论,表现出对"本质追问"和"定性思维"的特殊偏好。"受本质主义思维方式的影响,学科体制化的文艺学知识生产与传授体系,特别是'文学理论'教科书,总是把文学视作一种具有'普遍规律''固定本质'的实体,它不是在特定的语境中提出并讨论文学理论的具体问题,而是先验地假定了'问题'及其'答案',并相信只要掌握了正确、科学的方法,就可以把握这种'普遍规律''固定本质',从而生产出普遍有效的文艺学'绝对真理'。在它看来,似乎'文学'是已经定型且不存在内部差异、矛盾与裂隙的实体,从中可以概括出所谓放之四海而皆准的'一般规律'或'本质特点'。"②因而,纠缠于"文学反映论""文学审美意识形态论""文学的审美意识论""艺术交往论"和"艺术生产论"等"文学本质"问题成为推进中国马克思主义文艺学建设的一种"常态",这对于我们今天建构马克思主义文艺学的"当代性"显然是不恰当的。近年来,随着文艺学界"反本质主义"话语的兴起,倾向于"意义解读""功能分析"的文艺生成论似乎有了后来居上之势,殊不知这种"反本质主义"也是违背艺术哲学原理的,"事实证明,按'知识社会学'方法撰写的'反

---

  ① 彭修银、侯平川:《试论中国化马克思主义文艺理论的话语张力》,《中南民族大学学报(人文社会科学版)》2010年第1期。

  ② 陶东风主编:《文学理论基本问题》,北京大学出版社2004年版,第3页。

本质主义'文艺学最终只能成为一种'古今中外文学理论资料汇编'式文论史著述。它为文艺学知识生产所带来的致命缺陷有三:'知识碎片化'、'知识肥胖化'和'知识空洞化'"[1]。正因为如此,建构马克思主义文艺学的"当代性",必须从上述两种"片面的深刻性"中"转身",在思维路向上实现从"本质论"向"本质论与生成论统一"的"视域融合"。

综上所述,建构当代形态的马克思主义文艺学,必须牢牢把握好"当代性"这个核心命题。这既是中国当前丰富复杂的文艺实践与多元共生的理论生态赋予的时代使命,也是马克思主义文艺学革命性品格内在的必然要求。"当代性"决定了我们必须紧紧把握当代人类社会发展的脉搏,关心当代人的生存状况和精神诉求,牢牢掌握文学艺术自身的发展趋向和人们审美趣味的发展变化,摈弃粗浅的理论模仿与理论拼凑,去创造性地开展马克思主义文艺理论研究。诚能如此,则"具有中国特色的马克思主义文艺理论"一定会在世界文论百花园中绽放出绚丽的色彩,为人类文艺理论的发展作出独特的贡献。

(原载《学术论坛》2010 年第 8 期)

---

[1] 支宇:《"反本质主义"文艺学是否可能?——评一种新锐的文艺学话语》,《文艺理论研究》2006 年第 6 期。

审美政治化理论的中国范本

——"百年中国文学经验"视域中的《讲话》

自五四新文化运动以来，中国文学理论同新文学一道历经了百年沧桑。当我们回首过去，从"百年中国文学经验"反思这段历程时，就会发现中国文学理论发展虽然实现了对古典文学理论的革命性转型，但又似乎很难超越"西方冲击—中国回应"的基本模式，所以有不少学者坦言中国文学理论鲜有真正的"经验"可谈。但这种看似正确的宏观把握，其实是有所遮蔽的。在我看来，至少毛泽东1942年发表的《在延安文艺座谈会上的讲话》[①]（本篇以下简称为《讲话》）就是一部充分体现了"中国经验"的审美政治化理论的经典范本。它不仅在当时中国抗日战争历史背景下产生了巨大的理论与实践效应，而且长期以来对中国乃至世界文学理论发挥着或隐或显的巨大影响。仅从它在世界各国的翻译介绍情况来看，就足以说明问题。1945年12月，朝鲜就出版了《讲话》的朝文译本。1946年，日本"新日本文学会"将其改名为《现阶段中国文艺的方向》，并翻译成日文后出版。1949年，法国出版了《讲话》的法译本。1950年，匈牙利专刊《新中国的文艺》中，刊登了《讲话》的结论部分。1950年，美国国际出版社出版了《讲话》的英文单行本。1980年，澳大利亚学者庞尼·麦克杜格尔在参考《讲话》的80余种不同版本后，再一次用英文重新翻译《讲话》全文，并交由美国密西根大学出版。一部篇幅有限的文艺理论文章，在世界上受到如此重视，绝不仅仅是依凭作者的特殊政治身份就能够做到的，其中积淀的深厚"中国经验"当是引起世界各国学者高度关注并加以研究的重要因素。

[①]《讲话》原文见《毛泽东选集》第3卷，人民出版社1991年版，第847～879页，以下不再重复注出。

一

那么，《讲话》中究竟蕴含有怎样的"中国经验"呢？在我看来，《讲话》独特的审美政治化色彩就是最重要的"中国经验"。众所周知，中国自古以来就是一个在文艺理论方面审美政治化色彩十分浓厚的民族，这在长期占有中国思想文化统治地位的儒家学派那里表现得尤为突出，从"文以载道"的"工具理性"精神，到《易经》"阴阳和合"的艺术辩证法；从"兴观群怨"的"人民性"思想，到"六经注我"的文本批判意识……审美与政治总是紧密结合在一起。毛泽东在《讲话》中一方面吸纳经典马克思主义文艺理论的营养，提出了诸如"文学的典型化""文学的政治标准与艺术标准"等西方政治话语浓厚的美学命题；另一方面又秉承儒家的民本思想和担当意识，提出"文学艺术都是为人民大众的，首先是为工农兵的""借以打倒我们民族的敌人，完成民族解放的任务"等中华民族生死存亡时期特有的文艺观点。如此一来，就使马克思主义文艺理论这一源于西方的美学思想，接续到中国传统文化的艺术根脉上，从而强化了文艺理论的审美政治化色彩，也构成了理论自身的"中国经验"。

毛泽东《讲话》之所以具有这一理论品性，是与他作为理论家特有的思想基础、文化素养及精神认同密不可分的。首先，毛泽东文艺理论是适应着他所处时代文艺运动需要与马克思主义结缘而产生的，这从思想上奠定了《讲话》的理论基础。早在《讲话》发表之前，李大钊、瞿秋白、冯雪峰、胡风、周扬等人在传播和发展马克思主义学说方面就作出了重要贡献。他们结合中国文艺与社会现实，创造性地提出了许多富有民族特色和时代特点的理论命题，有效地回答了中国革命时期文艺运动和文艺实践中的各种问题。毛泽东此前虽然没有系统论述文艺问题，但在部分著作中也提出了若干很有见地的文艺观点。1917年7月14日在《湘江评论》创刊号上，毛泽东于《创刊宣言》中写道："自文艺复兴，思想解放，'人类应如何生活？'成了一个绝大的问题。从这个问题，加以研究，就得了'应该那样生活''不应该这样生活'的结论。……见于文学方面，由贵族的文学，古典的文学，死形的文学，变为平民的文学，现代的文学，有生命的文学。"[①]1938年4月28日，毛泽东到鲁迅艺术学院做题为《怎样

---

① 中共中央文献研究室、中共湖南省委《毛泽东早期文稿》编辑组编：《毛泽东早期文稿》，湖南人民出版社1990年版，第292页。

做艺术家》的演讲，他又谈到文艺问题，指出"然而艺术上的政治独立性仍是必要的，艺术上的政治立场是不能放弃的；我们这个艺术学院便是要政治立场的，我们在政治上是马克思主义者"①。应该说，这些对文学的认识在那个时代是十分难得的，是《讲话》产生的重要思想基础。其次，毛泽东文艺理论的形成与他身上深厚的传统文化积淀是紧密相连的，这构成了《讲话》的深厚文化与文论根基。从"为革新学术，砥砺品行，改良人心风俗"以至于"改造中国，改造世界"的愿望出发，毛泽东一生博览群书，对中国传统文化尤为熟稔。他用心攻读过从先秦诸子到明清思想家，以及浩瀚的二十四史等大量国学著作。不仅如此，他更是一个注重知行合一、勇于实践、富于批判精神和创新精神的文化整合高手。在《新民主主义论》中，他对此有过极为精辟的阐述："中国的长期封建社会中，创造了灿烂的古代文化。清理古代文化的发展过程，剔除其封建性的糟粕，吸收其民主性的精华，是发展民族新文化提高民族自信心的必要条件；但是决不能无批判地兼收并蓄。必须将古代封建统治阶级的一切腐朽的东西和古代优秀的人民文化即多少带有民主性和革命性的东西区别开来。"②正是由于传统文化的深厚根基，《讲话》才在审美政治化色彩方面显得气度从容。其三，毛泽东文艺理论的形成与他在精神方面对鲁迅文学道路的认同也有着直接的关联，这构成了《讲话》的精神旨趣和话语风格。在中国现代文人中，得到毛泽东赞扬的人可以说微乎其微，他唯独对鲁迅先生十分推崇。之所以如此，是因为他们在精神旨趣上是相通互融的。鲁迅的精神品格、思想方法、文艺观点、艺术旨趣，乃至文体风格都深深地影响着毛泽东。他曾经这样说过："鲁迅在中国的价值，据我看要算是中国的第一等圣人。孔夫子是封建社会的圣人，鲁迅则是现代中国的圣人。"③可见，鲁迅在他心目中的地位是多么崇高！他不仅称赞鲁迅是"文化新军的最伟大和最英勇的旗手"，"是中国文化革命的主将"，"是在文化战线上，代表全民族的大多数，向着敌人冲锋陷阵的最正确、最勇敢、最坚决、最忠实、最热忱的空前的民族英雄"④，而且还将他的思想观点融入《讲话》之中，并多次在《讲话》中提及鲁迅。

---

① 转引自《毛泽东谈文说艺札记》，《文艺报》1992年12月26日。
②《毛泽东选集》第2卷，人民出版社1991年版，第707～708页。
③《论鲁迅》，《毛泽东文集》第2卷，人民出版社1993年版，第43页。
④《新民主主义论》，《毛泽东选集》第2卷，人民出版社1991年版，第698页。

二

从"百年中国文学经验"视域看《讲话》,其审美政治化特色集中表现在独有的理论品性方面。黄曼君指出,毛泽东《讲话》的理论品性主要表现在"文化现代性诉求",具体体现为"文艺的实践性""文艺的人民本位观"和"文艺的中国民族特性"[1]。高玉认为,"毛泽东文艺思想是20世纪世界文艺理论思潮中具有独特品格的文艺理论体系,它既是民族的,又是世界的,既是传统的,又是现代的。既有继承和借鉴,又有创造和发挥。独创性、世界性、现代性是构成现代文艺理论最重要的三大品性,正是因为毛泽东文艺思想具有这三大品性,所以,它在20世纪世界文艺理论格局中具有重要的地位,以其独特的品位而获得巨大国际声誉"[2]。这些有关理论品性的论述,对我们认识《讲话》审美政治化理论价值具有重要启迪。在我看来,如果从审美政治化来把握,《讲话》的理论品性主要体现为本土情怀、问题意识和民族话语三个方面。

(1)本土情怀。将马克思主义理论与中国革命实践相结合,是毛泽东一贯坚持的思想路线。早在1938年的中共中央六届六中全会上,毛泽东就提出:"使马克思主义在中国具体化,使之在其每一表现中带着必须有的中国的特性,即是说,按照中国的特点去应用它,成为全党亟待了解并亟须解决的问题。"[3] 因而,以本土情怀来阐发文艺主张,解决现实政治问题就构成了毛泽东《讲话》的基本理论品性。在文艺服务的面向问题上,《讲话》提出了"文艺都是为人民大众的,首先是为工农兵的"这一观点。虽然在《讲话》中他说这本来是马克思主义者特别是列宁所早已解决了的问题,但是毛泽东却赋予它中国所特有的历史与人文内涵。近代以来,由于帝国主义的侵略和统治者的腐败,占全国人口绝大多数的农民和新兴工人阶级过着极为痛苦的生活。他们不仅在政治上毫无民主权利,在经济上饱受层层盘剥,而且在文化上也处于十分不利的地位。在革命根据地延安,工人、农民及军队的地位有了根本改变,他们成了中国革

---

[1] 黄曼君:《论毛泽东文艺思想的现代性特征》,《西北大学学报(哲学社会科学版)》2001年第2期。

[2] 高玉:《比较视野中的毛泽东文艺思想品格论》,《理论与创作(长沙)》2001年第3期。

[3]《毛泽东选集》第2卷,人民出版社1991年版,第534页。

命的主体，能够当家做主。正因为如此，毛泽东《讲话》在文艺"为什么人"的问题上就鲜明地亮出了这一针对中国社会现实，建构新社会意识形态的广义文化观，而不单纯是一种狭义的文艺观。在文艺服务的方式上，《讲话》就"普及"与"提高"的关系提出"普及工作的任务更为迫切"。在他看来，广大工农兵由于长时期生活在封建阶级和资产阶级的统治之下，大多数人没有上过学，没有受过正规教育，"不识字，无文化，所以他们迫切要求一个普遍的启蒙运动，迫切要求得到他们所急需的和容易接受的文化知识和文艺作品，去提高他们的斗争热情和胜利信心，加强他们的团结，便于他们同心同德地去和敌人作斗争。对于他们，第一步需要还不是'锦上添花'，而是'雪中送炭'"，因为"普及的东西比较简单浅显，因此也比较容易为目前广大人民群众所迅速接受。高级的作品比较细致，因此也比较难于生产，并且往往比较难于在目前广大人民群众中迅速流传"。没有深切的本土民族感情，没有对中华民族苦难历史疼入肌肤的感知，没有敏锐的审美政治化把握能力，这样的理论观点是不可能提出来的，也不可能使广大文艺工作者心悦诚服。对照当今脱离中国实际的种种"文学理论建构"，这种扎根于本土历史文化之中的理论更加显得弥足珍贵。

（2）问题意识。文学艺术虽然属于距离上层建筑较远的精神领域，但是文学艺术从来就不是与现实政治无关的部分，特别是在面临民族生死存亡的历史时期更是如此。因此，任何文艺理论的提出，如果不能为解决现实社会问题服务，那将是没有生命力的。《讲话》之所以能在当时及今天产生巨大的理论与实践效应，就在于它具有强烈的为现实政治服务的问题意识。《讲话》"引言"部分一开篇即亮明召开文艺座谈会的目的，就是要"研究文艺工作和一般革命工作的关系，求得革命文艺的正确发展，求得革命文艺对其他革命工作的更好的协助，借以打倒我们民族的敌人，完成民族解放的任务"。围绕这一明确目的，毛泽东回应了一系列反映在延安文艺界存在的焦点问题，并逐层深入就文艺工作者的立场问题、态度问题、工作对象问题、工作问题和学习问题予以论析，得出了文艺必须为人民大众服务、社会生活是文艺创作的唯一源泉等具有深刻历史内涵与现实意义的科学结论。必须指出的是，《讲话》对问题的阐发始终紧扣中心问题，运用艺术辩证法展开的。他说："什么是我们的问题的中心呢？我以为，我们的问题基本上是一个为群众的问题和一个如何为群众的问题。"把文艺必须为群众和如何为群众这两个问题结合起来考察，是对文艺要为人民大众服务这一主题具有真正创新意义的开拓和深化。不仅如此，毛泽东还按照艺术辩证法的逻辑，进一步揭示了文学艺术的"源"与"流"问题，指出："人民生活中本来存在着文学艺术原料的矿藏，这是自然形态的东西，是粗糙的东西，但也是最生动、最丰富、最基本的东西；在这点上说，它们使一切文学艺术相形见绌，它们是一切文学艺术的取之不尽、用之不竭的唯一的源泉。这是唯一的源泉，因为只能有这样的源泉，此外不能有第二个源泉。有人说，书本上的文艺作品，古代和外国的文艺作品，不也是源泉吗？实际上，过去的文艺作品不是源而是流，是古人和外国人根据他们彼时彼地所得到的人民生活中的文学艺术原料创造出来的东西。"应该说，正是《讲话》所彰显的"提出问题"与"解决问题"的强烈使命意识，使原本枯燥乏味的文艺理论文章显得既具有了鲜活的政治生命力与审美催生力，同时又思维缜密、体系自洽。

（3）民族话语。所谓话语，是指在特定社会历史文化语境中人与人之间从事沟通的具体言语行为。由于各式各样的原因，现实中人与人之间的言语沟通并不总是顺畅的，话语障碍在人们的日常生活中十分普遍，在理论性文章中更是相当突出。当今我国文艺理论界，存在大量晦涩难懂的西式"文论语体"，让人们对理论文章望而却步，难以卒读，就是很好的例证。与此形成鲜明对比的是，《讲话》由于采用了"新鲜活泼的、为中国老百姓所喜闻乐见的中国作风和中国气派"的民族话语来阐述其审美政治理论，至今仍然焕发出勃勃的生命活力，是马克思主义文艺理论民族化和通俗化的典范。毛泽东对民族话语的提倡源于他多年来将马克思主义理论中国化的实践经验，所以在《讲话》的"引言"部分他就申明了自己的这一主张："许多文艺工作者由于自己脱离群众、生活空虚，当然也就不熟悉人民的语言，因此他们的作品不但显得语言无味，而且里面常常夹着一些生造出来的和人民的语言相对立的不三不四的词句。许多同志爱说'大众化'，但是什么叫做大众化呢？就是我们的文艺工作者的思想感情和工农兵大众的思想感情打成一片。而要打成一片，就应当认真学习群众的语言。如果连群众的语言都有许多不懂，还讲什么文艺创造呢？英雄无用武之地，就是说，你的一套大道理，群众不赏识。"正是根源于这一深刻的语言认识，毛泽东《讲话》才规避了晦涩难懂的理论套路，显得新鲜活泼，充满民族精神的底蕴。例如，他在谈"普及"与"提高"的关系时说："普及工作若是永远停止在一个水平上，一月两月三月，一年两年三年，总是一样的货色，一样的'小放牛'，一样的'人、手、口、刀、牛、羊'，那末，教育者和被教育者岂不都是半斤八两？这种普及工作还有什么意义呢？"这种通俗化的民族话语虽然不及康德、黑格尔理论著作中的语言那么严谨、那样缜密，但他要讲述的道理却更加清楚明白，是当时任何一位延安文艺工作者都能够听得懂、理解得透的。这同新时期以来多年盛行的西方术语铺天盖地、论述语句繁复冗长、阅读起来佶屈聱牙、理解起来不知所云的所谓新锐理论文章比较起来，简直是天壤之别。

　　自然，作为审美政治化理论的经典范本，《讲话》并非没有局限性。它的政治权力话语色彩，它对文艺批评标准略显机械的划分，以至于它内蕴的工具理性精神都或多或少制约了自身的理论光辉，表现出特定时代所具有的历史局限性。但毕竟瑕不掩瑜，从"百年中国文学经验"视域看，《讲话》留给我们的依然是一笔马克思主义文艺理论中国化的宝贵精神财富，是少有的具有世界文学理论影响的审美政治化理论范本。

冗余时代的中国文学现状及理论建构

随着当代科学技术迅猛发展，特别是信息化进程的快速推进，人类的生存状况和社会结构正在发生显著变化。其中，最为引人注目的是以物资不足和信息匮乏为标志的短缺社会正被以物质产品过剩和信息资源过剩为表征的冗余社会悄然取代。冗余时代的降临，不仅使传统生产模式和消费理念发生了根本改变，而且也改写了人类文化与精神生活的固有版图。文学艺术作为表现人类情感生活的重要载体，以其叙事的开放性、抒情的丰富性和形式的多样性直接参与了这一历史文化转折过程。因此，研究冗余时代的文学状况，是我们把握社会文化变迁的题中应有之义。然而，现有的文学理论是否已经就冗余时代的文学状况进行足够研究，并能有效指导文学艺术的健康发展呢？答案似乎并不容乐观。由于人们对以互联网和移动通信为代表的新媒体如何造就冗余文学信息，冗余文学信息又是如何导致文学状况的深刻改变尚难确切把握，同时对于冗余时代的间性认知方式又缺乏心理上的必要准备，文艺理论的回应常常显得延缓滞后或言不及义，这就需要我们进行必要的文学状况分析与理论建构。

一

相对于物质产品过剩带来的消费社会而言，文学状况的深刻变化主要是由信息资源过剩造成的。由于改革开放以来中国社会特有的经济、科技和文化跨越式发展特征，中国信息化过程呈现出信息社会与后信息社会同时到来的文化叠合景观，信息化浪潮的高涨令人猝不及防，仿佛一夜之间我们就进入了以数字化媒介为主导的信息新媒体社会。数字化媒介的普及促成了新型媒介与传统媒介融合集成的"全媒体"格局的到来，导致了书写/印刷文化的式微与边缘化，也带来了包括新媒体文学在内的新媒体艺术的盛行。这种基于数字技术的新媒体文学的繁荣发展，使得各种文学信息的保有量不断以累积方式叠加与重复。在文学信息总量呈指数增长的同时，信息的过剩、随机、混乱和无序等冗余现象也随之加剧。这不仅让人难以重温20世纪中国文学轰动效应的旧梦，而且也使人在审美选择时常常感到无所适从。

同传统文学相比，冗余时代的文学出现了口语媒介、书面媒介、印刷媒介、电子媒介、网络媒介等各种文学文本并置共存的局面。除传统民间口头文学、书面印刷文学外，网络文学、博客文学、微博文学、手机短信文学、超文本诗、超小说、交互性电影文学、虚拟现实戏剧文学、网络游戏的文学脚本等各种与新媒体相伴而生的文学样式如雨后春笋不断涌现。备选媒体的增多和互联网络的异常发达不仅使得同一文学作品会以纸媒、光盘、U盘、电脑、互联网等多种文本形式存储，而且由于互联网上创作和发表文学作品异常便利，也带来了文学作品和文学信息的海量增长。这种文学格局，一方面成就了那些有志于文学的各路英才，让他们能够在较短时间内冲破制度的藩篱脱颖而出，另一方面又带来了文学队伍的鱼龙混杂、文学产能的无限扩张、文学质量的良莠不齐、文学评价机制的是非难断等一系列复杂情况。就中国当前文学状况而言，信息冗余带来的深刻变化主要集中在如下两个方面。

首先，冗余时代文学场的扩容与转换，拓展了文学生存的空间，延伸了文学的审美功能，同时又将文学自身置于尴尬的艺术境地。传统文学场的主要阵地为文学类报纸杂志（如《诗刊》《收获》）、文学类出版机构（如人民文学出版社）、电台的文艺频道（如中央人民广播电台的"文艺之声"）、电视台的文学节目（如中央电视台的"子午书简"）以及人们茶余饭后的民间段子讲说场所。但是进入信息冗余时代后，随着新媒体技术的不断进步与发展，依附于新媒体的各种文学场域不断得到扩容与转换，互联网上的专业文学网站（如"榕树下""起点"）、BBS文学论坛（如北大中文论坛"原创区"）、QQ文学群的空间（如"北京文学群"）、手机文学平台（如中国移动的"e拇指文学"）、微博文学空间、博客空间原创文学、微信公众号等纷纷加入文学生产与传播阵营，一些著名的文学网站的影响力已经大大超越传统文学阵地，成了支配中国文学发展的主力军。根据《中国互联网发展报告（2010）》统计，"本年度网络文学出版产业的市场规模超过了40亿元人民币"，"网络文学已成为继网络音乐、视频、游戏之后的第四大网络娱乐类应用方式"。①网络文学如此，其他像 BBS 文学论坛、QQ 文学空间、手机文学平台、微博文学群、个人博客文学空间中的作品就更是不计其数了。这样的文学阵容和文学产能，在传统文学时代简直是不可想象的！

  与此同时，随着"依托数码科技成长起来的新兴文学形态如摄影文学、影视文学、数码戏剧、网络播客等，也风生水起，渐成气候"②，冗余时代的新媒体文学变得越来越不像"文学"了，视频诗、超文本小说、网络游戏脚本等各种超文本、跨媒体文学文本形式的崛起，使我们很难再用传统"文学"概念来定义今天的新媒体文学了，因为今天的文学除了线性平面文本外，还有通过音画、视频组合及网络链接形成的立体超文本文学；除了语言符号文学外，更增加了图画符号、声音符号、动漫符号等结合语言符号形成的复合符号文学文本。文学文本形式的变化，使文学不再仅仅是"一种语言艺术，是话语蕴藉中的审美意识形态"③，而是变成一种含蕴多重审美意味、融汇多种艺术符号的文化产品，它很难让人像传统的书写/印刷文化时代那样只是单纯去体验其中的"话语蕴藉"，玩味语言文字中含蓄与含混的无限韵味。因为依托互联网技术的新媒体文学通常伴生着大量的逼真图像、电声化声响等综合审美因素，这种数字化文学文本在展现语言艺术的同时，也给人带来感官上的"震惊"，不仅让人产生艺术的遐想，还会调动人的眼、耳、鼻、舌、身等各种感官共同行动，以获得身体融入式的全新审美体验。如此一来，作为文化的文学传统因为科学技术的强劲介入却获得了意外的回升，文学与其他艺术的边界变得日益模糊。

  然而，文学场的扩容与转换却也将文学自身的发展置于十分尴尬的艺术境地。在传统文学观看来，文学属于艺术门类中与造型艺术、表演艺术和综合艺术并列的语言艺术。同其他艺术相比，语言艺术的突出特征在于形象的间接性，"由于文学形象具有间接造型的特点，因此，它不可能具有强烈的直观性；但却又能从更多的侧面来揭示形象的丰富内容，从而给欣赏者提供进行想象和再创

---

  ① 中国互联网协会、中国互联网络信息中心编：《中国互联网发展报告（2010）》，电子工业出版社 2010 年版，第 352 页。

  ② 欧阳友权：《网络文学的学理形态》，中央文献出版社 2008 年版，第 358 页。

  ③ 童庆炳主编：《文学理论教程》，高等教育出版社 2004 年版，第 76 页。

造的广阔天地"①。这正是传统文学独特的艺术魅力所在！但是,在数字媒介为主导的全媒体时代,这种既有的文学审美自信却不得不大打折扣！人们欣赏文学不再仅仅停留在语言间接性层面上,他(她)更希望通过文字的配音、配画、配视频以及适当动漫效果来获得身体融入式的全新审美体验。如此一来,作为语言艺术的文学传统韵味无形就被弱化了,文学作为语言艺术的独特魅力仿佛不再那么重要了,浩如烟海的跨艺术、多媒介信息正在改变着人们的欣赏习惯和审美趣味(尤其是互联网时代的年轻读者)。

其次,冗余时代多元共生的全媒体格局,带来了文学创作、文学阅读、文学产出机制的深刻变化,也使文学生态愈来愈趋于多元、泛滥和无序。如前所述,伴随着互联网和移动通信技术的迅速发展,当今文学已经呈现出以数字媒介为主导,口语、书面、印刷、电子等各种文学媒介并置共存的"全媒体"格局。文学格局的改变,尤其是数字媒介与商业模式交互性平台的搭建,给冗余时代文学生产关系带来了革命性的影响。

就文学创作而言,传统文学由于设置了一道又一道准入门槛,作者队伍一般都具有较高的文学素养,因而往往被人们冠以文人的称号,洛阳纸贵的精品效果和文学轰动的社会效应足以说明他们的确不负这样的美誉。然而,进入互联网时代以后,无论作者文学水平的高低,只要你对文学有足够的兴趣,你就可以在互联网上自由地创作和发表文学作品,很少有人能够约束住你,于是短短20余年的时间里文学写作方面就形成了比之前中国文学史上所有作者加起来还要庞大无数倍的创作队伍,至于作品数量之庞大就更是难以统计了。不仅如此,在写作过程中这种文学生产关系的改变更是无处不在。一方面文学创作中商业订单性写作呈现出增长态势,另一方面商业模式规制下各种文体和媒介类型的互渗对传统文学创作也产生了极大冲击。例如一些网络写手就将文学与非文学进行文体互搭以张扬作品的独特诗性、提高市场占有率(较典型的有《明朝那些事》),将文学与网络游戏进行跨类嫁接以扩展作品的市场价值(较典型的有《诛仙》),将文学与影视艺术进行整合以实现互利共赢(较典型的有《恋爱33天》《步步惊心》)。此外,网络上甚至还出现了不需要作者亲自执笔

---

① 以群主编:《文学的基本原理》,上海文艺出版社1980年版,第45页。

的文学写作软件进行"写作"的现象①,这就更是增加了文学创作方面的变数。

就文学阅读而言,由于互联网的普及和网络文学的兴盛,今天的中国可以被记入"文学人口"的读者总量可以说是呈几何级数在迅速增长。抛开无法统计的纸面阅读,仅网络文学一项的阅读群体就十分惊人,根据2013年7月17日CNNIC发布的第32次《中国互联网络发展状况统计报告》,截至2013年6月底,我国网民规模达5.91亿,手机网民规模达4.64亿,其中"我国网络文学网民数为2.48亿,网民网络文学使用率为42.1%","我国手机网络文学网民数为2.04亿,手机网络文学使用率为43.9%",这还不包括微博、博客、个人空间中的文学状况。更为不可思议的,还在于文学阅读这种相对审美的行为竟然还被商业资本加以吸引眼球式"改造"。据"盛大文学"官网报道,2013年5月14日,盛大文学宣布与YY正式达成战略合作意向,将双方最优质资源进行整合,联手打造"美女读书"类直播节目,借助主播对盛大文学起点中文网原创作品的演绎,网络文学爱好者可以享受到全新的阅读体验,满足其阅读需求,同时,作者和主播可以收到用户的虚拟物品打赏,从而获得新的收益渠道。如此巨大的文学阅读群体,如此巨大的文学阅读和浏览量,乃至如此被包装改造的文学阅读商业行为,这在传统文学时代几乎是不可想象的。

就文学产出机制而言,今天的文学生产过程可谓五花八门,既有严肃作家的呕心沥血之作,也有网络写手在BBS和QQ空间中的涂鸦"灌水",更有资本运作式文学"创意"经营,当然也还有部分"从形象到身份都很不文学"的文人在打造具有中国特色的文学产业链,"他更自觉地将文学当作一门生意去做。2007年,他的公司与赞助人联手,在全国推广了一场持续一年多的'文学之星'大赛,层层选拔、雪球越滚越大,当2009年在北京某高级中学的礼堂内举行大赛的最后一场时,上万粉丝(大部分是中学生)激情尖叫……"②市场经济体制和互联网媒介的双重影响促使文学生产机制发生了深刻变革。这些文学生产机制上的变革,自然又带动了文学评价机制的转型。放眼望去,传统的政治化"严肃文学批评"与学院式"书斋文学批评"已经越来越不占主导地位了,取而代之的是商业炒作式文学批评、电视访谈式文学批评、网络口水式文学批

---

① 例如诗歌写作软件"诗歌超级助手V1.00""古典诗词撰写器V20.0""诗圣格律诗词创作系统1.2";小说写作软件"超级作者V0.9""小说写作软件V1.0.4"(Zenwriter)等。
② 王晓明:《"网络"or"纸面":今天的文学阅读》,《文汇报》2011年9月17日。

评、榜单式文学评价（如"中国作家富豪榜"）和奖项式文学评价等新的方式。据《新京报网》2012年5月25日报道，盛大文学宣布将投入百万元创建一个最终人数达百人的白金书评人群体，承诺将像签约并包装网络"白金作家"一样包装"白金书评人"，这样下力气培养白金书评人，其目的不言自明。① 文学评价机制越来越沾染上了浓厚的市场经济气息，也给"灌水式"的平庸文学批评打开了方便之门。文学生产过程浓重的商业气息与评价方式的巨大改变，在为文学产出机制注入前所未有造血功能的同时，也掺杂了非艺术、非审美的因素。

　　冗余时代新媒体技术与市场经济带来的文学众声喧哗景象，确实给日益边缘化的文学注入了无穷活力，满足了人们日益增长的审美需求，但在另一个层面却又给中国文学发展带来了负面影响。以网络文学为例，虽然在线创作的写手、在线阅读的受众，以及在线作品数量都可以说是盛况空前，但是从创作者的水平、浏览者的阅读层次、作品的质量及审美效果来看，却并不能尽如人意。一些平庸写手制造的文学垃圾败坏了广大读者的审美趣味，一览而过的浅层次阅读使文学的审美价值大打折扣，从商业目的出发写出的半成品文学严重影响了文学艺术的自足性（如网络游戏文学和网络影视文学），没有边界的"自由写作"为不良信息污染大开了方便之门，甚至可能诱使少数缺乏审美判断能力的读者走上犯罪道路……所有这些文学现象都值得我们高度关注，更需要我们从理论建构上予以积极回应。

二

　　毋庸置疑，冗余时代文学信息爆炸式增长对于今天的读者认知世界，进而审美地把握世界是有着重大影响的。一方面，浩如烟海的文学信息的确丰富了人们的精神生活，满足了人们多样化的审美需求；另一方面，由于冗余信息的过载性、重复性、虚伪性、费解性、无关性和复杂性，又增加了人们选择、感受和加工信息的难度，阻碍了人们对有效信息的获取和吸收，自然也就影响到审美活动的正常开展。然则，我们该怎样从理论上把握冗余时代的这种变化呢？我们知道，冗余概念并不是什么新鲜的货色，我国唐代杨夔就著有《冗余集》。

---

① 文珍：《网络文学评价体系生之太晚》，《新京报》2012年5月25日。

在西方，冗余（Redundancy）一词来源于自动控制系统的可靠性理论，20世纪90年代又发展为生态学的一种冗余假说①，随之又被引入到语言学应用等新的研究领域，影响日益扩大与深入。但冗余作为一个具有广泛影响的时代标记，则是以科学技术特别是信息技术的飞跃发展导致物质产品过剩和信息资源过剩作为表征的，"随着冗余时代的来临，冗余现象渗透到了文学、艺术、科学技术等各个领域，对建筑领域也产生了广泛、深远的影响"②。

正因为如此，冗余时代新媒体技术发展在带来中国文学深刻变化的同时，也开启了文艺理论转型的新契机。关于这一点，早就引起中国文艺理论界的高度重视，并且部分学者业已展开过卓有建树的理论探索。黄鸣奋的《超文本诗学》《数码艺术学》是这方面比较早的学术成果，欧阳友权主编的"新媒体文学丛书"（《数字媒介下的文艺转型》《网络与新世纪文学》等6本）是国内文艺界第一套专题研究新媒体文学的理论丛书，此外像何志钧、丁国旗、单小曦等一大批中青年学者也都从不同的角度介入到这一理论领域。然而，真正从"信息冗余"角度研究新媒体语境下文艺理论问题的却并不多见，而这对于中国当代文艺理论建设来说是非常重要的，因为文学信息从单一、权威到丰富和冗余，使原先那种单向度信息传播基础上生成的、以审美自律和人性探寻为追求的纯文学时代理论范式失去了很大一部分阐释效力。文学理论研究对象发生了如此重大的变化，我们的言说方式和话语规范如果不能及时跟进的话，那就只能"在新的文学现实面前缘木求鱼，言不及物"③。就此而言，我认为冗余时代的文学理论建构必须从如下几个方面做出相应的调整。

---

① Alker首次提出冗余假说（Redundancy hypothesis），认为在一个生态系统中存在着可以维持正常功能的最小物种数（即在生态系统中有一定数目的关键种），生态系统的物种数目到一定程度后达到饱和，其他物种对生态系统而言则是冗余的。冗余物种的丢失不会对系统功能产生很大影响，但冗余物种不是不必要的，它是防止系统生态功能丧失的一种保险和缓冲。系统的冗余大小对生态系统的功能稳定性有着重要影响。冗余过小，将难以长期保持在相对稳定状态；冗余过大，对增加系统的稳定性固然有好处，但往往造成浪费，加重系统的负担。参见2005年第2期《应用生态学报》中韩明春、吴建军、王芬的《冗余理论及其在农业生态系统管理中的应用》一文。

② 林林、唐建：《冗余——一种空间的生成方式》，《华中建筑》2008年第10期。

③ 葛红兵、赵牧：《媒介狂欢与理论沉潜——2012年度的文学理论热点》，《学术月刊》2013年第4期。

首先，冗余时代在丰富了文学艺术化生存空间的同时，又导致了艺术符号消费的异化，这就需要我们根据新的研究对象，建构新的文学理论范式，拓展理论知识生产的维度。在以群主编的《文学的基本原理》"绪论"中，开篇就阐明了文学实践对理论研究的重要作用："文学的基本原理，不是任何天才、学者凭空发明和创造出来的，而是从古今中外的文学实践之中概括出来的。文学实践有代代相承的一面，又有代代变革的一面。因此，文学的基本原理，必然要随着文学实践经验的丰富发展而不断地演变和发展，随着时代的推移而不断地增加新内容，形成新体系。万古不变的文学原理是不存在的。"① 如前所述，冗余时代的文学实践在文学场的扩容与转换、文学创作的规模与裂变、文学阅读方式的更新与换代和文学产出机制的转型与变革等方面发生了一系列深刻的变化。与此相关，冗余时代的文学实践也导致了文学艺术符号消费的异化。这种文学符号异化消费状况，赵毅衡将其概括为四大特征：第一是对欲望的欲望；第二是娱乐迫使意义在场结束；第三是表意时空距离的消失；第四是"反弹单轴化"，选择太多反而使人失去选择能力。② 正是基于这种文学异化消费现象，所以有人认为今天包括文学阅读在内的阅读活动不再总是开卷有益的。"中国青年报社会调查中心通过题客调查网和民意中国网，对31个省、市、区的9116人，进行了一项题为'你遇到过垃圾书吗'的在线调查，结果显示，73.2%的受访者直言当下'垃圾书'很多，其中34.2%的人认为'非常多'。这类'垃圾书'，首先泛滥于网络文学界。如今的网络文学在公众特别是年轻人中非常流行，许多网络文学网站为了赚取点击量，一味制造低俗的快餐作品。这些作品严重脱离生活实际，有的作品甚至高调宣扬暴力、拜金主义等不良价值观，对年轻人的负面影响不可忽视。"③ 很显然，文学冗余带来了文学理论研究对象的巨大改变，而这种改变带来的各种效应已经达到了文学理论不得不予以全面回应的关键时刻了。

毫无疑问，在这一理论回应过程中建构新的理论范式与拓展理论知识生产

---

① 以群主编：《文学的基本原理》，上海文艺出版社1980年版，第1页。

② 详见赵毅衡发表在《社会科学战线》2012年第10期上的《异化符号消费：当代文化的符号泛滥危机》一文。赵文虽然谈的是当代文化的整体现象，在我看来对于冗余时代的文学同样是适用的。

③ 许民彤：《我们的阅读为什么开卷不再有益？》，《北京日报》2013年6月6日。

维度，具有十分重要的意义。"范式本是美国科学哲学家库恩在反思科学史过程中提出的一个比较宽泛的概念，指的是在特定时期内，根据科学共同体的理论体系和心理特征所制定的一整套原则、理论、定律、准则和方法。"① 不仅如此，范式还应是某一理论体系中较为稳定的特色化形态，并且这种理论形态必须"在一段时间里为实践共同体提供典型的问题和解答"②。范式普遍存在于一切科学研究活动之中，并伴随着实践领域的变化而不断重新建构（转换）。在中国现代文学理论史上，曾经出现过"政治—社会理论范式"（毛泽东《在延安文艺座谈会上的讲话》是其成熟标志，以群主编的《文学的基本原理》和蔡仪主编的《文学概论》是其体系化的教科书），"审美—意识形态理论范式"（如童庆炳主编的《文学理论教程》，王先霈主编的《文学理论导引》），"文学—文化理论范式"（如陶东风主编的《文学的基本问题》）等不同的理论形态。③ 那么，冗余时代文学理论应该建构怎样的理论范式呢？"一种新的文学范式就是一种新的提问方式，它也在一定程度上决定着回答问题的方式。"④ 在这个以数字化媒介为主导的信息新媒体社会，文学理论范式的转换是必然的趋势，因为问题既已提出，回应势在必行。至于如何转换，当然"不是任何天才学者凭空发明和创造出来的"，它必须从现实的文学创作经验、文学批评实践和文学史总结中不断吸取营养，经过较长一段时间的深入探索才能够逐渐形成。但是，我们决不应坐等这一理论范式从天而降。因此，提前进行理论预设是十分必要的。就此而言，我觉得以下几点值得高度关注：一是根据冗余时代文学研究对象的变化，了解价值取向的流变，体现新的问题意识，确立逻辑原点的位移；二是结合新媒体文学的冗余特征，转换文艺理论的构型机制，对古今中外的各种理论

---

① 彭松乔:《生态文艺学:视域、范式与文本》，《江汉大学学报（人文科学版）》2002年第3期。

② ［美］托马斯·库恩:《科学革命的结构》，金吾伦、胡新和译，北京大学出版社2003年版，第4页。

③ 关于文学理论的范式问题学术界有不同的看法。金元浦在《论我国当代文艺学范式的转换》一文中就提出过"政治—社会的文艺学范式"。周宪在《重心迁移:从作者到读者——20世纪文学理论范式的转型》就提出过从"作者中心范式"到"作品中心范式"的看法，而在《文学理论范式:现代和后现代的转换》一文中，他又提出"现代文学理论范式"与"后现代文学理论范式"的看法。我这里主要是从理论体系的内容和结构来界定范式的。

④ 金元浦:《论我国当代文艺学范式的转换》，《文学评论》1994年第1期。

资源进行有效整合，最终实现异域与本土、传统与现代、科学与人文、高雅与通俗、产业与艺术等各个层面的视域融合；三是克服理论建构与生活世界的疏离，打通坚守文学性与拓展文学场间的壁垒，建立起各种范式之间多元互补的新型转换机制，走出冗余时代文艺理论的"合法性危机"。

  由于历史原因，中国现代以来的文艺理论知识生产一直循着"洋为中用，古为今用"的道路前行，其中师法西方更是成为最重要的理论资源，这在特定历史时期本是无可厚非的，鲁迅就曾提倡过"拿来主义"。问题在于，今天的中国已不再是往昔那个积贫积弱的中国了，今天的中国文学也不再是从前的中国文学了，如果我们的文艺理论依然建立在对外来知识不加选择地拿来、无所顾忌地推演与整合上，那就太对不住我们这个伟大的民族和伟大的时代了，并且那样"生产"出来的概念和原理只能导致中国文学理论知识的无根与贫乏。因此，对当今中国文学实践进行全面把握，对各种理论知识进行比较融合，在博采众长的基础上开展理论创新就成为今天中国文艺理论知识生产的必然选择。在这方面，中国新媒体文学的冗余现象给我们提出了许多亟待解决的现实课题。因为同新媒体时代欧美国家文学状况的整体衰落不同，"今天的中国，由于互联网的普及和网络文学的兴盛，习惯于经常阅读一定量的文学作品、因而可以被记入'文学人口'的读者的总量，以及与之相对的各类文学作品的纸本的出版数量，实际都是在增加的"，"也就是说，与此前近百年的情况并无根本的差别，今天中国社会的很大一部分精神能量，依然积聚在文学的世界里"。[①] 冗余时代的这种文学现实，决定了我们必须从受欧美传统理论思维影响的本质论、作品论、创作论、鉴赏论、发展论体系基本构型中解放出来，拓宽理论知识生产维度，增加信息传播之维，认真研究新媒体背景下冗余文学与网络动漫、手机游戏、复合出版、移动阅读等新兴业态之间的关系，研究冗余文学与信息迷航、信息贬值、信息贫乏、信息疾病的内在关联，研究文学作品的三个基本要素由"作家—文本—读者"转变成为"作家—传播者—受众"之后文学的基本状况，实现知识生产的理论创新，而不是简单地套用西方的"数码诗学""赛博诗学""增强空间诗学""扩展领域诗学""全息诗学"等术语与名词，继续迷失在"文论失语"的怪圈之中。

  其次，冗余时代文学在新媒介载体下形成的全方位在线特征，决定了我们

---

① 王晓明：《六分天下：今天的中国文学》，《文学评论》2011年第5期。

建构新的文学理论必须秉持间性认知方式，充分把握文学的开放性、交互性和共享性。毋庸置疑，由新媒体技术革命带来的文学冗余化已经彻底改变了中国现代文学固有的艺术生态。它在丰富人们的精神生活、使人们有了更多的机会参与文学艺术活动的同时，也带来了文学认知领域一些深层次问题。而今，"人人可以成为艺术家"不再仅仅是媒体鼓吹的噱头，它已经客观地走进了千百万互联网用户的实际生活之中。当数目惊人的草根阶层网络写手与知名文学网站签约成功之时，当日产数万字、岁入百万元的网络作家不断涌现之时，当无数读者通过智能手机在火车站、地铁站、汽车站、咖啡厅等公众场所随意浏览文学网站、阅读数字文学作品以打发无聊时光之时，新媒体正在创造一种以冗余为特征的文学文化新景观。当然，这种冗余文学状况并非所有人都乐意接受的，有怀旧情感的读者会觉得不可思议，有精英情结的知识阶层会不屑一顾，有坚守情怀的正统作家会嗤之以鼻，有宰制欲望的批评家会觉得无从把握。他们不认同这种冗余文学状况，他们感受到巨大的心理压力，他们担心自己被数字化时代"冗余"掉了，一种面临"落伍"的不快感时时刺激着他们的神经……凡此种种，其实都指向一个共同的症结：他们的认知方式出了问题，冗余时代必须秉持间性（Intersubjectivity）认知方式。

在中国现代传统思维里，人们是效法西方"主体—客体"的关系模式来认知世界的。在这一模式中，主客双方不是一种平等的关系，而是"主动—被动"的关系，只有主体是主动的，而客体是被动的。间性认知方式则力图克服主客二分的思维模式，强调主体与客体的共在和主体间对话、沟通、融合及不断生成的动态过程，它克服了人与世界之间的对立，建立起一个自我与世界和谐共存的自由的生存方式。"由于这种有共同性的在世之故，世界向来已经总是我和他人共同分有的世界。此在的世界是共同世界。'在之中'就是与他人共同存在。他人的世界之内的自在存在就是共同此在。"[①] 海德格尔对间性认知方式的艰涩哲学阐释，在数字媒体时代已经不再深奥难解了，它已经变成了人们普遍享有的日常生活与艺术实践要素。"你中有我，我中有你"已经成为所有网络媒介使用者的基本共识。网络文学创作中作者与读者都同时在线，一边讨论一边写作共同参与的交互性特征就是间性认知走进日常生活的最好注脚。自

[①] ［德］海德格尔：《存在与时间》，陈嘉映、王庆节译，生活·读书·新知三联书店1987年版，第146页。

然，冗余时代的间性认知方式是有其特殊意涵的，"冗余文化的生命力在于当用者和备用者之间的理解和宽容，在于当用状态和备用状态的相互促进"①。认知方式的改变，意味着需要对经常处于当用状态和备用状态转换的冗余文学特性的重新把握，意味着需要对新媒体文学的开放性、交互性与共享性特征的进一步厘清。明确这一点，对于我们把握当前中国文学的发展状况，建构新的理论范式，坦然接受由冗余带来的各种心理压力和理论压力无疑具有深广的美学意义。

其三，冗余时代文学的变迁改变了文学理论的固有基础，构造了一个新的理论整合逻辑，这就需要我们从传统文学与新媒体文学兼容并存的现实出发，跳出本质主义和反本质主义论争的理论窠臼，重写中国特色文艺学转向的历史新篇章。众所周知，现代中国的主流文艺理论基础主要由西方文论、中国古典文论和马克思主义文论三大来源构成，而它们无一例外地都依托于传统语言文学实践活动，即使偶尔有理论上的跨界之嫌（例如马克思主义文论中就存在文学理论与戏剧理论的交叉），也是边界十分明晰的。换言之，现代中国的文学理论是以印刷的纸质语言文本为立论基础，以语言艺术形象的塑造为中心，按照"作者—文本—读者"的主从单向度顺接关系来建构文学理论自洽模式的。由于这种语言符号文本是一种远离实物的抽象、自足、封闭的能指系统，它需要读者通过再造性艺术想象来完成对作品的审美感受，所以在这种审美实践基础上形成的文艺理论难免是偏重审美理性、带有精英意识和艺术膜拜气息的文艺学话语体系。喧嚣一时的本质主义与反本质主义文艺争鸣，就是这种追寻深度理论模式的最好证明。但是在冗余时代的新媒体文学里，传统的文学理论赖以生存的文本基础已经发生了巨大变化，"今天的文艺研究遭遇了全新的数字化全媒体时代，面对的是超文本、娱乐文化、视听盛宴和色彩斑斓的多媒体文化"，"多元并存、立体伸展的媒介融合集成的'全媒体'文艺格局和文艺跨媒体运营的实践经验为当代文艺研究提供了新的视域，开启了新的问题意识"。② 文学理论基础的深刻变化，客观上要求文艺理论的发展必须因应时势，积极转型，否则它将面临失语的尴尬境地。

在这里，从传统文学与新媒体文学兼容并存的现实出发，构造新的文学理

---

① 黄鸣奋：《冗余：新媒体与社会转型》，《探索与争鸣》2013年第1期。

② 何志钧：《新媒介文化语境与文艺、审美研究的革新》，《学习与探索》2012年第12期。

论整合逻辑显得尤为重要。在传统文艺学体系中，无论是20世纪50年代引进的苏联文学理论范式，还是80年代中期以后我国学者创立的具有民族特色的当代文学理论形态，以"文学性"为逻辑原点，以纸质文学文本为依凭，探寻文学与外部世界、文学与心灵世界、文学与作品构成等关系的语言学思维模式始终是中国文学理论体系的基本路径。但是，当我们再用这样的文学理论去把握冗余时代中国各类文学尤其是数字化新媒体文学时，就会感觉到文学理论与文学实际严重脱离的沮丧。因此，冗余时代的中国文学理论必须将传统的线性思维和链状模式的文艺学逻辑，同适应数字新媒体文学的非线性、立体化的网络状模式的文艺学有效整合起来，使之显得学理圆融、逻辑缜密、阐释有效。故而，今天的文艺学不仅要坚守"文学性"，更要对文学与文化、文学与艺术、文学与技术、文学与消费、文学与资本等新的领域展开深入研究，处理好文艺的新景观与老传统之间的关系。这不仅仅是一种理论奢望，更是一种紧迫的时代使命。

值得一提的是，同20世纪文学理论发生的"语言学转向"和"文化转向"具有的全球化特征不同，当前中国文艺理论转向应该说具有一定程度的民族特色，那就是在新媒体时代欧美文学整体呈现沉沦状况之时，中国新媒体文学却展现出"风景这边独好"的喜人态势。数量惊人的新媒体文学创作群体，难以尽述的文学文本呈现方式和数以亿计的数字化文学受众，使我们这个世界上正在崛起的拥有14亿人口的伟大民族充满了无穷的文学审美创造活力。我相信，随着冗余时代中国文学理论的成功转型，在全新理论指导下的中国文学不仅不会变得"冗余"，反而会促使伟大文学的产生，因为在文学积聚的精神能量里，既葆有民族和社会的精神高度，更孕育着创造中国梦的绚烂奇葩！

（原载《中国中外文艺理论研究》2013年卷，中国社会科学出版社2014年版）

"合法性危机"语境下的文艺理论创新路径探微
——以童庆炳"历史题材文学创作和改编"话题为中心

自曹顺庆1995年提出中国文论"失语症"和"重建中国文论话语"以来，文艺理论界就一直在不断探寻摆脱困境的突围之路。从陶东风等人对"日常生活审美化"及"大学文艺学学科的反思"，到"文化诗学"在中国文论中的大行其道，从童庆炳提出"文艺学边界问题""文学理论的'泛化'与'发展'问题"到张江倡导变"强制阐释"为"本体阐释"的当代文论重建路径，20世纪末以来中国文艺理论界从未停止过探索和创新的脚步。但是，由于文艺理论自身存在的"泛学科化"和"他者化"趋势愈演愈烈，以及"互联网+"时代新媒体对文学及文艺理论形成的巨大冲击，中国文艺学学科生存与发展的"合法性危机"问题依然阴魂不散。然则，这并不意味着中国文学理论创新就此步入了无路可走的死胡同。因为从某种意义上来讲，"危机"既是一种困境，同时更是一次难得的发展机遇。就此而言，我以为重新回到童庆炳当年提出的"历史题材文学创作和改编"话题，或许是探索新时代文艺理论创新的一条切实可行路径。

一

20世纪末以来，"历史题材文学创作和改编"构成了文学创作和影视艺术领域一道亮丽的风景线①，同时也成为新世纪文艺理论迫切需要解决的重要问题域，为此童庆炳撰写了一系列产生广泛影响的理论和批评文章②。针对二月河创作的清代"帝王系列"小说中描绘的"康雍乾"盛世和热播电视剧《汉武大帝》等作品中存在的历史与文学关系问题，在2005年撰写的《历史文学中的封建帝王评价问题》一文中，他深刻地指出："作者们在写古代帝王生活的时候，也要有主体意识的介入，即对帝王及其生活进行评价……评价帝王应该有三要点：我们的作者不要把这些帝王看成是天生的，离开他们历史就不能前进；我们的作者们应当把帝王置于历史发展潮流中去把握，看他是顺应历史潮流呢，还是逆历史潮流而动；要写出帝王形象的思想和心理的复杂性，定量分析没有意义，需要的是写出他们的悖论式悲剧。"③在他看来，二月河创作的清代"帝王系列"小说，未能按照历史发展的总趋势去把握所谓的"康雍乾"盛世，撇开其"大兴文字狱、闭关锁国、重农抑商、蔑视科学、钳制思想等腐朽落后东西"于不顾，片面地溢美和吹捧清代这几个封建帝王，从某种意义上来讲是推销"最腐败的专制帝王文化"；电视剧《汉武大帝》对汉武帝的赞颂也存在过分"拔高"之嫌，特别是片头曲歌词"你燃烧自己，温暖大地，任自己成为灰烬……"过分的吹捧，"乃是臣民的奴性思想在作怪"。因为历史上真实的汉武大帝，也有"穷兵黩武、好大喜功、炼仙丹、喜方士"等令人侧目的一面。

---

① 20世纪80年代以来，历史题材文艺成为中国艺术星空中最为醒目的星座之一。既涌现了《星星草》《少年天子》《康熙皇帝》《雍正皇帝》《乾隆皇帝》《孝庄皇太后》《曾国藩》《杨度》《张之洞》《张居正》《孔子》《辛亥风云录》《汉武大帝》等传统历史叙事文本，又诞生了《白鹿原》《无字》《尘埃落定》《长恨歌》《额尔古纳河右岸》《蛙》《你在高原》以及"江南三部曲"等新型历史叙事文本，同时还出现了《回到明朝当王爷》《庆余年》《锦衣夜行》《家园》《寻秦记》等架空历史叙事文本，以及《司马迁》《林则徐》《谭嗣同》《努尔哈赤》《康熙王朝》《雍正王朝》《孝庄秘史》《戏说乾隆》《还珠格格》等历史影视剧。

② 自2004年起，童庆炳先后撰写了《历史题材创作三向度》《历史文学中的封建帝王评价问题》《"历史3"——历史题材文学创作的历史真实》《重建·隐喻·哲学意味——历史文学作品三层面》《"重建"——历史文学创作的必由之路》《再谈历史文学中封建帝王的评价问题》《将历史上升为艺术——读张惟的〈血色黎明〉》《历史题材文学的类型及其审美精神》《历史题材文学创作五向度》等历史题材文学创作和改编方面的论文。

③ 童庆炳：《历史文学中的封建帝王评价问题》，《北京师范大学学报（社会科学版）》2005年第4期。

那么，该怎样处理历史题材文学艺术中的历史与文学关系才是可取的呢？在《"历史3"——历史题材文学创作的历史真实》一文中，童庆炳提出了历史题材文学创作中的历史1、历史2和历史3的概念。认为"历史1作为历史的原貌是历史题材创作的源泉，虽然它往往不可寻觅，但历史小说家和历史剧作家还是要尽力去寻觅，即或只能获得一些碎片，也是有意义的。历史典籍作为历史2是创作的基本资料，当然是重要的，需要十分熟悉，也需要加以辨析，但不能原样照搬。历史题材的文学创作必须有辽阔的诗意想象空间。只有在深度的艺术加工的过程后，我们才会获得作为历史3的历史文学创作的历史真实"①。获得历史文学创作的艺术真实固然重要，但这并不意味着解决了历史文学创作的全部问题，为此他在《重建·隐喻·哲学意味——历史文学作品三层面》一文中对历史文学内容必须蕴含的三个层面予以了深刻揭示："历史文学作品由表及里包含三个层面。第一层面是重建历史世界。历史文学家要把握历史精神完整地重建历史世界，不要为历史文本所束缚。第二层面是隐喻现实。历史文学用言语写历史上的人与事，但这人与事中隐含的历史精神，通过心理联想，被转移到现实。第三层面是哲学意味。这哲学意味是自然的，是作者从生活体验中提炼出来的，而不是生硬灌输进去的，更不是在作品中写哲学讲义。"②这就为历史文学创作指明了如何开拓思想意蕴的路径。应该说童庆炳的这些关于历史题材文学艺术的观点，都是从现实历史文艺创作和审美实际出发，提出的非常有价值的理论观点，对当时的此类文艺创作和批评有一定的匡正作用。但是在那个后现代解构文化盛行的历史时段里，历史题材文学创作和改编中存在的问题依然严峻。

时隔几年之后，他又接连发表了几篇论文进一步阐述和回应现实历史题材文艺创作和评论。在《再谈历史文学中封建帝王的评价的问题》中，他说："从唯物史观看来，如果一位处于封建社会晚期的帝王不能为新的生产关系创造必要的条件，那就很难给他以正面的评价了。"③他将以前提到的"历史潮流"具

---

① 童庆炳：《"历史3"——历史题材文学创作的历史真实》，《人文杂志》2005年第5期。

② 童庆炳：《重建·隐喻·哲学意味——历史文学作品三层面》，《社会科学辑刊》2006年第6期。

③ 童庆炳：《再谈历史文学中的封建帝王评价的问题》，《北京师范大学学报（社会科学版）》2009年第2期。

体化为"新的生产关系",认为历史文学中的封建帝王评价问题依然没有得到很好的解决,评价封建帝王不应简单地以忠奸、善恶论"英雄",要把历史的内容还给历史,并赋予历史文学以美学品格,运用马克思、恩格斯的"美学的历史的"批评原则来衡量历史文学作品。在《历史题材文学的类型及其审美精神》一文里,童庆炳以现代学者茅盾、吴晗对历史剧的历史品格和艺术品格的不同看法为切入点,结合当代现实历史题材创作中不同的艺术追求和审美精神,"把目前的历史题材作品大体分成三大类:再现类、表现类和戏说类。再现类的历史题材的作品,强调史书所写历史的忠实性和客观性,不随意杜撰历史,其特色构成了现实主义的审美精神。表现类的作品通过由一变多或由多变一的想象,虚构成符号性的形象体系,把现代的观念表现出来、诠释出来。这些历史题材的作品借历史之外衣,所指涉的是皇权、统治、财富、欲望、享乐、权术、阴谋、算计等等,并不是历史本身,所表现的是浪漫主义的审美精神。戏说历史题材,戏说,搞笑,表现后现代的审美精神"①。在《历史题材文学创作五向度》一文中,他认为中国当代历史题材文学创作须有五个向度:"历史观""艺术真实""价值判断""与现实对话""文体审美化"。"历史观是创作的指导思想,创作历史题材文学作品要关注的第一个向度,既然是在写'历史',就不能不对你写的那段历史有一种理解和评判;历史题材文学创作的核心地带是艺术真实,对此向度历来成为关注的焦点,需用'建构'的观点来解释;价值判断关系到对历史的深刻评价,是历史题材文学又一个重要向度;写历史题材的文学作品,最终是要与现实对话。在此向度上,既'用现在解释过去',又'用过去解释现在'的观念,也是必要的;文体审美化是历史题材文学的第五个向度,古人提出的'情以物兴'和'物以情观'的双向拓展应是营造审美化文体的关键。"②

由以上引述不难看出,童庆炳对待"历史题材文学创作和改编"这一现实理论问题何其重视!他不仅投入大量精力对这一现象进行深入研究,而且还尝试通过引入"历史的向度",使"文学研究深入到历史语境"中去,将文艺理论研究落到实处。这种理论探索的胆识和勇气,以及对文艺理论危机破解的紧迫意识,无疑值得我们今天效法。可惜由于其他各种原因,围绕这一话题的讨论

---

① 童庆炳:《历史题材文学的类型及其审美精神》,《甘肃社会科学》2010 年第 1 期。

② 童庆炳:《历史题材文学创作五向度》,《清华大学学报(哲学社会科学版)》2012 年第 5 期。

未能在文艺理论界深入持久地进行下去，也未能将其扩展到"网络历史小说"等更广泛的论域。

二

马克思在论及人的思维与实践关系时曾经深刻指出："人的思维是否具有客观的真理性，这并不是一个理论的问题，而是一个实践的问题。人应该在实践中证明自己思维的真理性，即自己思维的现实性和力量，亦即自己思维的此岸性。"①童庆炳关于"历史题材文学创作和改编"的思考与探索是否具有理论价值，当然需要通过历史文学创作实践来检验。就此而言，我认为熊召政创作《张居正》时"焚稿"夺茅奖的心路历程，堪称检验这一理论探索的典范案例。

2005年四卷本的长篇历史小说《张居正》（分为《木兰歌》《水龙吟》《金缕曲》《火凤凰》四卷）以评委会全票通过的方式，无可争议地获得了第六届茅盾文学奖。人们给予了这部长篇历史小说很高的评价，获奖评语说《张居正》"以清醒的历史理性、热烈而灵动的现实主义笔触，有声有色地再现了与'万历新政'相联系的一段广阔繁复的历史场景，塑造了张居正这一复杂的封建社会改革家的形象，并展示出其悲剧命运的必然性"②。评论家曾镇南认为"《张居正》一书，在历史小说创作领域里，可以说是非同凡响的大制作"③。评论家何镇邦评价《张居正》"不仅是具有史诗的规模和史诗价值的优秀历史小说佳构，而且因为它用创作实践回答了历史小说创作中若干重大的问题而备受关注"④。应该说，这些重要评价绝非泛泛的溢美之词，它是对作家耗费十年心血、发愤著书，最终结出累累硕果的由衷赞叹。

根据长江文艺出版社原社长、小说《张居正》的责任编辑周百义在回忆文章中的追述，在1997年的时候，他从诗人徐鲁那里得知熊召政打算写历史小说，便主动打电话向他约稿。大约一年以后，作者就将小说《张居正》的第一稿打印得整整齐齐地交给编辑了，可是责编看了以后感到不很满意，委婉地提

---

① 《马克思恩格斯选集》第1卷，人民出版社1972年版，第16页。
② 杨日红：《第六届茅盾文学奖获奖评语节选》，《现代语文》2005年第12期。
③ 曾镇南：《封建社会改革政治家的典型形象——读长篇小说〈张居正〉》，《中国图书评论》2004年第3期。
④ 何镇邦：《张居正与历史小说创作》，《南方文坛》2003年第6期。

出了"发是可以发，但有些地方还要稍作修改"的建议（言下之意是这本书写得太一般化了）。于是，作者将书稿打印三份分别送给三个不同职业不同文化程度的朋友看，可是没有一个人下"这本书真好看"的断语。于是他痛下决心，决定学一次"黛玉焚稿"，把写成的第一卷书稿全部烧掉，从头再来。① 他为什么要重头再写呢？简单说来，就是作者在把握历史题材中的历史与文学关系方面出现了严重的裂隙，创作陷入了困境！本来，作者创作《张居正》是有丰富的知识积淀和田野调查基础的。据作者自述，他少年时代就从"一等人治家报国，两件事读书种田"的对联开始接触到明代改革家张居正其人，到了1982年去荆州参加笔会后知道了张居正是江陵人，1994年在深圳与商界朋友谈及帝王之师的下场时再一次碰触张居正其人其事，后来读到黄仁宇《万历十五年》的时候更是增加了对张居正的浓厚兴趣，这些机缘促使他不断地搜寻史料，开始了对张居正这个历史人物的研究，并多次到张居正生活和为官的北京故宫等地开展实地调查，获得了大量的第一手资料。但是，有了丰富的历史材料积淀，并不意味着就一定能写出优秀的历史小说。在《张居正》初稿的写作过程中，由于作者尚没有把握好历史与文学的关系，写作时过分拘泥于史实，导致"其叙述的方式、节奏和转换显得生硬"，作品的可读性难于满足读者的审美需求。作家和周百义在《关于历史小说〈张居正〉的对话》中曾经坦承："在写作《张居正》第一卷《木兰歌》时，这一问题也一直困扰着我。我几乎陷入历史的泥淖中难以自拔。希望小说中凡事皆有来历，这实际上是作茧自缚。""历史小说毕竟还是小说。历史小说作家与史学家所关注的历史真实并不是一回事。因此，不管历史小说家在主观上作了多大的努力，被史学家接受的可能性依然微乎其微。我个人认为，小说家对其描写的历史不是'复制'而是'发明'。"② 这一看法与童庆炳在《"历史3"——历史题材文学创作的历史真实》中所得出的关于历史题材文学创作的历史真实观可以说是达到了惊人的一致！

张居正既是中国历史上赫赫有名的政治改革家，同时又是一位身后境况十分凄惨的帝王之师。究竟怎样看待这位"生前显耀，死后寂寞"人物的历史功过，可说是件令人颇费踌躇的事情。由于万历皇帝的寡恩与忌恨，由于政治宿敌高拱在《病榻遗言》中对他结交宦官专权行为的揭露，更由于执政期间所得

---

① 周百义：《熊召政"焚稿"夺茅奖》，《长江日报》2018年9月4日。

② 周百义、熊召政：《关于历史小说〈张居正〉的对话》，《写作》2001年第10期。

罪文人们的摇唇鼓舌，长期以来关于张居正的历史评价一直都不高，直到朱东润的《张居正大传》和黄仁宇的《万历十五年》出版后，人们对他的评价才略有改观。然则，如何把握和评价这位历史人物才是可取的？作家最终是选取一个怎样的角度来塑造这位典型人物的呢？"他实施的改革，于国于民都获益匪浅。正是他在裁汰冗官减少政府开支的同时，又实施'一条鞭'法等新的税赋制度，为国家储备了大量的金银与粮食。正是这些粮食，支撑了朱明王朝的最后六十年。而且在他执政期间，广大农民迫于生计揭竿起义的事也未发生。对待老百姓，他施的是仁政，对官员、清流等利益集团，他施的却是苛政。这正是他的可贵之处。"① 也就是说，作家并没有对张居正进行简单的道德评价，而是像童庆炳在《历史文学中的封建帝王评价问题》中所评说的那样，是将他"置于历史发展潮流中去把握，看他是顺应历史潮流呢，还是逆历史潮流而动"。这就让我们看到了作家把握历史人物的宏大视野，从而也让作品跃上一个历史文学的新台阶。不仅如此，作家还在《张居正》中赋予了它"与现实对话"和"文体审美化"的"向度"："我写作这本书的目的不是为了跟着市场走，而是出于我的强烈的忧患意识。历史小说虽然兴盛，但是大都在写清朝，唐朝次之，宋明两朝却非常之少。但仔细研究中国历史，就会发现朱元璋创立的明朝国家管理体制，对今日中国的参照意义，远远超过清朝。""历史小说的虚构，必须在历史的框架内实现，这又有所约束……就我的创作体会而言，一旦进入作品情节中时，作家只服膺于一个上帝——他的空穴来风的灵感，余下的一切条条框框都应舍弃。"② 正是秉持这样一种历史真实观和历史文学创作理念，熊召政后来在改编电视剧《万历首辅张居正》时也是反复打磨，数易其稿。

熊召政创作历史题材文学作品《张居正》时的实践经验，竟然跟童庆炳关于"历史题材文学创作和改编"的理论思考和探索，在内在精神上契合得如此惊人，这不能不说是中国当代文学理论发展历程中一件特别值得探究的经典范例！

三

然则，我们重提童庆炳关于"历史题材文学创作和改编"这一话题，对于

---

①② 周百义、熊召政：《关于历史小说〈张居正〉的对话》，《写作》2001年第10期。

今天突破西方话语霸权下形成的文艺理论"合法性危机",探索文艺理论创新路径究竟有哪些启迪呢?在我看来,以此个案为切入点,可以整合当下文艺理论中许多亟待厘清的问题域,拓展和深化新时代文艺理论创新路径。

首先,它可以重新激活"真实性"等经典马克思主义文艺理论资源。文学的"真实性""倾向性""典型性"是马克思主义文艺理论的核心命题,也是中西方文艺理论早就形成的公论。以真实性为例,它是衡量文学创作成就的重要标准。巴尔扎克说:"获得全世界闻名的不朽的成功的秘密在于真实","艺术家的使命就是把生命灌注到他所塑造的这个人体里去,把描绘变成真实"。[1]我国古代文论家刘熙载也说:"诗可数年不作,不可一作不真。"[2]马克思和恩格斯更是就真实性命题提出了著名的"莎士比亚化"和"席勒式"观点,说"我们不应该为了观念的东西而忘掉现实主义的东西,为了席勒而忘掉莎士比亚"[3]。但是,在我们这个后现代思潮不断浸淫的网络数字化生存时代,包括历史真实和艺术真实等命题在内的传统文学理论被悬搁多年了。不仅很多创作者漠视艺术真实原则,认为所谓的"真实性""典型性""倾向性"等都是虚假的伪命题,严重束缚了作家的手脚,使作家无法施展艺术才华;甚至一些理论工作者也认为这些传统的理论资源缺乏新意,较之"仿真""内爆""符码""场域""后现代""新结构""新批评"等概念落伍太多,难以很好地担当阐释和评判诸如"穿越小说""玄幻小说""架空小说"等新文学现象的重任。通过重新认识童庆炳的一系列关于"历史题材文学创作和改编"的论文,我们深深感到"真实性""倾向性""典型性"等经典马克思主义文艺理论资源并没有退场,相反它在回应现实文学艺术问题时具有强大的理论穿透力,是引导文学艺术健康发展的不二法门。

其次,它可以从文学到电影和电视剧的改编过程深入探讨文化诗学理论。随着网络时代电影、电视和移动多媒体艺术的快速扩张,媒介单一的文学艺术相对式微已是不争的事实。纯文学寻求拓展审美生存空间的动力越来越强劲,以至于不少作家在小说创作时,甫一动笔就想到将来如何"触电"和"霸屏"了!这种由语言艺术内生的审美文化扩张情怀,使文学越来越接近文学概念产

---

[1] 王秋荣编:《巴尔扎克论文学》,人民文学出版社1986年版,第143页。
[2] 刘熙载:《艺概·诗概》,上海古籍出版社1978年版,第55页。
[3]《马克思恩格斯全集》第29卷,人民出版社1972年版,第585页。

生时那种广义的"文学"（文化）含义了。从这个意义上来讲，文化诗学的勃兴自是题中应有之义。然而，20世纪后期以来自西方引入的"文化研究"理论，将研究的侧重点聚焦于"女性主义""东方主义""新历史主义"等"外部研究"，这种文化诗学理论显然是不够完整的。而童庆炳"历史题材文学创作和改编"论题中涉及的影视改编问题，完全有可能从媒介角度切入文化诗学，"从文学的诗情画意和文化含蕴的结合部来开拓文学理论的园地"[①]。

再次，它可以通过网络历史小说、IP历史剧创作，以及弹幕评点、豆瓣评分、网友互动等回应"互联网+"时代新媒体对文艺理论的影响。"媒介即信息"，正如麦克卢汉所指出的那样，"有效的媒介研究不仅要处理媒介的内容，而且要对付媒介本身"[②]。在"互联网+"时代，新媒体对文学艺术的影响力是空前的，许多优秀文学作品就是借助网络平台率先发表，然后又在纸质媒介上得到权威确定，进而通过影视制作产生"符号爆炸"效应的；不仅如此，文学艺术的评论借助互联网平台也出现了社区论坛、微博推送、弹幕评点、豆瓣评分、网友互动等新兴网络形式，使草根大众的声音得到很好的体现，也为作家艺术家创作提供了来自接受群体最直接的反馈，从而帮助他们调整创作思路，改进创作技巧。我们探索新时代文艺理论发展路径理应对此予以高度关注和回应，正视新媒体对传统文艺评论带来的挑战，探索新媒体时代理论运行的传播策略，重塑文学理论的实践系统和文艺评论的公信力与权威性。如前所述，由于各种原因，童庆炳并未就"历史题材文学创作和改编"话题切入互联网时代网络历史小说、IP历史剧创作等新的领域，但是他对这一个案问题的关注和评论却开启了我们探索这一领域的方便之门。

最后，它还可以就中外历史题材文学创作和改编开展比较研究，为研究和融合域外"他者化"理论思潮提供重要个案。比较研究是现代科学发展的内在要求，是国际文化交流的需要。比较研究不仅能开阔国际视野，而且也为拓展学术研究的深度与广度提供重要助力。童庆炳对"历史题材文学创作和改编"的研究，虽然触及比较领域的问题不多，但是却可以启迪我们深入开展这类研

[①] 童庆炳、马新国：《文化诗学刍议》，《北京师范大学学报（人文社会科学版）》2001年第3期。

[②] ［加］埃里克·麦克卢汉、［加］弗兰克·秦格龙编：《麦克卢汉精粹》，何道宽译，南京大学出版社2000年版，第230页。

究的兴趣。例如，韩国电视剧《大长今》和我国电视剧《女医·明妃传》就可以展开比较研究。通过比较，我们会发现，这两部电视剧虽然都是以宫廷女医生为主人公（徐长今和谭允贤），但是它们带给我们文化精神和审美感受却是大不相同的。《大长今》有着明显的文化符号指向，它很容易让我们联想起饮食文化、宫廷建筑、东方礼仪、女性独立、东方审美等；而《女医·明妃传》带给我们更多联想的则是中医针灸、穴位把脉、宫斗爱情等，这是为什么呢？又比如中国历史小说和影视剧中的"历史正剧"不断隐退，而"戏说历史剧""宫斗历史剧"却愈演愈烈，直至形成热潮，相比较而言其他国家电视剧中几乎没有出现此类现象，这又是为什么呢？通过这种缺类比较，带给我们的无疑是重要理论启迪。

综上所述，我认为童庆炳"历史题材文学创作和改编"话题，作为当代理论学案，为我们探索新时代文艺理论发展开辟了一条切实可行的路径。它通过引入"历史的向度"，使"文学研究深入到历史语境"中去，将文艺理论研究落到实处。不仅及时总结了历史题材文学创作的经验与教训，而且其理论探索还与熊召政创作《张居正》时的文学实践达到高度契合，对现实的历史题材文学创作起着直接的指导作用，理应成为我们从事文艺理论探索时效法的优秀范例。

（原载《中外文论》2019年第1期）

综合研究

伦理情感与生存价值的双向选择及其尴尬

——中国古代士大夫作家角色心态片论

历史的行进,是以文化的积淀来铺平道路的。文学的发展,自不例外。作为文学实践主体的作家,其角色心态对文学发展的影响,正体现了文化积淀因素对文学实践的深层渗透。因此,我们认为,要科学地认识中国文学的发展变化规律,研究中国作家角色心态的发展变化对作家创作运思机制的影响,将是一个十分重要的切入点。

社会分工,造就了社会生活中个体的角色地位,人们在其所扮演的社会角色中自然会产生许许多多与之相应的心态,作为社会实践主体的这些心态,有些内容随着角色主体的消亡自然消失了,而有一些更深层的内容却成为一种具有深厚底蕴的集体无意识,深深地积淀到文化之中,成为后来者角色心态的历史内核,影响着后来者人格的建构和思想行为,中国古代士大夫作家角色心态发展的轨迹正体现了这种特征。其角色心态的某些方面,从春秋战国直到今天"千古不易"以至日趋深化,正是这种深厚文化积淀的表征。它或直接,或间接地影响了中国作家的思想行为,其中,尤以伦理情感与生存价值的双向选择及其尴尬心态影响最为突出。

首先,我们认为在这种心态的影响下,铸成了中国古代士大夫作家长期以来分裂型的二重人格,以及人格策略意义上的两面性。

熟悉中国文学史的人大概会同意这样一种看法,即传统的中国士大夫作家大致上可分为三种类型:儒士型、狂士型和隐士型。这三种类型的作家,他们的精神气质、所受到的传统影响是不一样的,因此,他们的社会角色、文风文采也自然天远地隔。但他们在人格建构上却又非常类同,往往呈现分裂的双重人格和人格策略意义上的两面性:要么呈现为真正的心理畸变——"双重人格";要么则表现为一种处世策略上的两面性,所谓"外圆内方"即是其形象化的说法。原因主要是由中国传统中以伦理型文化为主体的特殊人格要求，同作为生命个体的人对自由自在人生的追求、对自我生命价值实现的焦虑二者之间的尖锐冲突及其缓解方式造成的。

即以儒士型作家来谈吧。历代统治阶级笼络人才的用人政策以及儒家的修身、齐家、治国、平天下的传统教育铸就了他们的人格主体，因此，不管是"高卧隆中"的在野之士，还是知州入阁的仕进之徒，他们都很难超越这种以善为主要内容的人格格局。而在现实生活中，他们的真实处境又如何呢？或怀抱仕进的追求，却因种种原因，未能如愿，最后落魄江湖；或虽已跻身仕途，却遭排挤打击，志不得伸；或因看透仕途的凶险，而"功成身退"，隐遁山林……总之，他们的人格理想跟现实人生是有扞格的，这样，他们就在其仕进、未能仕进、受排挤与隐退之中包孕了一种深刻的人格分裂因素，形成了他们在心理失衡状态下的双重人格以及人格策略意义上的两面性。一方面，他们对自己参与和主持下建立起来的以"刑、政、礼、乐"为特征的伦理型上层建筑深信不疑，满腔赤诚，所谓"居庙堂之高，则忧其民；处江湖之远，则忧其君"。另一方面，他们又对于自己没有稳固的社会依托和生存保障而感到困惑和无所适从。连孔子在陈绝粮，也只得感叹道："君子固穷，小人穷斯滥矣！"在精神的自我安慰中掩盖其困惑和尴尬的这种伦理情感与生存价值双向选择时的两难心态，像一块沉重的铅云伴随着中国作家漂浮了漫长的岁月，直到今天仍时常映现出它的影子。

这种角色人格的困难，最突出地体现在面临生死冲突抉择时"士可杀而不可辱"的信念及其缓解方式上。孔子说："志士仁人，无求生以害仁，有杀身以成仁。"（《论语·卫灵公》）孟子说："生，亦我所欲也；义，亦我所欲也。二者不可得兼，舍生而取义者也。"（《孟子·告子上》）孔子和孟子所提倡的包含深刻道德责任感的生命价值观，两千多年来，一直为中国的士大夫作家们所尊奉和实践，无论是犯颜直谏，据理廷争，或是系身囹圄，面临刑戮，都反映出中国作家们对这种伦理情感的推重。但是，问题又远非如此简单，当这种生死择权真正由作家们自己来决定时，他们又显出极其尴尬难堪的复杂心态，他们既受到伦理情感上的压迫，同时又体验到生命价值的可贵，因而时常找出一些理由来为自己的死或不死进行辩护，其中最有名的辩护词要数司马迁的了，司马迁在遭受李陵之祸后，身被腐刑，蒙受了极大的耻辱，他的荣辱观使他面临着生死冲突中最大的危机，几次想到死，但终于活了下来。他当时内心最大的冲突是什么呢？他在《报任安书》里谈及这件事时，曾在生命意识的天平上反复权衡："人固有一死，或重于泰山，或轻如鸿毛。"因此，当他想用自杀来了结自己的生命时，又觉得这对于统治者来说不过是"九牛亡一毛，与蝼蚁何以异？"他不甘心这样白白死去，就找出一些看似变通实则尴尬的辩护词，替自己选择忍辱含垢地活下去进行辩护："所以隐忍苟活，幽于粪土之中而不辞者，恨私心有所不尽，鄙陋没世，而文采不表于后也。""仆诚已著此书，藏之名山，传之其人，通邑大都，则仆偿前辱之责，虽万被戮，岂有悔哉？然此可为智者道，难为俗人言也。"这种生命意识天平上的反复权衡，深刻表现了他在伦理情感和生存价值双向选择时角色人格的困难。这既是对儒家伦理情感的升华，同时也无疑包含了对人生现世的留恋，体现了较低层次的生理欲求。但个中的心理冲突何其激烈，又是多么富于悲剧意识！这种生死抉择情形在文天祥、于谦等一大批作家身上都反复重现过。

如果说儒士型作家身上角色人格的困难是以一种理性、清醒的悲剧意识出现的话，那么，狂士型、隐士型作家，他们的角色人格困难则是以一种狂悖、叛逆或遗世独立的情形出现的。狂士型作家，在人们的印象中大多是一些任诞不拘、放浪形骸的人物，他们蔑视世俗，高尚其节，痛饮酒，恋美妇，狂放不羁。祢衡击鼓骂曹，刘伶嗜酒成癖，李白放荡江湖……这种种行为，看起来好像不可理喻。究其原因，我们认为还是基于角色人格的困难。我们知道，士的"狂"，并不是真正的疯狂，他们有自己的生活理想，有自己的气质个性，但是，当生活的黑暗之墙以广大无边的势力碰得他们晕头转向时，他们意识到自己的渺小却又不甘屈服于这种难堪的地位，于是就以"狂"的面貌进行反抗，以期获得精神上的自由。那么，他们究竟是不是获得了精神上的自由呢？在世人的眼里，好像他们真的获得了某些自由，他们高蹈于尘表之外，乐则纵酒高歌，悲则迎风号泣，出离于世俗的清规戒律之外，令人羡慕。实质上，他们这种表面上的超脱是以沉重的代价来换取的，在这种现象的背后蕴含着深刻的内心冲突，他们是在伦理情感与生存价值的夹缝中作出了一种无可奈何的选择。即以竹林七贤中的阮籍为例，据《晋书·阮籍传》载："籍本有济世志，属魏晋之际，天下多故，名士少有全者，籍由是不与世事，遂酣饮为常。"就是说，阮籍本有济苍生、扶社稷的志向，因为魏晋之际社会黑暗，难以实现自己的抱负，才倚酒佯狂的。但这种韬晦，这种沉湎，并不能平息内心的波澜，所以阮籍"时率意独驾，不由径路，车迹所穷，辄痛哭而反"。这实在是自己找不到出路的一种内心悲哀的流露。这种报效朝廷之志不得伸展，生存状况又处境维艰，而不得不佯狂装痴的情形,在狂士型作家身上都不同程度地存在着。

至于隐士型作家,他们身上角色人格的困难则以一种遗世独立、卓荦不群的面目出现。《后汉书·逸民传序》分析隐逸之士的动机说:"或隐居以求其志,或曲避以全其道,或静己以镇其躁,或去危以图其安,或垢俗以动其概,或疵物以激其清。然观其甘心畎亩之中,憔悴江海之上,岂必亲鱼鸟乐林草哉?亦云性分所至而已。"这种隐逸的动机包含了一种深刻的伦理与生存冲突。试想:假如他们在生活中能够得其志、行其事,何必又去隐遁山林、憔悴江海?所谓"性分所至",实乃是一种遮掩的说法。因为,他们常常"身在江海之上,心存魏阙之下"。就连陶渊明这样一个比较彻底的隐逸之士,鲁迅先生还说:"但陶集里有《述酒》一篇,是说当时政治的,这样看来,可见他于世事也并没有遗忘和冷淡。"(《魏晋风度及文学与药及酒之关系》)可见,他们的遗世独立、卓荦不群的背后,有着深刻的难言之隐,实则是一种人格策略的体现。

值得指出的是,狂士型、隐士型作家,当他们在伦理情感与生存价值的双向选择中面临角色人格困难时,他们往往不具备儒士型作家那种自律自制的理性色彩,而是选择了一条自恋—自虐—自毁的人生道路,因而在他们身上呈现出的更多是一种悲剧色彩而不是清醒的悲剧意识。

其次,我们认为,在伦理情感与生存价值双向选择中产生的角色人格困难外射到文学活动中,形成了中国古代士大夫作家身上所特有的"变态实践"行为。

一般说来,如果一个人的人格是完善的,那么他应该是知行合一的,其终极社会理想与个人精神境界应该是相通相连的,但我们遍观中国古代士大夫作家,则发现这样一个事实:除少数作家外,大多数作家身上呈现为"变态实践"的行为特征。其具体表现集中在两个方面。

第一,"人心"与"文心"严重分离,做人与作文充满矛盾。这在儒士型作家身上表现得最为突出。

从孔子的"有德者必有言"到扬雄的"心声心画"说,从陆游的"人之邪正至观其文则尽矣决矣"到刘熙载的"诗品出于人品",历来中国士大夫作家们大体上是主张"文如其人",主张"人心"与"文心"、做人与作文的一致和统一的。但是,中国文学史发展的实际情形告诉我们,"文如其人"只是一种理论奢望。实际上,"人心"与"文心"、做人与作文往往会表现为分离的状况,并不能完全达到一致和统一。梁简文帝《当阳公大心书》曾云:"立身之道与文章异，立身先须谨重，文章且须放荡。"同样一个人应有两样"用心"，两副面孔，两种行为。自我被人格的分离切割了，"作为艺术家的个人"和"作为个人的艺术家"严重分离。曹操、潘岳、葛洪、颜介、朱彝尊、陈维崧……我们可以开列出一长串作家的名单来说明这一问题。我们读《颜氏家训》，感受到的是一位循规蹈矩恪守儒家封建伦理的家长形象，而现实中的颜介其人又如何呢？据《北齐书·文苑传·颜之推传》记载，他却是个"好饮酒，多纵任，不修边幅"的人。因为酗酒，他还失去了一次被皇帝重用提拔的机会。当然，这种角色人格的分裂无疑是痛苦的，"每常心共口敌，性与情竞，夜觉晓非，今悔昨失，自怜无教，以致于斯"(《颜氏家训·序致》)。这是多么痛苦的灵魂呐喊！

应该进一步指出的是，这种做人与作文的分离内化到"作文"本身中去，使"作文"本身也存在着分离倾向——理论著作（或主张）与文学创作相分离。作为在伦理型文化中生活的作家，当他们在阐述其哲学、文学观念时，考虑到这些著作将要作为自己日后入仕时亮相的招牌，免不了要"征圣""宗经"，依圣人之训而小心翼翼地进行伦理形象的自我塑造。但在文学创作中，作家久被压抑的个性往往禁不住意象的诱惑而肆流出来，曹丕《典论·论文》的严肃气派与据传其创作的《列异传》的荒诞不经的分离，纪晓岚的理论文章与其《阅微草堂笔记》的分离等，许多作家在理论与创作中出现的矛盾现象都足以说明问题。

第二，过于关怀终极社会价值，沉浸于自营的理想境界，在处理文学与社会角色关系时表现出浪漫气息，而缺乏充分的现实感，往往企图淡化个人的社会角色。

作家在表现生活时，无疑要表现自己的社会理想，勾画美好的人生境界。但人格完善的作家尽管如此，还会依然保持充分的现实感，在创作中流露乃至强化个人社会角色的困境。中国士大夫作家，特别是狂士型、隐士型作家，他们往往故意淡化个人的社会角色，而片面追求终极社会价值。《庄子》中对"大旱金石流而不乱"的神人的描绘，阮籍《大人先生传》中对游于昆仑的大人先生的向往，陶潜《桃花源记》中对桃花源境界的描绘……无一不体现出对终极社会价值的关怀，而有意淡化作家的社会角色。这种"舍近求远"的情形在儒士型作家身上其实也很明显，所谓"忧道不忧贫"即是其最好的注脚。作家在表现终极社会价值的过程中，暂时摆脱了现实的困境，而在一种幻象世界里获得了人格精神的高蹈。

中国古代士代夫作家身上的这种角色心态，像一个不死的幽灵，在漫长的中国社会，特别是封建社会里徘徊，吞噬了许多优秀作家的才华，使中国士大夫作家长期以来形成一种不健康的人格结构。然而历史的发展又毕竟是螺旋式地向前推进的，到了现代中国社会，这种角色心态的历史格局似乎有了某种转型的迹象。这种情况，在鲁迅身上得到了较充分的展示。

鲁迅作为现代中国的精神领袖，在他的身上无疑也背负着传统沉重的"十字架"，也有"寂寞新文苑，平安旧战场。两间余一卒，荷戟独彷徨"这种生存的困境，也有"灵台无计逃神矢，风雨如磐暗故园。寄意寒星荃不察，我以我血荐轩辕"这种对终极社会价值的强烈关注。但难能可贵的是，他却能够从伦理情感与生存价值双向选择的尴尬情形中超越出来，不为五斗米折腰，不为图谋一官半职而放弃灵魂的呐喊，也不为远灾避祸而隐遁深山、佯狂装醉，他把他的人格牢牢地支撑在自我实现的层面上，弥合了那种"文心"与"人心"、作文与做人的断裂之痕，从而达到了独立自尊与自我实现的人格境界。尽管这种角色转型中的蝉蜕是痛苦的："我不过一个影，要别你而沉没在黑暗里了。然而黑暗又会吞并我，然而光明又会使我消失。"（《野草·影的告别》）但令人痛惜的是，这种人格的重构与升华，只在鲁迅等少数几位杰出作家身上获得完成，大多数作家仍然背负着传统沉重的"十字架"，未能摆脱角色人格的尴尬心态。

那么，今天的中国作家情形又如何呢？他们是否摆脱了古代士大夫作家尴尬角色心态的阴影，而实现了人格的自我完善和升华？恐怕很难画上一个句号。文学是人学，是作家心灵展示的园地，肩负着重建人的精神世界之重任。如果作家本身不具备健全的角色心态，不具备健全的人格，作家精神上的自由意志与创造意识的心理阻碍就很难消除，作品也就很难以其创作者的人格魅力影响读者，文学要发展、要创新，将会成为一句空话。因此，树立独立健全的人格，超越古代士大夫作家尴尬角色心态的影响，势必成为中国现代作家面临的一个长期而艰巨的任务。

（原载《高师函授学刊》1992年第3期）

中国汉族神话叙事话语解析

20世纪60年代以来，伴随着语言哲学浪潮（特别是"结构主义"）在西方理论界的兴起，叙事学理论逐渐在西方文艺理论界成长为一门倍受关注的"显学"。这种新视野的理论框架弥合了传统体裁学的分野，同时也由于其分析元素的更加细化、深入，从而为人们从事文学批评和研究活动注入了一股新的活力与生机。中国学术界在20世纪80年代就将钟情的目光投向叙事学，在90年代更兴起了一股叙事学热潮——建构中国叙事学。从学科的整合趋势来看，这是值得人们欣慰的一件学术盛事。作为中国叙事学建设的重要一翼，中国民间叙事理论是一个亟待加强研究的领域。本着这样一种粗浅的认识，我在这里选取了中国汉族神话叙事中的封建主流话语这样一个题目，从文化诗学的角度进行初步探讨。

在进入本题之前，我想先解释一下有关"话语"和"话语霸权"的概念，以便为进一步展开神话叙事分析提供必要的理论前提。所谓"话语"，按照索绪尔的语言学理论来看，它可以分为两个层面：其一是具体的说话过程所使用的语言，即言语；其二是整个民族的语言系统，包括词汇和语法结构，即语言。通常在我国文艺理论表述中所使用的"话语"一词，则是一个整合了的诗学概念，它指的是人们在言说过程中所使用的基本概念、遵循的思维范式和言说习惯。而"话语霸权"则是这一包含了丰富文化意蕴的诗学概念的具体运用。按福柯的说法，话语是一种权力。在任何一个社会中，谁说话，对谁说，怎么说，绝不是一个自然的过程，而是受一系列人为建构起来的规则所支配的。任何一种话语权力关系的建立，首先必须从外部确立"排斥程序"，再从内部确立"净化原则"。"排斥程序"中最引人注目的是禁律——客体的禁忌、仪式的礼仪、说话主体特许的或唯一的权力。我们非常清楚地知道，我们没有谈论一切的自由。我们不能想说什么就说什么,想怎么说就怎么说,我们受到许多制约。"净化原则"与话语的传播有关,是"说话主体的净化"。并不是所有的人都可以成为生产话语的主体。要成为一个生产话语的主体,需要一定的资格、手势、行为、氛围以及一整套与话语形影不离的符号。其功能凭借一个受制于社会中的创造话语、保存话语的"话语社团"。①

在人类文化的传承过程中,那些居于统治地位的主流文化话语制造者及其代言人往往是最具有发言权的,他们是"创造话语、保存话语的'话语社团'"。相对于弱势话语社群来说,他们常常拥有"话语霸权",而且这种话语霸权渗透到弱势话语社群的文化生活之中,从而冲淡弱势话语的文化独立品格。这种话语霸权的言说方式在中国汉族神话叙事中表现得相当明显。虽然社会历史形态不同,每一种社会形态下的主流文化话语霸权表现形式并不一致,但由于中国社会发展的特殊性——封建社会历史特别漫长,封建文化特别发达的缘故,所以中国汉族神话受到话语霸权的影响主要表现为封建主流文化话语在神话叙事中的全方位渗透。

一、叙事意蕴:"伦常情结"

作为民间叙事学的一个重要分支,神话叙事有着特殊的意义。它是全民口头传承的原始文化结晶,是人类童年时代观照自然和社会以及自身原始创造力的艺术反映。这种"全民性"和"原始性"是后世民间叙事文学中所不可能重复的。中国汉族神话叙事就明显呈现出这种特色。一个极为重要的表征,就是封建主流文化话语中所蕴含的伦常观念像附骨之疽一样深深渗透进古代神话叙事的意蕴之中,剥落了原始神话的民间文化本色。我在这里借用弗洛伊德的情结理论,把它归之为"伦常情结"。

第一,它表现为神话之"合理想象"。

正如马克思在《〈政治经济学批判〉导言》中曾经指出的那样,"任何神话都是用想象和借助想象以征服自然力,支配自然力,把自然力加以形象化"的产物。神话与想象从来就是密不可分的,甚至可以说,没有想象,就不可能有神话。正因为如此,所以世界上所有民族的神话几乎毫无例外地都充满了神奇

---

① [英]阿兰·谢里登:《求真意志:米歇尔·福柯的心路历程》,尚志英、许林译,上海人民出版社1997年版,第160～166页。

瑰丽的想象。但由于神话想象是一种原始思维，与后世自觉文艺思维中虚构想象的理性化特点不同，它往往缺乏理性的规范，带有强烈的主观臆想色彩，因而充满了幼稚、无稽、荒诞、虚妄的内容。这正是神话想象的可贵之处，也是从审美学、人类学等人文科学角度看来最有价值的地方。然而，从中国现存神话文献来看，较之于其他国家、其他民族的神话文献，中国汉族神话似乎大多经过了理性之光的烛照，变得非常合乎封建的伦理原则。最典型的例子要数有关盘古开天辟地和女娲的神话。

> 天地混沌如鸡子，盘古生其中，万八千岁，天地开辟，阳清为天，阴浊为地。盘古在其中，一日九变，神于天，圣于地。天日高一丈，地日厚一丈，盘古日长一丈，如此万八千岁。天数极高，地数极深，盘古极长。后乃有三皇。
>
> （《艺文类聚》卷一引《三五历记》）

上述盘古神话里这种严格的合乎逻辑推理的表述，决然不是上古神话的本来面目，它无疑是经过了后代具有话语权地位的人或符合主流文化话语言说习惯的代言人加工整理而成的。这种整理加工的目的，从"后乃有三皇"的表述来看，它显然是为了给中华民族人文历史的纲纪寻找一个合理的说法，带有一定的封建伦理纲常观念在内，与民间旨趣丝毫无涉。

再如有关女娲的两则神话：

> 俗说天地开辟，未有人民，女娲抟黄土作人。剧务，力不暇供，乃引绳縆于泥土中，举以为人。故富贵者，黄土人也。贫贱凡庸者，縆人也。
>
> （《太平御览》七十八引《风俗通》）

> 昔宇宙初开之时，只有女娲兄妹二人在昆仑山，而天下未有人民。议以为夫妻，又自羞耻。兄即与其妹上昆仑山，咒曰："天若遣我兄妹二人为夫妻，而烟悉合；若不，使烟散。"于烟即合。其妹即来就兄。乃结草为扇，以障其面。
>
> （唐·李冗《独异志》）

前一则神话于蒙昧的原始思维中明显地渗入了封建主流文化话语中"贵""贱"的等级观念。后一则神话虽然真实反映了原始时代血缘内婚的事实，但它却仍念念不忘封建伦常原则，用"羞耻""结草为扇，以障其面"来进行道德掩饰，甚至不顾其内容上所包含的深刻伦理冲突，仍然追求想象的"合理性"。

其他，如在神话文献中的"善恶"观念对想象的规范更是所在皆是。在有关黄帝与蚩尤、颛顼与共工、舜与象及丹朱、启与伯益、汤与夏桀等的一系列神话中到处可见惩恶扬善的"伦常情结"对原始想象力的"合理"规范。

第二，它表现为神话之"性的严谨"。

在原始人的生活中，性爱是仅次于觅食的一件大事。觅食是为了生存，性爱则是为了繁衍。因此在所有民族神话里，有关"性"的神话都是不可或缺的重要组成部分。然而，由于各民族在历史发展过程中，主流文化话语的态度不同，有关这方面神话文献的遭遇也就各异。

例如希腊神话。希腊神话中的众神，从主神宙斯到他的祖辈以及他的兄弟姐妹们在"性"的问题上都是"声名卓著"、荒唐放荡的。他们在"性"的问题上随心所欲，对于这一点，他们的下界臣民并不以此为忤，而对这些文献进行封存、删削、改写，它们仍得到了相当完整的保存。但在中国汉族神话叙事中，这类神话所遭遇的命运就可怜得多。由于"神"的下界臣民中占主导地位的话语，长期以来是由维护伦常秩序的封建主流文化话语担纲，而这类话语又是以"子不语怪、力、乱、神"为其宗旨的，尤其是到了宋代以后，经过程朱理学的"洗礼"，就更是使这类神话难登大雅之堂了。

中国汉族神话对于神的性爱故事，不仅绝少希腊式的大事夸张，就是涉及一下也是为数不多。在中国汉族神话中，每一个神或英雄都持身拘谨，仿佛都在一致地为了某种高于自己的道德规范而活着，即使是神话传说中的"反面角色"——肆意破坏的共工、蚩尤等凶神，在私生活中也是绝少瑕疵的。被认为是最突出的放纵者著名射神——羿，算是一个例外。他不仅纵情于田猎、酒浆，而且还与河伯的妻子雒嫔有一段浪漫的故事。因此，引得屈原大惑不解，他在《楚辞·天问》中问道："帝降夷羿，革孽夏民，胡射夫河伯而妻彼雒嫔？"但是，羿与河伯妻的故事究竟是怎样的，没有说明和解释，它们可能是被省略了，但也可能从来就没有"发育完全"。

那么，是不是中国上古时期就在性的问题上严谨如斯呢？答案是否定的。在中国，不仅许多少数民族在中华人民共和国成立初期还保存着原始野性的性爱风俗,如广东瑶族的"放牛出栏",海南黎族的"放寮",青海乐都的"莲花节",佤族的"玩小姑娘",阿细人的"跳月",苗族的"游方",等等,而且汉族古代文献中也保留了许多对性爱习俗的记载,并且还有性爱的特殊节日——社祭,社祭其实就是祈求丰收和乞子的双重节日,是一种放荡的狂欢节。其中最有名的要数宋国的"桑林之社"。每逢社祭之时,情投意合的青年男女可以打破平常生活的许多禁忌,双双携手入林,充分享受性爱的沉酣。正如《周礼·地官》所言"仲春之月,令会男女,于是时也,奔者不禁"。在这样的狂欢节上,野合、私奔都成为合法的了。

汉族神话叙事中这种"性的严谨"显然是封建"伦常情结"这种话语霸权下的产物,是在封建思想下由后代御用文人进行封存、删削、篡改了的结果。

第三,它表现为神话之"孝治天下"。

在中国汉族神话叙事中,天神地祇们不仅缺乏性爱的风流韵事,而且也没有通过广泛的生殖行为建立的密切神际关系——像古希腊神话那样织成一套紧密的神际之网。主导神话体系的是浓厚的封建家族观念,所谓"圣人以孝治天下"也。这种强大的封建家族观念使中国汉族神话显得颇为缺乏生机和生命张力,也进一步影响了神话自身统一神系的形成。最能说明这一点的要数司马迁《史记·五帝本纪》中有关舜的传说:

> 舜,冀州之人也。舜耕历山,渔雷泽,陶河滨,作什器于寿丘,就时于负夏。舜父瞽叟顽,母嚚,弟象傲,皆欲杀舜。舜顺适不失子道,(兄弟孝慈)欲杀,不可得;即求,尝在侧。
>
> 舜年二十以孝闻。……
>
> 尧乃赐舜衣与琴,为筑仓廪,予牛羊。瞽叟尚复欲杀之,使舜上涂廪,瞽叟从下纵火焚廪。舜乃以两笠自扞而下,去,得不死。后瞽叟又使舜穿井,舜穿井而匿空旁出。舜既入深,瞽叟与象共下土实井,舜从匿空出,去。瞽叟、象喜,以为舜已死。象曰:"本谋者象。"象与其父母分,于是曰:"舜妻尧二女与琴,象取之;牛羊仓廪予父母。"象乃止舜宫居,鼓其琴。舜往见之,象鄂不怿,曰:"我思舜正郁陶!"舜曰:"然,尔其庶矣!"舜复事瞽叟爱弟弥谨。

在"圣人以孝治天下"的封建话语霸权下,汉族神话叙事总是极力维护着封建家族的纲常秩序，使得像舜这样的圣人，即使遭到至亲的迫害，也仍应尽其孝慈之心，所谓"复事瞽叟爱弟弥谨"也。这与人类曾经经历过的那段血与火的历史明显相悖，同时也给神话体系的整合造成了难以逾越的困难（封建家族文化必然制约神的谱系跨家族发展）。因而像古希腊那样完备的神话系统在中国始终未能形成，类似宙斯这样形象生动的宇宙主神，也只能十分遗憾地留下"空白"（尽管"天帝"观念在中国汉族神话中也常常出现，但却十分抽象、模糊）。

在叙事意蕴这种"伦常情结"话语霸权的规范下，中国汉族神话中那个原始的、来自民间的活色生香的神话本体隐匿不见了，从文化人类学角度看来，那个最有价值的民间声音被撕裂了，喑哑了。

二、叙事母题："神天圣地"

"母题"，是英文"Motif"的中文对译。原意主要有三种含义：一是主题，二是基调，三是刺激力。这是一个语义学意义上的"海绵词"。不同学科，不同的人，对它的内涵有着不同的理解。作为一个重要的民间文学概念，自从美国学者史蒂斯·汤普森1932—1937年在他出版的《民间文学母题索引——民间故事、歌谣、神话、寓言、中世纪传奇、轶事、故事诗、笑话和地方传说中的叙事要素之分析》（以下简称《民间文学母题索引》）一书中经典引入后，就成为民间文学领域里一个重要的研究范畴。在神话学中，"母题是指构成神话作品的基本元素。这些元素在传统中独立存在，不断复制。它们的数量是有限的，但通过不同排列组合，可以转换出无数作品，并能组合入其他文学体裁和文化形态之中。母题表现了人类共同体（氏族、民族、国家乃至全人类）的集体意识，并常常成为一个社会群体的文化标识"[1]。

如同封建主流文化话语霸权在汉族神话叙事意蕴中的渗透一样，封建主流文化话语霸权对汉族神话叙事母题也表现出巨大的文化侵入。我在这里借用《太平御览》中对盘古"神于天，圣于地"的经典描述，将其概括为"神天圣地"。

---

[1] 陈建宪：《论比较神话学的"母题"概念》，《华中师范大学学报（人文社会科学版）》2000年第1期。

首先，它体现在宇宙开辟神话的"垂死化身"母题神话中。

所谓"垂死化身"母题，按照美国学者史蒂斯·汤普森《民间文学母题索引》的划分，就是指的那种认为宇宙万物最初都是由一个大神化生出来的神话。中国汉族的盘古神话无疑属于典型的"垂死化身"母题。在世界各国中这一母题均出现得较早（如古埃及、古印度、古巴比伦等国），而在中国汉族神话叙事中，这一类型神话的出现则较晚，直到公元三世纪才在徐整的《三五历记》中露面，因而这一神话母题从一开始就受到了封建主流文化话语霸权的侵入，这就是尽量按照封建道统意识将其神圣化。

> 首生盘古，垂死化身：气成风云，声为雷霆，左眼为日，右眼为月，四肢五体为四极五岳，血液为江河，经脉为地里（理），肥肉为田土，发髭为星辰，皮毛为草木，齿骨为金石，精髓为珠玉，汗流为雨泽……
>
> （《绎史》卷一引徐整《三五历记》）

> 昔盘古之死也，头为四岳，目为日月，脂膏为江海，毛发为草木。
> 秦汉间俗说：盘古氏头为东岳，腹为中岳，左臂为南岳，右臂为北岳，足为西岳。
>
> （《述异记》卷上）

虽然盘古死后化身为宇宙万物，这种"垂死化身"的母题神话，在世界上其他国家的神话中也并不罕见。例如古巴比伦神话中说，天神马杜克杀死狮身龙首女怪，以其尸体造成天地；古印度神话中诸神以夏普神的身体造成世界；等等。但世界上除中国汉族神话外（中国的布依族、彝族、布朗族也有这类神话）却很难找到像盘古这样一位富于牺牲精神的正面大神自动化身为宇宙万物的例证。在这里，盘古的献身精神使他获得了崇高的意义。之所以会形成这样一种神话叙事，究其根源还是封建主流文化话语霸权按照封建道统意识极力将其神圣化的结果。

其次，它体现在生存空间神话的"世界之脐"母题神话中。

"世界之脐"母题的典型形式来自印度教神话：世界原是一片茫茫的原始大海，海上漂浮着巨大的圣蛇，大神湿婆舒适地躺在大蛇的怀抱，肚脐中长出一朵莲花，莲花上端坐着四面四臂的至上神梵天。从这则神话所包含的母题意蕴看，所谓"世界之脐"母题实际上就是关于宇宙中心的神话。不同的国家、不同的民族都有各自不同的宇宙中心神话。古希腊神话中的"世界之脐"位于奥林匹斯山，古印度神话的"世界之脐"位于须弥山，古巴比伦神话的"世界之脐"则位于众神所居的"空中花园"。

中国汉族流传下来的神话，由于存在着两大系统，即昆仑神话系统和蓬莱神话系统，所以有关"世界之脐"的神话描述似乎就有点难以确定。其实，这也并不是一个解决不了的难题。正如顾颉刚先生在《〈庄子〉和〈楚辞〉中昆仑和蓬莱两个神话系统的融合》一文中所指出的那样，"昆仑的神话发源于西部高原地区，它那神奇瑰丽的故事，流传到东方以后，又跟苍茫窈冥的大海这一自然条件结合起来，在燕、吴、齐、越沿海地区形成了蓬莱神话系统。此后，这两大神话系统各自在流传中发展，到了战国中后期，在新的历史条件下，又被人结合起来，形成一个新的统一神话世界"。统一的结果是，中国汉族神话的"世界之脐"被定位于昆仑山中（神话中的昆仑山是中华民族心目中的"圣地"，它与现在地理意义上的西北地区昆仑山不可等量齐观）。在中国汉族神话叙事的"世界之脐"母题中，封建主流文化话语霸权的影响比较集中地体现在有关这一高居"世界之脐"中神的统治者之一西王母形象的神话叙述中。

早期的西王母是一位具有人兽同体外形和高深莫测神格的女神。《山海经·西山经》是这样来描绘她的：

> 玉山，是西王母所居也。西王母其状如人，豹尾虎齿而善啸，蓬发戴胜，是司天之厉及五残。

从这段相当原始的记载来看，西王母的身份颇类似希腊神话中的"复仇女神"。她在天上执掌的是瘟疫灾疠和五刑残杀，带有浓郁的东方式的、自上而下的"复仇"意味。而其蓬发戴胜的外形，又很容易使人情不自禁地联想起古希腊复仇女神的狰狞蛇发。

到了后来，随着封建主流文化话语霸权的侵入，在《穆天子传》《汉武故事》等神话典籍以及"八仙过海""王母娘娘的蟠桃大会"等神话传说中，西王母的这一形象外形及神格就被一再改版，变成为一个极符合封建道统意识的神后形象，赋予她雍容神圣的懿德神格。吴元泰《八仙出处东游记》之"八仙蟠桃大会"一回中是这样来描述这位女神的：

> 却说西王母者,即龙堂金母也。以西华至妙之气,化大生于伊川,姓猴氏之乡名回,字婉于,一字太虚。位于西方,与东王公者理二气,调成天地,陶钧高品。凡上天下地,女子之登仙得道者,咸所属焉。居昆仑之山,阆风之苑玉枝,王台九属,左带瑶池,右环翠水。有女五人,名华林、媚娴、青娥、瑶姬、玉卮。周穆王骑八骏西巡,乃执白圭玄璧见西王母,觞母于瑶池之上。

这里的西王母,其雍容神圣、懿德昭昭的神格跃然纸上。很显然,这是经过了封建主流文化话语霸权神圣化改造的结果,虽然这种改造是由作为封建主流文化话语霸权代言人的文人学士不自觉地来完成的。

最后,它体现在文化英雄神话的"弃子"母题神话中。

"弃子"母题在全世界神话中都有流传。西亚地区的"弃子"神话主要有关于萨尔贡、吉尔加美什、摩西、塞弥拉弥斯女王等的故事;欧洲的"弃子"神话主要有关于俄狄浦斯王、英国的亚瑟王、德国的亨利三世、西班牙的哈比斯国王等的故事;印度的"弃子"神话主要见于古代英雄史诗和宗教故事之中,如《摩诃婆罗多》中的神箭手、太阳神的私生子迦尔纳,佛经中的释迦牟尼传说、康姆帕卡传说等。在中国,从后稷神话开始,"弃子"母题也成为一个遗传因子在神话中不断复制。与其他地区、其他民族的"弃子"神话不同的是,中国汉族神话叙事的"弃子"母题在复制过程中受封建主流文化话语的影响,被罩上了一圈神圣的光环。例如,周始祖后稷就是这样一个"弃子"型文化英雄:

> 周后稷,名弃。其母有邰氏女,曰姜原。姜原为帝喾元妃。姜原出野,见巨人迹,心欣然说,欲践之,践之而身动如孕者。居期而生子,以为不祥,弃之隘巷,马牛过者皆辟不践;徙置林中,适会山川多人,迁之;而弃渠中冰上,飞鸟以其翼覆荐之。姜原以为神,遂收养长之。初欲弃之,因名曰弃。
>
> 弃为儿时,屹如巨人之志。其游戏,好种树麻、菽,麻菽美。及为成人,遂好耕农,相地之宜,宜谷者稼穑焉,民皆法则之。帝尧闻之,举弃为农师,天下得其利,有功。帝舜曰:"弃,黎民始饥,尔后稷播时百谷。"封弃于邰,号曰后稷,别姓姬氏。后稷之兴,在陶唐、虞、

夏之际，皆有令德。

(《史记·周本纪第四》)

这则神话告诉我们，作为农业文化英雄的周始祖后稷是神的子孙，是由其母与神（"大人"）产生感应而结成珠胎的。因其受孕过程的特殊性（贞洁受孕），使得其母感到不吉祥，只好将他丢弃。但由于他是神的子孙，自然处处得到神灵的暗中护佑，所以他不但没有遭遇什么危险，反而以种种神奇的征兆显示了其非凡的品质。于是，他又被收回哺养，长大后果然创造了非凡的业绩。在中国汉族神话叙事中，类似的"弃子"神话还有许多。例如帮助商汤灭夏的伊尹、徐国国君徐偃王、齐国的齐倾公、扶余国王朱蒙等。这种"弃子"神话，固然包含了原始文化中某种残忍的弃子事实，但它也掩盖不了封建统治者有意神化其祖先来历，以证实他们的统治受到上天庇护，从而编造故事的事实。

在叙事母题"神天圣地"这种封建主流文化话语霸权的影响下，一些文化人类学上极有价值的民间神话故事资料被"神圣化"了，变成了为封建统治者服务的"文化婢女"。这不能不说是一种文化的悲哀。

三、叙事诠释："史官文化"

中国向来就有"注经"的传统。通过"注经"式的诠释，达到"六经注我"或"我注六经"的预期目的是中国汉族士大夫文人习用的言说方式。就神话叙事而言，由于受封建主流文化话语霸权的支配，其"注经"式诠释的特征主要表现为"史官文化"的渗透。

所谓"史官文化"，在这里主要指的是对神话进行"历史化"处理的倾向。就古代中国汉族和古代印、欧等地开化较早的民族的社会比较而言，与古代印、欧等民族大多受神权政治支配、宗教意识一直占主导地位情况不同，中国汉民族始终是以其特有的非宗教的伦理本位的现世文化——"史官文化"为特征而卓立于世界的。在"史官文化"的视域下，文化诠释者们总是对世界保持着现实而冷静的"旁观"态度，一切都从有利于统治者对草民的精神教化和对继承者的伦理告诫为旨归。这种"史官文化"意识，决定了古代中国汉族先民们认识世界的思维定式——喜欢将宇宙间一切现象都纳入可以认知的历史范畴，而摒弃那些令人费解的"怪、力、乱、神"现象。有关中国神话叙事"史官文化"渗透的问题，其实早就有人论及。例如中国当代学者谢选骏的专著《神话与民族精神》、美国学者杰克·波德的长篇论文《中国的古代神话》等都用不小的篇幅专门讨论了中国汉族神话的"历史化"问题（亦即"史官文化"问题）。苏联著名汉学家鲍·李福清在其《中国神话》一文中更是深刻地指出"中国古典神话的一个显著特征就是神话人物的历史化。这些神话人物在儒家正教的影响下，很早就演变成为上古时代的历史人物"①。我在这里只想从文化诗学的角度，简要谈谈封建主流文化话语霸权对神话叙事诠释的影响。

我们知道，"神话历史化"的现象并非某一个民族所独有。各民族现存的成体系的神话材料，都或多或少地受过"润饰"、遭过篡改。但由于各民族所具有的民族文化精神不同、文化话语语境的差异，"神话历史化"的道路也就表现出各自的特色。希腊神话"历史化"走的是一条以求知精神为旨归，并最终将神格世俗化、社会化的"理性"式道路；希伯来神话"历史化"走的是一条以"一神至上"为目的，将其余的"神"化为历史人物的"宗教"式道路；而中国神话"历史化"则走的是一条将神话本身化为历史传说的"史官文化"之路。这种"史官文化"式的神话"历史化"道路正集中体现了封建主流文化话语霸权对汉族神话叙事诠释的渗透。

其一，它直接表现在对神话叙事的语义诠释上。

在神话"历史化"过程中，对神话叙事内容直接进行语义诠释，这是每一个民族具有话语权的智者们面对神话文献时所做的第一反应。在中国汉族封建主流文化话语的代言人看来，对神话叙事进行语义诠释无疑是实现其话语霸权地位的一个极为重要的途径，所以有关这方面的材料中就留下了大量丰富的趣闻。

最有代表性的是关于孔子诠释神话的几则故事。第一个故事出现在《大戴礼记·五帝德》六十二章："宰我问孔子曰：'昔者我闻之者荣伊会：黄帝三百年。请问黄帝者人邪，抑非人邪，何以至于三百年乎？'……孔子曰：'……生而民得其利百年，死者民畏其神百年，亡而民用其教百年，故曰三百年。'"第二个故事也是关于黄帝的，出现在《太平御览》卷七十九引《尸子》中，当孔子的学生子贡向他询问"古者黄帝四面"这则神话的可信程度时，孔子认为，不能从字面上理解这一神话。"黄帝四面"，是指黄帝有四个官员管理国之四方，不是指黄帝有四张脸面。第三个故事出现在《韩非子·外储说左下》："鲁哀公

---

① ［苏］鲍·李福清、马昌仪译述：《中国神话》，《民间文学论坛》1982年第2期。

问于孔子曰：'吾闻古者有夔一足，其果信有一足乎？'孔子对曰：'不也，夔非一足也，夔者忿戾恶心，人多不说喜也。虽然，其所以得免于人害者，以其信也。人皆曰：独此一足矣。夔非一足也，一而足也。'"

虽然这些故事所言说的内容放在孔子身上并不一定完全是真实可靠的，因为这些故事的出现，上距孔子已有两三百年了，而且并非出于孔门弟子之手。但相传为孔子对中国汉族神话叙事的这些语义诠释中的有意"误读"则明显地渗透了封建主流文化话语在将神话进行"历史化"处理时的"良苦用心"。

其二，它间接体现在对神话叙事所进行的体系化改造上。

中国汉族神话体系化的完美程度虽然远远比不上古希腊神话，甚至连古印度神话体系之完美自足也无法企及，但这并不等于说中国汉族的神话叙事就毫无体系可言，事实上，中国上古神话的"历史化"过程，在把零散的神话形象加以历史化的同时，也完成了中国式神话的"体系化"——"历史神话体系"，只不过却带上了更多的人间烟火味道，因而打上了浓厚封建主流文化话语霸权的印记。"自从盘古开天地，三皇五帝到如今"，体系化、历史化的最后归处，是落实到"三皇五帝"的正统神话轨道上。于是，他们就对原本混杂、零散的神话进行层级处理，将自己观念中早就存在的封建正统文化思想融入神话叙事的重新锻造之中。

从黄帝、颛顼到尧、舜、禹，各个独立的正神们终于找到了自己的神性归属——黄帝系。与此相对应，从炎帝、蚩尤到夸父，以及刑天、共工等反面神也找到了自己的神性归属——炎帝系。于是黄帝对抗炎帝的"阪泉之战"以及随后爆发的黄帝镇压蚩尤的"涿鹿之战"就获得了正义战胜邪恶的道德意味。许多著名的神话人物如女丑、天女魃、风伯、雨师、应龙、风后等都被网进这一神话体系之中，有的成了黄帝的臣属，有的成了黄帝的子女，有的成了黄帝的敌人。

就这样，中国汉族神话在"历史化"、体系化的过程中，被封建主流文化话语霸权改造得面目全非了。这正如马伯乐在其学术著作《书经中的神话》第一章中所指出的那样，"神和英雄于此变成圣君和贤臣，而妖怪则变成叛乱的诸侯或奸佞的官吏。这些勉强虚构出来的人物借助于各种形而上学，特别是五行学说的理论被按照年代先后排列起来，并由此组成了被称为中国人起源的历史。其实，在这里只有历史之名，并无历史之实"[①]。体系化的结果，使得体系外的神

[①] ［法］马伯乐：《书经中的神话》，冯沅君译，商务印书馆1929年版。

话遭到了毁灭性的破坏，它们要么完全消失，要么遭到令人惋惜的篡改。

其三，它深刻蕴含在被"历史化"神话本身的结构之中。

印欧民族神话与历史的汇合，一般只发生在神界故事之后的史诗英雄的传说中，在那里，神话形象与新近历史中的某些杰出人物发生了联系，建立起隶属的或血缘的承接关系。而在中国汉族神话叙事里，那些具有话语权的古圣先贤们，以他们充满世俗智慧之笔，将最古老的神祇也纳入了古史传说，被改造为古代的著名人物。

因而较之于古希腊神话、古印度神话，中国汉族神话中发生的历史化现象要深刻得多，也广泛得多。中国那些具有话语霸权的先哲们，对神话的"历史化"处理不仅仅停留在字面解释上，而是深刻渗入神话本身的结构之中——神话被当作古史处理，神话本身被化为历史传说。在对神话"历史化"的改造中，他们不是以"事后诸葛亮"的态度重新解释旧有材料，而是在神话体系尚未形成之前，就着手把零散的神话材料编制成合乎伦理精神这一"智性需要"的古史传说。之所以会产生这种现象，从本质上来讲，仍然是根源于封建主流文化话语霸权的伦理规范。

在叙事诠释"史官文化"意识这种封建主流文化话语霸权的改造下，中国汉族神话中"怪、力、乱、神"的本来面目消失了，远古充满巫术、图腾、宗教、幻想的内容，带有原始思维特色的、有价值的内容，被封建主流文化话语这个巨大的熔炉蒸发得越来越稀薄了，它所包孕的真正民间意味也不得不随风飘散。

综上所述，我认为封建主流文化话语霸权对中国汉族神话叙事产生了深刻巨大的负面影响，它破坏了汉族神话的原生形态，败坏了其民间本位的艺术旨趣，因而影响了汉族神话的思想艺术价值，应该引起我们深刻的反思。

（原载《江汉大学学报》2001年第2期）

挪移·变异·寻觅
——近三十年中国文学的"世界性因素"探询

从新时期到新世纪，中国改革开放已经走过了三十年途程。三十年来，在改革开放的国内环境和世界全球化格局的影响下，中国社会、政治、经济和文化发生了翻天覆地的变化。作为改革开放事业一部分的中国文学，同样取得了无愧于伟大时代的辉煌业绩，形成了鲜明的时代特色。回顾近三十年中国文学的发展，有很多宝贵的经验值得总结，其中"世界性因素"就是一个不可忽视的重要方面，因为这一时期的中国，"已经不是一个封闭型的国家，它越来越积极地加入了与世界各国的对话，自然而然地成为'世界'的一部分"[1]。

一

所谓"世界性因素"，陈思和在《我对20世纪中国文学的世界性因素的思考与探索》一文中认为，"可以包括作家的世界意识、世界眼界以及世界性的知识结构，也包括了作品的艺术风格、思想内容以及各种来自'世界'的构成因素"[2]。应该说这种看法是比较恰当的，抓住了"世界性因素"的要害。就此而言，可以说中国近三十年文学的"世界性"因素不断加强，并呈现出明显的时段特征。

20世纪80年代是中国近三十年文学"世界性因素"最为活跃的时段。随

---

[1] 引自陈思和发表在《中国比较文学》2006年第2期上的《我对20世纪中国文学的世界性因素的思考与探索》一文，放在这里似乎有断章取义之嫌，因为他是针对"20世纪中国文学"而言的，但我以为这对近30年中国文学的评价也同样适合。

[2] 陈思和:《我对20世纪中国文学的世界性因素的思考与探索》，《中国比较文学》2006年第2期。

着改革开放政策的逐步实施和思想领域禁锢的逐渐解除，中国知识界获得了全新的开放的世界眼光，"走向世界"的现代化叙事成为当时压倒一切的社会主流话语。因此，在文学界，"别求新声于异域"的情怀十分浓郁，作家们纷纷接续起五四文学的"拿来主义"传统，在"再启蒙"意识的召唤下，如饥似渴地吸收着西方先进国家的文学营养，自觉地建构起强烈的"世界意识"。就文学资源而言，俄苏文学、欧美传统文学和西方现代派文学构成了其"世界性因素"的主要参照系，而西方现代派文学更是独领一时之风骚。从小说来看，王蒙可以说是这一时期"世界意识"觉醒较早的作家，从《春之声》到《蝴蝶》《杂色》《夜的眼》《海的梦》《风筝飘带》等，他的小说一改往日批判现实主义风格，大胆吸纳西方意识流小说作家的技巧进行创作，拉开了中国文学"走向世界"的序幕。紧随其后，马原将霍桑的神秘与海明威的硬朗融为一体；莫言吸纳了福克纳的历史感与家园意识；余华将卡夫卡的敏感与锋利、川端康成的细腻与病态化入小说；张承志从海明威的"硬汉子精神"那儿汲取了力量；史铁生则从存在主义作家加缪的"西绪福斯精神"中感悟了超越虚无的智慧……小说领域如此，其他领域也不甘落后，诗歌创作中学习庞德和艾略特成为一时之风，戏剧创作中萨特、贝克特和布莱希特等人的戏剧作品被视为新的典范。总的来看，这一时段是中国近三十年文学中"世界性因素"最为活跃的时期，但由于"挪移"的成分较重，作家们尚未很好地消化吸收异域文学的精髓，就匆匆忙忙地模仿、学习和创作，显得较为粗放，并且"挪移"的对象集中于西方发达国家文学，"世界性"眼光多有遮蔽。值得庆幸的是，由于这种"挪移"凝聚了作家在过往的生活中积淀了厚重的内容，又依托了文学作为思想主战场的"场效应"，所以，这一时期中国文学的"世界性因素"依然是强劲而有效的，它开阔了广大读者的阅读视野，提供了全新的审美经验，产生了强大的思想冲击力。

20世纪90年代是中国近三十年文学"世界性因素"进入深层调整的一个时段。随着社会主义市场经济体制的全面启动，中国改革开放的浪潮汹涌澎湃，思想领域也更加活跃，同时计算机和互联网技术的广泛应用，将人们一下带入了信息化与全球化时代，这一切都极大地改变了中国人的思维格局。与此密切相关，中国文学也进入深层调整时段。曾经牵动文学界乃至整个社会神经中枢的文学轰动效应几乎不再重现，作家"无冕之王"的地位也常常被斯文扫地现象所亵渎，文学逐渐由中心走向了边缘。引领时代潮流的是"后现代"解构思潮，与之相伴随的还有女性主义、新历史主义、后殖民主义等西方文艺思潮。

一时间，福柯、拉康、德里达、罗兰·巴特、波伏娃、海登·怀特、萨义德等人的学说，几乎成为时代的精神主角，女性主义、新历史主义和后殖民主义成为中国作家倾心的内容。自然，这些并不是中国90年代文学的全部内容，文学界也还有坚守，还有沉淀，还有思索。与此同时，中国作家的"世界意识、世界眼界以及世界性的知识结构"，也随之发生了改变，除了继续学习和借鉴西方发达国家的文学外，像马尔克斯、博尔赫斯和略萨等作家为代表的拉丁美洲作家群和昆得拉这样的东欧作家，在中国文坛上也相继产生了令人瞩目的影响，带来了新颖的文学创新模式。从王朔、王安忆、陈染等人小说的走红，到王蒙、贾平凹、韩少功等知名作家创作风格的流变；从莫言、余华等先锋作家的转向，到池莉、刘震云为代表的新写实小说家的崛起；从诗人顾城的自杀，到诗人于坚的长诗《0档案》的问世……所有这一切都表现了20世纪90年代中国文学"世界性因素"新格局的形成。正是在这样的时代背景下，一系列相关的文学和文化问题也凸现出来了，比如在全球化日益凸显的情况下，如何看待民族性和世界性的关系？怎样对待诺贝尔文学奖？文学发展的动力是来自于对强势文化和文学的接受、抵抗还是依赖于自身传统的创新？文学的审美独立性和文化功利性对于文学的发展是不是一种天然的两难？总的说来，这一时段是中国近三十年文学"世界性因素"发生深层调整的艺术变异时期，尽管这一过程显得有些匆忙，有点被动。文学多元化格局逐渐形成，文学的先锋性日趋淡化，文学中"世界性因素"从20世纪80年代片面吸收西方元素逐步转向全面吸纳世界一切优秀文学营养，作家们对世界文学的现状有更加全面的观察，与域外文学的交流有更为畅通的渠道，对"西方中心主义"的陷阱也从迷误走向警觉。

21世纪初是中国近三十年文学"世界性因素"进入"主体性"自觉的寻觅时段。随着全球化、市场化、媒体化和娱乐化氛围在当代文化生活中愈来愈浓重，原有的文学经验已经不能满足人们日益增长的丰富文化需求，作家的"世界意识、世界眼界以及世界性的知识结构"必须注入新的内涵。不过，跟前两个时段对域外文学以接纳和回应为主的姿态不同的是，由于改革开放后中国综合国力的提高和国际地位的提升，作家们的主体意识也明显增强了，因此，根据中国现实文学问题自觉寻觅"合适的"文学资源已经构成这一时期"世界性因素"的基本特征。正是基于这一新型的文学平台，西方大众文化理论、文学身体学、生态文学、成长小说和"重述神话"创作等新的文学与文化因素及时进入了中国作家的视野，布尔迪厄、鲍德里亚、桑塔格、麦克卢汉、梭罗、卡逊、托尔金、罗琳等西方文化名人成为知识界新的偶像。朱文的《我爱美元》《我们的牙，我们的爱情》，韩东的《我的柏拉图》《在码头》，何顿的《我们像葵花》《弟弟你好》《生活无罪》等，显然就受到西方大众文化理论的浸润，虽然他们也将笔触伸向当下的社会现实，但却全然无视人们的精神困惑与内心挣扎，都不约而同地极力表现社会变革中日益凸显的欲望主题，在他们笔下，"生理欲望的膨胀与满足可以不再需要文明的遮羞布，可以完全脱离道德规约与伦理法则，坦荡无忌地炫耀自身的存在"[①]。如果说上述这些作家作品由于受到大众文化的市场诱惑，其"世界性因素"在艺术品位上颇值得怀疑的话，那么，郭雪波的《大漠狼孩》、陈应松的《豹子最后的舞蹈》、姜戎的《狼图腾》、杨志军的《藏獒》、阿来的《天火》和叶弥的《成长如蜕》、魏微的《异乡》、李铁的《冰雪荔枝》等中国生态文学与成长小说则显得格调大不相同，其"世界性因素"的艺术品位也颇值得称道。当然，对托尔金等人作品的学习模仿也不乏其人，自从《指环王》《哈利·波特》《蜘蛛侠》《特洛伊》《达·芬奇密码》等"重述神话"的文学和影视作品登陆中国市场以后，苏童的《碧奴》、叶兆言的《后羿》等文学作品也及时续写了"重述神话"的中国版本。值得一提的是，这种"重述神话"精神还延伸到方兴未艾的中国网络文学之中，成了玄幻小说（如《诛仙》）、盗墓小说（如《鬼吹灯》）和穿越小说（如《梦回大清》）中不可或缺的艺术元素。相对于前两个时段而言，新世纪中国文学中的"世界性因素"无疑具有了一些迥然不同的新品质，其中最明显的表征就在于大众文化、市场文化和生态文化成了重要的文学资源。

二

　　然则，"世界性因素"又是如何渗透进中国文学的呢？其深层原因又是什么？了解这一点，对于我们认识近三十年中国文学在走向世界过程中存在的经验和教训至关重要。对于这一问题的考察，无疑具有多种视角、多种方法以及不同的层面，但在我看来，以下几个方面是最基本的。

　　首先，是外国哲学和文艺思潮的影响。1978 年以来，随着改革开放的步步深入，世界上各种重要的哲学和文艺思潮一波又一波地介绍到中国来了，为中

[①] 管宁：《当前中国文学的时尚化倾向》，《中国社会科学》2006 年第 5 期。

国文学走向世界起到了"思想场"与"精神库"的作用。在关于"朦胧诗""伤痕文学""反思文学"的创作与讨论中，呼唤个性解放的尼采超人哲学和萨特的存在主义就几乎构成了"新的美学原则"崛起的两大精神支柱。从戴厚英的《人啊人》、张洁的《沉重的翅膀》、刘心武的《我爱每一片绿叶》、张抗抗的《爱的权利》到顾城、北岛、舒婷等人的"朦胧诗"创作，无不从骨子里渗透了以这两位哲人为代表的追求个性解放思潮的影响。在关于"意识流"小说的创作与讨论中，柏格森、弗洛伊德、荣格等人创造的"意识流""潜意识""里比多""情结""恋母""恋父"等概念，不仅成为理论家和批评家手中针砭文艺现象的利器，更现实地化入了众多作家创造的人物形象之中，这一点我们从王蒙、张洁、王安忆等人创作的人物形象身上就能够深深感受得到。在关于"寻根文学""女性文学""身体写作"的创作与讨论中，加西亚·马尔克斯、西蒙·波伏娃、汉娜·阿伦特、约翰·奥尼尔、伊格尔顿等人倡导的魔幻现实主义、女性主义和身体政治学就成为莫言、韩少功、陈染、林白、卫慧、九丹等人创作的重要思想来源。类似的情况，在关于人道主义和生态文学等创作与讨论中也都不同程度存在。可以毫不夸张地说，外国哲学和文艺思潮是近三十年中国文学"世界性因素"形成的最重要"思想场"。它使中国作家的本土文化经验、主体内在表达需要与世界文化现象自觉关联了起来，从而"相应地在创作中产生出世界性的因素"[①]。

其次，是文学翻译与介绍的作用。与20世纪前期鲁迅、巴金等众多作家都具有海外留学的阅历不同，成长并活跃在这一时期的大多数作家一般都没有国外留学的经历，他们对世界文化和文学的了解，只能通过翻译与介绍这条渠道来获得，因而，近三十年中国文学的发展始终是与翻译介绍国外文学联系在一起的，其"世界性因素"也与此密切相关。新时期伊始，中国文学主要受益于苏联文学与欧美经典文学的译介工作，特别是"三套丛书"工程的重新启动（"外国文学名著丛书""外国古典文艺理论丛书""马克思文艺理论丛书"），对渴望与世界交流的中国作家在"创作中产生出世界性的因素"起到了很好的先导作用，它开阔了作家们文学创作的世界视野，并使之获得了足以改变创作方向的素养。从80年代中期开始，随着越来越多的外国作家作品被翻译介绍到中国，像劳伦斯、毛姆、康拉德、德莱塞、海明威、福克纳、托马斯·曼、加缪、

[①] 陈思和主编：《中国当代文学史教程》，复旦大学出版社1999年版。

莫拉维亚、萨特、辛格、贝娄、契弗、莫瑞森、纳博科夫、马尔克斯、杜拉斯、昆德拉、川端康成、大江健三郎、博尔赫斯等20世纪名家及其佳作逐步为中国文学界所熟悉,其中"二十世纪外国文学丛书""二十世纪欧美文论丛书"的先后出版和两部被称为西方20世纪西方文学经典巨著的《追忆似水年华》《尤利西斯》相继被翻译介绍,更是在中国文坛产生了极大反响。这些重要的翻译工作,不仅使中国文学界通过作家作品比较深入地认识了20世纪世界历史的变化、社会思想的演进,以及各国文学的继承与发展关系,而且也使中国作家在艺术风格、艺术理论的借鉴方面有了进一步拓展,"并埋下了触发中国当代文学创新的种子"[①]。尤为值得关注的是,这种翻译和介绍还是双向的。通过翻译和介绍,王蒙、贾平凹、陈忠实、韩少功、莫言、余华、池莉等中国当代知名作家作品以及像卫慧、棉棉等并不为国内主流文学界认同的作家作品都先后被翻译为多个语种介绍到国外去了,像余华的《活着》《许三观卖血记》《兄弟》甚至成了国外的汉学教材。中国文学正在走向世界。自然,这种翻译与介绍工作并不是对等的,由于中外文化在发展时段和文化区位上存在着差异,输入多输出少的情况至今仍然存在,而且在作品的接受和认知度方面也存在差异,往往产生"错位"。但仅凭这一事实就足以说明,中国文学的"世界性因素"已经提升到了一个新的境界。

其三,是文学教育和评奖机制。文学教育和评奖机制历来就是传播文学艺术和引导文学创作的重要手段,是实现文学经典化不可或缺的重要途径。没有哪一个作家不以自己的作品被选进教材为荣,也没有哪一个作家不以自己曾经获得某项文学大奖而自豪。以文学教育而言,改革开放三十年来,我们的文学教育,特别是大学文学教育活动,对中国文学"世界性因素"的形成和发展可以说起到了催化酶的作用。一方面,我们在学院体制内及时增补了不了解的外国文学和外国文艺理论批评课程,使得许多在这一体制内成长起来的作家直接接受多样化外国文学的熏陶,比如毕业于北京大学中文系的作家刘震云、毕业于解放军艺术学院文学系的作家莫言、毕业于华东师范大学中文系的作家格非等就是其中的佼佼者。他们从文学创作起步时开始,就因为在大学期间建构起来的对于文学的"世界意识、世界眼界以及世界性的知识结构",而使自己的创

[①] 宋炳辉、吕灿:《20世纪下半期弱势民族文学在中国的译介及其影响》,《中国比较文学》2007年第3期。

作活动站在了比较高的艺术平台上，具有一种"先在的""世界胸怀"。另一方面，相对单纯的学院体制也使得一些热心文学事业的大学教师能够潜下心来认真研究世界文学动态，及时把握世界文学的潮流。通过他们的推介，世界上一些重要的作家、优秀的文学作品和有影响的文艺思潮较快进入中国作家的参照视野。例如"生态文学"就是通过苏州大学教授鲁枢元、清华大学教授王宁、厦门大学教授王诺、北京大学博士赵白生等人的翻译介绍，迅速在中国传播开来的。不仅如此，一些著名大学的文学系20世纪80年代前后开办的各类"作家班"，也对形成中国文学的"世界性因素"起到了积极的引导作用。在这类班级的课程体系中，外国文学及文论课程都是深受作家欢迎的必修课，通过学习，"作家们的兴奋与感悟或溢于言表，或在作品中实验模仿，凡此种种，皆有案可稽"[①]。以文学评奖活动而言，1978年以后，"全国优秀短篇小说奖""全国优秀中篇小说、报告文学、新诗评选"等奖项相继设立，随后又有"茅盾文学奖""鲁迅文学奖""老舍文学奖"以及民间设立的各种奖项出台。从这些奖项的评判标准和获奖作品来看，"世界性的因素"已经是其中的一个重要参数，这无疑对中国文学走向世界起到了很好的激励作用。此外，诺贝尔文学奖作为一种潜在的诱惑，对中国近三十年文学"世界性因素"的形成无疑也起到了巨大刺激作用。

以上，我就近三十年中国文学"世界性因素"形成的外部机制作了简要分析。如果从更深层次来看的话，则还没有触及问题的核心。正如人们常说的那样，"外因是变化的条件，内因是变化的根据"。据此，我认为中国知识界对现代化的不懈追求，才是形成近三十年中国文学"世界性因素"的根本原因。改革开放以来，随着国家战略重心向以经济建设为中心的转移，中国社会重新回到了理性的起点，中国知识分子逐渐摆脱了束缚，获得了新的开放的世界眼光。因此，当他们面对与世界先进国家的距离，深深的"民族落后意识"和急迫的民族复兴愿望，就很自然地使之将寻求社会变革目标转化为"走向世界"的现代化叙事。正是站在"现代化"这样一个基点上，中国近三十年文学的"世界性因素"才获得了勃勃生机，才真正融入世界文学的大合唱之中。不过，中国文学中这种深层的"世界性因素"并不是以现代化总体叙事来演绎的，它主要

[①] 李迎丰：《试论中国当代军旅文学中的世界性因素》，《长江学术》2008年第2期。

是通过"'新民'现代性"和"生活现代性"两种方式来展开的。① 改革开放之初,回顾历史经验教训,中国文学界祭起了五四文学启蒙的大旗,将"新民"看成是实现"四个现代化"的首要任务,正是在这个意义上,西方各种人文主义哲学和文艺思潮才获得了被接纳的契机,中国文学也产生出"人性""人道主义"等"世界性的因素"。随着改革开放的逐渐深入,中国人的生活方式发生了翻天覆地的变化,"生活现代性"追求逐渐浮出水面。"我们重新建设和创造了完全不同于上世纪80年代以前的新的中国人的生活,一个超越了'革命化'和启蒙式'精神化'的生活,一个更为踏实和现实的、以物质生活为基础和前提的现代性的新生活。"② 于是,中国文学界追赶世界先进文化的潮流也相应地发生方向性转变,与后现代主义语境密切相关的王朔"痞子式"小说,书写小人物欲望和烦恼的新写实小说,以描写下半身为能事的"美女写作",以"80后"为主体的"新性情写作",以生态危机问题切入的生态小说,以先锋意识与神秘色彩为特色的"重述神话"等各种新的文学样式纷纷走上前台。它们虽然带有明显的对外国文学借鉴与模仿的成分,但却将新鲜的民族血肉经验加入世界格局下的文学,其文学的"生活现代性"赢得了广泛认同。现代化的宏伟目标,必然赋予中国文学以"走向世界"的精神品质。

三

"世界性因素"使近三十年中国文学不再像之前那样孤悬于世界文学的审美经验之外,作家通过"世界意识、世界眼界以及世界性的知识结构"的文学建构,自觉地将文学的民族性与世界性相结合,表现了后发展民族在现代化建设过程中面对域外文化时真实的生存处境、文化遭遇和审美追求,展示了民族文学在中外交流状态下"走向世界"的不懈努力。在"世界性因素"的影响下,近三十年中国文学的表现空间与艺术形式得到了极大的拓展。从个性与人性得以自由伸展到心理世界得到深邃而细致的发掘,从创作方法的求新求异到文体形式的不断创新,从艺术风格的多种多样到写作技巧的千变万化,中国文学都

---

① 张未民发表在《文艺争鸣》2008年第2期的《中国"新现代性"与新世纪文学的兴起》认为,中国现代性的基型有三种:一是"新民"的现代性,二是民族国家的现代性,三是生活现代性。我以为是恰当的,这里化用了他的观点。

② 张未民:《中国"新现代性"与新世纪文学的兴起》,《文艺争鸣》2008年第2期。

以前所未有的姿态拓展着艺术创造的空间。

与此同时,"世界性因素"也带来了中国文学深层观念的更新,为中国文学参与世界对话,提高艺术水平注入了鲜活的"造血干细胞"。我们知道,中国古代传统向来非常重视文学温柔敦厚的品格,正统的诗文就不必说了,就连小说这种街谈巷议的东西也显得非常内敛。在中国现代文学传统中,由于受到西方文学的影响,这种传统虽然有很大削弱,却"底线"仍在,涉及"怪力乱神"的东西并不多。但是,这种传统近三十年在"世界性因素"的强烈冲击下,似乎被从骨髓里施行了一次新的造血手术,有了非常大的改观。例如,诗人伊蕾的著名组诗《独身女人的卧室》,向着自己心仪的男性,她"毫无廉耻"地呼喊:"碗状的乳房轻轻颤动/每一块肌肉都充满激情","把你野性的风暴摔在我身上/把我发上的玫瑰撕破扔进风里","我的美丽是万死一生"。她以近乎疯狂性的自我宣泄扩张、悲壮性的自我轰毁,鼓动起"女权主义"的风帆,来呼唤女性意识全面的觉醒,其大胆和热烈的程度完全超过了《莎菲女士的日记》等现代情爱作品。当然,并不是所有中国文学的"世界性因素"都是这样与传统极端对抗的,更多的文学则表现出一种既面向世界又涵纳传统的包容情怀,并且正是从这里开始其深层文学观念更新、焕发其艺术创新精神的。比如湖北作家陈应松2008年出版的长篇小说《猎人峰》,就既表现了面向世界的生态主义情怀,同时又承袭中国古典文学的忧患传统,满含深情地抒发了对中国底层社会劳苦大众的悲悯之情,它将"世界性因素"与本土传统融汇成了一则新世纪的民族寓言。随着文学深层观念的更新,中国文学具有了更大的艺术包容性,获得了更为开阔的世界视野,也更有利于艺术水平的提高。

毫无疑问,"走向世界"的愿景使中国文学取得了巨大的艺术成就。可是,当我们静下心来认真反思近三十年中国文学的"世界性因素"时,我们也发现了不少问题,其中最主要的问题集中在两个方面。

第一,如何确立中国文学在世界文学中的身份。众所周知,"世界"是人们逐步建构起来的一种观念,是一个充满了历史意味、内涵与外延不断变化的范畴。中国古代本没有这种观念,它是随佛教一起传入的。我国古代与之相应的概念是宇宙,所谓"上下四方曰宇,古往今来曰宙"。因此,"世界"是一个具有开放性特征的概念,是客观存在并且随着人们认知视野的改变而改变的。但是,在很多时候,世界又会被人们赋予主观意味,甚至于意识形态色彩。比如,人们习惯于将发达国家的东西,看作是具有世界性的,而认为落后地区的东西不具有世界性。这种"世界"观,在中国人的思维活动中也普遍存在。很显然,这种观念是一个误区。应该说,任何一个国家或地区,只要它不自我封闭,不搞闭关锁国,它就应该是"世界"的一部分,就是具有"世界性"的。就此而言,中国在进入20世纪以后就已经是一个"世界性"的国家,近三十年的改革开放使它更加具有了"世界性"。所以,讨论文学的"世界性因素"时,也必然包括了中国文学自身在内。正是在这个意义上,当我们反观近三十年中国文学的"世界性因素"时,我们发现中国的许多作家和理论家,并没有从创作实践和理论认识上真正走出这种观念误区,他们依然陷入世界性与民族性的困境之中,无法摆正二者之间的关系,一会儿强调"世界性",一会儿又突出"民族性",始终摇摆不定。这就需要我们中国作家和文艺理论家进一步调整好自身的姿态,为文学世界性与民族性顺利"对接"做好"并轨"工作。

第二,也是最根本的问题,就是如何使文学的"世界性因素"转化为民族内在的创新动力。世界文学发展史告诉我们,外来因素对于文学的创新与发展从来就具有非同寻常的意义。比如中国盛唐诗歌的发展,就离不开包括印度和中亚地区在内的世界各国文学的涵养,德国文学中的"狂飙运动"与歌德借鉴中国文学也有很大关联。因而,如何使文学的"世界性因素"转化为中国文学内在的创新动力,就成为摆在我们面前的一个现实课题。脱离中国实际的粗鄙模仿显然是不能够提升文学艺术水平的,拒斥"世界性因素"而闭门造车同样无济于事。我们必须将对文学"世界性因素"的内在追求,同本民族千百年来形成的审美习惯和现实的生存处境、文化遭遇结合起来,进行创造性的文学发挥。诚能如此,则中国文学就可能踏上一个崭新的台阶,就可能在全球化语境下创作出无愧于中华民族伟大复兴时代的优秀作品,奉献出全世界为之动容的文艺新思想。这就需要我们将本民族文化的整合与对异域文化的吸纳放在一个恰当的张力结构之中,既不丧失自身的主体因素,同时也绝不让异域文化淹没民族文学的个性和特殊性。遗憾的是,从中国近三十年文学发展实际来看,虽然中国文学界为此作出了巨大努力,但是我们的作家、诗人和剧作家并没有很好地完全解决这一问题,我们的文艺理论和批评工作者也未能很好地完全解决这一问题。如何使文学的"世界性因素"转化为民族内在的创新动力,写出无愧于伟大时代的优秀作品,仍然是中国文学发展面临的主要问题。

(原载《学术论坛》2009年第5期)

网络文学 IP 跨界融合中的诗性空间
——以原创网络文学网站 IP 运营为中心

在媒介化社会，文学的诗性空间呈现出跨界融合的显著特征。不仅一些知名作家热衷于"触电"，以期获得超出传统文学的更多资源和效应；而且一些网络文学 IP 更是通过影视、游戏、动漫、网络剧、广播剧、有声小说等众多改编形式，使得文学这一传统的语言艺术在跨媒介叙事耦合中，不断地"开疆拓土"，"攻城略地"。尽管这一过程难免留下资本运作的商业气息，存在"饭圈文化"的不良影响①，但是这一新媒介文学的产业化却也无形地获得了更为广阔的诗性空间。在网络文学 IP 跨界融合过程中，文学网站作为专门收揽、储藏、发布和传播文学信息的网络节点，既是文学在网络虚拟空间的聚散地，也是连接作者和读者、文学与市场的枢纽。从某种意义上来讲，正是由于它们的商业化运作，才使网络文学 IP 构筑起一个全新的艺术生态场，最大限度地呈现出各种潜在的审美价值。这里，我们以原创文学网站 IP 运营为中心，透过它的产业化运作看看跨界融合是如何激发各种潜在的审美价值、重构文艺诗性空间的。

一、语言文本·媒介融合·复合诗性

我们知道，网络文学就是以互联网为载体而发表的文学作品，其本身并没有一个明确的界限。从原始意义来看，它依然属于传统的文学范畴，是语言艺

---

① "饭圈文化"，本意指一群互联网粉丝组成的组织和团体，由粉丝们投入大量的时间、金钱和精力，自发地给偶像助威和宣传。"饭圈文化"十分强调流量明星与粉丝个体成长的伴生性。但后来这种网络文化被异化了，出现"疯狂氪金""无脑应援"及网络骂战、恶意营销等畸形状况。

术文本。然而由于其互联网媒介写作特征和行文方式的特殊性，自从网络文学诞生以来，当代文学的格局就发生了翻天覆地的变化。"据统计，2019 年中国网络文学作者数量达 1936 万人，网络文学作品累计达 2590.1 万部，行业市场规模达 201.7 亿元，覆盖用户超过 4.5 亿。"① 如此庞大的作者队伍、作品数量、市场规模和读者群体，放在媒介受限的传统文学世界里简直不可想象！然则，网络文学是如何做到这些的呢？这固然与网络文学自带流量的信息属性有关，同时也跟网络文学网站的 IP 运营有着千丝万缕的联系。

　　IP 作为网络文化时代的热词，在当今的各种语言场合中经常被人们提及，然而大家对其内涵的理解却颇为含混，这里有必要首先对其含义予以厘清。IP 首先是作为互联网的网址被使用的，后来又演变为知识产权的意义，即"Intellectual Property"。但是，今天人们在使用 IP 一词的时候却经历了一个从原始语义到文化语义的蜕变过程。正因为如此，中国文化产业发展集团发布的《2018 中国文化 IP 产业发展报告》对之进行了重新定义和界定："IP 特指一种文化产品之间的连接融合，是有着高辨识度、自带流量、强变现穿透能力、长变现周期的文化符号，我们将这样的文化符号称为'文化 IP'。从消费者角度看，文化 IP 代表着某一类标签、文化现象，可以引起兴趣，用户愿意追捧，可能转化为消费行为；从运营商角度看，文化 IP 代表着某一个品牌、无形资产，可以通过商业化运营、产业化融合，转化为消费品，实现价值变现。在中国当代语境下，文化 IP 已不再局限于文学、动漫、影视作品，诸如清明上河图、曾侯乙编钟等国宝重器，敦煌飞天壁画、秦兵马俑等景区文物古迹，Line Friends 表情包，马拉松、世界杯等顶级赛事均可成为文化 IP。文化 IP 的核心属性是内容和流量（粉丝）。"② 正是由于 IP 的这一文化属性，使网络文学这一语言艺术文本具备了进行跨界融合的无限生机，获得了价值变现的文化市场契机。它不仅能通过在线连载、VIP 付费阅读、线下出版的形式获得大量粉丝追捧和实际收益，

---

　　① 颜维琦：《网络文学，向世界讲好中国故事》，《光明日报》2021 年 3 月 18 日。时至今日，这些数据依然在上升。

　　②《深度：2018 中国文化 IP 产业发展报告》，搜狐网 2018 年 10 月 20 日。

而且还以"泛娱乐"①改编的跨界融合方式反复激活其艺术生命。

就我国网络文学的跨界融合而言，原创网络文学网站在 IP 运营中扮演了非常重要的角色。像起点中文网、创世中文网、云起书院、小说阅读网、17K 小说网、纵横中文网、潇湘书院、晋江文学城、榕树下、红袖添香等网站，它们通过对原创网络文学 IP 的全版权运营，使网络文学产业链得到了多层次、多形式、多角度的市场开发。"截至 2017 年 12 月，根据各文学网站原创作品改编的电影达 1195 部、改编的电视剧达 1232 部、改编的游戏达 605 部、改编的动漫达 712 部。优质原创作品孕育出优质 IP，在优质 IP 得到市场广泛接受和认可后，再进行产业链开发，可以达到持续变现的目的，一个优质 IP 可以支撑数亿、数十亿甚至上百亿的产业价值。"②由于网络文学写作过程贯穿了"创作—发布—更新—打赏—催更—订阅"等一系列作者与读者之间的良性互动机制，生产过程具有初步的商业性和互动性色彩，内容上自带契合当下大众心理诉求和情感表达的卖点，形式上具有较强的通俗性和娱乐性，加之其丰富的故事资源、庞大的年轻消费群体和高强度的粉丝效应，使网络文学天然就具备了进行跨界融合的 IP 开发价值。以女性原创文学网站"晋江文学城"为例，"2005 年至今，在晋江文学城连载的小说作品被改编成影视剧或已经售出影视版权的作品超五百部，在文学网站中独领风骚，已播出并取得巨大影响力的，如《花千骨》《何以笙箫默》《恋恋不忘》《美人心计》《长大》《到爱的距离》《棋逢对手》《泡沫之夏》等。2018 年更是晋江文学城改编的丰收年，6 月开播的《镇魂》，迅速引发热议，12 月开播的《知否？知否？应是绿肥红瘦》不仅带领了一波内地观众的追剧潮，播放两周，全网热度指数 93%，豆瓣评分 7.6 分，播放量近 20 亿，同时段排名第一。播出期间同时引发了海外网友热议，很多外国观众在线等更新求翻译"③。其他像阅文集团旗下的 QQ 阅读、起点中文网、创世中文网等原创文学网站，也是动辄"拥有 1450 万部作品储备，940 万名创作者，覆盖 200

---

① 一般认为，"泛娱乐"概念最早由腾讯公司副总裁程武于 2011 年提出。作为一种互联网文化战略，指的是基于互联网和移动互联网的多领域共生，打造明星 IP 的粉丝经济，并在游戏业务的基础上相继推出动漫、文学、音乐、影视等新业务，致力于构筑一个全新的泛娱乐生态，最大限度地挖掘潜在的商业价值。

② 禹建湘：《网络文学产业化的三种形态》，《广西师范学院学报（哲学社会科学版）》2018 年第 4 期。

③ 舒晋瑜：《晋江文学 20 年》，《中华读书报》2019 年 8 月 28 日。

多种内容品类,触达数亿用户,已成功输出包括《庆余年》《赘婿》《鬼吹灯》《琅琊榜》《全职高手》在内的动画、影视、游戏等领域的 IP 改编代表作"[1]。这种文学与其他媒介跨界融合后产生的文化热度,在传统文学的单一语言艺术文本那里是根本无法想象的。

如何看待网络文学 IP 跨界融合中的诗性?有人认为,网络文学 IP 热拓展了文学的诗性空间,不仅促使文学乘着影像媒介的翅膀翱翔在艺术的星空,而且还不断地向着诗性的境界提升;有人则持相反的看法,认为网络文学 IP 热是文学向资本低下了高贵的头颅,既在影视等跨媒介叙事改编过程中弱化了固有的审美情怀,同时又通过网络热度、豆瓣评分等非艺术因素败坏了文学的旨趣!孰是孰非?在笔者看来,网络文学 IP 跨界融合固然存在若干不利于传统诗学的因素,但是却契合了"互联网+"时代审美文化混合式发展的大趋势。在这一过程中,通过市场化策略的实施,驱动了文学资源与不同领域、不同产业要素的融合与互动,实现了内容文本的最大化增值,扩展了文学的审美空间,进而形成了传统文学所不曾具备的复合诗性——由纯粹文学阅读鉴赏的"二度创造"想象审美,向着影视改编后的视听形象审美、有声广播的听觉审美,以及游戏和立体电影等沉浸式审美拓展,使文学审美得以在不确定的语言形象、固化的视听形象及沉浸式的情境形象的漂移之间,获得更为强烈的艺术效应,产生更为强大的审美张力。需要指出的是,那些受到读者喜爱的网络文学 IP,往往都是具有时代背景和社会心态的映射,同时又赓续了传统文化的根脉的作品,因而就需要网络文学创作者呕心沥血、倾心创作,同时也需要 IP 文化开发者认真遴选和着力打造,才能实现其与时代情绪共振的强烈艺术效应。

二、粉丝阅读·叙事重构·延伸体验

毋庸讳言,较之传统文学作品需要"三审三校"、反复打磨才能够公开出版发表的艺术生产机制,由网络写手夜以继日码字生产出来的悬疑、穿越、架空、玄幻、武侠、情感等大多数网络文学作品,通常缺少前者那份浸透纸墨清香的雅致、清新、精美和非功利的审美气质,内容的芜杂和拖沓、文字的杂沓与粗俗,乃至媚俗、滥情、自娱和功利性等非审美因素在所难免。但是由于网络文学写

---

[1] 详见阅文集团网站之"关于我们"介绍,截取日期为 2021 年 9 月 26 日。

作和阅读方式的特殊性,"网络作家和传统作家最大的区别,应该是和读者的关系。传统作家如果想直观地了解读者对作品的感受,其实蛮难的,但网文你可以立刻知道读者是不是喜欢,作者可以无时无刻和读者互动"。起点中文网站的白金作者耳根就坦言:"我的每部作品都不是我一个人完成的,是千万读者和我一起在创作故事。"① 一大批热心读者的追捧、评论、催更和参与创造,使粉丝阅读成为网络文学中一道亮丽的审美风景线。在互联网时代,网络文学阅读不再是独自一个人完成的事情,以起点中文网为例,2017年起点读书推出了"本章说"评论功能,读者可以在每段或每章之后发表评论,该功能也被称作"阅读弹幕"。其旗下大神作者"会说话的肘子"的代表作《大王饶命》甫一发布,就受到广大读者的热情追捧和评论加持,进入小说的第一页,你就能看到每段文字后都跟着一个数字:99——这是能显示的段评数量的上限,其第一部的"本章说"总评论数更是超过百万次。如此庞大的粉丝阅读现象在传统文学那里,是根本不可能的!不仅如此,网络文学的粉丝阅读还从汉语文学圈延伸到海外其他语种读者群,粉丝遍及全球。"求更新!""千万不要断更啊!""真期待故事下一阶段的走向"……在网络小说《诡秘之主》的连载平台起点国际上(Webnovel),每天海外读者对各类小说的评论达4万余条。据艾瑞咨询发布的《2020年中国网络文学出海研究报告》(以下简称《研究报告》)显示,中国网络文学的海外用户数量已达到3193.5万,海外市场规模也达到4.6亿元。② 这种"社交共读、粉丝社群、粉丝共创"自带流量的阅读审美形态,显然为网络文学IP的跨媒介叙事改编注入了强大内驱力,使得原创文学网站的IP运营者有充足的理由相信:拥有大量粉丝阅读量的网络文学IP一旦改编为影视、动画、游戏等,一定会受到大众的热捧,起码那些狂热的"阅读弹幕"发送人和置评者会成为新的艺术拥趸者!这些"原著粉"再加上改编为影视剧中引入明星演员携带的"明星粉"产生的叠加效应,使网络文学IP在跨界融合艺术中的潜在粉丝数成几何级数倍增!

一般说来,网络文学IP一旦被网站运营商选中,它就会开启艺术经济深加工模式,形成全流程、全要素的综合型开发体系,以实现自身价值的最大化增值。少数特别优秀的IP甚至可能形成"上游—中游—下游"完整的文化产业

---

① 何晶:《迈入IP粉丝文化新时代,网络文学进入下半场》,金羊网2019年5月19日。
② 参见刘乐艺《中国网络文学走红海外》,《人民日报》(海外版)2020年9月23日。

链，于是线下出版、院线电影、电视剧、游戏、动漫、付费广播以及由热门IP衍生出的主题公园、玩具、服饰、日用品、食品等都会与之伴生并迅速变现。不过，目前业界比较推崇的还是局部跨界衍生模式，如"网络文学+影视授权""出版社影视投资+反哺IP""影游IP联动"等，其中电影、电视剧和网络游戏改编是其跨界融合并实现商业价值增长的最基本形态。自然，网络文学IP的跨媒介叙事，不可能完全照搬原先冗长的网络文学叙事模式，它需要进行一系列"二度创造"的叙事重构，重新打造艺术的诗性空间。因为无论是从艺术品的生产过程，还是从消费过程来看，文学作品与影视作品之间毕竟存在着"本质性差异"[①]——文学从创作到阅读是一种相对私人化的行为，作品的话语特色、风格取向乃至读者群定位完全可以小众化一些，但是影视作为一种大众化的视觉艺术，它必须以通俗化、娱乐化和直观化的面貌去打动观众，否则就会被文化市场无情地抛弃，因此，网络文学IP改编需要找到文学同影像叙事的契合点。一方面强化叙事的戏剧性成为此类改编最直接的诗性规定，这就要求改编后的影视在人物形象塑造、人物关系构成、矛盾冲突展开、叙事节奏把控、故事线索安排等环节更加符合戏剧化特色，以吸引观众持续观看与讨论；另一方面，重塑故事的艺术真实性成为此类改编成功与否的关键——角色定位与观众"期待视野"的重合度如何？情节、细节是否真实而富有感染力？是否能促使观众由艺术观照而产生强烈的现实代入感？这些是IP改编中必须考虑的问题。网站晋江文学城推出的网络作家阿耐的《欢乐颂》《大江大河》《都挺好》等，从网络小说到电视剧的成功运作，就充分说明了叙事重构中找到适合影像叙事的契合点的重要性。此外，由网络小说IP到影视剧改编，在叙事重构时强化文化价值的引领也显得更加突出，尤其是那些以古装人物为题材的玄幻、奇幻、架空、武侠、仙侠、历史、悬疑类网络小说IP的影视化改编更应增强这方面的文化诗性。让"架空"得以落地（如流潋紫的《后宫·甄嬛传》），让古典诗词鲜活"出场"（如关心则乱的《知否？知否？应是绿肥红瘦》），让"考据热"不断升温（如马伯庸的《长安十二时辰》），使网络文学IP通过影视剧改编变得更加多元、多维，成为传递传统文化的有效途径[②]，这种文化诗性的加持无疑是跨媒介叙事重构时的题中应有之义。

[①] 高鑫：《电视剧创作概论》，十月文艺出版社1986年版，第185页。

[②] 参见欧阳一菲《强化网络小说影视化改编的文化自觉》，《光明日报》2020年3月4日。

如果说阅读网络文学时产生的审美体验主要还停留在"还原""填空"和再现想象等由语言艺术构成的二度创造精神境界的话，那么经过电影、电视剧和网络游戏改编后的跨界融合就会将这些审美体验向更为广阔的领域延伸。首先，通过网络文学 IP 到影视艺术的媒介转换，使纯语言艺术转变为视听感受冲击力更强、直观体验和代入感更高的影像作品，可以吸纳不同年龄层次、不同教育背景的更多受众参与到二度创造的审美活动中，从而获得更为广泛的艺术鉴赏共鸣效应。不仅如此，一些原本影响范围受限、阅读群体小众化的网络文学体裁（如诗歌），还可以通过向纪录片、音乐剧、话剧、微电影、短视频、声音平台等视听类型产品的延伸，获得更高的关注度。例如，脑瘫女诗人余秀华创作诗歌本是在一个相对窄小的文人圈子内引起关注的文化现象（尽管她 2015 年创作的诗歌《穿过大半个中国去睡你》获得过百万点击量，一度走红网络），但是通过网络音乐爱好者戴凤鑫改编的《穿过大半个中国去睡你》的同名歌曲的网络传播，以及她自己亲身演绎的纪录片《摇摇晃晃的人间》的公开放映，却让她和她的诗歌从一个网络流量话题转变为一个身体残疾的女性面对命运、家庭、婚姻和梦想时坚持与抗争的影像故事，走进了千家万户，成为家喻户晓的文化事件，不仅还原了其诗歌的魅力底色，而且赋予了人物故事背后极大的想象空间。其次，通过网络文学 IP 的游戏化运营，充分利用网络游戏用户黏性高、传播速度快、付费空间大、角色代入感强的特点，让用户（很多时候他们就是小说原作的粉丝）在玩法多变、叙事性强的故事中扮演曾经喜爱的角色，亲身体验跌宕多姿的剧情，并与自己喜爱的角色一起成长。这种娱乐方式，是文学审美的合理延伸，尤其当游戏的情景设计和世界观表达跟小说原作一致时，那么网络文学就能够借助这一新的跨界文化形式，重新焕发艺术光辉，获得新的艺术生命力。例如，原发于晋江文学城等网站上的 IP 文学作品在改编为手游和网游后，不仅带动了对网络文学原作的反刍体验，而且也让包括原著粉丝在内的玩家在"文学＋游戏"的场域共振模式中获得了全新的场景互动体验。

三、资本新宠·偶像审美·大众狂欢

由于网络文学 IP 天然自带"粉丝"，且具备通过互联网手段强化"粉丝效应"的特征，"约有 72.9% 的用户表示愿意收看改编作品，其次粉丝会对文本进行二次创作,自发承担宣传作用,加强影视剧的口碑传播"①,加之其 IP 运营涉及的产业链层级多,既可以通过付费阅读直接获取收益,又可以通过改编为电视剧、电影、动漫、游戏、付费广播剧和周边产业等各类文化产品,形成完整的产业生态,所以它迅速成为资本的新宠。下面"创业邦研究中心"发布的一幅图(见图 1)比较好地反映了中国网络文学产业链及其产业生态情况。

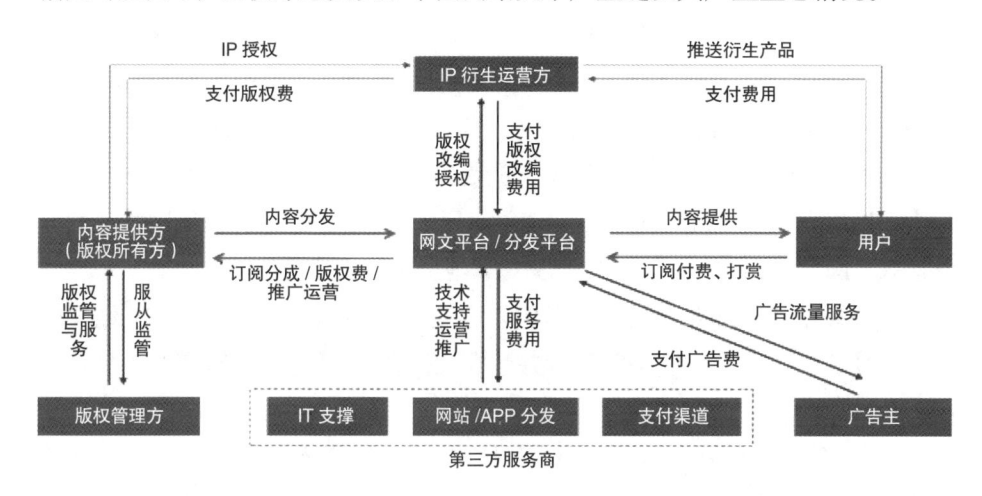

图 1　中国网络文学产业链图②

这幅图展现的网络文学 IP 运营情况表明,随着产业链向下游的跨界延伸,给 IP 的价值赋能打开了无限商机,行业潜在的巨大市场存量必然引起资本的高度关注,成为投资者的新宠。事实正是如此,"中国社科院发布的数据显示,2020 年中国数字娱乐核心产业规模达 6835.2 亿元,其中网络文学市场规模 288.4 亿元"③。因是之故,在网络文学 IP 跨界融合过程中,各种资本表现出异乎寻常的热度,参与网络文学 IP 产业经营的公司和资本也越来越多。阅文、掌阅、中文在线、百度文学和阿里文学等领风气之先,市场份额和用户规模占比均居前列。这些资本集团旗下的文学网站在网络文学 IP 开发与资本的对接方面也

---

① 赵红勋、张梦园:《粉丝经济视角下网络文本影视化改编的当代转向》,《新闻世界》2021 年第 9 期。

② 图片源自"创业邦研究中心"《2018 年网络文学行业报告》。

③ "央视财经"《正点财经》2021 年 6 月 7 日报道:《网络文学市场规模超 288 亿元!〈庆余年〉等剧"吸粉"无数,网文 IP 影视化改编成趋势?》。

做得最为成功。根据 2021 年 6 月 1 日由中国经济信息社编制的《新华·文化产业 IP 指数报告（2021）》提供的信息，该指数报告首期选取了 2019 年 1 月至 2020 年 12 月期间，电影、网络连续剧、移动游戏、网络文学、网络动画（不含儿童动画）、网络漫画六个领域新发布或仍提供更新、下载等服务的各前 20 名中国当代文化产品，共有 113 个 IP 入围，最终公布了综合表现居于前 50 位的 IP。其中原生类型为文学的 TOP"IP"共有 26 个，大部分是网络文学且综合排名靠前。指数结果还显示，在 TOP50 中，网络文学 IP 占比最高，达到 40%，较之 2017—2018 年结果有较大幅度提升，并且围绕网络文学改编的产业链上下游更加通畅。经过动漫、影视等具备更大用户基础的文化形态改编，也进一步放大了网络文学 IP 的源头价值，实现了对原生内容的反哺，并推动网络文学商业模式不断升级，网络文学 IP 孵化集中效应显著加强。

  作为资本新宠和跨界融合艺术的内容提供方，原创文学网站在 IP 经营中是以偶像审美方式来"收编"读者并激发他们在 IP 开发后的新业态中自觉承担起口碑宣传作用的。然则，偶像审美是如何练成的呢？我们知道，网络文学作者和读者一般都是青年群体，他们是在宏大叙事渐次退场的网络信息环境中成长起来的一代新人。没有了宗教偶像和英雄偶像崇拜的社群生境，失去了激情燃烧的革命化场域，使他们的文化生活显得平淡无奇，于是自我造神——塑造"平民偶像"，也就成了他们独特的精神方式之一。先是 1998 年首播的电视连续剧《还珠格格》掀起了一股"小燕子""紫薇"崇拜的粉丝热潮，接着 2005 年湖南卫视举办的"超级女声"真人秀上声势浩大的狂热粉丝团，后来这股平民造神运动又从影视明星界延伸到网络文学领域，捧红了韩寒、郭敬明等一大批文学新人。如今，这股偶像审美的风潮又席卷进了网络文学 IP 领域，将网红作品与影视改编中的明星偶像紧密联系在一起，那些沦为资本新宠并被偶像审美影响的原创网络文学 IP，失去了原本稀薄的精英文化成分，其艺术形式彻底向大众文化转型，呈现出一派大众狂欢的审美景象。网络文学 IP 改编过程贯穿着泛娱乐化色彩。所谓泛娱乐，是指以影视、动漫、音乐、演出、游戏和出版等为代表的文化产业生态圈，其核心是优质 IP 的形塑与延伸，通过系列文化符号打造明星 IP 的粉丝经济。① 在跨媒介叙事耦合前，网络文学 IP 作为单纯

---

  ① 汤书昆、郑久良：《泛娱乐文化生态视角下非遗 IP 版权运营策略探究》，《中国编辑》2019 年第 5 期。

的文字作品,虽然也有作者的商业诉求和读者的催更、评论、跟帖等有别于传统文学的大众化倾向,但毕竟只是在网络文学圈内泛起波澜的小众化艺术。而经由跨界融合后,适合大众文化口味的泛娱乐化运营则无时无刻不在影响着作品的生境。提高改编还原度以维系粉丝认同,精选流量明星饰演角色,恰当把控角色匹配度以实现粉丝迁移,通过优质 CP(情侣档)塑造和宣传吸引受众等是打造 IP 关键;营造视觉奇观化的艺术效果,满足愉悦和臣服感官的审美情境设定,解构经典和颠覆权威的消费主义时尚等是 IP 改编时必要的考量。具有开放性、创新性和全民性的互联网平台,成了当下大众狂欢的广场,这里"充满了双重的笑,充满了对一切神圣事物的亵渎和歪曲,充满了不敬和猥亵,充满了同一切人一切事的随意不拘的交往"①。尽管这一审美景观中难免出现一些负面现象,将这种大众狂欢的审美节奏带偏到文艺的健康轨道之外,但是相较于传统文学的单纯文字审美而言,经由跨界融合后的网络文学 IP,就像走出封建闺房的时尚美女,以其或浓抹重装或淡扫蛾眉的俗世情怀,展现出更加开放的诗性空间。

综上所述,我认为在媒介社会里,通过跨界融合,网络文学 IP 构筑起全新的艺术生态场,最大限度地激发出各种潜在的审美价值。它不仅超越文学固有的语言艺术"二度创造"的想象之美,开拓出视听形象审美和身心沉浸之美等全新诗性空间,而且以跨媒介叙事重构为契机,通过粉丝迁移和偶像审美的叠加效应,构筑出一派大众狂欢的审美景观。自然,在这一过程中,难免也会出现将审美节奏带偏到文艺健康发展轨道之外的不良倾向,这是值得我们警惕并予以正确引导的。

---

① [苏]巴赫金:《巴赫金全集》第 5 卷,钱中文译,河北教育出版社 1998 年版,第 170 页。

《山海经》美学精神与中国新时代电视剧创新

在五千多年的文明史上,中华民族创造了光辉灿烂的物质文化和浩如烟海的文化典籍,蕴含着丰富而独特的美学精神。这是最可宝贵的文化基因,她展现了中华审美风范,使中华美学自立于世界民族之林!《山海经》作为中华文化的元典之一,其光怪陆离的神话传说及所蕴含的率真浪漫审美气象,就像女娲炼成的一块块熠熠生辉的补天宝石,在建构中华美学精神方面具有重要的开创意义。虽然在"子不语怪力乱神"等主流美学影响下,《山海经》美学精神长期被遮蔽和扭曲了,但是它内蕴的光芒却无时不在美学的星空中闪耀。从《诗经·采薇》中"命之衰矣"的感叹到庄子的生命美学,从魏晋时期的个性美学到晚明的启蒙美学,一直到清代曹雪芹的《红楼梦》张扬的性情之美,代代相传,从未停息。[1] 正如德国诗人歌德曾经说过的那样:"我深信人类精神是不朽的,就像太阳,用肉眼来看,它像是落下去了,而实际上它永远不落,永远不停地在照耀着。"[2] 在今天这个"比历史上任何时期都更接近中华民族伟大复兴的目标"的历史时期[3],弘扬《山海经》美学精神,并以之来烛照当下文艺创作现象可谓正当其时!正是基于此一认识,本文以"《山海经》美学精神与中国新时代电视剧创新"为题,展开初步探讨。

---

[1] 潘知常:《关于中国美学精神的思考》,《美与时代(下)》2014年第11期。

[2] 歌德语。见爱克曼辑录《歌德谈话录》,朱光潜译,人民文学出版社1978年版,第42、43页。

[3] 习近平:《在文艺工作座谈会上的讲话》,人民出版社2015年版,第2页。

一

　　《山海经》是我国先民经行世界后留下的一部记述远古社会的百科全书，涵盖了上古地理、天文、历史、神话、气象、动物、植物、医药、矿藏、宗教等方面的诸多内容。全书共十八卷，三万一千余字，其中《山经》五卷、《海经》八卷、《大荒经》四卷、《海内经》一卷。书中记载了大量的或真实可考或怪诞不经的山川、海洋、动物和植物。《山海经》保存了大量的原始神话传说，神话学家袁珂誉之为"非特史地之权舆，亦乃神话之渊府"。从美学上来看，无论是神话传说本身，还是记述者的叙事意蕴，都孕育着中华民族最原始的审美基因。

　　其一，开辟鸿蒙、创化生命的创造之美。《山海经·大荒西经》中写道："女娲，古神女而帝者，人面蛇身，一日中七十变"，"有神十人，名曰女娲之肠，化为神，处栗广之野，横道而处。"晋代郭璞将"女娲之肠"解释为"或作女娲之腹"，也就是说"女娲造人"作为一种神话原型在这里就已经出现（系统的女娲抟黄土造人和炼五色石补天神话记载出现在汉代以后的《淮南子》和《风俗通义》中）。不仅如此，《山海经》还用"××生××"的表达方式对华夏民族的部落如何创生、如何繁衍进行了细致全面的描述，《大荒东经》写到"帝俊生中容"，《大荒南经》写到"帝舜生无淫"，《大荒西经》写到黄帝之孙"始均生北狄"，《大荒北经》写到"颛顼生驩头，驩头生苗民"，《海内经》写到"太皞生咸鸟，咸鸟生乘厘。乘厘生后照，后照是始为巴人"……通过"××生××"的叙事语式，《山海经》在阐述中华民族从个体到部落乃至种族繁衍的同时，将开辟鸿蒙、创化生命的创造美基因深植于民族审美的谱系。

　　其二，敬畏自然、物我融通的生态之美。这首先表现在物象的神化方面。在《山海经》里，人与自然是浑融一体的，没有现代所谓主体与客体之分。在《海外北经》中，"相柳者，九首人面，蛇身而青"。在《海外北经》中，烛阴"其为物人面蛇身，赤色，居钟山下"。在《海外东经》中，"东方句芒，鸟身人面，乘两龙"。在《西山经》中，昆仑山神"其神状虎身而九尾，人面而虎爪"。这些人兽杂合的形象在先民那里，自然天成，没有任何物我之间"隔"的感觉。其次表现在祭祀与尊崇方面。或许出于人类对自然的惧怕，《山海经》中的华夏先民对自然神往往是顶礼膜拜，充满敬畏之心。"瀹山，神也。祠之用烛，斋百日以百牺，瘗，汤之以酒百樽。"这里的神祇与后世的人格神显然是不同的，他们承载的是自然界中无所不在的神秘力量,而这也正是他们赢得敬畏的根源。这种敬畏自然、物我融通的生态之美正是现代人所匮乏的。

其三,亦真亦幻、想象奇特的浪漫之美。在《山海经》里,其真也真实得直逼史实。例如《海内东经》中对蓬莱山、琅琊台、会稽山的方位描绘,与今天的实际位置相差无几;《海外北经》反映炎黄两个部落的战争及逐渐融合为华夏族的记载,基本上可以作为信史来看待;而关于黄河、昆仑山、肃慎国、犬戎国、匈奴国等内容的记载更是真实的历史存在。其幻也幻化得荒诞不经。例如《海外南经》关于羽民国、讙头国、厌火国、贯匈国、三首国和不死民的描述,《北山经》中的精卫填海故事,《海外北经》中的夸父逐日故事皆无凭无据,极尽虚构之能事。这种亦真亦幻、想象奇特的浪漫之美,从古至今一直在中国的艺术之河中潺潺流淌。

其四,张扬血性、死而不屈的悲剧之美。面对强敌,敢于亮剑,血战到底,这是一个民族在生死存亡关头最可宝贵的品质,也是人世间最为壮丽的美。在《山海经》中,华夏民族这一宝贵的审美品质早就播下了基因。"刑天舞干戚,猛志固常在",陶渊明赞叹的这种血性之美,在《海外西经》中有详尽的记述:"刑天与帝至此争神,帝断其首,葬之常羊之山。乃以乳为目,以脐为口,操干戚以舞。"男将如此,女杰也不例外。在《北山经》里,不幸溺死后化为小小精卫鸟的炎帝之女,巾帼丝毫不让须眉:"有鸟焉,其状如乌,文首、白喙、赤足,名曰精卫,其鸣自詨。是炎帝之少女,名曰女娃,女娃游于东海,溺而不返,故为精卫。常衔西山之木石,以堙于东海。"无头而继续战斗,小鸟而矢志填海,这种张扬血性、死而不屈的悲剧之美,至今仍然令人钦敬!

其五,涵容八荒、气度恢宏的气魄之美。"仰观宇宙之大,俯察品类之盛。"读王羲之的《兰亭序》时,我们一定会被文章中那恢宏的气度之美所折服。其实,这种宏大的气魄之美早在《山海经》中就已种下基因。《南山经》写道:"右南经之山志,大小凡四十山,万六千三百八十里。"《中山经》写道:"大凡天下名山五千三百七十,居地,大凡六万四千零五十六里。"《大荒东经》写道:"东海中有流波山,入海七千里。其上有兽,状如牛,苍身而无角,一足,出入水则必风雨,其光如日月,其声如雷,其名曰夔。黄帝得之,以其皮为鼓,橛以雷兽之骨,声闻五百里,以威天下。"表面上看来,这种尚大尚广的"数学崇高"只不过是古人文章的一种夸饰修辞,实则并不尽然,因为正是这种涵容八荒、气度恢宏的气魄之美,才奠定了华夏民族协和万邦的根基。

其六,和谐共存、诗意栖居的筑梦之美。冯友兰在《新原人》一书中说:"从表面上看,世界上的人是共有一个世界,但是实际上,每个人的世界并不相同,因为世界对每个人的意义并不相同。"①在《山海经》展现的世界中,家园梦想是充满诗意的。"西南黑水之间,有都广之野,后稷葬焉。有膏菽、膏稻、膏黍、膏稷,百谷自生,冬夏播琴。鸾鸟自歌,凤凰自舞,灵寿实华,草木所聚。爰有百兽,相群爰处。"(《海内经》)"有载民之国……食谷,不绩不经,服也;不稼不穑,食也。爰有歌舞之鸟,鸾鸟自歌,凤鸟自舞。爰有百兽,相群爰处,百谷所聚。"(《大荒南经》)"此诸夭之野,鸾鸟自歌,凤鸟自舞;皇卵,民食之;甘露,民饮之:所欲自从也,百兽相与群居。"(《海外西经》)无论是《海内经》中的"都广之野",还是《大荒南经》中的"载民之国",抑或是《海外西经》中的"诸夭之野",在这种类似于后人桃花源般的筑梦世界里,人们畅想的是"同与禽兽居,族与万物并"的诗意栖居境界。

二

如前所述,《山海经》美学精神,代代相传,从未停息。但是在儒、释、道为主的后世中国主流美学传统中,《山海经》美学精神很少被人们真正关注和把握。而今,我们重提《山海经》美学精神也并非闭门杜撰的一个美学伪命题。因为《山海经》美学精神借助电视荧屏这一媒介在电视剧创作中又重新被激活了。近年来出现的玄幻类电视剧就明显地带有《山海经》美学精神旨趣。然而,这些作品却仅得其皮毛,离真正的《山海经》美学精髓仍然相去甚远。言及于此,我们就不得不对当下电视剧存在的若干不良倾向做些具体分析。②

其一,颠倒黑白,解构崇高。"沧海横流,方显出英雄本色。"崇高作为人类在改造自然和社会斗争中由主客双方矛盾对立、激荡冲突而产生的动态美,体现了人类同自然和社会中可怕势力斗争时的豪迈气势和悲壮情怀,故而崇高总是与英雄人物联系在一起。像《山海经》中的夸父追日、精卫填海、刑天舞

---

① 叶朗:《美学原理》,北京大学出版社2009年版,第430页。

② 我这里主要是从电视剧存在的问题出发来谈的,并不是要否定当今电视剧创作的艺术成就。事实上,近些年来中国电视剧艺术主流是值得充分肯定的,也创作了大量优秀电视剧,这是需要说明的。

干戚等就表现出一种崇高的审美格调。他们身上葆有的刚强血性、死而不屈精神，永远值得人们效法。但是，不知从何时起，中华大地上却卷起一股鄙视英雄、调侃榜样、诋毁崇高的妖风。他们扛着后现代学术的旗帜，不相信董存瑞、黄继光的英雄壮举，质疑江姐、刘胡兰的英雄行为……这些不良艺术倾向在电视剧中也颇有市场。在部分电视剧中，一些没有远大理想，甚至痞气十足、游手好闲、满口粗话的乡间混子由于某种机缘巧合，"一不小心"就变成了抗日英雄，在他们身上你完全体会不到任何崇高的审美感受！当然，我并不是说，普通人就不能成为电视剧主角，而是说电视剧不能为了片面追求收视率而放低审美身段，统统将英雄叙事降格为痞气十足的"雷剧"。

其二，胡编滥造，糟践历史。在中国几千年的文明史上，上演了一幕又一幕或悲壮，或豪迈，或叹惋的精彩故事，这自然成为包括电视剧在内的文学艺术重要的创作素材。但是，当人们艺术地表现历史的时候，在美学精神上却始终必须遵循历史真实与艺术真实辩证统一的规律。吴晗说："历史剧和历史有联系，也有区别。历史剧必须有历史根据，人物、事实都要有根据……同时，历史剧不同于历史，两者是有区别的。假如历史剧和历史一样，没有加以艺术处理，有所突出、集中，那只能算历史，不能算历史剧。"[①] 就是说历史剧必须既尊重历史事实，又应该有所创造，有所虚构。但是现实情况是很多历史电视剧为了迎合庸俗低级趣味，片面追求市场效应，随意虚构故事，架空历史，已经堕落到尼尔·波兹曼所描述的"娱乐至死"深渊了。这种视历史如儿戏，糟践历史、胡编滥造的行为已经严重败坏了人们的审美情趣。

其三，窥私猎奇，伦理失据。家庭是社会的细胞，表现家庭生活的伦理剧接近日常生活，人们容易从中返身观照，产生共鸣，因而非常受老百姓欢迎。改革开放以来，随着市场经济改革向纵深发展，传统家庭观念受到了前所未有的冲击，改变了传统的伦理文化和意识形态。关注家庭冲突本是一块很好的电视剧天地，我国艺术家也创作出了像《贫嘴张大民的幸福生活》《中国式离婚》《家有儿女》《金婚》等优秀家庭伦理剧。但与此同时，我们也应看到，由于受到后现代精神和浮躁创作之风影响，在家庭电视剧领域表现出背离生活实际、价值内涵缺失、窥私猎奇、伦理失据的不良倾向，部分情节更是让人难以接受！

---

① 吴晗：《谈历史剧》，转引自上海师范学院中文系文艺理论教研室《文学理论争鸣辑要》下册，上海文艺出版社 1983 年版，第 681 页。

其四,血腥荒诞,宫斗毒瘤。"宫斗剧"本属历史剧的一个分支,但由于中国古代封建王朝的后宫中美女如云,又充满了波诡云谲的政治博弈和血腥残暴的历史掌故(例如汉代吕后与戚夫人恩怨),所以它同一般的历史剧有着较大区别。再加上反映后妃生活,必定涉及宫闱隐私、宫廷制度、文化礼仪、权力博弈等隐秘内容,给人一种美人如玉、古意盎然、可看点多的独特审美期待,这就在一定程度上弥补了后现代消费社会中"毫无深度的文化"之不足。像《甄嬛传》等宫斗剧,由于富有一定的历史内涵,又有较强的艺术观赏性,取得了非常不错的收视效果。本来后宫争斗是一个可以深度挖掘的题材类型,通过嫔妃争宠、比拼心计,以及前廷后宫间的政治关联,可以发掘隐藏在背后的特殊人物命运和人性扭曲因由,但是由于部分宫斗剧肆意篡改历史,角色架空,权利膜拜,着眼于阴谋陷害的权谋,热衷于血腥荒诞的情节,无限放大人性中恶的一面,且带有很强的政治隐喻性,对青少年观众起了不好的示范作用,正成长为电视艺术中不可忽视的毒瘤。

其五,模仿抄袭,缺乏创新。"'诗文随世运,无日不趋新。'创新是文艺的生命。"[1]电视剧作为读图时代最受群众青睐的一种艺术形式,原创性是其生命力所在。因为电视剧是以"内容为王"的,如果没有大量优秀的原创作品做支撑,没有具有创新精神的艺术家积极主动地进行文化创造,就等于没有灵魂,而复制式、同质化内容的抄袭模仿,很难让人民群众喜欢。近年来,中国电视剧虽然也为大众提供了不少好的原创作品,但在急功近利的浮躁创作风气引领下,模仿抄袭之风盛行,也是人所共知的。当然,我并不是说不能进行艺术借鉴,参考和借鉴是艺术创新的基础,金庸的武侠小说就大量借鉴了民国武侠小说甚至古代传奇小说的精髓,但是如果一部电视剧从创意思维到主题思想,从人物设计到故事风格,从因果逻辑到拍摄技巧全面"借鉴"的话,那就无疑属于抄袭之列了,而目前此等风气正在撕裂着电视剧创新的灵魂!

三

习近平总书记在文艺工作座谈会上的讲话上说:"我们要结合新的时代条件传承和弘扬中华优秀传统文化,传承和弘扬中华美学精神……我们要坚守中

---

[1] 习近平:《在文艺工作座谈会上的讲话》,人民出版社2015年版,第11页。

华文化立场、传承中华文化基因,展现中华审美风范。"① 这既是实现中华民族伟大复兴的时代召唤,又是激活中华传统文化生命力的良好契机,也是包括电视剧创新在内的当前中国文艺发展的迫切需要!在一段时间内文艺圈奉行"金钱至上,娱乐至死"信条的大环境下,发掘中华美学精神的合理内核,结合新的时代条件,传承和弘扬《山海经》的美学精神可谓撬动电视剧审美疲劳症最为有力的杠杆之一。

然则,我们该如何传承和弘扬《山海经》的美学精神呢?在我看来,《山海经》的美学精神,并不在故事和形象的荒诞不经,而在于其展现了对生命的热爱和愤恨,欢欣和恐惧,反抗和膺服,在于其丰富的艺术想象,在于其血性的悲剧情怀,在于其生态的宇宙意识。循此,则中国电视剧完全不必到外国影视基地中去寻找艺术灵感,到他国电视剧中拾人牙慧,乃至跟风逐浪地拍摄一些狗尾续貂之作,而应以其沉酣的生命之美走上自主创新的康庄大道!

其一,淬创新之炉火,熔铸电视剧的精神之魂。在《山海经》里,不仅"女娲之肠"能繁衍生命个体,包括种族、民族在内的一切都是生生不息的。这种无所不包的创生万物精神,就像一颗颗孕育生命的种子,伴随着我们的祖先经行天下,所向披靡。依此创新精神来生产电视剧,何愁没有好的思维,好的题材,好的故事,好的人物,好的风格!这就需要我们的电视艺术家真正从创造精神出发,走出书斋,深入田野,从日常生活中去发掘出精彩的中国故事,并以电视剧特有的语言区去讲好这些故事,发现其中独有的民族精神、深刻的时代主题和蕴蓄的人性内涵。因为在我们这个改革进入深水区的大变革时代,每时每刻都在发生无数精彩故事,它们有时比电视剧本身还要精彩!关键是看我们是不是独具一双慧眼,去拨开遮眼的阴霾,洞悉生活的本真,发现身边无穷无尽的美。从某种意义上说,近年广受大众欢迎的电视剧《欢乐颂》,就是这样一部源于生活又高于生活的创新之作。"苟日新,日日新,又日新。"在电视剧创新领域,我们尤其需要这种淬火精神。只有通过不断发掘,不断熔铸,反复淬火,才能够制作出无愧于伟大变革时代的电视剧精品。

其二,汲生态之源泉,浇灌电视剧的绿色之思。在《山海经》里,既有敬畏自然、物我融通的生态情怀,又有和谐共存、诗意栖居的筑梦理想。这种"同与禽兽居,族与万物并"的生态观念,正是拯救现代生态危机急需的精神源

---

① 习近平:《在文艺工作座谈会上的讲话》,人民出版社 2015 年版,第 26 页。

泉,同时也与我国"十三五"规划的绿色发展理念高度契合。用这样的生态精神,去寻找电视剧题材,创作中国气派的电视剧,不唯内容上具有鲜明的时代性,而且接续了中国文化数千年的历史传承,定能产生非同凡俗的艺术效应!事实上,我国已有不少电视人对此进行了大胆的探索,由导演孙沙拍摄的《希望的田野》《美丽的田野》《永远的田野》电视剧三部曲,就以娓娓道来的中国故事较好地展现了生态救赎主题。当今世界的生态危机越来越严重,人类对自然环境的破坏已从根本上威胁到人类的生存,"因为人类太精明于自己的利益了……如果我们能调整它与这颗行星的关系,并深怀感激之心地对待它,我们本可有更好的机会存活下去"[①]。电视剧作为最受大众青睐的艺术形式,借鉴包括《山海经》在内的古代生态文化资源,自觉地拯救生态危机是历史赋予我们的时代使命,对此我们责无旁贷!

其三,以血性之情怀,重塑电视剧的悲剧之美。在《山海经》里,中国悲剧精神得到了深刻的体现,赋予了独特的历史文化内涵。这里的矛盾冲突不是简单的正义与非正义之争,不是简单的敢于流血、敢于牺牲的英雄气概,而是在神秘的、不可抗拒的命运重压之下,依然坚持"自主""自决"乃至抗争到底的人格尊严和精神自由。[②]在多民族融合过程中,强大者打败弱小者,并最终实现华夏民族的大统一这是历史不可抗拒的命运,战败者被砍掉头颅本是寻常事一桩,但是刑天的头颅虽被砍,却非要"以乳为目,以脐为口,操干戚以舞",用死而不已的气概抗争到底,来捍卫自己的人格尊严和精神自由!这是什么?这就是中华民族特有的血性!在实现中华民族伟大复兴的征途中,我们常常会面临着强敌环伺的险境。面对强敌,如果我们没有了血战到底,敢于亮剑的精神,那是十分危险的。在这方面,电视剧《亮剑》等就进行了很有价值的探索。但是,由于我们长期处于和平环境,在知识精英中"鸵鸟精神"盛行,这就迫切需要我们用电视剧这种大众化的艺术形式去唤醒中华民族潜在的血性情怀,重塑电视剧的悲剧之美。

其四,挟想象之奇幻,抒写电视剧的多彩之梦。《山海经》有如失落的天书,充满了如梦如幻的艺术想象力和汹涌奔腾的思想活力,为我们打开了仰观宇宙

---

① E.B.怀特语。[美]蕾切尔·卡逊:《寂静的春天》,吕瑞兰、李长生译,吉林人民出版社1997年版,"卷首语"。

② 叶朗:《美学原理》,北京大学出版社2009年版,第348页。

之大和俯察品类之众的无限广阔天地，是对人类现实经验世界的极大超越！在《山海经》里，不仅描绘了神秘的动物、奇异的美玉、缥缈的山脉、无边的海洋、奇妙的湖泊，而且展现了丰富的神话、浪漫的传说，并且初步具有了一定的审美倾向性。"有鸟焉，其状如鸡，五采而文，名曰凤皇，首文曰德，翼文曰义，背文曰礼，膺文曰仁，腹文曰信。是鸟也，饮食自然，自歌自舞，见则天下安宁。"（《山海经·南山经》）这种奇幻而又初具审美追求的想象力，对于我们今天的电视剧艺术创作是弥足珍贵的。应该说，今天的电视剧品类中是不缺乏富有想象力的类型的。无论是穿越剧、玄幻剧、神话剧，还是武侠剧、古装剧、破案剧、科幻剧，它们都并不缺乏想象力。但多数作品不仅在想象的超越性方面远不及《山海经》，而且更为致命的还在于它们的审美倾向十分可疑。这自然是值得电视剧领域高度关注的。

"文律运周，日新其业。"创新是引领民族文化发展的不竭动力，一部文艺发展史就是文艺创新的历史。中国当代电视剧要走出"克隆""山寨"的文化困境，克服"同质化"的不良倾向，必须调动各种文化艺术资源，充分吸收优秀传统文化营养，找到属于自己的文化根基，才能创作出更多具有中国气派、中国风格和中国特色的优秀电视剧作品。在这一方面，传承和弘扬包括《山海经》在内的中华美学精神，无疑具有十分重要的现实意义。它是我们"'以古人之规矩，开自己之生面'，实现中华文化的创造性转化和创新性发展"[1]的必由之路！

（原载《中外文论》2018 年第 1 期）

---

[1] 习近平：《在文艺工作座谈会上的讲话》，人民出版社 2015 年版，第 26 页。

量子力学与文学生态变迁 *

20世纪以来，人类社会在量子力学影响下发生了翻天覆地的变化。作为现代物理学的两大支柱之一，量子力学不仅同爱因斯坦的相对论一道产生了巨大的理论效应，而且经由应用研发方面两次量子科技革命[①]，更是从实验室这个象牙之塔走向人们的日常生活，将人类社会带进一个日趋信息化、智能化的新时代。第一次量子科技革命是基于量子力学原理，开发出既遵从经典物理学规律，同时又激活量子潜能的新型器件。它历经近百年时间，成功研制出激光、核能、电脑、手机、互联网、半导体、核磁共振仪、太阳能电池等新型器件，取得了无比辉煌的科技成果。本次量子科技革命对人类社会经济繁荣发展作出了巨大的贡献，以致因"上帝粒子"而闻名的诺贝尔奖得主莱德曼在20世纪90年代豪言：量子力学贡献了当时美国国内生产总值的三分之一。[②] 第二次量子科技革命，则是近年来日趋强劲的以量子态（量子比特）为单元，直接开发基于量子特性本身的具有更强大功能的量子器件进程。目前已经开发或正在开发的主要量子技术有量子计算、量子通讯、量子密码、量子控制、量子网络、量子模拟、量子传输、量子成像、量子传感器、量子信息存储、量子系统软件等，由于它们直接应用量子态叠加性、量子非局域性和量子不可克隆性等量子世界的特性，突破了现有信息技术的物理极限，必将"促使人类从经典技术跨越到量子技术的新

---

* 本文系国家社科基金艺术类项目"马克思主义艺术理论关键词的中国化研究"（编号：15BA008）阶段性研究成果。

① 郭光灿：《第二次量子革命究竟要干什么？》，《物理》2019年第7期。

② 转引自孙柏林《人类社会正在进入"量子技术"时代》，《自动化技术与应用》2019年第3期。

时代"①。人们预言它将成为"第四次工业革命的引擎"。量子力学及量子科学技术对包括文学艺术在内的人类社会已经产生并将继续发挥不可估量的重大影响,迫切需要我们进行全方位理论上的反思和审视。然则,量子力学对文学生态变迁究竟产生了或即将产生哪些影响呢?

一·生活·创作·思维

"作为观念形态的文艺作品,都是一定的社会生活在人类头脑中的反映的产物。……它们是一切文学艺术的取之不尽、用之不竭的唯一的源泉。"② 在量子力学与量子科技尚未到来之前,我们生活在"前真相时代"和"真相时代"③,作家、艺术家面对的社会生活都是确定而真实的,无论创作的是现实型文艺,还是理想型、象征型文艺,都是对"由原子构成的真实物理世界"的或真实,或歪曲,或变形的反映,也都是我们传统的思维方式完全能够理解的,不会给人们带来颠覆性的感受和认知。然而,进入量子科技时代以后,人类的社会生活却变成了由经典原子物理、比特与量子比特共同构建的一个日新月异的高科技复合真相世界。"当代科学技术的发展不仅深刻地改变着社会面貌,而且也在改变人们的思维方式、价值观念、行为习惯,包括塑造着新的文化和文学。"④ 而今,生活中由量子力学和量子科技带来的改变无处不在:生活中必不可少的手机和电脑、无处不在的外卖和快递、汽车手机上广泛使用的 GPS 导航系统,军事活动中使用的激光制导炸弹、毁灭性武器原子弹、动力充沛的海上巨无霸核动力航空母舰,医疗活动中必不可少的人体扫描仪,能源工业中利用太阳能发电的光伏电池板,教育教学活动中经常使用的幻灯片激光笔,警务活动中的城市天网安全监控系统,以及多感官沉浸式的数字虚拟技术(VR)、能下棋做手术的人工智能(AI)……如果将我们今天的社会生活同量子力学和量子科

---

① 郭光灿:《第二次量子革命究竟要干什么?》,《物理》2019 年第 7 期。

② 《在延安文艺座谈会上的讲话》,《毛泽东选集》第 3 卷,人民出版社 1991 年版,第 860 页。

③ 高策、乔笑斐:《后真相时代的科学哲学——物理学哲学的视角》,《中国社会科学》2019 年第 2 期。

④ 胡亚敏:《高科技与文学创作的新变——中国马克思主义文学批评视域下的文学与科技关系研究》,《华中师范大学学报(人文社会科学版)》2019 年第 3 期。

技尚未出现的前量子时代相比较的话,那简直可以说是日新月异!量子力学在极大地解放社会生产力、提高人们生活质量的同时,也在人类重要审美活动领域——文学艺术创作方面释放出巨大的能量!从写作工具的电子便利书写到创作群体的爆炸式增长,从机器人自主创作到激发作家的创作灵感,从网络题材叙事到时空穿越故事的演绎……文学创作的天地越来越宽广!

在传统文学创作活动中,作家的写作过程向来是一件十分辛苦的事情。《红楼梦》第一回"甄士隐梦幻识通灵　贾雨村风尘识闺秀"中作者谈及小说创作甘苦时曾经写道:"后因曹雪芹于悼红轩中披阅十载,增删五次……并题一绝云:满纸荒唐言,一把辛酸泪!都云作者痴,谁解其中味?"试想一想,当曹雪芹手拿着一支饱蘸墨汁的毛笔,一边苦苦思索,一边奋笔疾书,并且在长达十多年的时间里经常地反反复复修改、涂涂抹抹润色,手酸背疼地多次推倒重来,姑且不谈内容如何令人动容,光是这一过程就足以让人揾"一把辛酸泪"的!但是,当量子力学及量子科技出现后,在电脑上进行文章创作和修改时,这种原本痛苦的重复性劳动就变得不会那么难受了,写了以后我们既可以存档,也可以批注,直至修改满意,在电子屏幕中自由切换,并始终保持文本的动态写作和修改状态,使之不断臻于完善,而且还可以直接语音口述创作,这对于动辄撰写几万、几十万字的文学创作者来说是一件多么大的便利事情啊!与此同时,由于电脑写作和互联网发表的便利化,当代文艺创作群体、作品数量及读者阵容也在急剧扩容,呈现出爆炸式增长的态势。据肖惊鸿《2018年网络文学:现象、问题、趋势》一文介绍:"2018年,网络作者总数有望突破1500万。截至6月,阅文集团驻站作者数量已突破730万人,作品已达1070万部。中文在线作者超过370万人。各大网站访问用户即读者累积数以亿计。阅文集团平均月活跃用户增长已达2.135亿。"[①] 如果加上那些在传统纸媒上发表作品的作者、作品和读者,这个数据更为可观。不仅如此,量子力学及量子科技还通过对人的意识与思维过程的模拟、文学作品大数据储存和写作技巧的"学习""训练",利用人工智能机器人构成了对现实文学创作主体——作家的挑战:2017年5月19日机器人"小冰"在北京举办了她"个人"第一部原创诗集《阳光失了玻璃窗》新书发布会,同年8月19日她又在《华西都市报》"宽窄巷"开设专栏"小冰的诗",独家发布她的新作《全世界就在那里》(外二首),因其开始"慢慢有

[①] 肖惊鸿:《2018年网络文学:现象、问题、趋势》,《文艺报》2019年2月18日。

人味了",更是引发社会关注乃至诗人圈空前的热议和争论。①机器人"小冰"通过对 1920 年以来包括胡适、闻一多、徐志摩、北岛、顾城、舒婷等在内的 519 位中国现代诗人 6000 分钟、10000 次的迭代学习,形成"独特的风格、偏好和行文技巧"后,就能"创作"出这些令一般读者难以分辨出人机写作异同的现代诗歌,这不能不说是一次破天荒的文学写作突围事件!

  如果说上述文学现象的出现,还只是量子力学带来的一些外在变化的话,那么从作家创作灵感的激发到网络题材叙事人物形象的塑造,从科幻文学的异能书写再到时空穿越小说的情感演绎,则深入渗透到作家的创作思维活动之中了。2019 年 5 月池莉历经多年辛苦创作的近 40 万字的长篇小说《大树小虫》由江苏凤凰文艺出版社出版,受到读者的欢迎。在北京首发式暨新书分享会上,谈及这部以两个家族三代人百年跌宕的命运为架构,围绕"促使男女主角尽快生个二胎男宝这样一件头等大事"和"于弯曲时空中快意书写烦恼人生"的新作的时候,池莉特地讲了一段她从量子力学和相对论中寻找灵感的事情:"文字很像量子的微粒子,'如果单纯讲故事,你表达不出人与人之间的复杂关系和微妙关系,必须用一种量子纠缠,每个人你中有我,我中有你,你做什么事情一定受到身边很多影响,生不生孩子,不是那么简单的事情,孩子怎么办,家长是怎么想的,全是量子纠缠,互相在作用。'正是因为广义相对论和量子力学,池莉发明了立体式'直线+方块'的写作结构,她发出欢呼说,这样的全新发现让她体内的多巴胺分泌旺盛,从中体会到巨大的快乐。"②作家的创作活动因量子力学而获得灵感,进而创作热情得以激发,获得全新创作方式,这无疑是值得研究的重要文学个案!对于作品故事情节和人物形象塑造的超常想象方面而言,量子力学的叠加原理之"薛定锷的猫"理论、量子纠缠理论等产生的影响最为明显。在作家桐华的长篇穿越小说《步步惊心》中,生活于现代繁华都市深圳的白领女青年张小文,因为一次偶然事故而穿越到清朝康熙年间,成了满族少女马尔泰·若曦并以若曦的面貌身不由己地卷入清朝初期一场"九子夺嫡"的宫斗纷争之中。她虽然看透了生活中所有人物的命运,却又无法掌控其中任何人物乃至自己的命运结局,因为他们彼此就像量子一样总是纠缠在一起,

---

① 《机器人"小冰"写诗出诗集 首开报纸诗歌专栏》,《封面新闻》2017 年 8 月 21 日。
② 路艳霞:《池莉十年写成〈大树小虫〉:生活就是大树 人类都是小虫》,《北京日报》2019 年 5 月 14 日。

只能任由个人情感夹杂在惨烈的宫斗中而备受煎熬，步步惊心地经历着一番又一番的爱恨嗔痴。在其他叙事艺术中也不乏许多这样充满量子力学式想象力的范例。像2017年上线的日本电视剧《老爸是信长》，在讲述一个生活于21世纪，"在家不受尊重，在单位不受待见"的负责市中心都市更新设计的建设公司中年职员故事时，编剧围绕他设置了一个不可思议的情节：一次商务聚餐时他不幸喝醉了酒而掉入河底，然而他不仅没有死，反而因祸得福，在掉入河底时无意中拿到了日本战国时代著名人物织田信长失踪多年的印信，因此被织田信长的灵魂附身，从而变得异常强大和能干！从此以后，每次在遇到公司的开发计划受挫时，信长就会附上身来，为他提供最优思考方向，并想尽一切可行办法，使平常看起来非常平庸懦弱的中年男人突然变得强大起来，从而引发出一系列搞笑但温暖的故事。其他像《法国中尉的女人》《非常道》等作品也莫不如此。这类情节描写，如若放在量子力学尚未出现并普及的"前真相时代"和"真相时代"，那简直就是一次逆天的文艺行为，会受到文艺批评家的无情批判的，当然最大的可能是这种书籍或影视根本就不可能面世！

二、媒介·文本·传播

在人类文学艺术发展史上，文学文本曾经历过甲骨、简牍、纸张等不同的媒介形式。不同的文学文本媒介，对于文学发展的影响是显而易见的。在中国甲骨文本时代，由于文字主要是作为国家重要祭祀活动中的神秘符号使用，书写材料特殊，刻写又比较困难，加之文字活动被少数贵族神职人员垄断，所以在甲骨文本时代，卜辞文学的传播功能受到很大限制，以至于后来人们在有没有甲骨文学问题上莫衷一是。① 那时候文学的主要形式还是口头传播的神话、歌谣等民间文学，今天可以解读的甲骨文学文本只留存下如《四方雨》等极少的巫教文学。不过值得一提的是，甲骨文学虽然罕见，但留存的文本却已经具备一定的审美韵味。萧艾在《卜辞文学再探》一文中谈到《四方雨》卜辞时就曾指出："主卜者领唱'今日雨'时，陪卜的贞人遂接着念：'其自西来雨？''其

---

① 如唐兰的《卜辞时代的文学和卜辞文学》、陆侃如的《中国文学史简编》等均对"甲骨文学"存疑。

自东来雨？'……如此一唱互和，祈求之祭宣告完毕。"① 这并非全部源自学者个人的推断，实际上我们还可以从后世的卜辞文学中找到它的传承影子，如《左传·庄公二十二年》就记载有一首韵味十足的卜辞诗歌："初，懿氏卜妻敬仲，其妻占之，曰：吉。是谓'凤皇于飞，和鸣锵锵，有妫之后，将育于姜。五世其昌，并于正卿。八世之后，莫之与京。'"② 到了中国简牍文本时代，由于书写材料（竹简和木牍）较为普及，书写工具不断进步（先是用刀刻，后改为毛笔写），由此文学文本得以广泛传播，留下了《诗经》《楚辞》以及诸子散文等许多不朽的文学经典，甚至还出现了完整的文学批评专论——"竹简《诗论》"。③ 进入纸张文本时代，特别是随着纸张文本的普及与活字印刷术的广泛应用，中国文学在创作、阅读和传播方面的变化首次进入了一个媒介革命的新时代。在纸张文本流行初期，文学是以纸抄书籍形式出现的，纸抄书籍的生产基本是一次一书、多人同时抄写的"体力活"，除了携带方便外，它跟简牍文本几乎没有什么本质区别。在这样的文学生产条件下，即便是"洛阳纸贵"的一时名篇，大量携带和收藏的概率也非常低下，那时候同时代人对作家的认同与接受多是依据小集类作品（也就是今天所谓"代表作"）。④ 比如李白诗集的出版，在唐代基本上都是以小集、正集的样态存世的，收录的作品数量有限，直到宋代以后，随着活字印刷术的普及，由宋敏求、曾巩刊定的《李太白文集》（1066篇）以及《太平广记》这样大部头的文集才得以广泛印行传播。从此以后，在文学的庙堂里，除了少数士大夫文人外，增加了不少布衣文士的面孔；书市的柜台上，传统的诗词歌赋之外，增加了更多卷帙浩繁的小说、戏剧等文学闲书；文体形式方面，无论是文言、白话，还是长篇、短制，都毫无阻碍地成了人们进行审美表达的自由形式！可以毫不夸张地说，宋代活字纸印文本的定型化批量生产是中国乃至世界文学发展史上一次革命性的飞跃，极大地解放了文学艺术生产力，并以其特有的翰墨馨香长时期浸润着华夏民族的审美情怀！

---

① 萧艾：《卜辞文学再探》，《殷都学刊》1985 年增刊。

② 李维奇等注：《左传》，岳麓书社 2001 年版，第 88 页。

③ 马承源主编：《上海博物馆藏战国楚竹书》（一），上海古籍出版社 2001 年版。原被称作"孔子诗论"的一篇竹简文献，因发现其中很多文字并非出自孔子之手，很多学者建议改称为"竹简诗论"或"楚简诗论"。

④ 参见［美］宇文所安：《唐代的手抄本遗产：以文学为例》，《古典文献研究》（第十五辑），卞东坡、许晓颖译，凤凰出版社 2012 年版，第 236～266 页。

然而，所有这一切纸张文学文本的"美好"，在量子力学出现以后，在新型文学媒介革命面前将不得不失去固有的"灵韵"！在量子力学及其应用科技的影响下，新的文学用比特信息存储取代原子信息载体，已经现实地创造了新型的文学文本——基于传统互联网技术的网络文学、基于移动互联网终端设备的微文学和基于数字链接技术的跨媒体组接性超文本文学。由于"量子文本在形式上是既有经典文本的文字，更有反映量子理论特征的数学语言，其含义与指称内在地揭示了量子世界"①。所以依托于量子媒介存在的新文学文本，"不仅冲击和改变了文学的内在因素如叙事性质和结构，而且表现出对文学疆域的跨越。……借助计算机技术的链接功能，作品可以在词语、图像乃至可以随意浏览的档案之间转换。频繁的互文性、内容的拼贴、情节的碎片化构成了超文本的鲜明特征"②。由此使文学文本结构走向开放，而不再囿于传统的完成式闭锁结构。在量子媒介平台上，文学文本的存在样式更加自由灵活，文学主体间的交流互动更为便捷频密，并且由于点击链接的网络节点不同，读者阅读的文本面貌和审美取向可以展现更大的自由度。这不但丰富了文学文本的内涵，而且因其具有移动阅读、网络交流以及文字、语音、图片、视频、动画、影视剪辑等元素共存的多媒体"语言"形式，极大丰富了文学的表现手段，使"文字+"的比特文本可读性更强，因而具有更强的审美感染力。值得一提的是，如果说早期的比特文学文本主要依存于互联网在线平台的话，那么今天这种形式又进一步延展到"书籍+二维码"的线下+线上阅读形式了，可以满足更多习惯阅读纸媒文学的读者多样化的审美需要。在上海作家渠成近期创作的长篇小说《我》中，读者既可以像传统文学一样，依凭语言文字阅读，张开想象的翅膀，去感受小说的人物形象、故事情节与活动环境，也可以通过书中的绘画、摄影、诗词调节阅读心境，更可以在视神经阅读疲劳时打开手机扫一扫书中的二维码，将其转换为闭目养神的听觉审美形式，去聆听配有音乐的有声小说！而小说中的文字、演播、配乐、绘画、摄影，均由渠成一人完成创作。比特文学形式，顺应了量子信息时代人们综合把握世界的审美潮流，弥补了传统文学存在的语言文字单一性的局限，让读者在身临其境的审美感知活动中能够获得在线即时交

---

① 吴国林：《超验与量子诠释》，《中国社会科学》2019 年第 2 期。
② 胡亚敏：《高科技与文学创作的新变——中国马克思主义文学批评视域下的文学与科技关系研究》，《华中师范大学学报（人文社会科学版）》2019 年第 3 期。

流、碎片阅读和"声像并茂"的逼真体验,这实际上也是古人追求的"诗中有画,画中有诗"境界的一种现实科技显观,符合当代人日益增长的审美诉求。不过,由于比特文本的电子显示的读屏特性及可无限复制的衍生性,与此同时也就失去了纸质文本的若干艺术神圣感。

量子力学及其应用科技的快速发展,带来了文学媒介和文学文本形式的变革,由此也带来了文学传播艺术生态的急遽变迁。而今,更为便捷的即时传播、更多的传播平台和全媒体融通的传播形式,已经构成了文学传播的基本景观,并在一定意义上重建了文学传播的路径与传播效果。早在 1995 年,尼古拉·尼葛洛庞帝在《数字化生存》中,就量子力学及量子科技革命给书籍传播带来的变化与原子时代进行比较时说道:"书籍不仅印刷清晰,而且重量轻、容易翻阅,价钱也不是太贵。但是,要把书籍送到你的手中,却必须经过运输和储存等种种环节。拿教科书来说,成本中的 45% 是库存、运输和退货的成本。更糟的是,印刷的书籍可能会绝版(out of print)。数字化的电子书却永远不会这样,它们始终存在。""比特没有颜色、尺寸或重量,能以光速传播。"[①] 由于比特文学文本不像原子形态的书籍那样具有固态的时空特性,它只需要电子信息即可在阅读媒体的界面上快速传播,这就使文学传播路径在传统的单一纸媒出版机制上增加了载体的多样化和社交化特色。电脑端上的原创文学网站通过签约作者、付费阅读、扶持新秀等"招兵买马"形式进军文学殿堂,成为文学生产和传播的巨大孵化器;智能手机等移动互联网终端通过 APP 这一便捷文学推送形式,使得亿万网民快捷随机的文学碎片化阅读成为现实,作者或文学杂志社在其微信公众号、微信朋友圈及微博粉丝群中推送作品时,因其面对的是一群以共同生活或文化价值立场构成的"微共同体"而显得更具艺术的亲和力;优秀网络原创文学的影视改编、游戏开发和实体出版等跨界合作,实现了文学传播上全媒体的深度融合,使传播的效果更佳。而今,随着第二次量子科技革命的到来,以量子态为单元的量子比特文本,将使文学传播的速度更快、效率更高,并能克服第一阶段电子比特文本可以随意复制之不足,实现文学艺术作品不可克隆的高保真性,从而让量子世界与经典世界深度融合起来,并可能使"祛魅"的文学再次"复魅",恢复和提升文学固有的审美灵韵!

[①] [美]尼古拉·尼葛洛庞帝:《数字化生存》,胡泳、范海燕译,海南出版社 1997 年版,第 23〜24 页。

三、审美·阅读·批评

量子力学及其应用科技的发展,不仅全面革新了文学创作、文学阅读和文学传播的艺术图景,而且给人类审美活动带来了一些全新的体验。在量子科技展现的数字化时空中,虽然不能说"漠漠水田飞白鹭,阴阴夏木啭黄鹂"[1]的美好农业社会意境基本淡出了人们的视野,"人群中这些面孔幽灵一般显现,湿漉漉的黑色枝条上花瓣朵朵"[2]的现代工业诗意失却了意象之美的光辉,但在高仿真的虚拟现实和碎片化的移动载体面前,各种旧有的传统美感不断削弱,新的审美感觉和审美体验不断滋生和激发却是不争的事实。首先,量子科技将人类的审美活动带进了虚拟现实构成的沉浸式、交互式和自主式的多媒体信息感知世界。当你在3D影院戴上VR眼镜,观看《阿凡达》等数字虚拟电影时,当你在电脑游戏活动中,进入那或远古洪荒、恐龙遍地、茹毛饮血或荒村古落、桃花十里、鸟语花香的仿真世界时,虽然生活中这些场景对应的真实原子物理世界是缺位的,但是人们的视觉、听觉,甚至触觉、嗅觉、味觉等的感知却是那么真实,仿佛一下子穿越到了另一个世界,情不自禁地沉浸到虚拟现实之中,并与其中的角色交流互动……这些迥异于传统的审美活动,在带给人们新奇的审美享受同时,无疑会形成新的审美冲击力和艺术震撼力的。其次,量子科技将人类的审美活动带进了移动载体所呈现的"微时代"空间叙事、日常体验和文化共享的审美意义生产世界。随着移动互联网技术的快速发展,微博、微信、微视频、微电影、微小说、微支付等不断涌现,一个由APP统摄而产生的"微时代"征候,几乎渗透进生活的每一个角落。与此同时,也将人们的审美体验悄悄带入一片"微时代"新天地。就空间叙事而言,"时间空间化"使得曾经不可或缺的历史意识淡化,审美向感性的"当下收获"位移。李泽厚在《美的历程》中曾经提出过一个非常重要的审美理论——"积淀说",认为人们的审美经验并非一朝一夕即可获得,它需要在时间的长河中逐渐积累,但在手机刷屏映现的"微时代"镜像里,"以信息生产与传播为内容的无限自由开放的生活空间,使得文化生产和消费由以往持续积淀的时间性存在过程,迅速转向空

---

[1] 王维诗:《积雨辋川庄作》,见赵殿成:《王右丞集笺注》,上海古籍出版社1961年版。

[2] [美]庞德:《在一个地铁车站》,见袁可嘉主编:《欧美现代十大流派诗选》,上海文艺出版社1991年版。

间化的规模性占有","充分实现并具体满足人的日常生活感性,成为微时代文化生产的基本目标"。①2019年火爆世界的"李子柒美食视频",就是"时间空间化"的最好例证。就日常体验而言,移动互联网上信息截取和加工的碎片化特质,将曾经在审美经验过程中必不可少的历史关联性割裂开来,同时又通过"拼贴""截取""凸显"等方式将各种偶发性生活事件予以镜像变形(缩小、放大、美化),以满足人们当下的生活感受和情感需要,传递生活意义。如炫耀一帧个人美颜照、戏谑一下明星糗事、围观一次名人八卦事件、晒一首旅游小诗、发一篇点击量10万+的好文章……让审美情怀在这些浅表的意象呈现中得到自由抒发。就文化共享而言,在手机等移动载体上,信息交互的频密性和开放性,日益淡化了纸媒载体和台式电脑时期文化生产的"精英化"阶层特色,各种"草根性"平台使文化共享成为审美的必然。在新媒体平台上,由于"人的感官被无限延伸,知识的获取变得轻而易举,创造性得到提升,分享成本降到极低","人人都能发声,人人都可能被关注"②,于是,微视频表演、微信文学圈、微博艺象狂欢、微电影竞赛等即时化、表象化的集体娱乐使文化共享成为大众审美的一道道时尚景观。

由数字化浪潮带来的审美活动变迁,必然带来文学阅读范式的改变。在传统的纸媒阅读时代,由于文字符号的不及物性,文学文本不能直接诉诸可以切身感受的视听形象,需要读者在理解语言文字符号之后发挥想象力,才能在脑海中再现作家所创造的艺术世界;文学作品潜在的艺术魅力及其思想感情的深刻性、艺术上的微妙性,也只有靠读者积极的领悟、玩味,才能得以实现。故而,文学阅读有时存在"隔"的现象,即不识字或文化水平较低的读者由于解码的阻隔,难以参与到审美活动中来,但与此同时,由于文字符号在艺术表达上存在许多意义的不确定性和意义的空白处,给读者留下丰富的想象余地,所以文学阅读活动又能给会心者带来莫大的审美愉悦,"慷慨者逆声而击节,酝藉者见密而高蹈,浮慧者观绮而跃心,爱奇者闻诡而惊听"③。尤其是《红楼梦》《哈姆雷特》之类优秀的文学作品,往往能在读者入情入景的艺术召唤氛围中,消弭读者、作者、作品人物之间和种族、身份、年龄之间的界限,超越时空距离,

---

① 王德胜:《"微时代"的美学》,《社会科学辑刊》2014年第5期。

② 李鹤、杨玲:《全民移动互联时代来临》,《人民日报》2014年6月12日。

③《文心雕龙·知音》,载刘勰著,郭绍虞、罗根泽主编:《文心雕龙注》,人民文学出版社1958年版。

使阅读活动达到灵魂拥抱、身心交融的高度共鸣境界。然而,在由量子力学及其应用科技造就的比特文化时代,"网络艺术品越来越呈现出强烈的互动色彩,作品不再是一堆沉默无语的文字,它们通常具有灵活多样的'应答'功能,比方说,网上一部作品,可以通过听书软件转化为有声读物,通过视频检索,通常还能找到相关影视资料,至于插图、配乐、同主题网络游戏之类就更不用说了。单以作品阅读而言,比特时代的文学,常常借助图像与音乐,把看和听的潜力更加充分地开掘出来。媒介作为人的延伸,能循序渐进地提高一个人的阅读能力。它甚至可以让那些目不识丁的人明白许多过去只有满腹经纶的人才能通达的道理"①。虽然有人会认为这种由多种艺术符号构成的"填空型"比特阅读方式较之传统的原子阅读范式,会让读者失去许多参与二度创造的乐趣,并形成一种新的审美之"隔",但是对于那些文化程度不高或艺术细胞不够发达的受众来说,则无疑是一种实现超越自我局限的文化福音!依据马克思关于艺术生产与艺术消费的理论,数字化阅读这种比特式文学阅读(消费)方式,在培养比特艺术消费者的同时,也生产了一种全新的艺术生产关系!

作为"文学活动整体中的动力性、引导性和建设性因素",文学批评与媒介变革之间的关系向来十分密切。随着各种新媒体文学现象的不断涌现,以及文学阅读与消费范式的变迁,比特和量子比特时代文学批评的景观正在发生着深刻的历史性变革。首先,基于大数据平台的网络批评正在改写传统文学批评格局。现代传统文学批评是以报纸杂志为主要载体,对数量有限的古今文学作品及文学现象展开的分析、研究和评价活动,是一种资源稀缺且需经过编辑乃至主管意识形态官员层层审核、严格把关的精英文学批评范式,系统自洽、逻辑严谨和科学规范是其显著的批评特色。批评家某种程度上一言九鼎,决定着作家和作品的艺术生命。但是,在比特文化构建的互联网及移动互联网平台上,面对海量的文学作品及纷纭的文学现象,文学批评随同它赖以生存的文学一道正发生着深刻的时代变化。网络上难以数计的草根写手异军突起,动辄几百万字的类型小说充斥各大文学网站,"粉丝"拥趸10万+的单一作品阅读量……使得传统的"中心—边缘"汰选式文学格局不攻自破!与此同时,由网络媒介推出的作品"快评""微评""酷评""点击率""排行榜"以及热心读者的"帖文""跟帖""打赏""关注"等各种比特式文学批评活动,"导致文学批评不再

---

① 陈定家:《大数据时代的文学生存状况》,《长江学术》2016年第1期。

是一种专业化行为，甚至不需要经过必要的理论积淀，就可以随时向公众发表自己的批评文字。另一方面，现代媒介又凭借自身无处不在、无时不在的巨大传播优势，对一些专业化的批评家进行暂时性的笼络和收编，从而为媒介批评的权威性提供砝码"，"媒介批评的即时性和随意性，表明了信息时代对一些既成的、稳定的批评体系，直接造成了一种解构性的冲击，对批评的自律性构成了严峻的挑战"[1]。在大数据文化产业平台上，作品以点击率和流量付费形式自在生存，批评家的角色光辉不再。其次，瞩目大众文化的"事件式"媒介文学批评异军突起。比特时代的显著特征之一，就是随着大众文化的兴起，公共空间的范围越来越广阔，数字媒介发挥着越来越大的作用。由于公共空间事务天然具有"聚焦点由艺术与文艺转到政治"的特点[2]，文学讨论的话题只有向社会延伸才能扩大它的影响力，于是批评事件化成了数字媒介热衷营造的文学场，并使之成为比特文化中一道独特的人文景观。王彬彬批汪晖事件、罢看《文学报》事件、中学语文教科书选文事件、郭敬明抄袭事件、德国汉学家顾彬引发的文学"二锅头"事件、官员参奖引发的"羊羔体"事件、莫言获诺奖引发的"微评莫言"事件、韩寒引发的"战主席""韩白之争""韩寒方舟子大战"事件……尽管这些批评事件显得有些喧闹、嘈杂和非理性，但"事件化"的文学批评也使得批评更加多样化，让无数吃瓜围观的文学看客分享了一次又一次批评快餐，多少也提升了大众的文学素养。

早在19世纪中叶，马克思就曾深刻指出："随着一旦已经发生的、表现为工艺革命的生产力革命，还实现着生产关系的革命。"[3] 作为信息时代科技革命的基础，量子力学已经深入渗透到当今包括文学艺术在内的人类社会生活的每一个角落。因此，全面研究量子力学及量子科技催生的比特文化对文学艺术领域的革命性改造过程，把握其中的审美活动规律，对于"提升文艺原创力，推动文艺创新"[4]，使之更好地服务于中华民族复兴伟大事业，无疑是时代赋予我们的光荣使命！

---

[1] 洪治纲：《信息时代：文学批评的挑战与选择》，《南方文坛》2010年第6期。
[2] 哈贝马斯：《关于公共领域问题的答问》，《社会学研究》1993年第3期。
[3]《马克思恩格斯全集》第47卷，人民出版社1979年版，第473页。
[4] 习近平：《决胜全面建成小康社会 夺取新时代中国特色社会主义伟大胜利——在中国共产党第十九次全国代表大会上的报告》，人民出版社2017年版，第43页。

后 记

"却顾所来径，苍苍横翠微。"我投身于文学教育和研究工作，带有一定的偶然性。虽然很小的时候，就从读过几年私塾的母亲那里，接受过《三字经》《幼学琼林》《诗经》《论语》等国学启蒙教育，小时候作文也曾被中小学语文老师当作优秀范文表扬过若干次，但是在我们那个崇尚"学好数理化，走遍天下都不怕"的20世纪80年代，考取黄冈中学后，我还是义无反顾地作出了高中读理科的抉择，矢志要成为一名科学工作者，何况我那时的数学和化学成绩在班级一直名列前茅。可惜，高中时体育课上一次偶然事故，却断送了我的科学梦。为了克服休学2个月带来的不利影响，我极不情愿地转入文科学习，从此也就跟文学结下了不解之缘。1981年，我考上了华中师范学院中文系汉语言文学教育专业，大学毕业后又在黄冈教育学院、武汉教育学院和江汉大学一直从事文学教育和研究工作，从此我也就认命了，老老实实地阅读文学名著，咀嚼其中的滋味，偶有心得和感想，也就落笔成文，投诸报刊，这大约是我文学研究的起步阶段。

在我的文学求索道路上，除了我母亲的启蒙教育外，还有小学时的发蒙老师傅放初女士、初中语文老师金占先生、高中语文老师贺少安先生、黄冈教育学院张其俊先生、武汉教育学院苏贤英先生、江汉大学谢楚发先生和老领导周建民先生等特别值得提及，他们或开启了我的文学梦，或引导我对某一类文学体裁特别上心，或在人生的迷途指引我走出困境。不过，就文学研究而言，提携和指导过我的就更多了，既有授业恩师，也有杂志编辑，还有同窗好友，以及专业学会的同道……记得我的第一篇自由投稿论文发表于《东坡赤壁诗词》之"诗词研究"，得到时任湖北黄冈地区宣传部副部长丁永淮先生的首肯，并于第二年获得黄冈地区优秀社科成果二等奖，这对我树立研究的自信心尤为重要；

我的第二篇论文在华中师范大学邱紫华教授的推荐下发表于《高师函授学刊》，篇幅较之第一篇长多了，这对于我是极大的鼓舞；第三篇对我影响较大的论文应是发表于《武汉教育学院学报》上的关于废名小说的研究文章，发表当年即被人大复印报刊资料《中国现代、当代文学研究》全文转载；后来逐渐在《文艺理论与批评》《民族文学研究》《社会科学战线》《思想战线》《学术论坛》《贵州社会科学》《湖北社会科学》《黑龙江社会科学》《高校理论战线》等核心刊物发表论文，可以说受到莫大激励。

至于学业上，在华中师范大学文学院读研期间，得到导师张玉能先生和授业恩师王先霈、胡亚敏等诸位先生的指教和提携，学术研究的道路越走越宽广，也就慢慢探索出生态文艺学、民间叙事诗学等几个属于自己的较为稳定的研究方向。如果没有他们的谆谆教诲，我可能还在学术黑暗的胡同中摸索。尚需提及的是，在从事文学研究的过程中，我指导的研究生宋瑞、杨敏学、赵钰、江戬、王雅靖、魏亚枫、徐峥、许瑶、田兰、吴锦芳等在教学互动中也曾给我以许多助益。

本书的出版，得到了江汉大学学科建设办公室和江汉大学人文学院的大力支持。在这里，我要诚挚感谢江汉大学和人文学院的各位领导多年以来对本人工作的支持和帮助！感谢江汉大学中国语言文学学科的各位同仁，感谢大家在学科建设方面给予我无私的帮助！感谢湖北人民出版社的责任编辑李月寒女士和耿天维先生的悉心编校！感谢我的夫人张桂萍女士，是她在紧张繁重的教学工作之余，承担了主要的家务，全力支持我完成本书稿！感谢我的岳父张国华先生对我的诸多鼓励！在本书即将付梓之际，该说的话尚有许多，该致谢的对象难以尽述。"春阴垂野草青青，时有幽花一树明。晚泊孤舟古祠下，满川风雨看潮生。"唯愿此小书，能为我校中文学科的建设，略微添些砖瓦。

2022 年春于三角湖畔江大园